Turbulenzen

●●

Leslie Larson

Turbulenzen

Roman

Aus dem Englischen
von Andrea Krug

Krug & Schadenberg

Für Carla

»Wo gehn wir denn hin? Immer nach Hause.«

Novalis

Dienstag, 19. November

1

Wylie machte sein Auge wieder zu schaffen. Sein Auge und das Handgelenk, das er sich vierzig Jahre zuvor gebrochen hatte, als er während der Fahrt hinten vom Pick-up seines Vaters gefallen war. Er war elf gewesen. Jetzt schmerzte es, wann immer sich Regen ankündigte. Wie ein gottverdammtes Barometer. Er presste eine Limette über einem Bombay Tonic aus und ließ den Blick über die Abfertigungshalle schweifen, wo der Strom der morgendlichen Geschäftsreisenden allmählich nachließ. Die Schlange an der Sicherheitskontrolle hatte sich nahezu aufgelöst. Er sah zu, wie sich ein massiger Mann, dessen grauer Geschäftsanzug ihn wie einen Elefanten aussehen ließ, unbeholfen bückte, seine Schuhe auszog und den Metalldetektor passierte. Die Sicherheitsbeamten in ihren khakifarbenen Uniformen und Latexhandschuhen standen plaudernd hinter den Röntgengeräten und stapelten Plastikkörbe ineinander, während sie auf den nächsten Ansturm von Passagieren warteten. Wylie servierte dem Gast seinen Drink, nahm das Geld entgegen und tippte die Summe in die Kasse. Von seinem Platz hinter der Theke hatte er einen guten Blick auf die Reisenden, die von den Ticketschaltern herbeiströmten und den Pavillon durchquerten, in dem sich seine Bar befand, zusammen mit einem See's Süßwarenstand, dem Espresso-Ausschank unter dem großen Schirm, einem Zeitungs- und Souvenirladen, der La Paz Cantina und einem Geschäft, in dem man Mitbringsel für Hunde kaufen konnte. Am anderen Ende zwängten sich die Passagiere durch das Nadelöhr der Sicherheitskontrolle, wurden durch Metalldetektoren geschleust und an der anderen Seite wieder ausgespien, wo sie ihre Habseligkeiten zusammenklaubten und zu den Gates verschwanden.

Wylies Augenlid flatterte und zuckte, als sei ein Käfer unter der Haut gefangen. Stress, dachte er, obwohl ihm kein Grund einfiel, warum er nervös sein sollte. Eine magere Frau mit viel zu dunklem Teint bestellte einen Screwdriver. Wylie zählte die Eiswürfel, während er sie in das Glas fallen ließ, kein gutes Zeichen. Nicht fünf, nicht neun. *Sieben.* Sonst konnte wer weiß was geschehen. Er fügte einen weiteren hinzu, acht, sich selbst zum Trotz. Um das Syndrom kurzzuschließen. Doch kurz bevor er den Drink servierte, fischte er ihn wieder heraus. Wenn das Unheil hereinbrach, sollte sein letzter Gedanke nicht sein: *Ich hätte es bei sieben belassen sollen.* Bitteschön, sagte er sich.

Auf der gegenüberliegenden Seite des Pavillons saßen Menschen auf Reihen von schwarzen Plastiksitzen und warteten auf das Auftauchen der eintreffenden Passagiere aus den Ankunftsgates. Um diese Zeit, kurz vor zehn Uhr morgens, waren die Sitzreihen nahezu leer. Die Geschäftsreisenden mit ihren akkuraten Anzügen und dem üppig aufgetragenen Eau de Cologne, gelegentlich ein Fleckchen getrocknetes Blut auf den frischrasierten Gesichtern, waren bereits auf dem Weg nach San Francisco oder New York. In Kürze würden Familien mit quengelnden Kindern hereinkommen, zusammen mit Menschen, die auf dem Weg zu einer Hochzeit oder einer Beerdigung oder in die Flitterwochen waren, und mit ausländischen Touristen, die heimflogen, nachdem sie Disneyland, Hollywood und den Pazifik gesehen hatten. Die Sitzreihen würden sich mit Menschen füllen, die Zeitung lasen und ihre Kinder ruhig zu halten suchten, während sie warteten und jedes Mal nervös aufblickten, wenn ein neuer Strom von Ankömmlingen mit Koffern und Kinderwagen eintraf.

»Kann ich einen Drink kriegen?«, rief ein dürres weißes Kerlchen, dessen Kopfform an eine Glühbirne erinnerte. Er pochte mit seinem Geld auf die Theke – eines von Wylies Lieblingsärgernissen.

»Sie wünschen?«, fragte Wylie mit gleichmütiger Stimme und legte eine Cocktailserviette vor ihn hin.

»Einen Dewar's on the Rocks.«

Im Fernseher über der Bar hieß es in der Wettervorhersage, dass sich von Süden her ein Sturm näherte. Er würde am späten Abend eintreffen. Das erklärte Wylies Handgelenk, nicht aber sein Auge. Nicht dass man dieser Tage einen Grund brauchte, um nervös zu sein. Nirgends war man sicher – weder bei McDonald's noch bei Safeway noch in seinem eigenen Zuhause. Weder auf der Arbeit noch im Auto noch in der Schule, und ganz gewiss nicht am Flughafen. Die Erde konnte sich aufbäumen und spalten. Ein Flugzeug konnte in diesem Augenblick auf sie zusteuern und genau hier in der Bar in einem Feuerball explodieren. Ein Durchgeknallter konnte Amok laufen und die Menschen mit einer Automatikwaffe niedermähen. Die einzige Zeit, in der du dich entspannen konntest, die einzige Zeit, in der du nicht befürchten musstest, verstümmelt oder getötet zu werden, dachte Wylie, während er den Scotch über das Eis goss, war, wenn du bereits tot warst.

»Sechs fünfzig«, sagte er, als er den Drink servierte.

»Ich habe keinen Doppelten bestellt«, entgegnete Glühbirne.

Wylie biss die Zähne zusammen. »Das ist ein einfacher.«

Der Typ machte ein großes Gewese darum, seine Brieftasche aus der hinteren Hosentasche hervorzuholen und die Scheine nach der passenden Summe durchzublättern. Als er das Geld endlich auf die Theke legte, klingelte das Telefon.

Wylie nahm das Geld. Der Tag ließ nichts Gutes hoffen.

Er ging ans Telefon. Er rechnete mit der Servicefirma des Flughafenbetreibers, die anrief, um ihm zu sagen, dass ein Elektriker käme, um die flackernde Birne der Lampe über der Kasse auszutauschen, oder mit der Managerin des Barbetreibers, für den er arbeitete, die wissen wollte, ob er eine zusätzliche Schicht übernehmen könnte. Er war überrascht, Carolyns Stimme zu hören.

»Ist alles in Ordnung?«, fragte er besorgt. Sie hatte ihn noch nie zuvor bei der Arbeit angerufen. Er sah sein Haus in Flammen, die Hunde überfahren.

»Jaja. Es ist alles in Ordnung, Wylie. Tut mir leid, dass ich dich bei der Arbeit störe, aber hör mal ...«

»Was gibt's denn?«, unterbrach er sie. Kaum war die Sorge verflogen, war er genervt. Sie hatten ihre Gepflogenheiten.

»Also, hör zu. Ich möchte gern mit dir sprechen.« Carolyn klang unsicher.

Eine Flug-Crew eilte vorüber wie ein Schwarm Amseln. Die Bar füllte sich. Vor einigen Minuten war das Amber Ale prustend zur Neige gegangen. Das Spülbecken war voller benutzter Gläser, und an den Tischen drüben bei dem großen Fernsehbildschirm warteten sie auf Bedienung.

»Hör zu, Carolyn, kann ich dich in ein paar Minuten zurückrufen?«, fragte Wylie. »Hier ist gerade der Bär los.«

»Klar«, erwiderte sie. »Kein Problem.«

»Ich muss ein bisschen was aufholen. Ich ruf dich gleich zurück.«

Er räumte die leeren Gläser von der Theke und tauchte sie in das dampfende Wasser in der Spüle aus rostfreiem Stahl. Er füllte den Stapel Cocktailservietten auf und die Schalen mit Oliven, Limettenschnitzen und Maraschinokirschen. Er mochte das fluoreszierende Licht des Flughafens, das leise Surren der Konservenluft, den schreiend lila und goldfarben gemusterten Teppich. Draußen kämpfte sich die Sonne durch die Wolken. Fahles, milchiges Licht strömte durch die großen Fenster herein, verwandelte die vorübereilenden Menschen in Silhouetten und ließ die grellen Röhren an der Decke und die Anzeigetafeln, die Ankunfts- und Abflugszeiten verkündeten, verblassen. Zeitungen und Pappbecher sammelten sich auf den schwarzen Plastiksitzen im Wartebereich. Große Flugzeuge drückten ihre Nasen an die Fluggastbrücken; Tankschläuche hingen wie Nabelschnüre von ihren Bäuchen.

»Einen Ketel One!«, rief ein Mann, der wie ein Profi-Basketballspieler aussah. Er trug protzige Diamantohrstecker und jede Menge Goldkettchen. Sein Kumpel stand ihm in nichts nach. Er bestellte einen Cosmopolitan.

Wylie machte ein halbes Dutzend möglicher Todesfallen aus, während er die Drinks zubereitete. Die unbeaufsichtigte Sporttasche an der Wand, das Paket auf dem Stuhl neben der Glasvitrine, in der sich die Brezeln unter der Wärmelampe drehten, den Typ mit dem übergroßen Mantel, der sich verstohlen umsah, die Hände in den Taschen vergraben. Unterdessen nahmen sie den Fluggästen Nagelknipser, Taschenmesser und Pinzetten ab. Welch ein Witz. Die Leute hatten ja keine Ahnung, wie es war, sich immer zweimal zu überlegen, bevor man etwas anfasste, bevor man den Fuß hob und wieder absetzte. Es war dreißig Jahre her, seit Wylie in Vietnam gewesen war, aber er sah sich immer noch nach versteckten Bomben um, hielt immer noch nach Tretminen Ausschau. Die Leute wussten nicht, wie es war, sich ständig zu fragen, ob man seine Beine verlieren würde, seine Eier, sein Leben. Wylie hatte miterlebt, wie ein Neunzehnjähriger aus Tulsa, Oklahoma, auf eine Springmine trat, einen zweifachen Salto drehte wie ein Akrobat und anschließend in der Astgabel eines Baumes landete.

Eine kleine Frau mit Strähnchen im Haar nahm an der Ecke der Bar Platz, wo sich Hot Dogs auf metallenen Rollen drehten. Anfang dreißig, schätzte Wylie. Lackierte Fingernägel, ebenmäßige Züge. Eine kleine Narbe auf der Oberlippe. Sie ließ den Blick über die Flaschen hinter ihm schweifen, musterte die Zapfhähne.

Wylie nickte grüßend, wischte über die Theke und legte eine Cocktailserviette vor sie hin. »Was darf's sein?«, fragte er.

»Ist das Bier alles vom Fass?«

»Ja. Aber das Amber Ale ist gerade alle.«

Sie betupfte beide Mundwinkel mit der Fingerspitze, als wolle sie etwas fortwischen. Wylie wartete geduldig, die Hände hinter dem Rücken. Er überlegte, ob er sich ihren Ausweis zeigen lassen sollte. Früher – ach, was. Aber dies war der Flughafen. Alles nach Vorschrift. Wer hätte gedacht, dass er hier enden würde?

»Ich glaube, ich nehme eine Margarita. On the rocks, ohne Salz. Und einen Tequila extra.«

»Können Sie sich bitte ausweisen?«

Sie verdrehte die Augen und wühlte in einer übergroßen Handtasche. Sie war zwölf Jahre über dem Mindestalter. Hieß Emily mit Vornamen. Wylie dankte ihr und gab ihr den Führerschein zurück.

Sie sah zu, wie er den Tequila einschenkte, dann den Cocktail. Er stellte sich vor, was sie sah: einen glattrasierten Typ von durchschnittlicher Größe mit pockennarbigem Gesicht und leichtem Bauchansatz, dessen braunes Haar – er trug es heutzutage ein bisschen länger, als Reverenz an seine Vergangenheit – an den Schläfen grau wurde.

»Normalerweise trinke ich nicht«, sagte sie, als er die Gläser vor sie hinstellte. »Aber ich hab Angst vorm Fliegen.«

Er nickte. Das erlebte er andauernd. Machos, deren Puls im Nacken raste wie ein wildgewordenes Kaninchen. Damen der gehobenen Gesellschaft, die den Chardonnay runterschütteten wie Wasser. Kurze, die einer nach dem anderen gekippt wurden. Menschen, die von der Bar fortstolperten, als hätte ihr letztes Stündlein geschlagen.

»Ihre Chancen stehen gut«, sagte er.

»Ich weiß. Es ist albern.« Sie trank den Kurzen zuerst, eine knappe Kippbewegung des Handgelenks, als nähme sie einen Schluck Hustensaft. »Wylie?« Sie wies auf sein Namensschild. »Wie der Kojote?«

»Wie bitte?« Er hatte nicht die Angewohnheit, mit den Gästen zu plaudern.

»Der Kojote. Aus dem *Road-Runner*-Cartoon, wissen Sie. Wile E. Coyote.«

Sie war gesprächig. So war das, wenn die Leute Angst hatten, das war ihm nicht neu.

»Ach so. Wylie ist mein Nachname. Hat sich so eingebürgert.«

»Wie ist Ihr Vorname?«

»Tom. Thomas. Aber so nennt mich niemand. Nur meine Familie. Sie nennen mich Tommy.«

Sein Augenlid zuckte. Er fragte sich, ob er mal einen Arzt aufsuchen sollte. Die Frau lächelte ihn an und griff nach ihrer Margarita. Manchmal fiel es ihm schwer, nicht zu vergessen, dass er in den mittleren Jahren war, einundfünfzig, um genau zu sein, und dass Frauen wie diese vermutlich allenfalls einen Vater in ihm sahen, wenn überhaupt. Er nahm den Lappen und ging zur Kasse hinüber.

»Ich bin auf dem Weg nach Denver, um meine Nichte zu besuchen!«, rief die Frau. Der Alkohol zeigte offensichtlich Wirkung. »Die Tochter meines Bruders. Sie ist das erste Enkelkind in unserer Familie.«

»Wie schön.«

»Ich hoffe bloß, dass es dort nicht schneit. Oder einen Sturm gibt. Turbulenzen, Sie wissen schon. Das überlebe ich nicht.«

»Ach wo, kein Grund zur Sorge.«

Ein weiterer Gast nahm am anderen Ende der Bar Platz. Glattrasiert, mit sehr kurzem Haar. Seine Haut sah gespannt aus, als würde sie platzen, wenn man mit einer Gabel hineinstach. Wahrscheinlich beim Militär oder vielleicht bei der Polizei.

Wylie legte eine Serviette vor ihn. »Was darf's sein?«

Der Typ war viel zu sehr damit beschäftigt, die Frau zu taxieren, um Wylie anzusehen. Sie abzuchecken. Immer dasselbe. »Was möchten Sie trinken?«, fragte Wylie mit Nachdruck.

Der Typ musterte Wylie rasch. Schätzte ihn ein und hakte ihn ab. Wahrscheinlich hatte die Arbeitsuniform großen Anteil daran, dachte Wylie – die schwarzen Hosen und das lehmfarbene Poloshirt mit dem Schriftzug *Top Hat Enterprises* über der

Brusttasche. Der Typ konnte nicht wissen, dass Wylie zwei Jahre als Infanterist in Vietnam hinter sich hatte, dass er das College besucht und sogar einen Abschluss in Politikwissenschaft gemacht hatte. Er wusste nicht, dass Wylie nach einem kurzen Intermezzo bei einer kleinen Zeitung in Bakersfield nach San Francisco getrampt war, Flower Power und so, und dass er im obersten Stockwerk eines abbruchreifen viktorianischen Hauses am Alamo Square gewohnt hatte. Er wusste nicht, dass Wylie in einigen der besten Rock'n'Roll-Bars an der Westküste gearbeitet, dass er die heißesten Nummern gesehen hatte, dass er zweimal verheiratet gewesen und geschieden worden war. Er ahnte nicht, dass Wylie Slide-Gitarre spielen, ein Holzrahmenhaus bauen und perfekt Lachs räuchern konnte. Er hatte keine Ahnung, dass es sieben Jahre her war, seit ein Tropfen Alkohol oder eine stärkere Droge als Aspirin über Wylies Lippen gekommen war. Er wusste es nicht, und es interessierte ihn auch nicht. Er sah nichts als einen Mann mit schlechter Haut und einem aussichtslosen Job, der seine besten Jahre hinter sich hatte.

»JB mit Eis«, bestellte der Typ, den Blick unverwandt auf die Frau gerichtet. »Wie geht's, wie steht's?«, rief er zu ihr hinüber, während Wylie Eis in sein Glas füllte.

»Gut«, antwortete sie gelangweilt.

Ausnahmsweise war Wylie froh über die Dosierkappe auf der Flasche. Der Kerl würde nicht einen Tropfen mehr kriegen als nötig. Als er ihm den Drink servierte, erschien ein älteres Paar – ein schwarzer Mann mit einem weißen Haarkranz und eine weiße Frau mit Überbiss und dicken Brillengläsern. Einen Wodka Tonic für ihn, eine Bloody Mary für sie. Als Wylie ihnen ihre Drinks servierte, warteten bereits drei weitere Gäste.

So war es am Flughafen. Die Leute kamen und gingen. Die Menschen mit Flugangst, die Möchtegern-Schauspielerinnen, die ewigen Verlierer. Kokser, die sich gerade den letzten Cent ihres Gehalts durch die Nase gezogen hatten. Geschäftsleute, die nach Abschluss eines großen Deals heimwankten. Pärchen, die sich auf Konferenzen begegneten, die Nacht zusammen verbrachten und – benommen und mit geröteten Augen – ein letztes Glas miteinander tranken, bevor sie zu ihren Familien heimkehrten.

Früher, in den anderen Bars, hatte es Stammgäste gegeben, Menschen, deren Lebensgeschichten er kannte, die lachten und weinten und ihm den Schädel einzuschlagen drohten, wenn er ihnen nicht noch einen letzten Drink einschenkte. Hier waren die Gäste – mit wenigen Ausnahmen – immer neu. Aus Florida, Mexiko oder China. Die Anonymität war wohltuend. Wylie arbeitete von sieben Uhr morgens bis nachmittags um drei; er war noch vor dem Feierabendverkehr auf dem Heimweg, hinauf in die Hügel, wo sein schiefes Haus mit dem Pfefferbaum davor und den beiden Hunden auf der Veranda auf ihn wartete. So war es leichter, jetzt, da er nicht mehr trank.

Er wischte über die Theke und rückte die Barhocker zurecht. Er musste Carolyn zurückrufen, aber aus irgendeinem Grund scheute er davor zurück. Er vergewisserte sich, dass genug Wechselgeld in der Kasse war. Sie war nicht der Typ Frau, der ohne guten Grund anrief. Er machte sich daran, die Saftflaschen aufzufüllen und gelobte sich, sie zurückzurufen, sobald er damit fertig war. Doch dann kamen zwei Managertypen, nahmen Platz und bestellten Chivas on the Rocks. Wylie wünschte, er könnte das Gefühl drohenden Unheils abschütteln.

Er gab gerade Eis in ein Glas, als auf der anderen Seite der Theke etwas mit lautem Krachen explodierte. Er machte einen Satz. Das Glas fiel ihm aus der Hand und zersprang auf dem Boden. Da war es – das, worauf er gewartet hatte. Gäste schnellten herum. Jemand keuchte auf. Ein heißer Adrenalinstoß durchpulste Wylies Körper. Schwarze und weiße Blitze blendeten ihn. Er zwang sich zu atmen, dem Drang zu widerstehen, sich hinter dem Tresen zu Boden zu werfen und den Kopf mit den Händen zu schützen. Er rannte, knirschende Glassplitter unter den Füßen. Kam hinter dem Tresen hervor und rannte an der Brezelvitrine vorbei in die Lounge, in der sich die Fluggäste, die eine Fernsehsendung auf dem großen Bildschirm verfolgten, nach ihm umdrehten, als er in die Ecke hinüberschoss, aus der der Lärm gekommen war.

Sieben, acht junge Leute in roten T-Shirts standen über etwas gebeugt da. Wylie schob sie auseinander. »Was zum Teufel geht hier vor?«, schrie er.

Ein großer junger Bursche mit Akne lachte. »Das war bloß ein Barhocker, Mann«, sagte er. »Da war zu viel Gepäck drauf, und dann ist er umgekippt.«

Wylie sah nach unten. Da war er, der Übeltäter. Chromgestell, roter Vinylsitz. Ein Barhocker, nichts weiter. Die verdammten Dinger machten einen Höllenlärm, wenn sie umkippten. Wie ein Maschinengewehr. Oder eine explodierende Bombe.

Wylie riss ihn hoch und stellte ihn wieder hin. Er kickte das Gepäck aus dem Weg und baute sich vor dem Pickelgesicht auf. Eines, was er von seinem Vater geerbt hatte, war sein Jähzorn. Früher hätte er erst zugeschlagen und dann Fragen gestellt, aber das hier war der Flughafen, und er wandelte auf dem Pfad der Tugend.

»Tut mir leid, Mann«, sagte der Junge, dem alle Farbe aus dem Gesicht gewichen war. Er hob die Hände und trat ein paar Schritte zurück. »Es war ein Missgeschick.«

»Liebe Güte, nun mach mal halblang«, meinte eine der smarten jungen Frauen der Gruppe. »Ein Barhocker ist umgekippt, Mann. Wo ist das Problem?«

Wylie holte tief Luft. Die Leute an den umstehenden Tischen starrten ihn an. Seine Hände zitterten. Die junge Frau hatte recht, er musste sich zusammennehmen. »Also schön«, sagte er, hob eine Fototasche auf und hielt sie dem Jungen hin. »Gib in Zukunft besser Acht.« Er bemühte sich, seine Atmung unter Kontrolle zu bekommen, die Muskeln in Nacken und Schultern zu entspannen. Er ließ den Kopf kreisen. »Na dann ...«, murmelte er.

Er spürte die Augen aller auf sich, als er zu seiner Bar zurückkehrte.

»Kann ich zahlen?«, sagte die Frau, die Angst vorm Fliegen hatte, als Wylie die Splitter des zerbrochenen Glases zusammenkehrte. Sie hielt ihm einen Zwanziger hin.

Ihrem Bewunderer war es gelungen, sich auf den Barhocker neben sie zu mogeln. »Darf ich Ihnen noch einen ausgeben?«, bat er.

Sie blickte Wylie mit hochgezogenen Augenbrauen an. »Wie wär's mit einem für unterwegs – falls der Flug unruhig wird.«

»Was hätten Sie gern?«, fragte Wylie mit einem Lächeln.

»Einen Tequila.«

Er schenkte ihr den teuersten ein. Der Blödmann zahlte ja. Sie kippte ihn runter, schulterte ihre Tasche und ging.

»Noch einen«, sagte der Typ und klopfte an sein Glas.

Auf dem Sportkanal wurde ein Golfturnier der Damen angekündigt. Amber Ale, rief Wylie sich in Erinnerung. Er musste nach unten gehen und ein neues Fass anschließen, bevor der Mittagsandrang begann. Er brachte die leeren Flaschen fort und machte eine Liste dessen, was nachbestellt werden musste. Als ihm keine weitere Ausflucht mehr einfiel, wählte er Carolyns Nummer.

»Kannst du heute Abend zu mir kommen?«, fragte sie.

Jetzt ist es soweit, dachte er. Das »Wohin soll das mit uns führen?«-Gespräch. Er hatte gehofft, dass es mit ihr anders sein würde. Was ihm an ihr gefiel, war ihre Unabhängigkeit, die Tatsache, dass sie mit dem bestehenden Arrangement genauso glücklich zu sein schien wie er. Sie führte ihr eigenes Leben. Ihr Geschäft florierte – sie restaurierte Möbel, die sie bei Garagenverkäufen und auf Flohmärkten fand. Sie beizte sie ab, lackierte sie neu, polsterte sie auf und verkaufte sie dann für gutes Geld an Leute aus West-Hollywood und Santa Monica.

»Tja, heute ist Dienstag«, erwiderte er. »Wir sind doch eigentlich für morgen verabredet. Kann es nicht so lange warten?«

Sie räusperte sich.

»Ist auch wirklich alles in Ordnung?«, platzte er heraus, in den Fängen der alten Angst. Voller Panik, etwas getan zu haben, an das er sich nicht erinnern konnte, einen Filmriss zu haben und gleich von Dingen zu erfahren, die er getan und gesagt hatte, Dinge, die er nicht glauben konnte. Er musste sich in Erinnerung rufen, dass er das nicht mehr tat, dass die Zeiten vorbei waren. Heutzutage gab es keine Überraschungen mehr.

»Es ist alles in Ordnung. Ich möchte bloß mit dir sprechen. Ich muss dir etwas erzählen.«

»Lieber Himmel. Das klingt übel.« Wylie stöhnte und fuhr sich mit der Hand durch das Haar. »Erzähl schon.«

»Nein, jetzt nicht. Mach dir keine Sorgen. Komm einfach vorbei, ja? Es ist keine große Sache. Aber komm, ja?«

»Heute Abend?«

Er warf einen raschen Blick über die Bar. Gäste funkelten ihn an und pochten mit dem Geld auf den Tresen.

»Ja, wenn's geht.«

»Okay, ich komme. So gegen sieben?«

»Ja, prima.«

»Okay. Hör mal, ich hab zu tun. Eine Menge durstiger Reisender warten hier und gucken mich finster an. Wir sehen uns heute Abend.«

»Okay, bis dann.«

Irgendetwas in ihrer Stimme ließ sein Herz schneller schlagen, wie in dem Sekundenbruchteil, bevor dir jemand mit dem Auto hinten drauf fährt.

»Bist du *sicher*, dass alles in Ordnung ist?«

»Kommt drauf an«, erwiderte sie und lachte. »Kommt drauf an.«

2

Während Wylie ein neues Fass Amber Ale anschloss, stieg Rudy Cullen in eine 737, die soeben von Orlando gekommen war, und machte sich in der Business Class an die Arbeit, sammelte Zeitschriften ein, Decken und was nicht alles. Er ächzte, als er sich bückte und einen warnenden Stich im Rücken verspürte. Lieber Gott, lass ihn nicht wieder rausspringen, dachte er, als er seinen birnenförmigen Leib in die dritte Reihe quetschte und nach den zusammengeknüllten Servietten und leeren Erdnusspackungen griff, die zwischen die Sitze geklemmt waren. Seine kleinen, weichen Hände schwitzten in den Latexhandschuhen. In der nächsten Reihe hatte jemand drei zerdrückte Plastikgläser in die Tasche der Rückenlehne gestopft. Wer immer auf dem Fensterplatz gesessen hatte, hatte gekaute Kaugummikügelchen in ein Papiertaschentuch gewickelt und zwischen Armlehne und Kabinenwand gequetscht. Rudy grub sie aus. Er zwinkerte mit seinen farblosen Wimpern und bürstete Krümel von den Sitzen; dann stöhnte er, als er sich bückte, um einen Haufen Zeitungen vom Boden aufzuheben. Irgendjemand hatte eine fusselige graue Socke liegenlassen. Mannomann, die Dinge, die er in seinem Job in all den Jahren gefunden hatte – benutzte Kondome, abgeschnittene Zehennägel, vollgeschissene Windeln. Die Menschen waren Schweine, zweifellos.

Dennoch war die Arbeit in den Fliegern prima. Rudy hatte Flugzeuge schon immer geliebt. Als Kind war er vom Modellbau besessen gewesen: Bomber, Kampfjäger, Transportflugzeuge, Passagiermaschinen. Unzählige Stunden hatte er damit verbracht, mit größtmöglicher Sorgfalt maßstabsgetreue Segelflieger aus Balsaholz und Papier zusammenzubauen. Er hatte sie an die Decke des Zimmers gehängt, das er sich mit seinem älteren Bruder teilte. Gleich nach der Highschool war er zur Navy gegangen in der Hoffnung, Pilot zu werden, aber statt ihn zum Flieger auszubilden, hatten sie ihn auf einen Stützpunkt in Virginia geschickt, wo er die Regale in der Verpflegungsausgabe auffüllen musste. So lief das immer bei ihm. Er hatte eben kein Glück im Leben.

Durch eines der Fenster beobachtete er, wie ein vollbeladener Gepäckkarren über das Rollfeld davonschnurrte. Nach der Navy war seine Chance auf eine Pilotenlaufbahn noch weiter gesunken, und jetzt, mit siebenunddreißig, war sie in so weite Ferne gerückt, dass sie nur noch ein Pünktchen am Horizont schien. Draußen rollte eine L-1011 zum Terminal wie ein prächtiger Vogel. Es versetzte Rudy einen Stich, als er die winzigen Gestalten der Piloten im Cockpit ausmachte. Selbst auf die Entfernung konnte er ihre weißen Hemden erkennen, die schwarzen Epauletten ihrer Uniform. Egal wie – er würde seine Fluglizenz bekommen, das schwor er sich. Und wenn es nur ein kleines Privatflugzeug war – er würde fliegen lernen. Irgendwann, irgendwie. Das schwor er sich.

Bis dahin verbrachte er zumindest jeden Tag bei den Flugzeugen. *In* den Flugzeugen. Er schob seinen Putzwagen in die Economy Class. Er liebte den Geruch von Flugzeugbenzin und die Kraft des angedockten Fliegers. Er sorgte mit dafür, dass die Maschinen im Topzustand waren, ebenso wie die Crews, die die Pantry auffüllten und die Bordtoiletten putzten oder die Jungs unten auf dem Rollfeld, die Kopfhörer trugen und Knieschoner, während sie den Flieger auftankten und entluden und das Fahrwerk überprüften. Während er durch die Kabine ging, stellte er sich vor, wo das Flugzeug gewesen war. Die Höhe, die es erreicht hatte, die Fluggeschwindigkeit, die Meilen, die es zurückgelegt hatte. Er, Rudy, war Teil davon. *Bodenpersonal, Fluggesellschaft,* antwortete er immer, wenn er gefragt wurde, wie er seinen Lebensunterhalt verdiente.

Am vorderen Einstieg der Maschine erklang Geschepper. Rudy blickte hoch und sah, wie Latasha McCain ihren Putzwagen an Bord schob.

»Hallo!«, rief sie träge. Sie warf ihm kaum einen Blick zu.

»Guten Morgen, Latasha!«, rief er. Er winkte ihr zu, aber sie quetschte sich schon in die erste Reihe, besprühte die Armlehnen und rieb sie ab. Sie legte die Gurte ordentlich zurecht und überprüfte, ob die Taschen an den Rückenlehnen das Flugmagazin, die Sicherheitshinweise und die Spucktüten enthielten.

Rudy war plötzlich verdrossen. Trotzdem zwang er sich, sie zu fragen: »Und – wie geht's dir heute?«

»Ganz gut«, murmelte Latasha. Sie sah ihn immer noch nicht an.

Nun, er hatte es zumindest versucht, dachte Rudy und machte sich wieder an die Arbeit. Das Problem mit Latasha war ihre Einstellung, und leider war sie nicht die Einzige, deren Einstellung zu wünschen übrig ließ. Das traf auf sämtliche Frauen zu, die ihm unterstellt waren, seine *Crew,* wie er sie nannte. Für sie war das hier bloß ein Job; sie hatten die Ruhe weg, ließen sich alle Zeit der Welt. Sie machten sich keine Vorstellung von dem Aufwand, der nötig war, um diesen Riesenvogel am Fliegen zu halten. Sie wussten es nicht, und es interessierte sie auch nicht. Ob sie ein Haus putzten oder ein Kino oder ein Flugzeug – ihnen war das völlig egal. Er aber stellte sich vor, wie die Maschine über die Burgen am Rhein, die chinesische Mauer, den Eifelturm flog. Er sah die Piloten im Cockpit, das nächtliche Himmelszelt, die Fluglotsen, die das Netz der Routen überwachten, das den Globus umspannte.

»Soll ich vorne weitermachen oder hinten?«, rief Latasha. Sie warf ihm einen schiefen Blick zu, den Mund verzogen, die Augen verdreht.

Rudy biss sich auf die Lippe. Es war wichtig, seine Professionalität zu wahren. »Vorne, Latasha«, antwortete er ruhig und entschieden. »Wie immer.«

Mann, diese Leute. Sie waren eben anders, da war nichts zu machen. Schwarze und Mexikaner und Filipinos. Nicht dass er damit ein Problem gehabt hätte, überhaupt nicht, denn er mochte Menschen, egal wo sie herkamen. Er gab jedem eine Chance. War er nicht sogar mit einer Filipina verheiratet? Und trotzdem sahen sie ihn immer so komisch an. Als ob er das nicht merkte. Kicherten hinter seinem Rücken und warfen sich Blicke zu. Wichen seinen Augen jedoch aus. Und dabei war es ja nicht so, als hätte er bessere Chancen gehabt – er hatte genauso angefangen wie sie, als einfache Putzhilfe. Ihm war auch nichts geschenkt worden – auch wenn sie sich das nicht vorstellen konnten.

Er stieß sich den Kopf an der Gepäckablage über Reihe 14. Das passte, denn wenn man die beiden Ziffern zusammenzählte, eins und vier, machte das fünf – seine Unglückszahl. Vierzehn war er auch gewesen, als er aus der Kleinstadt in Nevada, in der er geboren wurde, nach L.A. gekommen war. Damals hatten seine Probleme angefangen: Seine Mutter hatte wieder geheiratet, und er kam auf eine Schule, in der er sich von Anfang an als Außenseiter empfunden hatte. Aus den Augenwinkeln beobachtete er Latasha. Ihr Kopf wippte auf und nieder, während sie sprühte und wischte und ihr üppiges Hinterteil in den Gang ragte. Tja, dass seine Crew ihn nicht mochte, gehörte zu seinem Job, rief er sich in Erinnerung. So war das nun mal als Vorgesetzter. Da ging es nicht darum, einen Beliebtheitswettbewerb zu gewinnen.

»Hey, hey! Guck sich einer das an!«, rief Latasha, mehr an den hinteren Teil des Flugzeugs gewandt als an Rudy. Sie hielt eine Rolle Geldscheine hoch, die sie unter einem der Sitze gefunden hatte, und zählte die Scheine. »Drei Dollar!« Sie steckte sie sich hinter die Schürze, ohne einen weiteren Gedanken darauf zu verschwenden – als stünden sie ihr zu. Er selbst hatte auch schon Geld gefunden: Münzen, die den Leuten aus der Tasche fielen, Eindollarscheine, die bei einem Cocktail als Wechselgeld herausgegeben wurden. Manchmal einen Zehner, gelegentlich einen Zwanziger. Er gab das Geld *immer* ab.

»Nicht schlecht, ey, Cap'n?« Latasha grinste.

Rudy zog ein finsteres Gesicht. Er hasste diesen Spitznamen. Es war schlimm genug, wenn seine Crew ihn so nannte, aber auch andere Leute der Fluggesellschaft hatten ihn spitzgekriegt, Leute, die ihm wichtig waren, die Piloten beispielsweise. Manche von ihnen salutierten sogar, wenn sie ihm im Terminal begegneten, wie er seinen Karren mit den Putzlappen und Sprühflaschen schob. »Morgen, Cap'n«, sagten sie, ein Funkeln in den Augen.

Rudy rückte zu den Sitzen hinter den Tragflächen vor, hob einige zerknüllte Decken auf und zog ein Kissen hervor, das zwischen die Sitze gestopft war. Auch die Flugbegleiterinnen nannten ihn Cap'n. Kaum zu glauben heutzutage, aber er hatte selbst einmal daran gedacht, Flugbegleiter zu werden, hatte sogar mit der Ausbildung angefangen. Aber er hatte schon bald kapiert, dass es für den Job praktisch unabdingbar war, eine Schwuchtel zu sein, von daher war es kein Wunder, dass er nur eine Woche des zweimonatigen Kurses durchgehalten hatte. Diese Homos schwatzten und lachten mit den weiblichen Trainees, als wären sie ihresgleichen, und die Frauen schwatzten und lachten ebenso mit ihnen, als wären sie die dicksten Freundinnen. *Ihn* hingegen würdigten sie keines Blickes. Als wäre *er* die Schwuchtel. Versteh das, wer will. Na, egal. Am Ende war es alles zum Besten gewesen, denn jetzt, wo er verheiratet war und die Tochter seiner Frau großziehen musste, hätte er sowieso nicht mehr um den ganzen Globus jetten können. Er war ein Familienvater mit geregelten Arbeitszeiten, der jeden Abend zum Essen nach Hause kam.

»Hey, Rudolph! Rotnasiges Rentier! Wie geht's?«

Rudy drehte sich zum hinteren Teil der Maschine um, wo Cage, einer der Gepäckarbeiter, die hintere Treppe heraufgekommen war.

»Wie sieht's aus in der Putzkolonne?«, schrie Cage über den Lärm der Motoren hinweg, der vom Rollfeld heraufdröhnte. »Wie geht's Santa Claus und seinen Elfen?«

Rudy schüttelte den Kopf und gab vor zu lachen. Cage hatte die geistige Reife eines Fünfjährigen. Rudy sah zu, wie er in ein Fach in der Pantry griff, drei Dosen Cola herausnahm, Rudy eine davon zuwarf und dann zu seinen Kumpels zurückkehrte, die das Gepäck für den nächsten Flug einluden.

Die Gepäckarbeiter waren auch so eine Verlierertruppe. Unehrlich wie der Teufel, Bummelanten, und die halbe Zeit kamen sie betrunken oder bekifft zur Arbeit oder beides. Rudy wusste Bescheid, weil er selbst auch einmal dort gearbeitet hatte. Nach sechs Wochen hatte ihm einer der Männer – der Vorarbeiter, genauer gesagt – gezeigt, wie er die Reißverschlüsse der Taschen aufzog und mit der Hand nach dem Bündel Geldscheine suchte, das mehr als genug Leute törichterweise in ihrem Gepäck versteckten. Aber Rudy hatte Prinzipien. Moralische Grundsätze. Es sprach sich schnell herum, dass er sich weigerte, Geld aus dem Gepäck zu klauen, und von dem Tag an war er seines Lebens nicht mehr sicher. Große Taschen flogen auf ihn zu, kaum dass er den Rücken kehrte. Pakete stürzten aus dem Nichts herab. Der Gipfel war gewesen, dass sie einmal die Ladeluke schlossen, als er noch drinnen war und Gepäck sicherte. Er hatte sich im Stockfinsteren die Seele aus dem Leib geschrien und an die Wand der Maschine gehämmert. Er stellte sich vor, wie er irgendwo über dem Pazifik erstickte. In letzter Minute war die Luke wieder aufgegangen, und er hatte in die lachenden Gesichter seiner Kollegen geblinzelt, die von einem blendenden Rechteck aus Licht gerahmt waren. Er war schnurstracks ins Büro gegangen und hatte um seine Versetzung gebeten.

Latasha summte, während sie langsam und bedächtig vor sich hin arbeitete, als habe sie nicht den geringsten Anlass zur Sorge. Seitdem terroristische Anschläge drohten, hatte die Fluggesellschaft das Bodenpersonal reduziert, und wenn sich die Lage nicht entspannte und die Menschen wieder mehr flogen, würden sie noch mehr Leute entlassen. Man sollte meinen, dass das jemanden wie Latasha nicht kalt ließ, aber während er sie beobachtete, sammelte sie eine Zeitschrift auf, blätterte sie durch und schob sie dann hinter ihre Schürze. Sie summte nun ein wenig lauter, als lege sie es darauf an, ihm auf die Nerven zu gehen – als wolle sie ihm zeigen, dass es ihr piepegal war, was er von ihr dachte, obwohl er ihr Boss war.

Rudy seufzte. Er war fast am hinteren Ende der Maschine angelangt. Der Tag lag vor ihm: noch ein Flieger bis zur Mittagspause, in der er sein Schinkensandwich und die Tüte Kartoffelchips essen würde, die Inez ihm an diesem Morgen eingepackt hatte. Schon bei dem Gedanken daran knurrte ihm der Magen. Dann der lange Nachmittag, gefolgt von der Fahrt nach Hause. Ihm tat das Kreuz weh, seine Schultern schmerzten. Manchmal fühlte er sich steinalt, dabei war er noch keine vierzig. Er dachte an Inez. Seine Frau. Er wiederholte ihren Namen, und eine Art innere Ruhe überkam ihn. Das erste Mal hatte er sie in der Kirche gesehen, wie sie sich mit Vanessa, die damals erst sechs gewesen war, von der Bank erhoben hatte. Es war seltsam gewesen, aber als er die beiden da stehen sah – so ernst, so still, während sie der Predigt lauschten –, hatte er sofort den freien Platz neben ihnen erblickt, der nur darauf wartete, besetzt zu werden. Er musste nichts weiter tun als hingehen. In dem Augenblick hatte er begriffen, dass er und Inez einander ergänzen konnten, dass er nicht länger ein unverheirateter Mann sein musste und sie nicht länger eine junge, unverheiratete Mutter mit einer Tochter, über die sich jeder so seine Gedanken machte. Sie konnten eine Familie sein. Und genau so war es mehr oder weniger gekommen. Er dachte an das Glück, das er in einer Maschine genau wie dieser empfunden hatte, als sie zu ihren Flitterwochen nach Hawaii geflogen waren. Es war ein Charterflug gewesen, sicher, eine Pauschalreise, und sie hatten vier Stunden in der Abflughalle warten müssen, bis die Fluglinie etwas, das sie »eine technische Störung« nannte, behoben hatte. Egal, sobald sie in der Luft gewesen waren, hatte Rudy zu den Wolken hinausgesehen, die so groß wie Schlösser waren, und gespürt, dass sein Leben endlich in die richtigen Bahnen kam – dass die Dinge sich nun zum Besten wendeten.

Und seitdem – tja ... Rudy schürzte die Lippen. Er dachte an die grob verputzte Bruchbude in der Farbe alter Fleischwurst, in der er und Inez seit ihrer Heirat vor acht Jahren zur Miete wohnten. Es war nicht das, was er wollte: Gitter vor den Fenstern, schiefe Zwischenwände, ein holpriger Hinterhof. Winzig, so dass sie sich dauernd in die Quere kamen. Nicht die Gegend, in der Vanessa aufwachsen sollte – es wimmelte von Herumtreibern, die mitgehen ließen, was nicht niet- und nagelfest war. Kinder schmissen Müll durch die Gegend und machten einen Heidenlärm; am Wochenende hingen die nichtsnutzigen Kerle herum und bastelten an ihren Autos. Auch kein Ort für Inez. *Inez.* Rudy wurde schwer ums Herz. Seine klammen Hände juckten in den Latexhandschuhen. Inez' Schweigen wuchs und wuchs und erfüllte die kleine Mietbude, bis er manchmal kaum noch Luft bekam. Sie brauchte ihr eigenes Haus, einen Ort, an dem sie alles genau so haben konnte, wie sie es wollte. Dann würde alles besser werden. Er gab sich Mühe, versicherte er sich, während er die Schnipsel einer Disneyworld-Postkarte aufsammelte, die jemand über den ganzen Sitz verteilt hatte. Er tat sein Bestes.

Als er mit der letzten Reihe fertig war, richtete er sich auf und dehnte seinen steifen Rücken. Die Kabine, die ausgesehen hatte wie nach einer wilden nächtlichen Party, erschien nun wie ein frisch gereinigtes Hotelzimmer. Latasha war erst halb fertig.

»Denk dran – nächste Woche bin ich nicht da«, sagte sie, als er sich auf dem Weg hinaus an ihrem Karren vorbeizwängte.

»Das höre ich zum ersten Mal, Latasha«, entgegnete Rudy. »Davon weiß ich ja gar nichts.« Seine Crew nahm sich andauernd frei: kranke Kinder, Urlaub, Erkältungen, Operationen. Die Letzte war Imogene gewesen, eine seiner besten Arbeiterinnen; sie behauptete, an Karpaltunnelsyndrom zu leiden.

Latasha schüttelte den Kopf. Rudy wünschte, sie würde ihm in die Augen gucken. Nur ein einziges Mal. War das zu viel verlangt?

»Ich hab's dir gesagt. Zwei oder drei Mal sogar«, widersprach Latasha. »Ich hab dir vor einem Monat gesagt, dass ich freihaben muss, und ich hab dich letzte Woche daran erinnert.« Sie schob ihre Sprühflasche in die Schürzentasche und zwängte sich zwischen zwei Sitzreihen.

»Tja, im Arbeitsplan ist nichts eingetragen«, erwiderte Rudy. Er bemühte sich, seine Stimme vernünftig klingen zu lassen. Latasha fuhr mit ihrer Arbeit fort, als sei er gar nicht da. »Du weißt ja, dass Lula nächste Woche auch nicht da ist, und ich kann mir nicht vorstellen, dass ich euch die Erlaubnis gegeben habe, in derselben Woche frei zu nehmen.«

»Meine Mutter muss ins Krankenhaus!«, fauchte Latasha und sah endlich zu ihm auf. »Das steht seit einem Monat fest. Ich hab's dir gesagt, sobald ich es erfahren habe. In der ersten Woche braucht sie Rund-um-die-Uhr-Betreuung. Du wirst dir was einfallen lassen müssen.«

Rudy stolperte ein paar Schritte zurück, so geschockt war er von der Wut, die ihr ins Gesicht geschrieben stand. Was für eine Frechheit, so mit ihm zu reden! Er holte tief Luft, um ihr eine Antwort zu geben, die sich gewaschen hatte, doch gerade als er loslegen wollte, erschien sein Boss, Glenn Waller, am vorderen Eingang der Maschine.

»Rudy, könntest du einen Moment herkommen?«, sagte er und winkte ihn zum Cockpit. »Ich würde dich gern kurz sprechen.«

Rudy warf Latasha einen »Wir sprechen uns noch«-Blick zu und ging nach vorn. »Was gibt's denn, Glenn?«, fragte er munter, als er ihn erreicht hatte. Er streifte sich die Latexhandschuhe ab und sah auf seine kleinen rosa Hände. Aus irgendeinem Grund hatte er Herzklopfen.

Waller nahm ihn beim Ellenbogen und führte ihn zur Tür und auf die Gangway hinaus. Er war ein Walross von Mann mit blasser Haut, zerknitterter Kleidung und einem buschigen Schnauzbart. Er führte Rudy in eine Ecke, in der ein zusammengeklappter Rollstuhl lehnte, und stand nun so dicht vor ihm, dass Rudy den Kaffee und die Zigaretten in seinem Atem riechen konnte.

»Hör zu, Rudy. Ich habe schlechte Nachrichten für dich.«

Rudy schnappte nach Luft. »Ist was mit meiner Frau?« Sein Herz hämmerte. Die Griffe des Rollstuhls bohrten sich in seinen Rücken.

»Nein, nein. Nichts dergleichen. Deiner Frau geht's gut. Ich meine, soweit ich weiß, geht's ihr gut.« Waller überlegte einen Moment und strich seinen Schnauzbart mit dem Zeigefinger in Form. Er schien einen Punkt auf Rudys Scheitel zu fixieren. »Was ich sagen wollte, ist ... also ...« Er räusperte sich. »Die Sache ist die, Rudy – wir müssen dich entlassen. Es ist ziemlicher Mist, und es fällt mir schwer, dir das zu sagen. Aber du weißt ja, wie die Dinge hier stehen. Die Geschäfte laufen einfach schlecht. Es tut mir leid. Ehrlich.«

Auf der gegenüberliegenden Seite der Gangway war ein schmales längliches Fenster. Die Scheibe war beschlagen. Trotzdem konnte Rudy eine Maschine ausmachen, die das Gate neben ihnen ansteuerte, und auf dem Rollfeld den Einweiser mit der Flagge. Rudy sah zu, wie das Flugzeug langsam zum Stehen kam, sah zu, wie die Gangway herangerollt wurde, der Flansch um den Einstieg wie das Maul eines Aals. In der Kabine war jetzt alles im Aufbruch begriffen, die Gurte wurden gelöst, die Gepäckablagen geöffnet.

»Wann?«, fragte Rudy, den Blick immer noch auf das Fenster geheftet.

»Tja, das ist das Problem. Es geht alles so schnell. Dieses Quartal war noch schlechter als befürchtet. Wir haben gerade Order von oben gekriegt: Wir müssen sofort Stellen abbauen. Also weißt du ...«

Rudy löste den Blick. Er sah zu, wie sich Wallers Hand in

die hintere Tasche seiner schlechtsitzenden grauen Hose schob, wie er einen zerdrückten Umschlag hervorzog, der sich der Wölbung seines übergroßen Hinterns angepasst hatte.

»Ich habe hier einen Scheck über zwei Wochenlöhne«, fuhr er fort. Er blickte Rudy jetzt ins Gesicht und hielt den Umschlag hoch, so dass Rudy ihn zur Kenntnis nehmen musste. »Wir kündigen dir mit einer Frist von zwei Wochen, aber du brauchst nicht mehr zu kommen. Hier ist der Scheck. Zur Überbrückung. Du kannst ihn jetzt gleich haben, aber wenn du heute Feierabend machst, dann war's das. So hast du die Chance, dich umzugucken. Eine gute Ausgangsbasis, um dir was Neues zu suchen.«

Rudy hörte nicht viel von dem, was Waller sagte. Stattdessen musterte er dessen Gesicht; er registrierte, dass das eine Auge ganz anders geschnitten war als das andere und dass seine Schneidezähne die Farbe von Weizen hatten. Waller hielt ihm den Umschlag hin. Rudy zögerte. Er wollte ihn nicht anfassen, denn er war bestimmt noch warm von Wallers Körper, von dort, wo er sich an seinen ekelhaften Arsch geschmiegt hatte.

»Heißt das, *das war's?«*, flüsterte Rudy. Seine Kehle war so ausgedörrt, dass er kaum sprechen konnte. »Heißt das, *dies ist mein letzter Tag?«*

Waller zupfte nervös an seinem Schnauzbart und klopfte Rudy lahm auf die Schulter. »Ich weiß, es ist hart, Kumpel. Und ohne jede Vorwarnung, ich weiß. Es tut mir wirklich leid. Aber wir haben keine andere Wahl.« Er hielt Rudy den Umschlag vor die Nase, als versuche er einen Hund mit einem Stück rohen Fleisch zu ködern. »Wir geben dir zwei Wochen zur Überbrückung, Kollege. Damit du wieder auf die Füße kommst.«

Rudy sah auf seine Füße hinunter, als befolge er eine Anweisung. Seine schwarzen Arbeitsschuhe waren an den Seiten ausgelatscht, an Zehen und Fersen abgestoßen. Ein Schnürsenkel war lose. Noch nicht auf, aber fast.

»Das kannst du nicht machen«, sagte Rudy. »Du kannst mich nicht einfach so feuern.«

Waller kaute an einem Ende seines Schnauzbarts.

»Du bist nicht *gefeuert,* Rudy. Du bist *freigestellt.* Und es tut mir leid, aber wir können. Wir müssen nur die Kündigungsfrist von zwei Wochen einhalten, und das tun wir. Noch mal: es tut mir leid.«

Wieder hielt er ihm den Umschlag vor die Nase.

Rudy starrte ihn an. In seinen Adern begann es zu flirren: erst in den Kapillaren in Fingern, Nase, Ohren, dann in den größeren Blutgefäßen, die Arme und Beine versorgten. Schließlich schwoll die Arterie, die durch die Mitte seines Leibes lief, an und pochte so heftig, dass er meinte, Nacken und Brust müssten ihm bersten. Seine Arme wurden von den Ellenbogen abwärts taub.

»Aber ich habe eine Frau! Eine Frau und eine Tochter!«, brach es aus ihm hervor. »Sie sind auf mich angewiesen. Ich bin für sie verantwortlich!«

Waller nickte, als verstünde er, der Schleimscheißer. »Ich weiß, Rudy, ich weiß. Es ist eine vertrackte Situation, wie schon gesagt ...«

»Und ich bin der *Vorarbeiter!«,* fiel Rudy ihm ins Wort. »Ich bin länger hier als irgendjemand sonst! Was ist mit den anderen?« Er wies mit wilder Geste auf die Maschine. »Manche von denen haben gerade erst angefangen. Warum ich? Das kannst du nicht machen!« Ein Tropfen Speichel flog ihm aus dem Mund und landete an Wallers Unterlippe.

»Nun mal ganz ruhig«, sagte Waller und versuchte Rudy auf die Schulter zu klopfen. Rudy wich erbost zurück. Er keuchte, sein Brustkorb hob und senkte sich heftig, sein Gesicht nahm mit jeder Sekunde einen tieferen Rotton an.

»Genau das ist doch der Punkt«, sagte Waller in beruhigendem Ton. »Es geht nicht um dich, sondern um deine Position. Wir müssen einige der Vorarbeiterposten abbauen, und deiner gehört dazu. Wir müssen die Führungsebene straffen, um Kosten zu sparen. Wir nehmen alles unter die Lupe – nur so können wir konkurrenzfähig bleiben.«

»Heißt das, dass ich mich all die Zeit abgerackert habe, um Vorarbeiter zu werden und dass das jetzt der Grund ist, aus dem ich gefeuert werde?«, schrie Rudy. »Heißt das, wenn ich immer noch eine einfache Putzkraft wäre, so wie die anderen, dann wäre alles in bester Ordnung? Dann hätte ich meinen Job noch?«

»Tja, sozusagen ...«, meinte Waller.

»Du nimmst mich auf den Arm, oder?«, belferte Rudy speichelsprühend. »Das Ganze ist ein Scherz, stimmt's?«

»Es ist kein Scherz, Rudy.«

»Die Sache stinkt zum Himmel, und das weißt du«, sagte Rudy mit leiser, drohender Stimme. Er begann allmählich zu begreifen, was da lief. Er kniff ein Auge zusammen und wies mit dem Finger wie mit einer Pistole auf Waller. »In Wahrheit ist es, weil ich *weiß* bin, richtig? Wenn du jemand anders feuern würdest, säße dir in Null Komma nichts die ACLU im Nacken. *Diskriminierung*. Du hättest einen Rechtsstreit am Hals, noch bevor du Martin Luther King sagen könntest. Aber was ist mit mir, hm? Was soll *ich* tun? Mich unterstützt niemand.«

»Moment mal. Nun wart mal 'ne Minute. Jetzt beruhig dich doch. Beruhig dich.« Waller legte Rudy beide Hände auf die Schultern, als wolle er ihn auf Normalmaß zurechtstutzen. Er sah sich nervös um. Hielt er nach Verstärkung Ausschau oder nach einem möglichen Fluchtweg? Rudy wusste es nicht.

»Hör zu, es gibt eine Liste für Wiedereinstellungen. Sobald der Laden wieder besser läuft, versuchen wir dich wieder einzustellen. Wenn die Wunden verheilt sind und die Leute wieder fliegen, sehen wir, was wir tun können. Frag einfach ab und zu im Büro nach.«

»Fass mich nicht an, Waller!«, fauchte Rudy und stieß Wallers Hände fort. »Warum gibst du es nicht einfach zu? Gib's einfach zu, Waller! *Ich* bin derjenige, der diskriminiert wird. Warum bist du nicht ein Mal im Leben ehrlich?«

Rudy wusste kaum, wie ihm geschah. Andererseits wusste er es genau. Sein Leben lang war er missverstanden worden, hatte man ihn ungerecht behandelt. Warum sollte es diesmal anders sein?

Waller trat einen Schritt zurück, und wieder strich er mit dem Zeigefinger glättend über seinen Schnauzbart. »Weißt du was, Rudy?«, sagte er mit ruhiger Stimme. »Gerade bist du einen Schritt zu weit gegangen, Kollege. Wenn du die Wahrheit wirklich wissen willst: Deine Arbeitsleistung war *keineswegs* in jeder Hinsicht zufriedenstellend. Es gab etliche Beschwerden von Leuten, die mit dir gearbeitet haben. Wir haben in der Vergangenheit ja schon mal mit dir darüber gesprochen. Es wäre also das Beste, wenn du jetzt diesen Scheck hier nimmst ...«

»Wieso – weil ich versucht habe, meinen *Job* zu machen?«, kreischte Rudy. Seine Stimme überschlug sich; seine Kehle brannte. O Gott, bitte lass mich jetzt nicht in Tränen ausbrechen! »Weil ich versucht habe, den Leuten beizubringen, pünktlich zu sein und ihre Arbeit zu machen? Ist das Diskriminierung? Heißt das, Vorurteile zu hegen?«

Er war im Begriff, Waller den Scheck aus der Hand zu reißen und ihn zu zerfetzen, als er sah, dass Latasha ihn vom Eingang der Gangway aus beobachtete. Ihre Hände lagen auf dem Griff ihres Putzwagens. Ihre Augen funkelten vor Neugier, als verfolge sie eine spannende Fernsehshow, eine Sitcom.

»Ich müsste mal hier durch«, sagte Latasha, als die beiden Männer sich nach ihr umwandten. »Ich bin hier fertig. Ich muss rüber nach nebenan.«

»Kein Problem, Latasha. Wir sind auch gleich fertig.« Waller trat beiseite, um sie vorbeizulassen.

Rudys Zunge fühlte sich dick und trocken an; einen Augenblick meinte er an ihr zu ersticken. Es war keine Einbildung: Latasha feixte, als sie an ihm vorbeiging. Sie *freute* sich. Genau darauf schien sie gewartet zu haben. Wie viele Leute hatten gewusst, dass man ihn an die Luft setzen würde? Wie viele waren im Bilde gewesen? Er sah zu, wie Latasha die Gangway hinunterschlurfte und im Terminal verschwand. Als er sich wieder Waller zuwandte, hielt dieser ihm immer noch den Scheck hin, der noch immer gebogen war wie ein toter Fisch.

»Nimm einfach den Scheck, Rudy. Nimm ihn und geh nach Hause.«

Das Blut schwand zunächst aus Rudys Kopf, dann aus Nacken und Schultern und schließlich aus Armen und Händen. Er musste hier weg. Er musste nachdenken. Alles um ihn herum sah körnig aus, wie auf der Vergrößerung eines Fotos in der Zeitung.

»Das ist nicht in Ordnung«, sagte er. Er nahm den Scheck, weil Waller ihn ihm hinhielt, weil er etwas brauchte, woran er sich festhalten konnte, und selbst ein Stück Papier war besser als nichts. »Das werdet ihr bereuen!«, stieß er mit zusammengebissenen Zähnen hervor.

Waller, der Waschlappen, kaute bloß an seinem Schnurrbart und schüttelte den Kopf.

»Wir sind noch nicht miteinander fertig!«, rief Rudy über die Schulter zurück, als er die Gangway entlangstolperte. »Das wird euch noch leid tun!«

Rudy schoss durch den Terminal wie durch einen Windkanal. Er konnte kaum etwas erkennen, so schnell flogen die Dinge an ihm vorüber. Er stieß mit Menschen zusammen, die Rollkoffer zogen oder mit Sack und Pack beladene Gepäckwagen schoben. Eine Reinigungskraft leerte die Mülleimer im Wartebereich, eine andere fegte Abfall auf ein langstieliges Kehrblech. Frauen reichten Pizzastücke über den Tresen. Aus einer Zapfanlage füllten sie Mineralwasser in Gläser, und aus der Kasse gaben sie Wechselgeld heraus. Der Barkeeper mit dem Narbengesicht, an dem Rudy Tag für Tag vorbeikam, nickte ihm zu, ein Bier in jeder

Hand. Rudy eilte weiter. Der Sicherheitsbeamte mit den schlechten falschen Zähnen, der verhutzelte alte Mann, der den Elektrokarren fuhr, die Frau mit dem Pferdeschwanz hinter dem Tresen an Gate 12, die den letzten Aufruf eines Fluges durchgab. Für sie alle war es ein ganz normaler Tag.

Rudy hatte keinen Plan, keine Ahnung, wo er hinwollte. Er kam am Souvenirladen vorbei, in dessen Auslage Schlüsselanhänger und Kaffeebecher zu sehen waren, Teddybären in Hawaiihemden. Ständer voller Zeitschriften; Süßwaren; T-Shirts mit Palmen in Seidensiebdruck, der Hollywood-Schriftzug, Sonnenbrillen. Hinter dem Souvenirladen lockte der blaugekachelte Eingang der Herrentoilette wie eine stille Grotte. Rudy steuerte darauf zu, doch das gelbe Warnschild der Reinigungskraft versperrte den Eingang: ACHTUNG! RUTSCHGEFAHR!

Rudy trat um das Schild herum.

Die Toilette war leer. Der Putzwagen stand in der Mitte des Raumes, beladen mit Reinigungsmitteln, Toilettenpapierrollen, Stapeln von Papierhandtüchern. Er warf einen raschen Blick in den Spiegel, sah sein rotes Fusselhaar, seine breiten Hüften, die schmalen Schultern, seine kleine Gestalt. Sein Mitarbeiterausweis baumelte ihm um den Hals. Zumindest den hatten sie ihm nicht abgenommen. Er betrat die letzte Kabine und verriegelte die Tür.

Die Kühle der Kacheln und die widerhallende Stille waren tröstlich. Er setzte sich auf die Toilette und ließ den Kopf hängen. Seine Hände öffneten und schlossen sich. *Was nun?*, dachte er.

Was? Was? Was? Was?

Der Boden war noch nass, trocknete langsam hier und da. Unter der Tür sah er die Spuren des Wischmops. Er bückte sich, um den Schnürsenkel neu zu binden. Er betrachtete seine Hände, seine kurzen, spitzen Finger. Seine Frau, dachte er. Vanessa, ihre Tochter. Waller. Er roch das Desinfektionsmittel. Die Flüssigseife in den Spendern bei den Waschbecken, den Frischeduft, der sich bei jedem Abziehen in die Toilettenschüssel ergoss.

Obwohl er keinen Gedanken zu Ende brachte, nahm etwas in seinem Kopf Gestalt an.

Als die Toilette ihm unbequem wurde, öffnete er die Tür und trat hinaus. Er ging zu dem Putzwagen hinüber und musterte die Flaschen im zweiten Fach. Drehte einen Verschluss auf, roch ausgiebig daran, zuckte zurück, als der Geruch ihm in Nase und Kehle brannte. Er warf sich im Spiegel einen kurzen Blick zu, sah, wie er die Flasche hielt, dann schraubte er sie wieder zu und stellte sie zurück.

Schließlich nahm er einen Armvoll Toilettenpapier, ging nacheinander in jede Kabine und verstopfte jede Toilette mit je drei Rollen. Als er hinausging, rauschten die Spülungen hinter ihm wie die Niagarafälle. Auf seinem Weg durch den Terminal in Richtung Ausgang stellte er sich das Rauschen und Sprudeln des Wassers vor, das dramatische Schwappen, wenn die randvollen Toilettenschüsseln überliefen.

3

Jewell Wylie stieß einen Besenstiel in den Küchenabfallzerkleinerer und stach so heftig zu, als wolle sie einen Fisch harpunieren oder Butter schlagen. Groß und kräftig wie sie war, in ihrem Denim-Overall und mit dem dicken braunen Zopf zwischen den Schulterblättern, hätte man sie für ein Bauernmädchen halten können, wären da nicht die silbernen Ringe in ihrem rechten Nasenloch und der linken Augenbraue gewesen und das pokerchipgroße Tattoo eines Sternenregens in ihrem Nacken.

Frühstückstabletts kamen auf dem Fließband durch die Durchreiche in Wand, ruckelten an ihr vorbei, liefen um die Ecke und stauten sich auf der Edelstahlarbeitsplatte am Ende des Bandes. Der Abfluss lief beinahe über. Jewell fluchte und stieß noch einmal mit dem Besenstiel nach. Sie hielt den Atem an und betätigte den Schalter. Der Zerkleinerer ächzte, und einen Moment glaubte sie, er würde sich wieder in Gang setzen. Als sie roch, dass der Motor heißlief, stellte sie ihn wieder aus, lehnte sich an den Tisch und sah zu, wie das Wasser stieg. Tabletts stießen aufeinander, Gläser fielen um, rollten über den Tisch und in den Abfluss. Eine Schweinerei, außer Kontrolle, genau wie ihr Leben. Sie stellte den Besen weg und krempelte den rechten Ärmel hoch.

Was sie tun wollte, war strengstens verboten: Es stand auf dem Schild neben dem Schalter. Sie steckte die Hand in das lauwarme Wasser, durch die schwimmenden Servietten und Toastreste, bis sie die Schneideblätter des Zerkleinerers fand. Sie waren stark und robust, für Großküchen ausgelegt, wie gemacht, um Knochen und Fleisch zu schreddern. Sie hatte gesehen, was sie mit einem Löffel machten. Ächzend beugte sie sich so weit es ging hinunter, bis das angestaute Wasser ihr bis zur Achsel reichte. Etwas Spitzes mit drei Zacken hatte sich zwischen den Blättern verkeilt. Sie versuchte es loszubekommen, egal was es war, und wenn der Zerkleinerer jetzt losging, dann war's das. Sie schloss die Augen, riss noch ein letztes Mal an dem Ding, und dann hatte sie es in der Hand. Es war ein Kotelettknochen vom Abendessen am Vortag, schmierig vom Spülwasser, und er sah aus, als hätte ein Hund daran herumgenagt.

Sie betätigte den Schalter, und der Zerkleinerer malmte und schlürfte. Tabletts kamen herein, dicht an dicht und voll beladen. Jewell arbeitete hektisch, stellte die Gläser und Tassen kopfüber in die Drahtgestelle, und Orangensaft, Milch, Kaffee spritzten in alle Richtungen. Desinfektionsmittel schwappte aus dem Eimer, als sie Hände voll Besteck hineinwarf. Sie bearbeitete die Teller mit der Sprühpistole, die von der Decke hing. Rühreier, Pancake-Reste, aufgequollene Frühstücksflocken und Wurstzipfel schwammen durch den Waschtrog zum Zerkleinerer, der alles mit gierigem Gurgeln verschlang. Jewell fluchte. Die Geschirrstapel auf der Arbeitsplatte wuchsen, die Tabletts kamen immer schneller herein. Kurz vor elf, der Ansturm begann. Die Studenten im Speisesaal stapelten die Tabletts aufeinander, so dass sie sich im Doppelpack durch die Durchreiche schoben, ins Rutschen gerieten und abstürzten, Gläser rollten über die Arbeitsplatte und zerbarsten auf dem Boden.

»Arschlöcher!«, schrie Jewell. »Schweine!«

Sie schnappte sich ein Schälchen und schleuderte es gegen die ferne Wand; es zersprang in dicke weiße Scherben. Ihre Arme waren klebrig von Pancake-Sirup und Orangensaft; Wasser rann ihr über Gesicht und Schürze. Diese verwöhnten Gören – hockten auf ihrem Hintern, während andere ihr Geschirr spülten. Jewell riss die Sprühpistole an sich und richtete sie auf die Durchreiche. Geschrei erhob sich, jemand fluchte.

»Lest das verdammte Schild! Die Tabletts nicht aufeinanderstellen!«, schrie Jewell, während sie die Sprühpistole ein letztes Mal abfeuerte, um ihre Worte zu unterstreichen.

Als der Ansturm vorbei war, herrschte in der Spülküche das reinste Chaos. Jewells Overall war von oben bis zu den Knien durchtränkt; ihre hohen Sneakers quatschten bei jedem Schritt. Aber sie hatte seit mehr als zwanzig Minuten nicht an Celeste gedacht. Immerhin.

Doch die Erleichterung war nicht von langer Dauer. Als sie den Gummiabzieher nahm und das milchige Wasser auf den Abfluss in der Mitte der Küche zuschob, begann sich das vertraute hohle Gefühl wieder in ihrem Bauch auszubreiten. Ihr war flau zumute. Ihre Gelenke wurden kalt und taub. Sie und Celeste hatten morgens angefangen zu streiten, kaum dass sie die Augen aufgeschlagen hatten. Es ging immer um dasselbe: Celestes Ex-Freundin und das vierjährige Mädchen, das die beiden gemeinsam aufzogen. Jewell biss die Zähne zusammen, als sie sich bückte, um die aufgeweichten Servietten und die Scherben auf das Kehrblech zu fegen. Sie war nie der eifersüchtige Typ gewesen – bis sie Celeste begegnete. Da hatte die Eifersucht sich angeschlichen und ihr eins übergezogen. Jetzt wütete sie in ihr wie eine Krankheit.

Mach deine Arbeit, ermahnte sie sich. Sie wischte die Arbeitsflächen ab und stellte die Drahtkörbe mit den Gläsern in die Spülmaschine. Die Uhr an der hinteren Wand, an der die Plastikschürzen hingen, zeigte 11.15. Fünfzehn Minuten noch, dann war ihre Schicht vorbei, und in fünfundvierzig Minuten begann ihr Seminar. Die Spülmaschine rülpste eine Wolke fettigen, zuckrigen Dampf aus. »Es läuft nicht mit uns«, hatte Celeste am Ende ihres Streits gesagt, und Jewell wusste, dass sie recht hatte. Das Problem war jedoch, je hoffnungsloser die Sache schien, desto übermächtiger war die Liebe, die sie für Celeste empfand. Pervers, oder? Vor ihren eigenen Augen mutierte sie zu einer Idiotin, einem Psycho. Stets auf der Lauer. Stets auf der Suche nach verdächtigen Hinweisen: die Art, wie Celeste auf ihrer Unterlippe kaute, wenn sie sich unbeobachtet fühlte; die Art, wie sie das Telefon mit ins Schlafzimmer nahm, wenn Dana, ihre Ex, anrief. Es gab Unmengen von Hinweisen, überall.

Jewell sortierte das Besteck in die entsprechenden Behälter, als ihr Telefon klingelte. Sie angelte es aus der Brusttasche ihres Overalls und sah die letzten Tabletts über das Band ruckeln, während sie Celeste zuhörte, die erklärte, dass der Babysitter für Rachel für diesen Nachmittag abgesagt hätte und dass sie und Dana einen Termin an Rachels Schule hätten, den sie einfach nicht absagen konnten. Ob die Möglichkeit bestünde, dass Jewell Rachel abholte und auf sie aufpasste, nur für ein paar Stunden?

»Ich wollte heute Nachmittag an meinem Projekt arbeiten«, sagte Jewell. »Ich muss in zwei Wochen abgeben und bin schon viel zu spät dran.«

»Ich weiß, Baby. Ich dachte, sie könnte vielleicht einen Mittagsschlaf machen, während du arbeitest. Du würdest mir echt einen Riesengefallen tun. Ich würde dich auch nicht fragen, wenn ich nicht ...«

Jewell versuchte die Worte auszublenden und allein dem Klang von Celestes Stimme zu lauschen. Sie stellte sich Celeste an ihrem Schreibtisch vor, wie sie sie anrief, während die fünfte Klasse, die sie unterrichtete, Pause hatte. Sie waren sich auf einer Party begegnet, auf der Jewell niemanden kannte. Sie hatte sich eben in eine abgelegene Ecke verzogen, als Celeste zur Tür hereingekommen war, mit einer lachenden, durcheinander redenden Gruppe von Freundinnen und Freunden. Sie war direkt auf Jewell zugekommen, hatte sich zu ihr herabgebeugt und gesagt: »Du sitzt auf meinem Platz.« Sie erinnerte Jewell an das berühmte Bild von Anne Frank: die gleichen großen dunklen Augen, der gleiche rätselhafte Gesichtsausdruck. Sie hatten den ganzen Abend miteinander geredet. Zwei Tage später waren sie sich im Zahnpasta-Gang bei Rite Aid begegnet. »Du wieder«, hatte Celeste gesagt. Jewell hatte angefangen, an Schicksal zu glauben.

»Kann Dana nicht jemand anders finden, der auf Rachel aufpasst?«, fragte Jewell. Sie brachte es kaum über sich, auch nur Danas Namen auszusprechen.

»Nein, das hat sie schon versucht«, antwortete Celeste mit offenkundiger Beherrschung.

Jewell seufzte. »Ich bin auf der Arbeit, weißt du. Und in einer halben Stunde muss ich ins Seminar.«

»Ich weiß. Es tut mir leid. Wenn es nicht geht, dann geht es eben nicht. Es ist nur so ...«

»Nein, schon gut«, sagte Jewell, bevor Celeste zu Ende geredet hatte. »Ich hole sie auf dem Heimweg ab.«

Am Buffet reinigte ein Koch die Bratplatte und räumte den Warmhaltetisch ab. In der Küche zog eine weitere Köchin Kasserollen voll Lasagne aus den riesigen Öfen. Jewell arbeitete in der Cafeteria, seit sie vier Jahre zuvor mit dem Studium begonnen hatte. Der einsame Geruch von Essen, das in viel zu großen Mengen gekocht wurde, hatte etwas Heimeliges. Sie lud sich einen Teller mit Würstchen, Eiern und French Toast voll und steuerte den Speisesaal an.

Jewells Freund Eli saß an einem Tisch in der Nähe der Fenster und las beim Essen Zeitung. Er winkte sie herbei und wies auf den Stuhl ihm gegenüber.

»Und – wie sieht's aus?«

Jewell zuckte die Achseln und setzte sich.

Eli war vermutlich der einzige Student, der mehr Stunden in der Cafeteria verbrachte als Jewell. Er war aus Samoa und hatte welliges schwarzes Haar, das er zu einem Pferdeschwanz gebunden hatte. Ein zweiter, allerdings dünnerer Zopf hing von seinem Kinn. Sein großer Kopf und sein mächtiger Oberkörper ließen ihn größer erscheinen, als er war, wie man entdeckte, wenn er aufstand. Er arbeitete immer in der Scheuerküche, ein Job, den alle anderen studentischen Aushilfskräfte mieden, weil es bedeutete, sich über einen großen Zuber heißer Seifenlauge zu beugen. Eli machte das nichts aus. Er schrubbte Backbleche, Auflaufformen und Rührschüsseln, während er seinem Walkman lauschte und ihm der Schweiß über Gesicht und Arme rann.

Er und Jewell arbeiteten im Sommer immer Vollzeit, was bedeutete, dass sie eine Menge Zeit miteinander verbrachten. Morgens versorgten sie die Seminarräume mit Kaffee und Donuts, nachmittags mit Cräckern und Käse. Sie brieten Burger bei den Strandpartys für die Studienanfänger, schmierten Tausende von Sandwiches für die Cheerleader-Gruppen, die während der Semesterferien in den Wohnheimen untergebracht wurden, und fuhren mit dem Catering-Bus in Universitätsbelangen kreuz und quer durch die Stadt. Die beiden hatten einiges gemeinsam. Beide mussten sich ihr Studium selbst verdienen. Beider Väter hatten im Gefängnis gesessen. Beide konnten nicht stillsitzen. Sie teilten denselben schwarzen Humor, die Liebe für Kung-Fu-

Filme und einen enormen Appetit. Aus diesem Grund zuckte Eli nicht mit der Wimper, als Jewell schnell ihren vollbeladenen Teller leer aß und dann über den Tisch nach dem Stapel Toast langte, den Eli neben seinem überladenen Teller aufgetürmt hatte.

»Was macht deine anstrengende Freundin?«, fragte Eli.

Jewell hob die Serviette an den Mund. Zu ihrer eigenen Überraschung füllten sich ihre Augen mit Tränen.

»Ups. Falsche Frage«, sagte Eli.

Jewell grinste unglücklich und zwang sich zum Reden. »Ich weiß nicht. Die Sache ist ziemlich verfahren, glaube ich. Es liegt vor allem an ihrer Ex-Freundin. Sie telefonieren ständig miteinander, weißt du. Reden über Rachel, ihre Tochter. Treffen Verabredungen, bringen Rachel vorbei, holen sie ab. Wer dies macht und wer jenes. Vielleicht bin ich paranoid, aber ich hab das Gefühl, da ist was im Busch. Ich meine, ich weiß, sie haben das Kind nun mal, aber echt ...« Sie musterte Elis Gesicht, peinlich berührt von dem, was sie erzählte, aber gleichzeitig auch erleichtert. »Ich hab das Gefühl, zwischen ihnen läuft immer noch was. Als wäre es im Grunde nie zu Ende gewesen.«

Eli nickte. Jewell wusste, dass es ihn erschütterte, sie am Rande der Tränen zu sehen. Für gewöhnlich war sie total cool. Er hatte in den vergangenen Jahren eine nicht zu knappe Reihe Liebschaften von ihr mitbekommen. Bei diesen anderen, Männern wie Frauen, war Jewell nur zu gern bereit gewesen, weiterzuziehen, wenn die Zeit gekommen war, aber mit Celeste war das anders.

»Trinkst du die alle?«, fragte Eli und wies auf die vier Gläser Milch, die sie auf ihrem Tablett aufgereiht hatte.

Sie schob ihm eines hin. Er trank es, als kippe er einen Whiskey, um seine Nerven zu beruhigen. »Wie lange seid ihr jetzt zusammen, du und Celeste?«, fragte er, ohne Anstalten zu machen, sich den Milchbart fortzuwischen.

»Ungefähr anderthalb Jahre.«

Eli hob die Augenbrauen. »Und wie lange war sie mit dieser Braut – mit der anderen Frau zusammen?«

Jewell trank ebenfalls ein Glas Milch. Sie war erleichtert, aber auch nervös, als hätte sie wegen irgendwelcher Beschwerden, die sie schon lange plagten, endlich einen Arzttermin ausgemacht.

»Vier Jahre.«

Sie beugte sich vor und harrte gespannt seiner Reaktion. Eli spielte mit dem zottigen Zopf an seinem Kinn.

»Ich stecke bis zum Hals im Schlamassel«, fuhr Jewell fort, da Eli nicht zu wissen schien, was er sagen sollte. »Ich weiß nicht, was es mit Celeste auf sich hat. Ich habe nie zuvor so empfunden. Ich mache mich in einer Tour zum Affen. Ich kann mich ja selbst schon nicht mehr leiden. Ich weiß, ich sollte mich vom Acker machen, aber ich kann es nicht. Ich kann sie einfach nicht verlassen.«

Eli zog so heftig an seinem Zottelbart, dass sein Kinn sich dehnte wie aus Knetgummi. »Celeste ist ein bisschen selbstsüchtig«, sagte er dann. »Ich glaube nicht, dass sie weiß, was sie an dir hat.«

»Meinst du wirklich?«

Eli nickte ernst. »Ja, das meine ich.«

Jewell kaute auf ihrer Lippe herum. Wie konnte sie erklären, wie wundervoll es war, mit Celeste zusammenzusein, zu beobachten, wie sie sich bewegte, wie sie sprach? Was für ein Wunder es war, dass sie tatsächlich zusammen *lebten,* dass Celeste jeden Abend zu Jewell heimkam und jeden Morgen neben ihr aufwachte?

»Du hast recht – die Sache ist völlig verfahren«, sagte Jewell. Sie schob ihm eines der beiden verbleibenden Gläser Milch hin und griff selbst nach dem anderen. »Prost!«, sagte sie verdrossen.

Sie stießen miteinander an und kippten die Milch hinunter. »Was gibt's Neues?«, fragte Jewell und wies mit dem Kopf auf die zusammengefaltete Zeitung neben Elis Tablett. »Lies mir was vor, was mich ablenkt.«

»Für heute Abend haben sie einen großen Sturm angekündigt«, antwortete Eli. Er war sichtlich erleichtert, dass der schwierige Teil ihres Gesprächs beendet war. »Der Sturmkorridor ist offen, und eine ganze Reihe von Stürmen braut sich über dem Pazifik zusammen.«

Er blätterte um und überflog die Zeitung, während Jewell eine Studentin von der nächsten Schicht beobachtete, die auf dem Servierwagen eine Riesenschüssel Obst für das Mittagessen hereinrollte.

»Gestern gab es wieder Ärger auf dem Flughafen«, meinte Eli dann. »Sie mussten einen ganzen Terminal schließen.«

»Was ist passiert?«

»Ein Metalldetektor war nicht ans Stromnetz angeschlossen, und niemand hat's gemerkt. Sind wohl ziemlich viele Leute durchgegangen, bevor sie es mitgekriegt haben, und dann haben sie ein paar Fliegern die Starterlaubnis verweigert, weil sie Leute an Bord hatten, die nicht durchleuchtet worden waren.« Eli schüttelte den Kopf und lächelte, als ob ihm die Sache großes Vergnügen bereitete. »Ziemliches Drama«, fügte er hinzu. »Die Leute sind völlig ausgerastet.«

»Mein Onkel arbeitet auf dem Flughafen«, sagte Jewell abwesend.

»Pilot?«

Sie lachte. »In meiner Familie? Er arbeitet als Barkeeper. In einer der Bars da draußen.« Sie langte über den Tisch und stach in eines der extra Würstchen, die Eli auf eine Untertasse gehäuft hatte. »Ist was?«

»Nee. Ich guck dir nur beim Essen zu.«

»Warum?«

»Nur so. Ich guck dir gern beim Reinschaufeln zu.«

Sie stopfte sich das ganze Würstchen auf einmal in den Mund und grinste ihn kauend an.

»Ich bin beeindruckt.«

»Danke.«

»Ich glaube ja, dass diese ganzen verschärften Sicherheitsmaßnahmen nichts bringen«, fuhr er dann fort und nahm sich wieder die Zeitung vor. »Es wird nicht das Geringste nützen. Lass dir das gesagt sein. Irgendwas wird passieren. Sie feuern Leute an allen Ecken und Enden, irgendwas in der Art. Na ja, ganz so einfach ist das vielleicht nicht. Aber wenn man an einem Ende dreht, wirkt sich das am anderen Ende aus. Alles ist miteinander verbunden. Kleine Dinge, die man gar nicht bemerkt.« Jetzt spießte er ein Würstchen auf und kaute grimmig.

Jewell sah über Elis Schulter zum Fenster hinaus, wo die Studentinnen und Studenten auf dem Weg zu ihren Seminaren vorbeigingen. »Ich glaube, mein Alter ist jetzt draußen«, wechselte sie dann unvermittelt das Thema.

»Hm?«

»Mein Alter. Ich glaube, sie haben ihn entlassen. Ich glaube, er ist dieser Tage rausgekommen.«

Eli nickte. Jewell brauchte ihm nichts zu erklären, weil er selbst ziemlich komplizierte Familienbeziehungen hatte – Ergebnis mehrerer Generationen von ungestümen, umherschweifenden Herzen. Jewell hatte Halbgeschwister, die sie kaum kannte, mehr Stiefmütter und Pseudo-Onkel, als sie zählen konnte und eine Unmenge Verwandter unbestimmter Art, die nur kurze Gastspiele in ihrem Leben gegeben hatten. Das war eines der Dinge, die Celeste, die einem weitverzweigten, aber engverbundenen Clan argentinischer Juden angehörte, nicht verstand. Eli hingegen zuckte nicht mit der Wimper. Er lebte mit seiner Mutter, seinen drei jüngeren Halbschwestern und der Tante der Mädchen zusammen. Sein Vater hatte die letzten elf Jahre wegen Angriffs auf einen Polizeibeamten in einem texanischen Gefängnis verbracht.

»Wirst du dich mit ihm treffen?«, fragte Eli.

»Ach, ich weiß nicht.« Jewell war das älteste Kind ihres Vaters, geboren, als er einundzwanzig war, so alt wie sie heute. »Eher nicht. Es ist Jahre her, dass ich ihn gesehen habe. Ich habe von ganz früher gute Erinnerungen an ihn, aber im Grunde ist er ein ziemlicher Versager. Bis ich ihn ausfindig gemacht und Kontakt aufgenommen habe, ist er wahrscheinlich schon längst wieder im Knast.«

Mit dem letzten Stück Toast wischte Eli seinen Teller sauber. »Du weißt, wie du Kontakt mit ihm aufnehmen kannst, falls du dich doch mit ihm treffen willst?« Er schob sich den Toast in den Mund.

»Ich denke, ich könnte meinen Onkel anrufen. Er hält normalerweise Verbindung mit ihm.«

»Der Onkel, der auf dem Flughafen arbeitet?«

»Ja, genau der. Er ist eigentlich bloß mein Halbonkel. Er und mein Dad haben denselben Vater, aber mein Dad ist ein ganzes Stück jünger. Sie sind nicht zusammen aufgewachsen. Ich glaube, mein Onkel hat ab und zu Kaution für ihn gestellt, wenn mein Dad in Schwierigkeiten steckte.«

»Wir öffnen!«, rief die Kassiererin von der Tür zum Speisesaal aus. Sie schloss die Türen auf, die nach dem Frühstück verschlossen worden waren, und eine Horde von Studentinnen und Studenten stürmte herein.

»Tiere«, meinte Eli und schüttelte den Kopf. »Gehst du ins Seminar?«

»Ich glaube nicht. Ich muss mich an mein Abschlussprojekt setzen. Außerdem muss ich Celestes Tochter heute Nachmittag abholen.«

»Was? Soll das ein Witz sein?«

Sie lächelte breit. »Nee, wir sind eine große glückliche Familie. Dafür gebe ich alles.«

4

Logan Wylie gefiel dieses neue *Ping* nicht, das seine Schrottlaube machte, als er auf dem Pasadena Freeway ostwärts in Richtung San Gabriel Mountains fuhr. Er nahm den Fuß vom Gas, lauschte, gab Gas, lauschte wieder. Außerdem war sein Tank fast leer. Er überschlug kurz im Kopf, wie viel Geld er gegen Ende der Woche eigentlich haben sollte und kam ziemlich schnell zu dem Ergebnis, dass es nicht reichen würde. Selbst wenn der Toyota nicht in die Werkstatt musste, was unwahrscheinlich war angesichts der mehr als zweihunderttausend Meilen, die er drauf-hatte, und des Öls, das er schluckte wie die Sau.

Und dennoch war es ein wunderschöner Tag. Ein Morgen im Spätherbst, der an Frühling denken ließ, so hell und licht war die Luft. Alles leuchtete. Keine Spur von Smog. Es war so klar, dass sich die Berge direkt vor ihm erhoben. Sämtliche Einzelheiten waren zu erkennen: die kleinen Flussläufe und die Canyons, die die breiten Schultern in Falten legten, der dunkelgrüne Bewuchs und das weiße Geröll. Im Westen erstreckte sich die Stadt flach bis zur Küste, die rechteckigen Blöcke von breiteren Straßen durchschnitten, die Gebäude weiß und strahlend in diesem Licht. Selbst der öde Freeway sah schön aus, wie er sich durch die Bäume wand. Logan fühlte sich gut.

Es herrschte wenig Verkehr. Er überholte einen langsamen Pick-up, der mit Rechen, Rasenmähern und Laubbläsern beladen war. Vermutlich mit demselben Ziel wie er: das stinkvornehme San Marino. Er guckte auf die Uhr und stellte fest, dass er perfekt in der Zeit lag. Sein Problem war, überlegte er, dass er sich andauernd ablenken ließ. Es war immer zu viel los, was an sich gut war, wenn man es nicht übertrieb. Aber ihn interessierte eben alles, alles gewann seine Aufmerksamkeit. Das war schon immer so gewesen, schon als kleiner Junge. Menschen wie Dinge – alles fesselte ihn. Und deshalb fiel es ihm schwer, länger bei der Sache zu bleiben. An seinem Programm festzuhalten. Sauber zu bleiben, trocken zu bleiben, einen Tag nach dem anderen. Einen Plan zu machen und sich daran zu halten. Daran arbeitete er.

Das Telefon in seiner Jackentasche klingelte – die ersten vier Noten von Beethovens Fünfter. Einen Augenblick lang war er perplex; er hatte diesen letzten Einfall der Salvettis – die Klienten, zu denen er unterwegs war – vergessen gehabt. Sie wollten ihn jederzeit erreichen können, falls es ein Problem gab. Er fummelte mit den Tasten herum, und der Wagen schlingerte, als er mit einer Hand lenkte. Das Telefon klingelte weiter. Wer auch immer ihn anrief, würde wahrscheinlich aufgelegt haben, bis er die richtige Taste fand, aber es war noch immer jemand dran, als er sich meldete.

»Hallo?«, sagte er noch einmal. Er spürte, wie die Person am anderen Ende wartete. Ein Witzbold. Oder jemand versuchte ihn zu orten. Konnte man ein Handy orten? Als er gerade fragen wollte, wer zum Teufel ihn da anrief, legte die Person auf. Er behielt das Telefon noch eine Weile enttäuscht in der Hand, während er weiterfuhr.

Der Wind frischte auf; die hohen Palmen vor ihm nickten und schwankten. Über dem Meer zog sich eine Wolkenbank zusammen und verdunkelte den Horizont. Vielleicht sollte er jemanden anrufen? Warum nicht. Er hatte einen ganzen Abend damit verbracht, die Kurzwahlnummern zu programmieren; jetzt musste er sich nur noch erinnern, wer sich hinter welcher Nummer verbarg. Die Salvettis waren eins, das wusste er noch. Das war nur fair, schließlich hatten sie ihm das Handy gegeben. Zwei und drei waren sein Bruder, zu Hause und auf der Arbeit, auch wenn er nicht mehr wusste, welche Nummer welche war. Er hatte auch seine älteste Tochter eingegeben, Studentin an der UCLA, sowie seine zweite Frau, die mit seinem Sohn Stephen im Orange County lebte. Seine erste Frau lebte in Nordkalifornien; sie hatte vermutlich nicht mal Telefon. Seine dritte Frau war auf Entziehungskur; die Nummer hatte er nicht, doch selbst wenn, hätte er sie nicht angerufen. Die Kinder, die er mit ihr zusammen hatte, Tony und Heather, lebten bei ihren Großeltern, ihrer Sippschaft. Er hatte seinen Anwalt eingegeben, seinen Bewährungshelfer und die Pizzeria um die Ecke der Pension, in der er wohnte. Damit waren immer noch nicht alle Kurzwahlnummern vergeben gewesen, deshalb hatte er noch die Wetter- und die Zeitansage eingegeben. Die Namen und die dazugehörige Kurzwahl hatte er zu Hause auf einen Zettel geschrieben, aber das half ihm jetzt auch nicht weiter.

Logan ließ den Blick über die Tankanzeige, das schäbige Armaturenbrett, die schmutzige Frontscheibe schweifen. Er würde jemanden um einen kleinen Vorschuss anhauen müssen, aber wen? Er versuchte sein Glück und drückte die Drei, dann hörte er es fünf Mal klingeln, bevor jemand ranging.

»Tommy?«

»Ja, wer ist da?«

Logan vernahm Stimmen im Hintergrund. Gläser klirrten, eine Lautsprecheransage.

»Mann, ich bin's. Dein Bruder. Wie geht's?«

»Hey, Logan. Was gibt's?«

Sein Bruder klang verhalten. Das war das Problem – Tommy war immer so verdammt misstrauisch. Vielleicht weil er der Älteste war; er war immer auf das Schlimmste gefasst. Es war Tommy gewesen, der Logan vom Knast abgeholt hatte, als er zwei Monate zuvor entlassen worden war, Tommy, der ihn zu seinem Wagen fuhr, der die ganze Zeit über an derselben Stelle gestanden hatte, und der ihn in der Pension untergebracht hatte.

»Nichts, Mann«, erwiderte Logan. »Nur so. Dachte, ich ruf mal an und sag hallo. Kleiner Probelauf für mein Handy. Ich bin auf dem Weg nach San Marino. Kleiner Job. Super Tag heute! Ich musste gerade an dich denken – wie es dir wohl geht.«

»Das macht zwölf fünfzig«, sagte Tommy.

»Was?«

»Wart mal 'ne Sekunde«, sagte Tommy. Logan hörte, wie er jemandem dankte, hörte Wasser laufen und Wechselgeld klimpern.

»Okay«, sagte Tommy dann, als er wieder am Apparat war. »Was hast du eben gesagt?«

»Na ja, ich hab mir überlegt, dass ich einen Plan brauche«, erwiderte Logan. »Dass ich was finden muss, wo ich dann dranbleibe. Einen Kurs machen oder so. Vielleicht sollte ich lernen, wie man was repariert – Kopierer zum Beispiel oder Kühlschränke, weißt du. Dann kann ich ein bisschen was sparen und hier wegziehen, mir was in den Ausläufern der Berge suchen, wie ich es immer schon wollte. Ich bin neununddreißig, Mann. Schätze, es ist Zeit zu entscheiden, was ich werden will, wenn ich groß bin. Was meinst du?«

Nach kurzem Schweigen sagte Tommy: »Hör mal, Logan. Ich bin auf der Arbeit. Ist alles in Ordnung?«

»Alles in Ordnung, Mann. Ich wollte mich bloß mal bei dir melden.«

Die Verbindung wurde schlechter, und dann war Tommys Stimme plötzlich ganz weg. Dann war er wieder da, aber Logan verstand nur Bruchstücke. »Die Verbindung ist so schlecht!«, rief er ins Telefon. »Ich höre dich nicht mehr.« Sein Wagen schlingerte. Der Fahrer auf der Spur neben ihm hupte.

»Ruf mich später zurück«, sagte Tommy, bevor seine Stimme in statischem Geknister unterging.

Logan warf das Handy auf den Sitz neben sich. Tommy konnte ganz in Ordnung sein, aber manchmal war er auch ein Arsch. Vollkommen in sich gekehrt, immer in Sorge wegen allem und jedem. Er neigte dazu, an einem herumzukritteln, obwohl sein eigenes Leben auch nicht gerade vorbildlich war. Barkeeper am Flughafen zu sein war nun wahrhaftig nicht der Gipfel des Erfolgs. Es war besser, sich nicht allzu sehr auf ihn zu verlassen.

Logan hielt sich selbst eine kleine Aufmunterungsrede: Komm auf die Füße, sieh zu, dass du ein bisschen Geld zusammenkriegst, stell die Weichen. Geh einen Tag nach dem anderen an, mach die nötigen Termine, geh zu den Meetings. Bleib sauber. Komm nicht vom Weg ab. Behalt den Preis im Auge.

Seine Ausfahrt kam, und er verließ den Freeway und folgte den verlassenen, ruhigen Straßen von San Marino. Liebes Lottchen, diese Leute hatten vielleicht eine Kohle. Die Anwesen lagen ein Stück von der Straße zurück, und ihre weitläufigen Gärten wurden von einer ganzen Armee mexikanischer Gärtner gehegt und gepflegt. Logan registrierte die Ziegeldächer, die hinter Toren liegenden Zufahrten, die teuren Wagen in den Auffahrten. Alles war kühl, still, entspannt. Das war ein Leben.

Die Putzfrau öffnete die Tür und musterte ihn. Was bildete die sich ein, dass sie so tat, als gehöre ihr die Hütte. Als wüsste sie, dass er nichts Gutes im Schilde führte. Alles an diesem Job war wie in einem gottverdammten Film. Das schicke Anwesen, das Dienstmädchen, die frustrierte Dame des Hauses, der reiche, aber impotente Gatte. Mehr als impotent – das arme Schwein war vom Hals abwärts gelähmt. Logan war die Rolle auf den Leib geschnitten: der gutaussehende Betrüger, der Gauner, der auf Kohle aus war. Obwohl das ja im Grunde nicht stimmte. Konnte er sich nicht leisten, auch wenn es verflixt verlockend war.

»Warten Sie hier«, sagte die Putzfrau. Sie hatte gerade den großzügigen Eingangsbereich gewischt. Die Fliesen wiesen das cremige Beige flüssigen Karamells auf, jede einzelne glänzte makellos. Die Frau runzelte die Stirn, als fürchte sie, er würde lange Finger machen, kaum dass sie ihm den Rücken kehrte. Er sah ihrer kleinen kompakten Gestalt nach, als sie die breite Treppe hinaufstieg.

Bodentiefe Fenster gingen zum Garten hinaus, der üppig mit Bananenstauden, Paradiesblumen und Jacarandabäumen bepflanzt war. Das Haus war im spanischen Stil errichtet, mit offenen Deckenbalken, sparsam verteilten Möbeln, großflächigen Teppichen in gedämpften Farben und großen Keramikvasen mit frischen Blumen. Keine Nelken- oder Rosensträuße, sondern ausgefallene Gestecke, wie reiche Leute sie nun mal hatten: Riesendinger mit nackten Zweigen und Moos und Blumen, die Logan noch nie im Leben gesehen hatte. Alles war makellos sauber. Nach dem Knast bedeuteten Stille und gute Gerüche das reinste Paradies. Selbst jetzt noch, in der Pension, gingen ihm die Geräusche anderer Menschen auf die Nerven, die Blicke, die sie ihm zuwarfen, und ihre körperlichen Ausdünstungen. Wenn er hier leben würde, dann würde er ungefähr drei Wochen nur damit verbringen, von Zimmer zu Zimmer zu gehen. Er würde auf der Terrasse sitzen, mit dem Jaguar durch die Gegend fahren, den Abend vor dem Kamin vertrödeln. Die Nacht würde er oben in einem der großen Betten verbringen und der Stille lauschen.

»Sie kommt runter«, sagte die Putzfrau. Sie fing wieder an zu wischen und beachtete Logan nicht weiter. Ihr Mann, der im Garten arbeitete, war ein ganzes Stück freundlicher. Blöde Kuh. Logan schlenderte ins Wohnzimmer und setzte sich auf eine Ledercouch in der Farbe von buttrigem Karamell.

Dennoch würde Logan mit dem Typ da oben, Mr. Salvetti, um nichts in der Welt tauschen wollen. Klar, der Knabe war stinkreich, aber was hatte er jetzt noch davon? Seine Frau hatte es Logan erklärt: Irgendwas war auf einer seiner Baustellen auf ihn runtergekracht und hatte ihm das Rückgrat gebrochen. Das arme Schwein konnte nicht allein essen, sich nicht das Hemd zuknöpfen, nicht die Fernbedienung vom Fernseher bedienen. Anders als Logan konnte er sich weder ein Bier öffnen, noch mit seinem Schwanz spielen, noch den Finger heben, um die Bedienung zu bitten, ihm Kaffee nachzuschenken. Er konnte nicht vor Sonnenaufgang aufstehen und sich in die Wüste aufmachen, konnte nicht seinen Schlafsack ausrollen und in den weiten schwarzen Himmel mit den Sternenbildern hinaufgucken. Was genau das war, was Logan gleich nach seiner Entlassung gemacht hatte. Zwei Tage, nur er und die Kojoten. Nein, alles, was Salvetti konnte, war auf dem Rücken liegen und die Decke anstarren.

»Logan, hallo«, sagte Mrs. Salvetti und rauschte herein. Sie sah ein wenig mitgenommen aus an diesem Morgen, aber nicht schlecht. Nein, schlecht ganz sicher nicht. Ihr weißblondes Haar war noch feucht und aus dem Gesicht zurückgekämmt. Sie erinnerte Logan an einen Windhund, mit ihrem schmalen Gesicht und ihrer spitzen Nase und der nervösen Art, wie sie sich bewegte. Sie war dünn, so wie viele dieser reichen Frauen, als lebe sie von Salat und Mineralwasser. Gebräunt, mit klirrenden Goldreifen an beiden Handgelenken. Ihre Augen waren von einem hellen, wässrigen Grün.

Es war keine Einbildung. Sie wollte ihn. Dringend.

»Heute Morgen sind wir ein bisschen spät dran, fürchte ich«, sagte sie und strich sich das Haar zurück. »Danny hatte eine schlechte Nacht, und dann gab's eine Katastrophe in der Küche. Waschbären sind eingedrungen und haben sämtliche Schränke geplündert. Christina hat den ganzen Morgen damit zugebracht, alles wieder herzurichten. Und ich bin in einer halben Stunde verabredet.«

Sie sah nervös im Raum umher, als lauere noch irgendwo eine Katastrophe. Schließlich heftete sie den Blick auf Logan, der sich von der Couch erhoben hatte, die Händen in den Hosentaschen, und sie anlächelte. Sie erwiderte sein Lächeln. »Und wie geht es Ihnen?«, fragte sie und berührte ihn leicht an der Schulter. »Kann ich Ihnen etwas anbieten?«

»Mir geht's prima.«

Und wie sie ihn wollte. Logan kannte das. Sein Leben lang war das schon so – Gottes Geschenk an die Frauen. Trotz all dem Speed, das er gesnifft hatte, trotz der Zeit, die er abgesessen hatte, der wochenlangen Sauftouren – er hatte immer noch etwas von einem großen Jungen. Vielleicht ein paar mehr Fältchen um die Augen und ein oder zwei Falten auf den Wangen, aber das gab ihm nur noch mehr Würze. Er hatte noch nie einen Fuß in ein Fitness-Studio gesetzt, besaß aber die Figur eines Sportlers: breite Schultern, kräftige Brust, schmale Hüften. Er sah zum Vernaschen aus – so als könnte man richtig Spaß mit ihm haben. Die Frauen wollten ihn am liebsten in etwas Weiches hüllen und in ihrem Schlafzimmer verstecken. Und diese hier, Sylvia Salvetti, bildete keine Ausnahme. Logan las es in ihren Augen. Sie lechzte danach, ihn blitzsauber und gut duftend in ihren eingelassenen Whirlpool zu kriegen. Dann wollte sie, dass er zwischen ihre superfeingekämmten Laken glitt und es ihr richtig besorgte. Mh-mh. Wogegen er nicht das Geringste einzuwenden hätte, aber es könnte ziemlich schweinisch werden. Keine Extratouren, rief er sich dann in Erinnerung. Behalt den Preis im Auge.

»Schön, dann gehen wir nach oben«, sagte sie. »Danny wird sich fragen, wo wir bleiben.«

Logan folgte dem Duft ihres Parfums die Treppe hinauf. Etwas Blumiges, Jasmin oder Gardenien. Er begutachtete ihren Hintern, der bei jeder Stufe von einer Seite zur anderen schwang. Dünn, aber nicht schlecht.

»Ich lasse Sie jetzt allein«, sagte sie oben auf dem Treppenabsatz und wies auf die offene Tür zum Schlafzimmer ihres Mannes. »Ich muss mich fertigmachen. Ich muss gleich los.«

»Klar, kein Problem«, erwiderte Logan. »Wir kommen schon zurecht. Ich sehe Sie dann morgen früh.«

»Genau. Haben Sie alles, was Sie brauchen?«

Logan fiel sein leerer Tank ein. Wenn er es jetzt nicht fertigbrachte zu fragen, saß er in der Klemme. Aber wie konnte er? Es sähe nicht gut aus, zuzugeben, dass er nicht mal fünf Dollar in der Tasche hatte, um zu tanken. Aber es würde auch nicht gut aussehen, nicht zu erscheinen, weil ihm der Sprit ausgegangen war. Er konnte von Glück sagen, wenn er es überhaupt bis nach Hause schaffte. Sylvia beobachtete ihn, wartete auf seine Antwort. Freitag – Freitag bezahlte sie ihn. Noch drei Tage.

Sie warf einen Blick auf seinen Schritt. Verstohlen. Aber ihm entging es nicht.

»Alles prima«, sagte er. »Gehen Sie nur.«

Salvettis Kopf war der Tür zugewandt, als Logan eintrat. Sein Körper war unter den Decken verborgen.

»Guten Morgen. Wie geht es Ihnen?«, fragte Logan.

Er kriegte den Dreh allmählich raus. *Pfannkuchen wenden,* nannten es die Jungs in der Pension. Drei oder vier bestritten auf diese Weise ihren Lebensunterhalt. Sie hatten Logan den Job verschafft, hatten ihm den Namen der Agentur genannt, die ihn an Salvetti und zwei weitere Klienten vermittelt hatte.

Logan wusste nicht warum, aber Salvetti konnte nicht einmal sprechen, auf jeden Fall nicht so, dass man ihn verstand. Vielleicht hatte er bei dem Unfall auch eines auf den Schädel bekommen. Es war nicht angesagt, ihn zu fragen. Aber er gab ein Geräusch von sich, das Logan als Begrüßung nahm, und nickte mehrmals.

»Also ich hab heute Morgen Ihr Horoskop gelesen, und die Sterne sagen ein Bad für Sie voraus. Wir werden Sie picobello herrichten und das Bett frisch beziehen und Sie in den Sessel setzen. Ihre Missus musste weg. Hat sie Ihnen das gesagt?«

Salvettis dunkle Augen folgten Logan, der alles vorbereitete, um ihn ins Bad zu schaffen. Reden machte die Dinge einfacher, hatte Logan festgestellt. Anfangs hatte der Job ihn panisch gemacht – mit solchen Typen umzugehen. Es war so intim, sie anzufassen und alles, sich um ihre Bedürfnisse zu kümmern. Dann lernte er sie besser kennen und entspannte sich allmählich. Jetzt redete er meistens, wie ihm der Schnabel gewachsen war, und die Zeit verging im Nu. Die Bezahlung war scheiße, und er hatte keine Lust, den Rest seines Lebens mit solchen Jobs zu verbringen, aber im Augenblick war es besser als nichts.

»Okay, wissen Sie was? Heute werde ich Sie einfach rübertragen. Wir lassen den Rollstuhl stehen. Ich hab heute Morgen meine Wheaties gegessen, und es geht schneller. Okay? Sie haben nichts dagegen, oder?«

Er schlug die Decken zurück und zog Salvetti den Pyjama aus – vorsichtig mit den Armen und Beinen –, der sich um seinen Leib gewickelt hatte wie bei einem Baby. Salvetti hielt den Blick auf Logan geheftet, als dieser ihn hochhob und sein Körper gegen Logans Brust gedrückt wurde. Logan fragte sich, ob Salvetti Verdacht schöpfte, ob er bereits glaubte, dass Logan es seiner Frau besorgte. Oder vielleicht tat es der andere Typ, der abends kam und Salvetti bettfertig machte. Es war komisch, aber Logan war eifersüchtig auf ihn, obwohl er ihm nie begegnet war. Es kam ihm in den Sinn, dass es Salvetti vielleicht egal war, ob er es seiner Frau besorgte, dass er ihn vielleicht sogar bezahlen würde, um seine Frau glücklich zu sehen. Wäre das nicht 'ne super Sache?

Erst die Toilettenroutine, dann die Dusche. »Sie sind der Beste, wissen Sie das?«, sagte Logan, als er Salvetti den Arsch abwischte. »Dieser andere Typ, für den ich arbeite, sitzt auch im Rollstuhl. Kann allein nicht viel machen. Er versucht immer, mich dazu zu kriegen, noch andere Sachen zu machen. Seinen blöden Boden zu wischen, für ihn einzukaufen. Ich erzähl ihm immer wieder, dass das nicht mein Job ist, aber er lässt einfach nicht locker. Er denkt, mir geht's zu gut, wenn ich mich nicht die ganze Zeit wie blöde abrackere, wenn ich bei ihm bin. Dabei bezahlt der Kerl mich nicht mal selbst – der Staat bezahlt mich. Solche Typen hab ich gefressen. Tun so, als wär ich derjenige, der das System abzockt. Wissen Sie, was ich meine?«

Falls er es wusste, konnte Salvetti es nicht zeigen, denn sein Kopf steckte unter Logans Arm. Er hob ihn von der Toilette und trug ihn zu der eingebauten Sitzvorrichtung in der Dusche. »Sie dagegen – Sie sind 1a Spitzenklasse«, fuhr er fort, während er die Wassertemperatur regelte. »Dieses Haus hier, Mann. Das ist 'ne feine Sache. Ich komm hierher und fühl mich wie im Museum. Ist so friedlich hier und alles so geschmackvoll. Ich liebe den Garten. Der Brunnen ist echt der Hammer. Ich hab ein paar von den Typen, mit denen ich zusammenwohne, davon erzählt, und die sind fast aus den Latschen gekippt. Wenn ich mal zu Geld komme, werd ich mich daran erinnern. Dann werde ich genauso einen großen Brunnen haben wie Sie, denn das Plätschern von Wasser – das ist unschlagbar. Wenn ich nachts aufwache, will ich das hören, wie es da vor sich hin plätschert. Mann, ich wette, Sie haben die besten Träume der Welt, wenn Sie das hören.«

Als Letztes wusch er Salvetti das Gesicht. Es war komisch, aber von allen Dingen, die Logan tat, war das das Schwerste. Es erinnerte ihn daran, wie er ein Kind gewesen war, an den Geruch der Ivory-Seife und die Wärme des Waschlappens, wenn seine Mutter damit behutsam über seine Nase und seine Augen wischte, hinter seinen Ohren, seinen Nacken. Er spürte ihre Liebe. Bei seinen eigenen Kindern hatte er das nie gemacht, keine Ahnung warum nicht. Salvetti schloss die Augen, während Logan den Waschlappen einseifte und ihm dann sanft über das Gesicht fuhr. Es war der Ausdruck in Salvettis Augen, wenn er sie öffnete. Voller Vertrauen, wie ein Kind.

»Das war's, Kumpel«, sagte Logan. »Sie haben's geschafft.«

Es musste schwer sein für einen Mann, der es gewohnt war, anderen zu sagen, was sie zu tun hatten, dachte Logan, während er Salvetti die Sachen anzog, die seine Frau für ihn bereitgelegt hatte. Oder vielleicht auch nicht – vielleicht war es eine Erleichterung. Logan setzte ihn in seinen Sessel, schnallte ihn an, öffnete die Gardinen, zog ihm die Socken an. Er dachte an die Putzfrau, ob sie wohl noch unten war. Zu schade, dass es nicht mehr Salvetti war, der die Hand auf dem Geld hatte, denn ihn um einen kleinen Vorschuss anzuhauen wäre Logan leichtgefallen.

»Sie ruhen sich jetzt am besten aus«, sagte Logan. Salvetti murmelte ein Dankeschön. Logan schloss die Tür und blieb auf dem Flur stehen. Er lauschte. Niemand sonst war hier oben, da war er ziemlich sicher. Er beugte sich über das Treppengeländer und sah, dass Christina mit dem Eingangsbereich fertig war.

Er brauchte nicht viel. Nur ein paar Kröten. Nur so viel, um zu tanken, so dass er zu seinen Terminen kam, bis Freitag, dann war er aus dem Schneider. Was hätte er davon, wenn er seine Jobs verlöre, so beschissen sie auch waren? Wenn er jetzt ein paar Kröten mitgehen ließ, konnte er seine Jobs behalten, also bewahrte ihn das in gewisser Weise davor, später zu drastischeren Mitteln greifen zu müssen. Hier musste doch irgendwo ein bisschen Kohle rumliegen.

Sylvias Zimmer war am Ende des Ganges. Wenn er dort erwischt wurde, konnte er behaupten, er hätte Salvetti so verstanden, dass er hineingehen und ihm etwas holen sollte. Logan ging mit leisen, raschen Schritten hinüber und klopfte sachte an die Tür. Sie stand einen Spaltbreit offen. Er schob sie weiter auf und spähte hinein. Noch nie im Leben hatte er ein so großes Schlafzimmer gesehen. Riesige Fenster, ein Sofa, sogar einen runden Tisch in der Mitte des Raumes. Das Bett war übergroß, aber das Zimmer war so geräumig, dass es gar nicht so viel Platz zu beanspruchen schien. Überall lagen Klamotten herum. Ein riesiger Fernseher auf einem Schränkchen, DVDs waren um das ungemachte Bett verstreut. Die kleine Sylvia war nicht besonders ordentlich. Ihr Duft hing in der Luft, Blumen im Regenschauer.

Auf dem Nachttisch ein Arsenal von kleinen brauen Flaschen.

Logan vergaß die Kohle. Die Pillen würden eine schöne Stange Geld bringen und ein bisschen Spaß obendrein. Sie hatte bestimmt was Gutes. Er konnte aus jedem Fläschchen ein paar Pillen nehmen, das würde sie nie merken. Was ihn auf den Gedanken brachte, das Badezimmer auszuspionieren. Er konnte es durch die halb geöffnete Tür auf der gegenüberliegenden Seite des Zimmers sehen. Marmorwände, Glasbausteine, blitzendes Chrom. Ein riesiger Whirlpool, genau wie er gedacht hatte.

Er wünschte, er wüsste, wo Christina war. Verschwinde hier, sagte er sich. Dreh dich um und verschwinde. Aber es war so einfach, all die Pillen zum Greifen nah. Nur ein paar. Die alte Aufregung kehrte zurück, unwiderstehlich. Rein und gleich wieder raus, sagte er sich. Mit einem schnellen Abstecher ins Bad.

Der dicke Teppich dämpfte seine Schritte. Lieber Gott! Nicht zu glauben, dass er es wirklich tat! Noch ein paar Schritte. Aber wenn jemand käme! Schnell, schnapp sie dir einfach und dann nichts wie weg. Juchhu! Er überflog die Etiketten: Vicodin, Nembutol, Percocet.

Er streckte die Hand danach aus, und sein Telefon klingelte. Logan machte sich vor Schreck fast in die Hose. Panisch wühlte er in seiner Tasche. Scheiße! Er musste zusehen, dass er hier rauskam. Er ließ die Fläschchen stehen, schoss zur Tür.

Auf dem Flur kam er zur Besinnung. Ludwig von. Er lachte. Was hatte er sich dabei bloß gedacht? Er zog Sylvias Tür hinter sich zu und ging rasch an Salvettis Zimmer vorbei. Als er ans Telefon ging, war er schon halb die Treppe runter.

»Hey, es funktioniert«, sagte die Stimme seines Bruders.

Erst da merkte Logan, wie sein Herz raste. Er war so nah dran gewesen, *so nah.* »Was funktioniert?«, fragte er.

»Stern-69. Das tippst du ein, und dann wird die letzte Nummer gewählt, die dich angerufen hat.«

»Ach ja? Muss ich mir merken.«

Logan erreichte die Tür. Er hatte es nicht getan. Den Preis noch immer im Blick. Er war außer sich vor Freude. Was für ein Glück – was für ein gottverdammtes Glück.

»Hör mal, Logan. Tut mir leid, dass ich vorhin nicht reden konnte. Jetzt ist es ruhiger hier, jetzt hab ich einen Moment Zeit. Ich wollte dir sagen, dass hier heute Abend ein Begrüßer gebraucht wird, falls du an dem Job interessiert bist. Du brauchst diese Hohen Tiere bloß am Gate abholen und zu ihrem Hotel fahren. Wie wär's?«

»Klare Sache, Mann. Bezahlen die mich gleich?«

»Bar auf die Hand, Kumpel. Auf der Stelle. Ich kann dir sagen, wo du den Wagen abholst.«

»Wow«, sagte Logan lachend. »Sieh an, sieh da.«

Der Wind hatte zugenommen, als Logan nach draußen trat. Die Bäume rauschten. Er klappte das Telefon zu und schob es in die Tasche.

Wie im Film, dachte er. Wie in einem gottverdammten Film.

5

Inez Cullen trat auf ihre Veranda hinaus, schaute zum vielleicht zwanzigsten Mal an diesem Morgen die Straße entlang und sah nichts. Nur den breiten schwarzen Asphalt, die Autos, die am Bordstein geparkt waren, den verblichenen Putz an den Schuhkartonhäusern.

Die Bezirksleiterin hatte gesagt, sie würde die Lieferung am Vormittag vorbeibringen. Inez war vorbereitet; sie hatte den Esstisch freigeräumt, die Tüten zurechtgelegt, die Bestellungen geordnet, die sie in den vergangenen zwei Wochen gesammelt hatte, und Tacker und Stift bereitgelegt. Die Minuten schleppten sich dahin. Die Straße war ruhig. Die einzigen Menschen, die um diese Zeit zu Hause waren, waren die alte Mrs. Thompson, zwei Häuser weiter, die Bleichmittelflaschen in ihren Rasen einbuddelte, um die Hunde fernzuhalten, und die junge weiße Frau mit der großen Klappe, die gerade ein weiteres Kind bekommen hatte. Je später die Bezirksleiterin kam, desto weniger Zeit blieb Inez für ihre Auslieferung, bevor Vanessa von der Schule heimkam.

Sie schloss die Tür und ging in die Küche. Wenn sie zurückkam, würde sie sich mit dem Kochen beeilen müssen, denn Rudy wollte das Essen auf dem Tisch haben, wenn er nach Hause kam. Sie drückte ihren Finger in das Pfund Gehacktes, das auf der

Arbeitsplatte auftaute. Noch gefroren. An den Ausliefertagen war sie immer nervös. Zwar war es so gut wie unmöglich, dass Rudy ihr auf die Schliche kam, aber sie machte sich immer Sorgen. Was, wenn er krank würde, unerwartet heimkäme und die ganzen Sachen hier ausgebreitet fände? Oder wenn sie unterwegs wäre und Bestellungen auslieferte? Vielleicht sollte sie alles wegpacken, bis die Lieferung tatsächlich da war. Sie raffte die Tüten und Bestellzettel zusammen und trug alles zurück in die Zedernholztruhe in Vanessas Zimmer.

Es hatte keinen Sinn, Zeit zu vergeuden. Obwohl sie das Bad am Tag zuvor geputzt hatte, ging sie hin und sprenkelte Reinigungsmittel in Waschbecken und Toilette. *Gott hilft denen, die sich selbst helfen,* dachte sie, während sie um Wasserhahn und Abfluss herum scheuerte. Stand das in der Bibel oder war das nur ein Sprichwort? *Bittet, so wird euch gegeben.* Der Heißwasserhahn leckte und ließ ein orangefarbenes Rinnsal das Waschbecken hinunterlaufen. *Klopfet an, so wird euch aufgetan.* Eines von Vanessas langen glänzenden Haaren verfing sich in dem Schwamm, den Inez benutzte. Sie zog es heraus und nahm es unter die Lupe: die kleine Verdickung der Wurzel an dem einen Ende, das Wunder der Molekülketten. Sie dachte an ihre Tochter und was sie in dem Augenblick tun mochte. Sie stellte sie sich vor, wie sie in der Schule saß, die Hände auf dem Pult vor sich gefaltet, die Füße an den Knöcheln gekreuzt, ihr dickes Haar von einem Stirnband zurückgehalten, so dass es ihr in einer weichen Welle über den Rücken hing.

Sie fing mit der Toilette an, schrubbte mit der Bürste unter dem Rand, tauchte sie ins Wasser. *Gott bürdet dir nicht mehr auf, als du ertragen kannst. Gott hat einen Plan für dein Leben. Leg es in Gottes Hand.* Der menschliche Wille war eine machtvolle, trügerische Sache. Man musste stets auf der Hut sein. Das wusste sie aus Erfahrung, denn sie hatte ihr Leben lang darum kämpfen müssen, sich ihren Glauben zu erhalten, Gott zu vertrauen, seine Wege nicht in Zweifel zu ziehen. Doch ein Teil von ihr war stets damit beschäftigt, sich zu sorgen, zu grübeln, zu planen. Die Dinge zu ergründen. Zu entscheiden, was das Beste war. Was sie tun sollte. *Zeig mir Deinen Willen,* betete sie, als sie die Klobrille mit dem Schwamm abwischte. Rudy klappte sie nie herunter, wenn er fertig war. *Bitte weis mir den Weg.*

Sie rückte die Handtücher zurecht. Am Tag ihrer Hochzeit, als sie den Gang hinunterschritt, hatte sie eine Vision gehabt. Eine Stimme hatte zu ihr gesprochen, unmissverständlich. *Du machst einen Fehler!* Aber da war es zu spät gewesen. Sie hatte gedacht, sie füge sich Gottes Willen, es sei Sein Plan, dass sie und Rudy heirateten. Sie hatte es so lange wie möglich für sich behalten, hatte gehofft, es würde sich ändern, aber nicht lange nach ihrem ersten Hochzeitstag war es eines Abends, als sie Rudy zusah, wie er seinen Pyjama anzog und seine rosa Fußspitze in das Hosenbein schob, aus ihr herausgeplatzt.

»Rudy, irgendwas stimmt nicht. Ich bin nicht glücklich.«

Er zog seinen Pyjama über seine Unterhose und ließ das Gummiband um seine breite Taille schnappen. Sie hatte den Ring langer Haare um seinen Bauchnabel gesehen, sah seine verletzlich wirkenden Brustwarzen. Sie hatte geglaubt, sie würde sich an ihn gewöhnen, aber stattdessen wurde er ihr im Laufe der Zeit zunehmend fremd: wie er stets an der äußersten Kante des Bettes schlief, mit dem Rücken zu ihr; wie er immer dasselbe zum Abendessen wollte, einen Hamburger und Pommes frites; wie förmlich er mit ihr sprach, selbst jetzt noch, als hätten sie sich eben erst kennengelernt.

»Glück wird maßlos überschätzt«, erwiderte er. »Das ist nicht der Sinn unseres Daseins.«

Da hatte es ihr gereicht. Seine Lügen und wie er sie in die Irre geführt hatte. Die unzähligen Dinge, die er ihr versprochen hatte; und was hatte sie bekommen? Eine Bruchbude, die ihnen nicht mal gehörte. Zwei winzige Schlafzimmer. Eine Küche mit verschrammten Blechschränken. Das abgetretene Linoleum und den abgestoßenen Tresen, der Dreck und die Spuren all der Menschen, die gekommen und gegangen waren, achtlos. Sie wollte ihre eigenen Sachen, wollte etwas anderes. Was Besseres.

»Ich habe einen Fehler gemacht«, sagte sie. »Ich will fort.«

Sie hatte nicht gewusst, wie er reagieren würde. Sie saß still auf der Bettkante; er kam zu ihr herüber und legte ihr die Hände um die Kehle. Seine Daumen drückten links und rechts neben ihre Luftröhre. Sie erstarrte, den Blick auf die Haare in seinen Nasenlöchern geheftet. Sie bewegten sich mit seinem Atmen, zitterten wie Gräser in der Brise.

»Niemals wirst du mich verlassen«, flüsterte er nah an ihrem Ohr. »Niemals. Denk nicht mal daran. Und wage es nicht, je wieder davon anzufangen.«

Danach wurde alles noch schlimmer. Viel schlimmer. Sie spürte, wie Rudys Hass von Tag zu Tag wuchs und damit ihre Angst, aber ebenso ihre Entschlossenheit. Sie betete, bat Gott, ihr den Weg zu weisen. Und da begann ihr Plan Gestalt anzunehmen. *Denn wer bittet, dem wird gegeben.* Und in der Tat – Gott wies ihr den Weg. Denn in Seiner Kirche begegnete sie Clara Rice, die ihr von Avon erzählte – die ihr erzählte, dass sie ihre eigene Route bekommen und ihr eigenes Geld verdienen könnte. Das sie nun schon zwei Jahre lang in einem Umschlag unter den Decken ganz tief unten in der Zederntruhe ansparte. Der einzige Aufbewahrungsort in diesem Haus, den sie abschließen konnte. *Gottes* Plan, nicht ihrer. Sie musste nichts tun als warten, beobachten, lauschen. In der Zwischenzeit ging, oberflächlich betrachtet, alles weiter wie zuvor. Wie Rudy verlangt hatte, erwähnte sie nie mehr, dass sie ihn verlassen wollte.

Wo blieb die Frau? Inez wanderte ins Wohnzimmer hinüber und hob wieder die Gardine. Niemand auf der Veranda. Niemand auf der Straße. Der Fernseher starrte sie an, mit einem Auge, milchig wie von grauem Star. Als sie klein gewesen war, hatte sie geglaubt, dass die Leute auf dem Bildschirm im Fernsehapparat lebten und ihr zusahen, wie sie ihr Leben lebte, genau wie sie ihnen bei ihrem Leben zusah. Sie durchquerte das Zimmer, stellte den Fernseher an und zappte durch die Programme. In einem lief eine Gerichtsserie, in der die Leute mit Unschuldsmienen logen, dass sich die Balken bogen. Eine Talkshow, in der Leute mit Stühlen aufeinander losgingen. Inez hielt inne. Eine Frau mit Haarfransen, die ihr in kleinen Ringeln auf der Stirn klebten, beschwerte sich darüber, dass ihre Schwiegermutter ohne auch nur anzuklopfen bei ihr hereinschneite, wann immer es ihr passte. *Wer wird Millionär? Schatten der Leidenschaft.* Dann Werbung, Werbung ohne Ende. Das bedeutete, dass es fast Mittag war. Clara Rice verspätete sich. Die Nachrichten begannen; Beth Fong sagte einen Sturm für den späteren Abend voraus, genauere Einzelheiten folgten später. Doch als sie zur nächsten Nachricht übergehen wollte, wurde der Bildschirm schwarz.

Inez runzelte verwundert die Stirn. Statik knisterte, und ein weißer Streifen rollte von unten nach oben über den Bildschirm. Ein lila Hintergrund blitzte auf. Inez sträubten sich die Nackenhaare. Eine Zeile getippter Buchstaben erschien am unteren Bildrand und schob sich langsam nach oben. Was war da los? Inez fummelte an der Fernbedienung herum und versuchte die Lautstärke höher zu stellen, aber es kamen keine Worte, nur ein bedrohlicher elektronischer Ton. Sie kniff die Augen zusammen, um die Nachricht zu entziffern. PROGRAMMUNTERBRECHUNG las sie mit wachsender Beunruhigung. NOTÜBERTRAGUNG ... BITTE WARTEN SIE.

6

Auf dem Parkplatz für Flughafenbedienstete stolperte Rudy über einen Gullydeckel. Er hielt einen Moment inne und stützte sich mit der Hand auf der Stoßstange eines gelben Jeeps ab, während er den Blick über das Meer der Wagen schweifen ließ. Er rieb sich die Augen. Wo zum Teufel hatte er geparkt? Ihm kam es vor, als irrte er hier schon eine Ewigkeit herum, die Reihen rauf und runter, schwarzer Asphalt und gelbe Linien flirrten in seinem Gesichtsfeld. Flugzeuge donnerten über ihn hinweg, Fahrgestell und Landeklappen ausgefahren. Rudy verfluchte Waller. Dieses Arschloch. Dieser gottverdammte Hurensohn. Was für ein erbärmlicher Versager – harrte so lange in seinem Scheißjob aus, bis er ein bisschen Macht über andere besaß. Und wie er sie dann ausspielte! Den Vorgesetzten in den Arsch kriechen, indem er Rudy feuerte. Sich bei den Latashas und den Pilars und den Trinhs einschleimen. Der Schwanzlutscher. Diese Null. Dieser Fettsack. Der Gedanke an Wallers haarige Knöchel und seine aufgeworfenen Lippen drehte Rudy den Magen um.

War das sein Wagen da am Ende der Reihe, der da hinter dem Pick-up mit dem Campingaufbau hervorlugte? Rudy schleppte sich voran. Gott, war er müde. Seine Beine schwer wie Beton. Diese ganzen verdammten Wagen. Wagen der Flughafenbediensteten. *Die* hatten ihre Jobs noch. Jobs, Autos, Häuser, Familien. Sie alle würden am Ende des Tages herausströmen, genau wie sonst, würden ihre Schlüssel hervorkramen, ihre Autos starten, heimfahren. Fein zu Abend essen. Ihre Flachbildfernseher einschalten. Später in ihre großen Schlafzimmer gehen und ihre verfaulten Zähne über Marmorwaschbecken putzen.

Es war sein Wagen! Gott sei Dank. Er hatte das Gefühl, nicht einen einzigen Schritt mehr tun zu können. Aber noch war er eine halbe Reihe entfernt. Wie arglos er gewesen war, als er an diesem Morgen aus dem Wagen stieg! Er hatte nicht die leiseste Ahnung gehabt, dass etwas Derartiges geschehen würde. Dass so was überhaupt im Bereich des Möglichen lag. Dieser verfluchte Waller! Dieser Haufen Hundescheiße! Lieber Gott, wie weit war es denn noch? Warum brauchte er ewig für die paar Schritte? Jede Stoßstange so lang wie ein Footballfeld. Eine Rollbahn! Und die

Flugzeuge donnerten in einer Tour über ihn hinweg und verpesteten die Luft mit Treibstoff. Rudys Magen kochte vor Zorn. Sein Nacken und seine Arme waren steif vor Wut. Sieh einfach zu, dass du zu deinem Wagen kommst, redete er sich zu. Noch ein paar Schritte, dann konnte er sich setzen. Er musste dem Himmel entrinnen, dem Lärm der Flugzeuge und den Augen derjenigen, die ihn vielleicht über den Parkplatz stolpern sahen.

Da war er endlich, der Buick, dessen Lack früher einmal tiefrot geglänzt hatte, jetzt aber zu dem billigen Orange von Tomatensuppe in Dosen verblichen war. Rostflecken sprenkelten das Metall um Kühlergrill und Windschutzscheibe. Der ganze Wagen wirkte vernachlässigt, und die fehlende Radkappe erinnerte an eine Zahnlücke. Doch Rudy seufzte erleichtert auf, als er den Schlüssel ins Schloss steckte, die Tür aufriss und sich auf den Fahrersitz sinken ließ.

Es war heiß im Wageninneren, trotz des bedeckten Himmels. Rudy startete den Motor und fummelte an der Klimaanlage herum. Das Radio war auf seinen Lieblingssender eingestellt. Leichter Rock, wenig Gerede, vierundneunzig neun. Die Beatles sangen »Yesterday«.

Er schloss die Augen und ließ den Kopf sinken. Als sein Kopf das Lenkrad berührte, verstummte die Musik. Ein Ansager verkündete, das übliche Programm werde unterbrochen. Die Wolken verzogen sich schnell, wie von unsichtbaren Händen fortgeschoben. *Dies ist ein Test,* fuhr die Stimme fort, *dies ist ein Test für eine Notübertragung.*

Jewell schritt rasch aus, ihre langen Beine verschlangen die Entfernung zwischen der Cafeteria, in der sie gerade ihre Schicht beendet hatte, und ihrem Wagen. Sie schlängelte sich zwischen den Grüppchen von Studentinnen und Studenten hindurch, die langsam herumtrödelten oder stehen blieben, um miteinander zu sprechen. Gehen tat gut, denn es ließ sich schwerer denken, wenn

Beine und Arme in Bewegung waren und das Pflaster unter den Füßen verschwand. Zumindest war es schwerer, über ewig dasselbe nachzudenken. Zu grübeln, zu brüten.

Doch als sie die Stufen in der Nähe der Royce Hall hinaufstieg, immer zwei auf einmal, musste sie wieder daran denken, wie Celeste sich ihr an diesem Morgen ungeduldig entzogen hatte. Sie war im Bad gewesen, ihre Schminkutensilien lagen über den ganzen Waschtisch verstreut, als Jewell sich hinter ihr hereingezwängt und zugesehen hatte, wie sie mit raschen Bewegungen aus dem Handgelenk ihre Wimperntusche auftrug.

»Komisch, dass du Avon kaufst«, hatte Jewell gesagt. »Dass du keine teurere Marke bevorzugst. So wie Clinique oder Lancôme oder Shiseido oder so.«

»Familientradition.« Celeste zuckte die Achseln. »Meine Tante war Avon-Beraterin, und alle haben bei ihr gekauft. Vermutlich gab's Familienrabatt. Egal, mir geht's um Quantität, nicht um Qualität. Weißt du, was all das Zeug hier kosten würde, wenn ich es bei Nordstrom kaufen würde? Außerdem mag ich die Avon-Frau.«

»Ach ja? Warum?«

Jewell konnte sich nicht entsinnen, wann sie Celeste das letzte Mal hatte lächeln sehen, aber als sie Celestes Augen im Spiegel begegnete, hob sich ein Mundwinkel zu diesem halben Grinsen, das Jewell unwiderstehlich fand.

»Keine Ahnung, was sie an sich hat«, erwiderte Celeste. »Irgendeine geheimnisvolle Ausstrahlung. Oder vielleicht ist es auch bloß ihr Name. *Inez.*«

Der Wortwechsel schien so friedlich, dass Jewell, die hinter Celeste stand, einen Schritt näher trat. Sie beugte sich vor, schmiegte sich an Celestes Rücken und barg ihr Gesicht in deren Haar.

»Nicht«, hatte Celeste gereizt gesagt und sie abgeschüttelt. »Ich bin ohnehin schon spät dran.«

Die Glocken begannen zu läuten. Es war zwölf Uhr, diese verlorene Zeit zwischen Morgen und Nachmittag. Zahlreiche Menschen bevölkerten den Bürgersteig, ein Strom auf- und abwogender Köpfe. Die Mittagsflut. Jewell zählte die Glockenschläge. Als der letzte verklang, klingelte ihr Handy. Sie angelte es aus ihrem Overall. Es war bestimmt Celeste, die anrief, um zu sagen, dass es ihr leid tat, dass sie zur Besinnung gekommen war.

Es war nicht Celeste. Es war Jewells Onkel. Sie hatte etliche Jahre nicht mit ihm gesprochen, aber sie erkannte die charakteristische Spur von Heiserkeit in seiner Stimme, die auch ihr Vater besaß, so als ob das Sprechen eine Anstrengung bedeutete. Manchmal hörte sie sie sogar in ihrer eigenen Stimme.

»Wie geht's dir, Jewell?«, fragte Wylie. »Wie steht's?«

Er klang nervös, als riefe er nicht bloß an, um zu plaudern.

Jewell trat aus dem Strom der Menschen heraus und lehnte sich gegen die Mauer, die den Weg von einer Baumgruppe trennte. Die Wolken zogen rasch an der Sonne vorbei und ließen helle Flecken auf dem Gehweg und den Fassaden aufleuchten und wieder dunkel werden.

»Was gibt's, Onkel Tommy?« Sie versuchte ihre Enttäuschung darüber, dass er nicht Celeste war, zu verbergen. »Ist was passiert?«

»Nein, nein. Keine Sorge.«

»Wo bist du?«

»Ach, ich bin draußen auf dem Flughafen. Auf der Arbeit, weißt du. Ich hab gerade Pause. Eine halbe Stunde.«

Er zögerte, und Jewell spürte, wie er mit sich kämpfte. Ein seltsamer Vogel, ihr Onkel. »Geht's deinen Hunden gut?«, fragte sie, um das Eis zu brechen.

»Ja, bestens.« Wylie lachte. »Hör mal, ich wollte dir nur Bescheid sagen. Dass ich heute mit deinem Vater gesprochen habe. Er ist draußen, weißt du.«

»Ach.« Jewell spürte, wie sie erstarrte, wie ein Tier, das sich auf seine Tarnung verließ. In die Dramen ihres Vaters verwickelt zu werden hatte ihr gerade noch gefehlt.

»Ich dachte, du willst ihn vielleicht mal anrufen«, schlug Wylie vor. »Einfach nur so, weißt du. Nur mal hallo sagen. Dich einfach mal melden.«

Jewell schürzte die Lippen. Wie oft hatte sie das schon mitgemacht? Warum rief ihr Onkel nicht jemand anders an?

»Bist du noch dran?«, fragte Wylie.

»Ja, bin ich. Okay«, sagte sie ergeben. »Hast du seine Nummer?«

»Er wohnt in einer Pension in der Innenstadt«, fuhr Wylie fort. Er klang erleichtert, dass er die Verantwortung für Logan an jemand anders abgeben konnte. »Sie heißt Morningstar. Es ist nur ein Zimmer, bis er was Besseres findet. Also, hast du was zu schreiben?«

»Moment. Bleib dran.«

Jewell legte das Handy beiseite, um Stift und Papier aus dem Rucksack zu holen. Ihr Kommilitoninnen und Kommilitonen strömten an ihr vorüber, auf dem Weg zu ihren Veranstaltungen oder zum Mittagessen. Viele von ihnen hatten Väter, die ihnen Karriereratschläge gaben und ihre Ausbildung bezahlten, schoss es Jewell durch den Kopf, während sie eine Ecke aus ihrem linierten Notizbuch riss. Wie schön für sie. Sie stand immer noch über ihren Rucksack gebeugt, als plötzlich ein elektronisches *Plopp* erklang wie in dem magischen Augenblick bei einem Konzert, wenn die Anlage angeht und das Licht erlischt. Der Augenblick, in dem die Menge aufmerkt und der Star die Bühne betritt.

Jewell richtete sich auf und sah sich um. Ein weiteres *Plopp* erklang hoch über ihr, vom Himmel und den Bäumen und den Dächern der Gebäude. Als poche jemand auf ein Himmelsmikrofon und würde jeden Augenblick *Test – Test* sagen.

Dies ist ein Test unseres Notfallsenders, verkündete eine körperlose Stimme. *Dies ist nur ein Test.*

Die Worte hallten von den Gebäuden und den Plätzen wider, von den Treppen und Parkplätzen. Jewell hörte einander überlappende Versionen, ferne Echos. Lieber Himmel, was war das? Hatten sie in allen Bäumen Mikrofone aufgehängt? Auf allen Dächern Lautsprecher aufgestellt? Es war unheimlich, als ob die Vögel und Bäume mit menschlicher Stimme sprächen, um das drohende Ende der Welt zu verkünden. Und – das war das Verrückteste überhaupt – niemand reagierte darauf. Die Studentinnen und Studenten gingen einfach weiter, redeten miteinander, tranken auf dem Rasen ihre Cola, lasen unter den Bäumen. Wo war Celeste? Wo würde sie sein, wenn Bomben herabregneten, wenn Marschflugkörper die Luft erfüllten wie Insektenschwärme? Wenn L.A. zu einem verkohlten Loch am Rande des Kontinents verbrannte?

Die Stimme zählte jetzt rückwärts; die Echos überlagerten sich, als sie dorthin zurückschwappten, wo Jewell stand. Sie sah nach unten und erblickte ihr Handy, das auf der Mauer lag, wo sie es hingelegt hatte.

»Entschuldige, Onkel Tommy«, sagte sie. »Aber hier ist was Seltsames im Gange. Hörst du das? Es klingt wie Fliegeralarm oder so was.«

»*Fliegeralarm?*«, fragte Wylie.

»Kein *richtiger* Fliegeralarm«, sagte Jewell schnell. Sie war überrascht, wie erschrocken er klang. »Ein Test, weißt du. Eben fällt mir ein, dass sie ein neues Alarmsystem installieren wollten, aber dies ist das erste Mal, dass ich es höre. Egal, es hört sowieso gerade auf.«

»Oh, es ist zwölf«, sagte Wylie und klang erleichtert. »Deshalb.«

»Ja, genau, so ist es«, stimmte Jewell zu. Als die letzten Echos verklangen, bemerkte sie ihr Herzklopfen. »Okay, ich hab einen Stift. Wie ist seine Nummer?«

Wylie gab sie ihr. »Danke«, sagte er. »Ich mache mir ein bisschen Sorgen um ihn. Ich dachte, es wäre vielleicht gut, wenn du einfach mal hallo sagst. Du weißt schon, ihn wissen lässt, dass du an ihn denkst.«

Jewell faltete den Zettel mit der Telefonnummer zusammen und stopfte ihn in ihren Rucksack. Mal sehen, dachte sie. Plötzlich hatte sie den dringenden Wunsch, das Gespräch zu beenden.

»Und vielleicht könnten wir ... Vielleicht könnten wir irgendwann mal –«, setzte Wylie an, stolperte aber über seine Worte wie ein unbeholfener Verehrer, der sich mit ihr verabreden wollte. »Vielleicht könnten wir uns irgendwann mal treffen. Uns auf den neuesten Stand bringen, weißt du. Uns mal wieder sehen.«

»Das wäre schön«, erwiderte Jewell höflich, obwohl sie wusste, dass sie wahrscheinlich weder Tommy noch ihren Vater in nächster Zeit sehen würde, wahrscheinlich die nächsten Jahre nicht. Das Leben würde weitergehen, deren Leben und ihr Leben, ohne sich zu überschneiden.

»Okay. Tja, war schön, mit dir zu sprechen«, sagte Wylie. »Ich geh jetzt lieber mal wieder an die Arbeit.«

»Tschüs, Onkel Tommy. Danke für deinen Anruf.«

Sie ließ das Handy in ihrer Tasche verschwinden und schulterte den Rucksack. Die Lautsprecheranlage gab ein letztes *Plopp* von sich, wie ein elektronisches Hüsteln, und Bäume und Himmel waren wieder still.

Fliegeralarm?, dachte Wylie, als er auflegte und sich den Zeitungen zuwandte, die auf dem Tisch im Pausenraum herumlagen. Ein Verkaufsautomat brummte in der Ecke. Er sah auf die Uhr. Ihm blieben noch knapp zehn Minuten von seiner Pause. Er hatte leichten Hunger, und er musste pinkeln. Also aufs Klo, beschloss er und verließ den Pausenraum. Vor Schichtende würde er keine weitere Gelegenheit haben.

Als er den Flur entlangging, in dem sich die Verwaltungsbüros befanden, erinnerte er sich an die Notfallübungen in der Grundschule. Fliegeralarm. Ab in Deckung. Das Schrammen der Stühle über den braunen Linoleumboden und das Kreischen und Lachen seiner Mitschüler, als sie unter ihre Pulte abtauchten. Der Boden roch nach Politur und Anspitzabfall. Mit der Nase auf dem Linoleum, die Augen fest zugekniffen und die Hände schützend über dem Kopf, fragte er sich nicht, ob Bomben durch die großen Fenster auf der einen Seite seines Klassenzimmers platzen würden, sondern ob seine Lehrerin, die gewichtige Mrs. Jackson, deren Knöchel so dick waren wie ihre Waden, wohl auch unter ihr Pult abgetaucht war. Wenn er sich vorstellte, wie sie sich neben den Bohnen, die in Milchtüten um ihr Überleben kämpften, in den kleinen Raum unter ihrem hölzernen Schreibtisch quetschte, den dicken Hintern in die Höhe gereckt und das Gesicht in ihren noppigen Karorock gepresst, musste er sich das Lachen verkneifen.

In einem der Büros auf dem Flur sprachen der dicke Mann mit dem Walrossbart und der Inder in dem Anzug – der Boss vom Walross, vermutete Wylie – mit einem Sicherheitsbediensteten. Wylie kannte die beiden Bürohengste vom Sehen. Der Sicherheitsbedienstete machte sich Notizen. Als Wylie die Tür öffnete und neben dem Stand, an dem Jugendliche von der alternativen Highschool Espresso verkauften, in den Terminal hinaustrat, erinnerte er sich plötzlich an Jim Dunnigan, den Jungen, der immer mit einem nassen Fleck auf der Hose unter dem Pult hervorkam, der sich vom Hosenbund bis zu den Knien erstreckte. Vorn *und* hinten. Liebe Güte, Wylie konnte es kaum fassen, dass er sich noch an den Namen erinnerte. Wann war das gewesen, in der zweiten Klasse? Aber auch wirklich jedes Mal. Feueralarm oder Erdbebenalarm oder Fliegeralarm, egal was. Kein Wunder, dass etliche aus seiner Klasse sich bis obenhin zudröhnten, als sie schließlich auf die Highschool kamen. Der Kalte Krieg. Bei den Worten bekam Wylie immer noch eine Gänsehaut.

Kurz vor dem Stand von Baja Burritos zögerte er. Er konnte sich eines mitnehmen und später am Nachmittag essen, wenn er mit Sicherheit Hunger haben würde. Die Schlange war nicht sehr lang, aber trotzdem dauerte es eine Weile, das Burrito zu machen, und seine Ablösung an der Bar wurde sauer, wenn er sich verspätete. Nein, lieber nicht. Er beschloss, sich stattdessen in der Cafeteria in der Nähe der Toiletten eines der fertigen Sandwiches zu holen.

Dort war die Schlange wundersamerweise kurz. Er dachte an den Alarm, den Jewell gehört hatte, und während er wartete, stellte er sich vor, wie die Studenten der UCLA sich zu Boden warfen oder Deckung suchten. Thunfisch, Schinkenspeck, Eiersalat. Irgendwas Vegetarisches mit Aubergine und Käse. Ein Jammer, dass Jewell genauso aufgewachsen war wie er, kopflos vor Angst, dass irgendein Verrückter den Knopf drücken würde. Er griff nach einem Sandwich mit Schinkenspeck, doch dann fiel ihm ein, dass es immer schwieriger wurde, sich die Hose zuzuknöpfen, und er legte es zurück und nahm sich stattdessen ein Thunfisch-Sandwich.

Der Pavillon, in dem sich seine Bar befand, war gleich drüben auf der anderen Seite, und die Toiletten waren auf dem Weg dorthin. Er würde eben ein bisschen zu spät kommen. Tony, der Assistent Manager, der ihn vertrat, würde eben solange ausharren müssen. Ehrgeiziges kleines Arschloch, schnüffelte immer überall herum. Wylie warf einen Blick auf das Thunfisch-Sandwich. Er hätte sorgfältiger auswählen sollen – dieses war auf der einen Seite ganz zerdrückt. Wie um alles in der Welt hatte Logan es zu einer Tochter wie Jewell gebracht? Sie war nicht übermäßig erfreut gewesen, von Logan zu hören, und sein Angebot, sich mit ihm, Wylie, zu treffen, war auch nicht gerade auf Begeisterung gestoßen. Aber wer konnte es ihr verübeln? Die ganze Scheiße, die sie mit der Familie schon erlebt hatte – es war verständlich, dass sie sich nach Möglichkeit da raushalten wollte.

Er war so ins Grübeln versunken, dass er fast in die Absperrung gelaufen wäre. Was zum Teufel war das? Er blieb abrupt stehen und umklammerte sein Thunfisch-Sandwich. Gelbes Absperrband vor den Herrentoiletten. Wylies Puls beschleunigte sich, raste, überschlug sich. Ort eines Verbrechens? Blitzartig kam ihm der Barhocker wieder in den Sinn, der am Vormittag krachend umgekippt war. Und wie seine Achselhöhlen geprickelt hatten, als Logan anrief. Und der Fliegeralarm, und die Besorgnis in Jewells Stimme. Einen Augenblick lang schien all das miteinander verbunden. Wylies Gedanken überschlugen sich, als er das verstörende Gefühl hatte, sich an etwas zu erinnern, das noch gar nicht geschehen war. Es war bloß gelbes Absperrband, versuchte er sich zu beruhigen. Ein Barhocker war umgekippt. Na und. Vielleicht reparierten sie einen Wasserhahn oder sie wischten den Boden. Und doch hatte er das Gefühl, dass etwas in unmittelbarer Nähe lauerte. Während die Angst ihm durch die Nase strich, drehte er sich um und sah zur Abflughalle hinüber, wo die Flugpassagiere wie zuvor ihr Gepäck zur Sicherheitskontrolle schoben, am Zeitungskiosk stöberten, sich bückten, um einem Kleinkind das Gesicht abzuwischen.

Logan hätte fast Gas gegeben und wäre bei Gelb rübergefahren, doch in letzter Sekunde entschloss er sich, auf Nummer Sicher zu gehen. In allerletzter Sekunde. Mann, fast wäre er durch die Windschutzscheibe geflogen. Doch dann fühlte er sich gut, vor allem als eine alte Oma mit Hündchen über den Fußgängerüberweg zu humpeln begann. Er setzte sogar ein Stück zurück, bis die Schnauze seines Wagens diesseits der weißen Linie war. Ein gesetzestreuer Bürger. Mr. Saubermann. Und so war es kein Wunder, dass er erschrocken zusammenzuckte, als hinter ihm die Sirene erklang.

Was zum Teufel war hier los? Sein erster Gedanke war, Vollgas zu geben. Rechts abzubiegen und nichts wie weg. Doch ein unablässiger Strom von Wagen zog vor ihm über die Kreuzung. Scheiße! Er kam hier nicht fort. Er sah nach links, sah nach rechts, sah in den Rückspiegel, ließ den Kopf kreisen wie eine Eule. Keine Schwarzweißen in Sicht. Auch keine in Zivil, soweit er sagen konnte. Diese Scheißer! Wo zum Teufel steckten sie?

Beruhig dich, sagte er sich. Bleib cool, verlier nicht den Kopf. Er checkte sich kurz durch. Warte, Mann, warte! O Wunder aller Wunder.

Logan kicherte vor sich hin und schüttelte den Kopf.

Er war sauber, Mann. Sauber!

Okay, sein Wagen war nicht versichert und sein Führerschein war abgelaufen, aber das war nichts. Also was hatte es mit dieser Sirene auf sich? Er steckte den Kopf aus dem Fenster und blickte sich um. Und dann kapierte er, dass es die Mittagssirene war. Der Fliegeralarm! Der Probealarm! Logan lachte. Herrgott, war er paranoid. Es hatte nichts mit ihm zu tun. Sie waren nicht hinter ihm her. Reiß dich zusammen, Mann! Es war zwölf Uhr Mittag. Am Dienstag. Die Zeit, zu der immer Probealarm war. In der ganzen Stadt, Mann! Kein Grund zur Sorge.

Aber warum war die verdammte Ampel so lange rot? Das Heulen der Sirenen erfüllte die Luft wie eine gottverdammte Kettensäge. In der Ferne hörte er noch mehr Sirenen losgehen. Ein Schwarm Tauben erhob sich in die Luft und schwirrte über den Parkplatz von Safeway drüben an der Ecke. Denen gefiel das auch nicht. Sie zogen einen Kreis, stiegen höher, machten einen Bogen. Eine geballte Ladung Vögel. Logan trommelte nervös aufs Lenkrad. Nun komm schon, verdammt noch mal. Es ist eine Sirene, sagte er sich. Nichts weiter. Und dennoch beunruhigte sie ihn. Herr im Himmel, war die Ampel kaputt? Warum heulte das verfluchte Ding immer noch? Und wenn es doch ein Ernstfall war?

Na los, na los, na los, feuerte Logan die Ampel an und trommelte weiter aufs Lenkrad. Komm in die Gänge. Das Geheul war unheimlich, Mann. Nervtötend. Es erinnerte ihn an Brandschutzübungen. Gewehrschüsse, Explosionen, Donnerschläge. *Frag nicht, für wen die Sirene heult, sie heult für dich.* Millionen Arten zu sterben, einige schlimmer als andere. Verbrennen: das würde ihm gar nicht gefallen. Oder ersticken. Erfrieren wäre nicht so schlimm, nach allem, was er gehört hatte. Oder im Nebel einer Überdosis wegzudriften, einfach in den Schlaf zu gleiten. Er schaute nervös in den Rückspiegel. Die Sirene gab ihm das Gefühl, als sei jemand hinter ihm her, um ihn zur Strecke zu bringen. Als wäre es nur eine Frage der Zeit.

Gott sei Dank, sagte er sich, als es endlich vorbei war. Die Ampel sprang um. Die Stille war eine solche Erleichterung, dass er sich am liebsten zusammengerollt hätte, um einzuschlafen. Jetzt vernahm er wieder die Motoren der anderen Wagen. Das Flügelschlagen der Tauben, den Wind, der durch die Bäume strich, das Radio, das im Wagen zu seiner Linken lief. Der Himmel war wieder leer, war wieder normal. Das Blut pochte ihm nicht länger in den Ohren. Und dennoch war er auf der Hut, als er Gas gab und auf die Kreuzung fuhr.

»Damit beschließen wir unseren Test der Notübertragung«, sagte eine gefällige Männerstimme. Eine dieser ganz speziellen Stimmen: Dan Rather oder Peter Jennings. Diese Typen mit dem dichten, perfekten Haar, die Art von Mann, denen jeder vertraute. Die Art von Mann, denen nie jemand übel mitspielte. Die würde nie jemand vor die Tür setzen, das stand fest, dachte Rudy.

Und wenn der Probealarm doch ein Ernstfall war?, überlegte er, während er den Blick über den Parkplatz schweifen ließ, wo Glas und Chrom schimmerten wie die Oberfläche eines Sees. Er stellte sich vor, wie die Menschen überall in der ganzen Stadt innehielten bei dem, was sie taten: die Frau, die ihrem Baby die Windeln wechselte, der Mann, der ein Auto auftankte, die Büroangestellte, die überlegte, ob sie Sushi oder Suppe zu Mittag essen wollte. Alles, was eine Minute zuvor noch wichtig gewesen war, spielte nun keine Rolle mehr. Es war heiß im Inneren des Buick, aber Rudy ließ das Fenster zu. In der feuchtwarmen Treibhausluft seines Wagens keimte eine Idee in seinem Hirn. Das Radio gab einen langen Ton von sich, wie ein U-Boot, das auf Tauchstation ging. Es konnte auch eine elektronische Pfeife oder eine heulende Sirene sein oder dieses Wort, das diese Yoga-Typen immer sagten. *Om*. Der Klang des Universums. Der Klang der Wahrheit, die in Rudys Bewusstsein erwachte.

Aus dem Radio erklangen drei kurze Gongschläge. Der Probealarm war vorbei.

In dem Augenblick war Rudys Idee in dem warmen Auto geboren.

Genau da, genau dort.

7

Ein Test. Es war nur ein Test. Keine Bombe, kein Marschflugkörper, kein Erdbeben. Keine Flutwelle, wie Inez sie sich gut hätte vorstellen können: eine Wand aus Wasser, die aus dem Meer hervorwuchs, eine monumentale Welle, die an Macht gewann, bevor sie in die Bucht von Los Angeles rollte, wo sie über alles hinwegspülte – Parkuhren, Telefonmasten, Häuser, die Flugzeuge, in denen Rudy arbeitete, Bäume und Menschen – alles wie Spielsachen, aus Holz oder Plastik, ins Meer sog. Wie die Sintflut und die Arche Noah. *Denn siehe, ich will eine Sintflut mit Wasser kommen lassen auf Erden, zu verderben alles Fleisch, darin ein lebendiger Odem ist, unter dem Himmel. Alles, was auf Erden ist, soll untergehen.*

Gerade als Inez überlegte, die Avon-Bestellungen erst am nächsten Tag auszuliefern, wenn Clara Rice nicht bald käme, klingelte es. Inez stellte den Fernseher aus und eilte zur Tür. Da stand Clara mit dem Karton. Der Duft von Parfum stieg auf, voller Verheißung.

»Große Lieferung heute«, sagte Clara. Sie versuchte an Inez vorbei ins Haus zu spähen.

Je früher sie aufbrach, desto besser – sie wollte nicht gesehen werden. Nicht dass Rudy je mit irgendjemandem aus der Nachbarschaft sprach, aber Inez ging lieber auf Nummer Sicher. Sie lächelte, nickte, nahm den Karton in Empfang. »Danke, bis zum nächsten Mal«, sagte sie und schloss hastig die Tür.

Sie machte sich sofort ans Werk. Legte ihre Sachen zurecht, überprüfte den Lieferschein, breitete die Rechnungen aus. Warf einen raschen Blick auf die Uhr. Teilte alles zu, packte jede Bestellung sorgsam in eine Papiertüte. Nagellack, Grundierung, Lip Gloss, Gesichtsmasken, Abtönpuder, Lidschatten. Zierrat und Schmuck. Kerzen. In jede Tüte kamen außerdem die kostenlosen Zugaben. Diesen Monat eine Probe des Lippenstifts *Kirschfeuer* und ein kleiner Flakon des Parfums *Frühlingsflirt.* Sie tackerte die Rechnungsbelege an die Tüten und verstaute sie in dem Karton, den sie von Clara bekommen hatte. Dann ging sie ins Badezimmer und frischte ihr eigenes Make-up auf, band sich ein Tuch um den Kopf, schlüpfte in ihre Schuhe und eilte in die Garage.

Rudy fand, dass sie kein Auto brauchte. Genau wie er fand, dass sie keinen Job brauchte. *Eine Frau gehört ins Haus.* Sie wusste nicht genau, ob das in der Bibel stand, aber darin standen auf jeden Fall eine Menge anderer Sachen: *Die Frauen seien ihren eigenen Männern untertan als dem Herrn.* Und als wenn das noch nicht genug wäre: *... denn der Mann ist das Haupt der Frau, wie auch Christus das Haupt der Kirche ist.* Doch die letztgültige Autorität, höher als Rudy, war Gott. Und wenn Gott ihr diesen Plan mit Avon schenkte, dann hatte sie keine andere Wahl – sie musste gehorchen.

Die Garage war winzig und vollgestopft mit Rudys Sachen. Werkzeug, Modellflugzeuge aus Kindertagen, Zeitungen, Kisten, deren Inhalt ein Geheimnis war. Er mochte es nicht, wenn sie die Garage betrat, das hatte er ihr gesagt. Es sei sein Ort, wo er ein bisschen Privatsphäre hätte. Als sie merkte, wie ihre Gedanken um ihn zu kreisen begannen, hielt sie inne und lenkte sie auf etwas anderes. Vanessas burgunderrotes Mountain-Bike stand in der Nähe des Lichtschalters gegen die Wand gelehnt. Inez zurrte den Karton mit einem Spanngurt auf dem Gepäckträger fest. Sie hängte ihre Handtasche an den Lenker, schob das Fahrrad nach draußen und zum Tor hinaus.

Der Wind nahm zu. Eukalyptusblätter und zerdrückte Pappbecher wirbelten die Straße entlang. Es war noch Zeit genug. Inez radelte los. Es roch nach Regen.

Am Ende der Straße, wo ein leerer Parkplatz vor Scherben glitzerte, strampelte sie den Hügel hinauf, um in das Viertel auf der anderen Seite der vierspurigen Straße zu gelangen. Es war zu riskant, in ihrer unmittelbaren Nachbarschaft zu verkaufen, schließlich durfte Rudy auf keinen Fall Wind davon bekommen. Wilder Fenchel verströmte seinen Lakritzduft. Der Hügel war steil, aber Inez benutzte die Gangschaltung nicht. Vanessa könnte es merken, und auch wenn sie nie viel mit Rudy sprach, war es doch besser, wenn sie nichts wusste. Dann müsste sie auch nicht lügen, ihr Gewissen nicht belasten. *Denn wer eine Sünde gutheißt, begeht sie gleichermaßen.* Oder so ähnlich.

Oben auf dem Hügel, an der Ecke bei der Reinigung und dem Acht-Dollar-Friseur, hielt Inez inne und versuchte zu Atem zu kommen, während sie auf eine Lücke im Verkehr wartete. Von hier aus ging es nur noch bergab. Sie liebte das hohe Tempo, aber dann klirrten die Fläschchen auf dem Gepäckträger, und so bremste sie immer ein wenig. Es war wirklich lächerlich, wie gern sie Rad fuhr. Es brachte die einzige Erinnerung an ihren Vater zurück, die sie besaß: wie sie als vierjähriges Mädchen, gleich nachdem er sie von den Philippinen hergeholt hatte, auf dem Lenker seines Fahrrads gehockt und ihr Vater sie durch die Straßen gefahren hatte, die so anders gewesen waren als alles, was sie bis dahin kannte. Als sie die Straße überquert hatte und hügelab fuhr, sah sie seine braunen Hände auf dem Lenker vor sich und vernahm seine Stimme dicht an ihrem Kopf, die Worte ein wenig gepresst, weil er eine Zigarette zwischen den Zähnen klemmen hatte. Der Asphalt glitt unter ihnen dahin, der Wind in ihrem Gesicht, der Lenker unter ihren Pobacken, seine Stimme, die sich mit dem Fahrtwind mischte. Ihre Mutter und ihre Brüder sollten später in Amerika zu ihnen stoßen, aber aus einem Grund, den sie nie erfuhr, kam es nie dazu. Es war alles sehr nebulös, bis heute. Dann verschwand auch ihr Vater, und sie lebte in einer Reihe von Pflegefamilien, bis die Melberts sie adoptierten und mit ihren eigenen Kindern zusammen aufzogen.

Sie besaß ein einziges Bild von ihrem Vater, das sie in der Zederntruhe unter den Avon-Belegen verwahrte. Es zeigte ihn mit seinem Fahrrad, die Hände auf dem Lenker und eine Zigarette zwischen den Lippen, genau wie in ihrer Erinnerung. Die Fotografie zeigte die tiefen Falten in seinen Wangen, das dunkle Haar, das ihm buschig vom Kopf abstand, ihm in die Stirn fiel und seine Augen verbarg. Es war ihr Traum und Teil ihres Plans, ihn zu finden, ihre Familie zu finden. *Bitte, so wird dir gegeben.* Sie wusste, dass sie es schaffen würde, früher oder später. Das Einzige, woran sie sich halten konnte, war ihr Name. *Santos.* So schön, wie ein Gebet. Mehr als das, es war ein Schlüssel, ein Hinweis, ein Schritt in die richtige Richtung. Sie wiederholte ihn nun, als sie hügelab raste und das Rad hüpfte und über den unebenen Asphalt schlitterte. Nachts träumte sie davon: unermüdlich mit dem Rad hügelan, hügelab zu fahren, die Meilen mühelos zurückzulegen, während sie verlassene Städte, Küstenstreifen, Dschungel passierte.

Die fette Familie war die erste Anlaufstelle. Brenda, so hieß die Mutter. Brenda McNair. Es war ein Eckhaus mit einem armseligen Loquatbaum und einem Maschendrahtzaun. Inez schob ihr Rad durch das Gartentor und klopfte. Der Gestank da drinnen. Du liebe Güte. Inez verstand das nicht. Als ob sie ihr Geschäft im Wohnzimmer verrichteten. Das und der Geruch von Fett – alles, was sie aßen, wurde anscheinend frittiert. Staub und Schmutz klebten auf dem Fettfilm, alles war mit einer pelzigen Schicht überzogen. Wände, Lampen, Tische. All diese großen weißen Menschen, die sich in dem winzigen Wohnzimmer herumdrückten wie eine Herde See-Elefanten – Schwestern und Brüder und deren Freundinnen und Freunde und Kinder und obendrein noch ein paar Cousins und Cousinen, keine Ahnung, wer sie alle waren.

Sie hatten ein Faible für Engel. Konnten gar nicht genug davon kriegen. Engelkerzen, Engelglocken, Lautsprecherboxen in Engelform. Engel hockten auf Tischkanten, Engel hingen an den Wänden. Man könnte meinen, bei all diesen Engeln würden sie vielleicht mal ein bisschen saubermachen wollen, den Staub von den Möbeln wischen und den Teppich saugen, diesen Geruch loswerden. Aber nein. Egal, es hatte auch sein Gutes – in geschäftlicher Hinsicht zumindest. Diesmal hatten sie einen Weihnachtsengel aus Zinn bestellt und ein Windspiel, das aus tanzenden silbernen Engeln bestand. Außerdem waren sie Spontankäuferinnen. Man konnte sie auf der Stelle für Dinge begeistern, die sie noch nie zuvor gesehen hatten. Inez klopfte noch einmal, lauter diesmal.

Eines der Zwillingsmädchen öffnete die Tür. Beide Zwillinge taugten nichts. Irgendwas stimmte nicht mit denen. Große, gewichtige Mädchen, alt genug, um verheiratet zu sein. Sie hatten die Highschool abgebrochen und arbeiteten im Taco Loco oben in der Cesar Chavez. Auf dem besten Weg, so fett zu werden wie ihre Mutter. Für gewöhnlich hockten sie nebeneinander auf der Couch und guckten Fernsehen, wenn Inez kam.

»Avon«, verkündete Inez. »Eine Lieferung für deine Mutter.«

»Mom!«, rief das Mädchen ins Innere des Hauses, ohne auch nur hallo zu sagen, die Augen gierig auf die Tüte in Inez' Händen geheftet.

Inez musste an ihre eigene Tochter denken, die so höflich war, so adrett, so still. Diese junge Frau hier hatte dunkle Ringe unter den Augen, so als ob sie irgendwelche Drogen nähme. Ausgedrückte, verschorfte Pickel. Schmuddelige Hausschuhe.

Brenda McNair kam in den Flur gewatschelt. »Kommen Sie rein, kommen Sie rein!«, rief sie und gestikulierte mit ihren dicken Armen. Zumindest hatte sie bessere Manieren als ihre Tochter. Inez trat ein. Der andere Zwilling kam aus der Küche herbei, und hinter Brenda tauchte die Freundin des Sohnes auf. Von überallher strömten sie herbei, wie Tiere zur Fütterungszeit. Sie kamen wegen ihrer Engel.

Inez händigte ihnen ihre Bestellung aus und wartete auf die Ohs und Ahs, das Keuchen und Kichern und Aufseufzen, während sie das Windspiel und den Weihnachtsengel herumreichten. »Bei einem Bestellwert von vierzig Dollar bekommen Sie das hier als Gratisgeschenk«, sagte sie, schlug den Katalog auf und wies auf ein Schminktäschchen mit Mascara und Abtöncreme. »Wenn Sie für sechzig Dollar einkaufen, bekommen Sie das exklusive Premium-Geschenk, das allein schon fünfunddreißig Dollar wert ist.«

Sie umringten sie. Der Geruch machte ihr zu schaffen. Pipi und Schweiß und Fett. Komisch, wie jedes Haus, das sie besuchte, seinen eigenen Geruch besaß, genau wie jede Kundin ihre eigene Persönlichkeit. Sie hätte mit geschlossenen Augen ein x-beliebiges Haus ihres Kundinnenkreises betreten und sagen können, wo sie war.

»Ich will das hier!«, rief eine der Zwillingsschwestern, wie ein kleines Mädchen.

»Mama, kauf mir das!«, bettelte die andere und drängelte sich in den Kreis, um besser in den Katalog schauen zu können.

»Kauft es euch doch selber!«, sagte Brenda. »Mein Gott, glaubt ihr, ich könnte das Geld drucken?«

Aber schließlich kaufte sie ihnen doch, was sie wollten. Das und noch eine Menge mehr: die Friedenstaube aus Keramik, das adstringierende Gesichtswasser und das *Classical Coral* Abdeckpuder. Sie kaufte After-Shave für ihren Sohn und *Perlmutt Pink* Nagellack und das passende Lip Gloss für seine Freundin. Anti-Cellulite-Creme, feuchtigkeitsspendende Handcreme und schließlich noch das würzig duftende Wachsspray. Inez fragte sich, wo Brenda das Geld hernahm, aber das sollte ihre Sorge nicht sein. In ihrer säuberlichen Handschrift notierte sie die Bestellung, während sich die Dollars in ihrem Kopf addierten wie Meilen auf einem Wegmesser.

»Haben wir genug zusammen für das Gratisgeschenk?«, fragte Brenda, als der Fütterungsansturm vorüber war.

»Sogar für das Premium-Geschenk«, antwortete Inez.

Alles klatschte.

Die nächste Kundin, Mrs. Betski, wohnte am Ende derselben Straße. Es ging bergauf. Inez trat stehend in die Pedale und mühte sich ab, während sie in die Sonne blinzelte, die den bedeckten Himmel zu durchdringen suchte. Ein Flugzeug brach durch die Wolken, und einen Moment lang, bis es wieder in dem dicken Grau verschwand, dachte sie an Rudy – sie sah seine kleinen weichlichen Hände vor sich, wie sie auf seine penible Art das Fleisch in gleichförmige Stücke zerteilten, bevor er es aß. Vielleicht hatte er genau dieses Flugzeug da oben saubergemacht. Das Geräusch des Flugzeugs übertönte den Lärm des Freeway und den Wind, der die raschelnden Wedel der Palmen peitschte, die den Parkstreifen säumten. Sie beneidete die Menschen da oben, die irgendwohin weit fort flogen.

Mrs. Betski öffnete im selben Augenblick, in dem Inez klopfte, als hätte sie auf sie gewartet. Sie trug Shorts, die ihre Spaghetti-Beine zeigten, und große hässliche Sandalen mit Männersocken. Was für ein Anblick. Sie kaufte immer nur Körperlotion. Sie nahm die Tüte entgegen und beäugte Inez misstrauisch. Ihr Haus roch nach der Mentholtinktur, mit der Inez' Pflegemutter ihr immer die Brust eingerieben hatte, wenn Inez erkältet war.

»Nächsten Monnat wiederr dassälbe«, sagte Mrs. Betski. Sie hatte einen Akzent wie Dracula. »Wass siend Sie?«, fügte sie hinzu, bevor sie Inez das Geld gab.

»Wie bitte?«

»Wass siend Sie? Wass siend Sie?«, wiederholte sie ungeduldig. Sie spähte Inez ins Gesicht und gestikulierte mit ihren grobknochigen Händen.

Inez lächelte, wie sie es immer tat, wenn sie sich mit etwas Unangenehmem konfrontiert sah.

»Chinesin? Japanerin? Wo chommen Sie herr?« Mrs. Betski blickte sie finster an, als stelle Inez sich absichtlich dumm.

Liebe deinen Nächsten wie dich selbst, rief Inez sich in Erinnerung und holte tief Luft. *Und wie ihr wollt, dass euch die Leute tun sollen, also tut ihnen gleich auch ihr.* »Aus L.A.«, antwortete sie und wies auf die Veranda, als sei sie genau dort geboren worden.

Danach war Carmen Miramonte an der Reihe. Ihr Haus roch nach Zigaretten. Dann Edith Lee, deren Sohn in einem Krankenhausbett im Wohnzimmer lag. Mrs. Dilly, die ihre Fensterbänke und Tische mit Avon-Fläschchen dekorierte, die sie seit Gott weiß wann sammelte. Und Joan Regosian mit all den Katzen. Kein Wunder, dass ihr Haus so stank. Büschel von Katzenhaaren hingen überall an den Möbeln.

Die Bestellungen wuchsen. Als sie wieder auf ihr Fahrrad stieg und an dem kleinen Park vorüberradelte, in dem die Teenager aus der Nachbarschaft in Kapuzenpullis und übergroßen Hosen herumlungerten, sah Inez vor sich, wie der Umschlag in der Zederntruhe dicker und dicker wurde. Es gab nichts Schöneres, als den Gedanken an das Geld, das sich ansammelte. Doch es wurde spät, und ein Kribbeln der Furcht überlief sie, als sie sich vorstellte, wie Rudy früher heimkam und das Haus leer vorfand. Aber warum sollte er? Trotzdem trat sie kräftiger in die Pedale und war außer Atem, als sie in eine Straße mit Doppelbungalows einbog, wo sie ihre letzte Lieferung abgeben würde. Jetzt musste sie sich beeilen, um vor Vanessa daheim zu sein. Das Haus, in dem die beiden Mädchen lebten, nein, *Frauen,* lag auf halber Höhe der Straße. Am Bordstein stieg sie ab und schob das Rad über den ungepflegten Rasen.

Die andere öffnete, nicht Celeste, ihre Kundin. Diese war groß, kräftig, ohne eine Spur von Make-up, und ein dicker Zopf hing ihr über den Rücken. Nackte Füße und abgebissene Fingernägel. Ausgeblichene Jeans, die über den Knien zerrissen waren, und ein T-Shirt, das ein besserer Putzlumpen war.

»Ja?«, sagte sie und blinzelte, als sei sie gerade aufgewacht. Sie hatte etwas Nervöses an sich, etwas Rastloses. Unruhig wie ein Pferd trat sie von einem Bein aufs andere, während sie Inez von Kopf bis Fuß musterte.

»Ist Ihre *Freundin* zu Hause?« Das war, so vermutete Inez, das Wort dafür. Ihr Haus war klein, nur ein Schlafzimmer. Bei ihrem letzten Besuch hatte sie das Badezimmer benutzt und dabei einen Blick auf das ungemachte Bett geworfen. Ein *Doppelbett.* Kleider auf dem Boden, über einem Stuhl.

»Nein. Nein, sie ist nicht da«, antwortete die Frau.

»Ich habe eine Lieferung für sie. Avon.«

Inez hielt die Tüte hoch. Die andere, Celeste, war eine ihrer besten Kundinnen. Sie bestellte immer für ihre große Familie – Schwestern, Mutter, Nichten. Ein nettes Mädchen, und sehr schön. Jedes Haar an seinem Platz bei ihr. Make-up, Nägel, Kleider. Südamerikanerin, hatte sie Inez erzählt, und außerdem Jüdin. Das hatte Inez aus ihrem Namen geschlossen: *Levy.*

»Geben Sie es mir«, sagte die andere und streckte die Hand aus.

Sie könnte auch hübsch sein, wenn sie nur wollte. Sehr hübsch sogar. Schöne Augen, gute Knochenstruktur. Wie war sie so geworden? Eine Abartige. Aber es stand Inez nicht zu, darüber ein

Urteil zu fällen. Und dennoch, wenn sie sich vorstellte, Vanessa könnte mit solchen Leuten zu tun haben, überlief es sie kalt.

»Es ist eine große Bestellung«, sagte Inez und drückte die Tüte an sich. »Ich muss das Geld dafür kassieren.«

»Dann kommen Sie rein. Ich stelle Ihnen einen Scheck aus.«

Inez folgte ihr ins Haus. Die Jalousien waren heruntergelassen. Es sah aus wie eine Hippie-Bude, das schäbige Mobiliar, das mit folkloristisch bedruckten Quilts bedeckt war, und irgendwas Gewebtes an der Wand. Es roch nach getrockneten Blumen und Räucherstäbchen. Kerzen und geschnitzte Holztiere standen auf dem Couchtisch; ein aus Backsteinen und Brettern zusammengezimmertes Bücherregal lehnte an einer Wand. Die Frau führte sie zum Esstisch an der Seite des Raumes, in der Nähe der Küche. Er war mit Büchern bedeckt, mit Zeitungen und geöffneter Post und etwas, das aussah wie ein halbfertiges Puppenhaus aus Balsaholz. Das reinste Chaos. An der Wand über dem Tisch hing die Skizze einer nackten Frau, die sich auf einem Stuhl räkelte. Direkt vor aller Augen.

»Wie viel macht das?« Die Frau kramte in ihrem Rucksack.

»Siebensiebzig vierundachtzig.«

Inez kam sich schutzlos vor, wie sie da mitten im Zimmer stand, mit so einer Frau allein im Haus. Sie wollte ihr nicht zu nahe kommen, obwohl – wenn man die Frau ansah, wäre man nie auf die Idee gekommen.

»Ich lasse die erste Zeile frei, und Sie können sie ausfüllen, wie Sie wollen«, sagte Celestes Freundin, während sie den Scheck ausstellte und der Zopf ihr über die Schulter fiel.

Inez konnte der Versuchung, sich umzusehen, nicht widerstehen. Auf dem Bücherregal standen jede Menge Fotos von Babys und Kindern und Verwandten. Alles Celestes Familie, dem Aussehen nach, nicht von dieser weißen Frau. Da war auch Celeste selbst – sie stand vor einem Baum und hatte die Arme um zwei Frauen gelegt, die ihre Schwestern sein mussten.

»Hier – bitte.«

Als die Frau lächelte, veränderte sich ihr Gesicht vollkommen. Sie sah aus wie ein Kind, unschuldig und glücklich. Inez wurde weich ums Herz. *Jewell Wylie* las sie auf dem Scheck. Was für ein Name war das denn? Ob der Scheck platzen würde? Die Frau beobachtete sie mit einem halben Lächeln, und Inez erwog kurz, ihr den Avon-Katalog zu zeigen und sie zu ermutigen, ein wenig Make-up aufzulegen. Hoffnung gab es immer. Menschen konnten sich ändern. Aber es wurde spät.

»Ich lasse Celeste einen Katalog da. Ich rufe sie in einer Woche an, um zu fragen, ob sie etwas bestellen möchte.«

»Ich sage ihr, dass sie Sie anrufen soll.«

»Nein, nicht anrufen!«, platzte Inez heraus, bevor sie sich zurückhalten konnte. »Das ist nicht nötig«, fügte sie hinzu und zwang sich zu einem Lächeln. »*Ich* rufe *sie* an.«

Im frühen Zwielicht, der Zeit der größten Traurigkeit, stieg Inez auf ihr Fahrrad und machte sich auf den Heimweg. Wenn der Tag sich dem Ende neigte, fühlte sie sich am einsamsten. Als junges Mädchen hatte sie geglaubt, dass die Sonne, indem sie am Horizont versank, an dem Ort aufging, an dem sie geboren war, und ihre verlorene Familie weckte, die aufstand und frühstückte und den Tag ohne sie begann. Unterdessen ging sie heim zu ihrer Pflegefamilie, aß das fremde Essen und lauschte deren Tischgespräch, mit dem sie nichts anfangen konnte, und schlief dann in einem Bett, das nach Fremde roch. War es möglich, Heimweh nach einem Ort zu verspüren, an den sie sich gar nicht mehr erinnerte? Doch jedes Mal um diese Tageszeit sehnte sie sich nach diesem Ort: nach der hohen Luftfeuchtigkeit auf der Insel, den Straßengeräuschen und den Gerüchen einer Stadt mit Millionen Menschen, die aussahen wie sie.

Ihre Brust schmerzte, wenn sie tief Luft holte. *Und ob ich schon wanderte im finstren Tal,* betete sie, als sie um die Ecke bog und hügelan fuhr. Ein Windstoß blies ihr Sand in die Augen. Die Pflegeeltern, bei denen sie gewesen war, bevor die Melberts sie adoptierten, ein Mann und eine Frau, die sich seltsam ähnlich gesehen hatten, mit gewölbter Stirn und fliehendem Kinn, hatten sie *Waif* genannt, die Heimatlose. Ihre Kinder hatten es übernommen, und dann war der Name zu den Kindern in der Nachbarschaft gedrungen. Ein ganzes Jahr lang hatte man sie *Waifie* oder *Wafer* gerufen.

Die Leute kehrten von der Arbeit zurück. Der Verkehr gab Inez das Gefühl, ein Blatt zu sein, das von einer Strömung erfasst worden war. Auf der großen Kreuzung hatte sich ein Unfall ereignet. Abgebrannte Signalfackeln, der Außenring eines Scheinwerfers, Plastikstücke und jede Menge Glassplitter waren über die Fahrbahn verstreut. Ein Platten hätte ihr jetzt gerade noch gefehlt. Sie gab sorgsam acht, wo sie langfuhr, während sie an das Thanksgiving-Fest dachte, das sie mit der Familie verbracht hatte, die sie Waifie nannte. Sie waren bei Verwandten eingeladen gewesen, bei denen sich eine Menge Leute eingefunden hatten: Cousinen und Cousins, Tanten, Onkel, Großeltern. Menschen, die sich schon ihr Leben lang kannten. Sie alle – Kinder wie Erwachsene – hatten Inez neugierig beäugt und sie während des Essens verstohlen beobachtet, als wären sie überrascht, dass sie genauso aß wie sie selbst – dass sie mundgerechte Bissen von ihrer Portion Truthahn schnitt und Soße über die Stampfkartoffeln gab. Nach dem Essen waren die Kinder zum Spielen nach draußen gegangen. Sie hatten sie umringt und ihr Fragen zugerufen: *Wo kommst du her? Wieso sagst du nichts? Hey, hörst du mich? Verstehst – du – mich?* Sie hatten Affengeräusche von sich gegeben und sich unter den Armen gekratzt wie Schimpansen. Inez hatte sich irgendwann in eine Ecke des Gartens zurückgezogen, zusammen mit dem Hund der Familie, einer nicht sehr gut riechenden Beagle-Hündin, die ihren Kopf unter Inez' Hand schob, sobald sie aufhörte, sie zu kraulen. Die Hündin hatte sich an sie geschmiegt und glücklich geseufzt, bis eines der Kinder sie beide entdeckte und die anderen herbeirief. »Hey, passt auf! Sie will euren Hund fressen. Sie freundet sich mit ihm an, damit sie ihn später zum Abendessen verspeisen kann.«

Warum hatte Gott sie an diesen Ort gebracht, wo sie sich noch immer wie eine Fremde fühlte, fragte Inez sich, als ein LKW mit Wasserkisten an ihr vorüberrumpelte und sie zwang, knapp am Bordstein entlangzufahren. Wann würde Er sie zu ihrem wahren Zuhause führen? *Meine Tage sind wie des Abends Schatten,* murmelte sie. *Ich dorre dahin wie Gras.* Ein Wagen hupte, als er an ihr vorüberrauschte und eine Abgaswolke ausstieß. Was man nicht sehen konnte, wie Gottes Liebe, war schwer zu verstehen. Aber Gott war überall, rief Inez sich in Erinnerung. Sie blickte nach links, sie blickte nach rechts, als suche sie ein Beispiel dafür, etwas, das sie übersehen hatte, aber sie sah bloß eine Reihe von orangefarbenen Absperrhüten, einen Fernsehapparat, den jemand an der Bushaltestelle entsorgt hatte, und eine Taube mit einer verkrümmten Klaue.

Als sie sich ihrem Zuhause näherte, verwandelte sich ihre Traurigkeit in ein schlechtes Gewissen. Sie war eine Lügnerin, sie täuschte ihre Nächsten. Und das war keine lässliche Sünde, sondern ein Verstoß gegen eines der zehn Gebote. Dann kam die Angst. *Bitte lass ihn nicht da sein,* betete sie. *Bitte, bitte, bitte.* Sie trat so heftig in die Pedale, dass sie zu keuchen begann. Ihr Atem entwich ihrer Lunge wie ein Schluchzen. Lass sein Auto nicht vor dem Haus stehen. Lass ihn nicht auf der Veranda stehen und warten. Ihre Wadenmuskeln schrien, das Rad bockte und buckelte. Sie strampelte in kopfloser Panik, den Tränen nahe. Was hatte sie sich bloß dabei gedacht? Sie war viel zu spät dran, viel zu spät, viel zu spät.

Sein Auto war nicht da. Erleichterung durchströmte sie. Es war alles in Ordnung, sie hatte es geschafft. Wieder einmal. Sie stieg vom Rad und schob es in die Garage. Sie schickte dem

Himmel ein kurzes Dankgebet, während sie das Fahrrad genau so abstellte wie zuvor, und sammelte ihre Sachen ein. *Danke für Deine Gnade.* Einen Moment hatte sie gezweifelt, war in ihrem Gottvertrauen wankend geworden. Wer war sie, Seinen Plan in Zweifel zu ziehen?

Sie hatte gebetet, und ihr Gebet war erhört worden.

8

Rudy blinzelte in das bleiche Licht, während er langsam auf der rechten Spur die Pico Avenue entlangfuhr. Die Leute fuhren vom Bordstein los, ohne auch nur zu gucken. Sie parkten in der zweiten Reihe, wann immer sie Lust hatten. Rudy schüttelte angewidert den Kopf. Der fette Waller. Seine Dreistigkeit – Rudy zu sich zu rufen und ihn auf der Stelle zu feuern. Rudys Hände fühlten sich an wie Gummi, überhaupt nicht wie seine Hände. Er konnte kaum das Lenkrad halten. Seine Finger prickelten, waren fast taub. Der ganze Flughafen. So war der schon immer gewesen – ein Nest voll lügender, betrügender Vipern. Da konnte man noch so hart arbeiten und Tag für Tag pünktlich auf der Matte stehen, da konnte man seinen Job machen und sich alle Mühe geben – im Endeffekt war das vollkommen schnuppe. Nee.

Läden zogen vorüber: Schaufenster mit Matratzen, Waschmaschinen, Fernsehgeräten. Rudy stellte sich vor, wie die großen Glasflächen zersprangen und die Scherben in alle Richtungen flogen. Er wollte wissen, wer hinter der ganzen Sache steckte: Wer hatte Lügen über ihn verbreitet, welcher Idiot hatte sie für bare Münze genommen, wer hatte die Entscheidung getroffen, ihn rauszuwerfen? Er hatte da so seinen Verdacht. Es erforderte seine ganze Konzentration, den richtigen Abstand zum Vordermann zu wahren, bei Rot auf die Bremse zu treten, Gas zu geben, wenn die Ampel auf grün sprang.

Gott, was wäre es schön, einfach nach Hause zu fahren, ins Schlafzimmer zu gehen, die Vorhänge zuzuziehen und sich ins Bett zu verkriechen. Rudy stellte sich vor, wie seidig sich die gesteppte smaragdgrüne Bettdecke anfühlte, die er sich hochzog bis ans Kinn. Er stellte sich vor, wie es ihm jetzt am liebsten gewesen wäre: er auf dem Rücken liegend, die Augen zur Decke gerichtet, das Zimmer still und dunkel. Aber er konnte nicht einfach heimfahren. Inez würde da sein. Wieder einmal dachte er an sie, wie sie auf ihrer Hochzeitsreise gewesen war, als sie in Honolulu aus dem Flugzeug stiegen und die dichte feuchte Luft sie umhüllte wie ein warmes Dampfbad. Ihr tiefschwarzes Haar war noch fülliger geworden; sie hatte gelacht und versucht, es zu bändigen. Wie eigenartig es gewesen war, in dem leicht nach Schimmel riechenden Hotelzimmer ihre Sachen neben seinen zu sehen: ihre winzigen gemusterten Blusen, die im Schrank neben seinen kurzärmeligen Hemden in Größe L hingen – Hemden, die er sich für diese Reise extra bei Mervyn's gekauft hatte –, ihre Schuhe – strohfarbene Stoffpumps und Sandalen aus spaghettidünnen bunten Lederstreifen –, die sich den Platz mit seinen Canvas-Latschen und den leuchtend weißen Nike-Turnschuhen teilten, die er kurz vor der Abreise bei einem Räumungsverkauf zum halben Preis ergattert hatte.

Er hatte sich gefühlt wie ein Mann, ein echter Mann. Er lebte mit einer Frau zusammen, er war die Hälfte eines Ganzen. Inez hatte all seine Sachen aufgehängt, kaum dass sie in ihrem Hotelzimmer angekommen waren. Sie hatte alle Knöpfe geschlossen und die Kragen seiner Hemden geglättet. Sie hatte seine Unterwäsche in die oberste Schublade der kleinen Kommode gelegt, auf der das Fernsehgerät stand. Als sie nach unten zur Rezeption gegangen war, um sich nach dem Luau zu erkundigen, einem traditionellen Fest, das im Preis ihrer Pauschalreise inbegriffen war, war er ins Badezimmer geschlüpft und hatte die Kosmetik betrachtet, die sie auf der Ablage aufgereiht hatte. Er hatte die

Cremes und Lotionen geöffnet und daran geschnuppert und sogar einen kleinen Klecks von etwas, das nach Kokosnuss roch, auf dem Handteller verrieben. *Du kannst dich auf mich verlassen,* hatte er an jenem Abend in ihr Haar geflüstert, nachdem sie sich geliebt hatten – ruhig und höflich und, so fürchtete er, zu hastig. Er konnte es nicht ändern, aber er musste an Vanessas Vater denken, während er sich in ihr bewegte, ihre Hände auf seinen Schultern, sein Gesicht an ihrem Hals vergraben. Auch die Laken rochen schimmelig. Später, als er aufstand und ins Bad ging, um einen Schluck Wasser zu trinken, war eine Kakerlake von der Größe eines Kolibris vom Duschkopf zu der Lampe über dem Waschbecken geflogen, ja *geflogen.*

Er war schon älter, viel älter, hatte Inez ihm erzählt, als er nach Vanessas Vater gefragt hatte. *Ein Mann aus meiner Kirchengemeinde. Der dort viel zu sagen hatte. Sehr gut angesehen. Von den Philippinen, wie ich.*

Sie hatte Rudy angeschaut, ihre großen ruhigen Augen ganz wie Vanessas. Tiefbraun, beinahe schwarz.

Unmöglich, jetzt gleich nach Hause zu fahren. Unmöglich, Inez in Sorge zu versetzen, indem er ihr erzählte, was passiert war. Unnötig, sie aufzuregen, denn er würde die Sache regeln, er würde seinen Job zurückbekommen. So oder so. Er musste nur nachdenken. *Denk nach!* Das war gar nicht so einfach bei dem gleißenden Licht und all den Autos, die losfuhren und anhielten, die auf seine Spur wechselten, als wären sie allein auf der Welt. Eine winzige alte Dame in einem Wagen von der Größe eines Luftfrachters besetzte die mittlere Spur. Sie konnte kaum über das Lenkrad blicken. Allmächtiger! Es hatte keinen Sinn, es Inez zu erzählen, denn die ganze Sache würde im Nu wieder bereinigt sein.

Rechter Hand vor ihm tauchte ein Einkaufszentrum auf. Rudy hatte keine Ahnung, wo er war oder wie er dahingekommen war. Eine Tiefgarage öffnete sich wie eine Höhle, und Rudy bog spontan ab und fuhr hinein. Er musste nachdenken, und es tat gut, dem Verkehr entronnen zu sein, hier unter der niedrigen Decke Unterschlupf zu finden, wo es kühl und dunkel war. Außerdem hatte er allmählich Hunger. Die Abgasdämpfe in der Tiefgarage waren tröstlich. Er fuhr mit quietschenden Reifen die Gänge entlang. Da war ein freier Parkplatz, neben einem Pfeiler, auf den ein großer pinkfarbener Kreis gemalt war und der Buchstabe B, wie Bingo. Rudy parkte, stieg aus und schloss den Wagen ab. Parkplatz Nummer 21, registrierte er. Eine Glückszahl.

Er war ewig nicht mehr an einem solchen Ort gewesen. Während er auf den Fahrstuhl wartete, sagte er sich, dass es keinen Grund zur Panik gab. Menschen verloren jeden Tag ihren Job, und außerdem hatte er zwei Wochen Überbrückungsgeld. Nicht dass er so lange raus sein würde. Es war ein Missverständnis. Er würde es im Nu aufklären, sobald er sich ein wenig beruhigt hatte. Er war allein im Fahrstuhl. Irgendjemandem war etwas heruntergefallen, das aussah wie Schokoladeneis, und unter einem seiner Schuhe klebte etwas, als die Türen sich öffneten. Und dann erblickte er eine sonnige gepflasterte Plaza, gesäumt von Geschäften, und Menschen, die mit riesigen Einkaufstüten herumliefen. Der Himmel öffnete sich über ihm wie ein Vakuum, das ihn direkt ins Universum saugen konnte. Er brauchte einen Augenblick, bevor er eine Bank ansteuerte, um sich zu setzen und zu sammeln.

Das war besser. Es gab keinen Grund, warum er es nicht genießen sollte. Hier zu sitzen und einfach nur zu sein, die Dinge zu überdenken. Er hatte seinen Job verloren. Okay, das hatte er kapiert. Warum? Da lag der Hund begraben. Das war die Nuss, die es zu knacken galt. Die Eine-Million-Dollar-Frage. Sein Magen grummelte. Waller, dieses Arschloch. Und Latasha, die alles schadenfroh mitangesehen hatte. Rudy knirschte mit den Zähnen. Die Geschichte seines Lebens. Schlimm genug, dass schlimme Dinge passierten, aber dass es dann auch immer noch jemand mitkriegte, jemand, der sich darüber freute. Menschen eilten geschäftig um ihn herum, so viele und so hastig, dass sie ihm fast vor Augen verschwammen. Er heftete den Blick auf Details: die lackierten Zehennägel einer Frau, die Armbanduhr an einem haarigen Handgelenk. Seine eigenen Hände hingen zwischen seinen Knien. Die Sonne auf seinem Rücken tat gut.

Ein Teenager, der eine Eiswaffel aß, setzte sich neben ihn auf die Bank. Schwarz. Er trug diese ausgebeulten, tiefsitzenden Hosen, die sie alle anhatten, diese teuren hohen Turnschuhe. Der Junge leckte sein Eis und ließ den Blick über die Menschen schweifen.

»Wo hast du das Eis her?«, fragte Rudy.

»Das ist kein Eis«, sagte der Junge und leckte weiter. »Das ist gefrorener Joghurt.« Er sah Rudy nicht an. Seine Zunge hob sich leuchtend rosa gegen seine dunkle Haut ab. Sie leckte das vermeintliche Eis mit breiten Strichen auf und hinterließ Schneisen wie ein Schneepflug.

»Schmeckt das?«, fragte Rudy.

Der Junge nickte bloß. Er sah ihn immer noch nicht an.

»Wie spät ist es?«, fragte Rudy.

Der Junge sah auf seine Uhr. »Halb zwei«, antwortete er, ohne den Kopf zu wenden.

»Ich will mir auch so was holen. Wo hast du das her?«

Der Junge hob den Kopf und zeigte ihm die Richtung, den Arm ausgestreckt wie Columbus, der den Weg in die Neue Welt wies.

Rudy eilte dorthin. Er hatte noch nie gefrorenen Joghurt gegessen, und die Geschmacksrichtungen auf der Karte verwirrten ihn. Er wünschte, er hätte den Jungen gefragt, welche Sorte er genommen hatte. Vor ihm standen zwei Leute in der Schlange; sie ließen sich Zeit. Rudy wurde zappelig. Er wollte seine Waffel haben und zu der Bank zurückkehren, bevor der Junge fort war. Es wäre schön, mit irgendjemandem zu reden.

»Haben Sie den Jungen gesehen, der hier war? Der schwarze Junge? Ich möchte dasselbe wie er«, sagte Rudy, als er an der Reihe war.

Die Mexikanerin hinter der Theke sah ihn ausdruckslos an. Vielleicht sprach sie kein Englisch.

»Ein *schwarzer* Junge«, wiederholte Rudy laut und sorgsam artikuliert. Doch es war sinnlos. Die Frau starrte ihn bloß an. »Egal. Ich nehme Erdbeer«, sagte er entnervt und bestellte die erste Sorte auf der Tafel.

Der Junge war weg, als Rudy zu der Bank zurückkam. An seiner Stelle saß da ein weißes Mädchen von vielleicht sieben Jahren. Sie trug ein knappes gerafftes Oberteil mit Pailletten in Form eines Herzens. Rudy setzte sich neben sie.

Das Joghurt war kalt und köstlich. Echter Erdbeergeschmack. Rudy knabberte die Ränder der Waffel ab und warf einen verstohlenen Blick auf das kleine Mädchen. Vanessa war in ihrem Alter so still gewesen, so aufmerksam und wohlerzogen. Dieses Mädchen hatte dunkellila Fingernägel, und ihr glattes blondes Haar war von mehreren dünnen Zöpfen durchzogen. Ein süßer Duft ging von ihr aus, wie von Kaugummi. Rudy beäugte ihre nackte Taille und die glitzernden Sandalen. Welcher Mensch, der alle Sinne beisammen hatte, zog ein Kind so an? Wie eine Hure, um die Wahrheit zu sagen. Und wo war die Mutter? *Also wirklich.* So ein Kind ganz allein zu lassen. Der schwarze Junge konnte noch in der Nähe herumlungern. Was, wenn *der* sie sah?

»Wie heißt du?«, fragte Rudy das Mädchen.

Man hätte meinen können, ihr wäre ein Geist erschienen. Sie blickte Rudy an, als wäre *er* derjenige, der ihr etwas antun könnte. Sie rutschte an das andere Ende der Bank und hielt nach ihrer Mutter Ausschau.

»Ist schon okay«, sagte er. »Ich heiße Rudy. Ich hab mir bloß Sorgen gemacht, weil ich deine Mama nicht gesehen habe, und ich wollte nur sichergehen, dass dir nichts Böses geschieht.«

Das Mädchen schoss über den Gang hinweg zu einer jungen plumpen Frau in Tank-Top und Shorts, die ihr mit einer Einkaufstüte in jeder Hand entgegeneilte. Das Mädchen schlang die Arme um sie und barg ihren Kopf an ihrem schwabbeligen Bauch. Die Frau beugte sich herunter und redete mit ihr. Das Mädchen wandte sich um und wies auf Rudy, der wie angeschweißt auf der Bank saß. Er hob die Hand mit seiner halb gegessenen Joghurtwaffel, als ob das alles erklären könnte.

Als die beiden auf ihn zukamen, kämpfte er mit sich – sollte er fortlaufen oder bleiben und alles erklären? Er sah schon, wie sie ihn in Handschellen abführten, sah die Polizei auf seiner Türschwelle stehen und nach seiner Frau fragen. In dem Fall würde er seinen Job nie zurückkriegen, auch wenn er sich nichts hatte zuschulden kommen lassen. Als die Frau und das Mädchen die Bank erreichten, stand er auf, stellte sich breitbeinig hin und streckte ihnen den gefrorenen Joghurt wie ein Mikrofon entgegen.

Das Mädchen hatte ihre Handtasche auf der Bank liegenlassen.

»Hol sie und dann gehen wir«, sagte die Frau. Sie warf Rudy einen bösen Blick zu. Obwohl sie noch jung war, hatte sie schon schlaffe Wangen und ein Doppelkinn. Ihre Tochter, mutig jetzt an der Hand ihrer Mutter, sah ihn an wie ein ganz und gar widerwärtiges Insekt.

»Sie saß hier ganz allein«, sagte Rudy. »Sie müssen besser achtgeben.«

»Du Penner du«, erwiderte die Frau. »Kümmer dich um deinen eigenen Kram.«

Rudy ließ den Rest seiner durchweichten Waffel in den Abfalleimer fallen. Vergiss es, sagte er sich. Reiß dich zusammen. Die Welt ist ein verrückter Ort. Er schlenderte auf die Geschäfte zu und konzentrierte sich darauf, schnurgerade zu gehen, einen Fuß vor den anderen zu setzen. Alle Leute trugen Einkaufstüten, weiße oder rote und welche mit einer großen Sonne darauf. Als er an das Ende des Einkaufszentrums kam, ließ er sich vom Strom der Menschen durch die Glastüren in ein Kaufhaus tragen. Der Strom teilte sich in kleinere Flüsse, die ihren Weg zwischen den

Tresen mit Parfum und Uhren, Handtaschen und Handschuhen und Sonnenbrillen hindurch nahmen.

Er dachte an Inez. *Seine Frau.* Er sah die stumpfen Enden ihres dichten dunklen Haares vor sich. Ihre spitzen Ellenbogen und Knie. Ihren Pudergeruch. Die Art, wie sie die Fingerspitzen abwesend an die Lippen legte, wenn sie nachdachte. Sie war nicht wie andere Frauen – Frauen, die er bei sich *modern* nannte – Frauen, die wie Männer gingen und redeten. Herrschsüchtig, abgebrüht, mäkelig. Frauen, die zu allem eine Meinung hatten und nie zufrieden waren. Er hatte ihr zwei Monate nachdem sie sich kennengelernt hatten, einen Heiratsantrag gemacht, denn sie war genau das, was er suchte. Es störte ihn nicht, dass sie bereits ein Kind hatte, dass die Leute in der Kirchengemeinde, wo sie sich begegnet waren, es vermieden, darüber zu sprechen, wer Vanessas Vater war und warum Inez ihn nicht geheiratet hatte. Ihre Lage machte es Rudy leichter. Weniger Konkurrenz. Und er hatte sie gerettet, so war es doch, er hatte ihren Ruf wiederhergestellt. Seitdem er auf der Bildfläche erschienen war, konnte niemand mehr etwas gegen sie oder Vanessa sagen.

Rudy blieb an einem Tresen stehen, an dem goldene Armbänder wie geschmeidige Schlangen von dem nackten Zweig eines Baumes baumelten. Musik rieselte von der Decke. Fluoreszierende Lichter spiegelten sich in milchigen Pfützen auf dem weißen Marmorfußboden. In letzter Zeit war Inez noch stiller gewesen als sonst. *Zu* still. Unheimlich still. Sie beobachtete ihn von der Türschwelle aus, wenn er sich morgens anzog, seinen Kaffee austrank oder Zeitung las. Sprach kaum mit ihm, nickte bloß zu allem, was er sagte. Seinen Job zu verlieren hatte ihm gerade noch gefehlt. Nicht dass er ihn wirklich verloren hatte. Oben auf dem Verkaufstresen befanden sich Ständer mit Ohrringen, und darunter lagen Uhren unter Glas. So viele. Blaue Ziffernblätter, goldene Ziffernblätter, schwarze Ziffernblätter. Als er den Schmuck betrachtete, ging ihm das Herz auf. Er fragte sich, ob

Inez wusste, dass sie sein Zuhause war, sein Platz auf der Welt, der einzige Mensch, den er im Bett neben sich haben wollte.

Eines der Armbänder war aus so feinen Goldfäden gewirkt, dass er das Gewicht in der Hand kaum spürte. In seiner Handfläche sank es zu einem winzigen Häufchen zusammen; hob er es hoch, verwandelte es sich in ein funkelndes Gewebe. Filigran, genau wie Inez. Rudy sah auf das Preisschild. Unerhört! Er besah sich weitere Armbänder. Selbst das preiswerteste überstieg seine Mittel bei weitem, und der Spielraum seiner Kreditkarten war ausgeschöpft. Und doch wollte er ihr etwas schenken. Ihr etwas beweisen. Um das alte Gefühl zurückzubringen.

Die Verkäuferin stand am anderen Ende des Tresens und sprach mit einer Frau, deren bronzefarbener Teint mit ihrer Haarfarbe harmonierte. Er hatte gehört, dass es versteckte Kameras an der Decke gab und Kaufhausdetektive, die sich als Kunden tarnten. Es kam darauf an, sich nicht verdächtig zu machen. Das Armband glitt so rasch und leicht in Rudys Tasche, dass es ihn überraschte, fast als wäre es von selbst hineingeglitten. Entsetzen durchfuhr ihn. Seine Achseln kribbelten. Er blickte sich rasch um, tat dann so, als ob er sich noch für andere Armbänder interessiere, bevor er weiterschlenderte, sein Gesicht eine Studie in Gelassenheit.

Die Portemonnaies und Brieftaschen waren nur ein paar Tresen weiter. Niemand schien ihm zu folgen, und sein Herz schlug allmählich fast wieder normal. Die Konservenmusik, das fluoreszierende Licht, der schwere Duft der Parfums machten ihn benommen. Er war stolz auf Inez, stolz, sie zur Frau zu haben. Andere Männer beneideten ihn, wie er wusste. Sie waren neidisch auf die stille Art, in der sie ihm folgte, auf die Weise, wie sie ihm Respekt erwies. Keine Frage, wer bei ihnen die Hosen anhatte. Er nahm eine Brieftasche aus Kalbsleder aus ihrer Schachtel. Leicht und geschmeidig wie Papier war sie, in einem wunderschönen Goldbraun, mit winzigen Stichen genäht und einem eingearbeiteten Fach für Münzen. Und Inez gab sich sehr viel Mühe mit ihrem Aussehen: ihr Haar und ihr Make-up und ihre Kleidung waren immer tadellos. Seinetwegen, um ihm zu gefallen. Schmale Hüften und große Brüste. Sie gehörte ihm. Ihm allein.

Rudys Hosen saßen bequem, und die Taschen waren geräumig. Er legte die Brieftasche in die Schachtel zurück und ließ sie zu dem Armband in die Tasche gleiten. Wieder fuhr ihm der Schreck in die Glieder, aber nicht so stark wie beim ersten Mal. Wenn schon, denn schon, dachte er frohlockend. Es war so einfach! Er fühlte sich seltsam erregt, ja glücklich.

Und dann war da noch Vanessa. Rudy wusste nicht, was er von ihr halten sollte. Wie ihre Mutter, nur schlimmer. Ihr Schweigen, die Art, wie sie ihn beobachtete. Als er sich von den Handtaschen entfernte, dachte er daran, wie Vanessa ihn – auf sein Drängen hin – Dad nannte, aber es klang immer wie in Anführungszeichen. Nie gab sie ihm Anlass zu schimpfen: Ihre Noten waren ausgezeichnet, sie übertrat keine der Regeln, die er aufstellte; sie kleidete sich sittsam und war stets höflich. Und dennoch stimmte etwas nicht. Es war, als ob Inez und Vanessa einen Geheimcode besäßen, als bedienten sie sich einer vollkommen anderen Sprache, wenn er nicht zugegen war. Sie ließen niemanden zwischen sich kommen, sie hielten zusammen wie Pech und Schwefel.

Er blieb an einem Tresen für Halstücher und Schals stehen und ließ seine Hand über die Seiden- und Strickwaren gleiten. Die Farbenpracht machte ihn schwindelig. Er warf einen Blick auf die Preisschilder und wählte den teuersten: einen fuchsienfarbenen Schal mit Initialen am Ende, ein Schal, der auf Vanessas honigfarbener Haut leuchten würde. Wunderschön! Er war so zart, dass er zu einem Hauch von nichts wurde, das in seiner linken Hosentasche verschwand.

»Kann ich Ihnen behilflich sein, Sir?«

Hilfe! Rudy zuckte zusammen. Er stopfte das letzte Ende des Schals tiefer in die Hosentasche und drückte ihn mit der Faust nach unten, als könnte er sich womöglich von selbst wieder herausschlängeln. Die Verkäuferin, eine scharfgesichtige Frau mit komplizierter Hochfrisur, hatte sich hinter dem Tresen gebückt. Nun richtete sie sich auf und kam auf Rudy zu.

»Suchen Sie etwas Bestimmtes?«, fragte sie und beäugte ihn misstrauisch. Ehe er sich's versah, blickte Rudy zur Decke hinauf und rechnete damit, das Auge einer Kamera auf sich gerichtet zu sehen. Die Frau rückte die Auslagen auf dem Tresen zwischen ihnen zurecht und beseitigte die Lücke, in der sich der fuchsienfarbene Schal befunden hatte.

»Nein, nein«, antwortete Rudy und griff haltsuchend nach der Kante des Tresens. Er lächelte. »Ich schaue bloß mal.«

»Das hier sind alles Designer-Schals«, sagte die Frau und deutete mit ihrer welken Hand auf die Auslage. In dem fluoreszierenden Licht wirkte ihr blasser Teint grau. »Die da drüben sind preisgünstiger.«

Versuchte sie ihn hinzuhalten, bis der Sicherheitsdienst kam? Und woher wollte sie wissen, was er sich leisten konnte und was nicht? Was fiel ihr ein? Rudy bekämpfte den Drang fortzueilen und befingerte einen Schal von der Farbe getrockneten Blutes. Als er aufsah, war ihr Blick auf ihn geheftet.

»Wie gesagt, ich schaue mich nur um«, knurrte er. »Ich sage Ihnen Bescheid, wenn ich Hilfe brauche.«

Die Verkäuferin zuckte die Achseln und wandte sich ab. Rudy ließ den rotbraunen Schal in der Tasche verschwinden und stolzierte davon, die Schultern hochgezogen vor Empörung. Er ging an langhalsigen Schaufensterpuppen vorbei und an Ständern mit Sonnenbrillen. Er ging immer weiter. Als er fast am Ausgang war, griff er nach einem rechteckigen goldenen Feuerzeug, Schachtel und alles, und ließ es in seiner Jackentasche verschwinden.

War das wirklich so einfach? Oder warteten sie bloß, bis er draußen war, um ihn sich zu schnappen? Er biss die Zähne zusammen, als er sich der Tür näherte und ballte die Hände in den

Jackentaschen zu Fäusten. Seine Brust fühlte sich eng und flatterig an, als er seine Schritte verlangsamte, um die drängelnden Menschen vor ihm durch die Tür zu lassen. Verdammt, er wäre am liebsten rausgestürmt. Ein uniformierter Türsteher nahm jeden Einzelnen, der das Geschäft verließ, unter die Lupe. Rudy hielt die Luft an. Er lächelte und nickte ihm zu. Der Idiot!

Draußen schien noch immer die Sonne, der gleiche Strom von Menschen zog seine Kreise. Er wartete darauf, dass ihm jemand von hinten die Hand auf die Schulter legte, dass eine Stimme an seinem Ohr erklang: »Mitkommen!«, aber nichts geschah.

Er ging weiter, bis er den pinkfarbenen Kreis mit dem Buchstaben B erblickte.

Er beugte sich in den Wagen, zog die beiden Schals aus der Tasche und legte sie auf den Beifahrersitz. Darauf legte er das goldene Armband. *Wow*. Daneben die Brieftasche. Er sah auf die Uhr. Noch immer ein paar Stunden, bevor er nach Hause fahren konnte. Junge, war er müde. Was für ein Tag! Vielleicht konnte er auf dem Heimweg irgendwo anhalten, Geschenkpapier kaufen und eine Tasse Kaffee trinken. Und dann Inez und Vanessa schön zum Abendessen ausführen. Warum nicht? Mann und Frau mussten nicht andauernd miteinander reden, dachte er. Mann und Frau, in der Ehe vereint, verstanden sich auch ohne große Worte.

Plötzlich war er optimistisch, als ob ihm alle Türen offen stünden. *Arbeite smart, nicht hart,* pflegte sein Vater zu sagen. Vielleicht hatte er noch nicht all seine Möglichkeiten ausgeschöpft. Er beschloss, die Sache überprüfen zu lassen, vielleicht sogar mit einem Anwalt zu sprechen. Zwei Wochen Lohnfortzahlung würden ihn über Wasser halten, bis er alles geklärt hatte.

Als Letztes holte er das Feuerzeug aus der Tasche. Es war angenehm schwer, mit feinziselierten senkrechten Riefen. Wenn er mit dem Daumen über das kleine Rädchen fuhr, entzündete sich die Flamme. Er sah zur Decke der Tiefgarage hinauf, erblickte den nackten Beton, die kreuz und quer verlaufenden Rohrleitungen. Die blöden Arschlöcher. Allesamt. Er stieg aus und trat vor seinen Wagen, kletterte auf die Stoßstange und hielt die Flamme unter eine der gänseblümchenartigen Düsen. Sie würden schon sehen, was sie davon hatten. Wie du mir, so ich dir.

Es dauerte länger als gedacht. Als er schon glaubte, es würde nicht funktionieren, begann die Düse zu spucken und zu röcheln, und dann regnete es auf ihn herab. Er rannte rasch um den Wagen herum und stieg ein. Sämtliche Düsen versprühten in regelmäßigen Intervallen Wasser, wie Rasensprenger, die Kopf standen. Er zog die Wagentür krachend hinter sich zu und startete den Motor, während das Wasser auf das Autodach trommelte.

9

Um fünf vor drei erschien Georgette in der Bar. Sie trug die gleichen schwarzen Hosen und das gleiche pflasterfarbene Poloshirt wie Wylie. Sie duckte sich unter dem Tresen hindurch, verstaute ihre Handtasche im Regal bei den Gläsern, holte ihr Namensschild aus der Registrierkasse und machte mit einem raschen Rundblick eine fachkundige Bestandsaufnahme der Bar.

»Hallo, Hübscher. Wie geht's?«, fragte sie.

Wylie schüttelte bloß den Kopf. Ihr Geruch nach frischem Zigarettenrauch und viel zu viel billigem Parfum war wie Nektar nach seinem nervenaufreibenden Tag. In Georgettes Gegenwart konnte man entspannen.

»Hast du gesehen, was da hinten in der Halle passiert ist?« Sie sammelte Geld von der Theke ein und gab Cocktailservietten aus wie ein Croupier die Karten.

»Wo?«, fragte Wylie besorgt.

»Da hinten, bei den Männerklos.«

»Ach das, ja. Ich hab gesehen, dass sie da abgesperrt haben.«

»Wasserschaden. Sämtliche Klos sind übergelaufen. Der Teppichboden ist bis hin zum Gate quatschnass.« Sie arbeitete schon so lange in der Bar, dass sie Bestellungen annahm und Drinks zubereitete, ohne ihrem Tun groß Beachtung zu schenken. »Felix – du weißt schon, der Hausmeister …? Er meint, das hat jemand mit Absicht getan. Er hat sogar die Bullen gerufen, für den Fall, dass es mit einem terroristischen Anschlag zu tun hat – die Aufmerksamkeit von irgendwas ablenken oder so.«

»Super. Was kommt als Nächstes?« Wylie zog sein Jackett an und sah zu, wie Georgette drei Gläser mit Eis füllte. Im Gegensatz zu ihm achtete sie nicht darauf, wie viele Eiswürfel sie jeweils hineingab. Er war so erleichtert, dass sie da war und so froh, nach Hause gehen zu können, dass er ihr den Arm um die Schultern legte und ihr einen flüchtigen Kuss auf die Wange gab.

Sie zuckte die Achseln. »Wer weiß? Wahrscheinlich sollten wir froh sein, dass es bloß ein paar verstopfte Klos sind. Hey, womit hab ich das verdient?«

»Weil du bist, wie du bist«, antwortete Wylie.

Ein paar Minuten später, auf dem Weg hinaus, kurz vor den Ticketschaltern, geschah es. Der Schatten am Rande seines Gesichtsfeldes, das Gefühl, dass jemand quer durch den Terminal auf ihn zu gerannt kam, ihn aus heiterem Himmel überfallen wollte. Das Gefühl war so stark, dass er zur Seite sprang, herumwirbelte und mit klopfendem Herzen wie angewurzelt stehen blieb. Doch da waren nur die Zeitungsständer. Er sah sich um, vergewisserte sich, dass ihn niemand beobachtet hatte, und stolperte auf die automatischen Türen zu, elend vor Panik.

Als er die Tür seines Wagens öffnete, passierte es wieder. Ein Blitz wie eine Sternschnuppe zu seiner Rechten, fast schon außerhalb seines Blickfeldes. Als er den Kopf wandte, war da nichts, aber er hatte das Gefühl, dass sich jemand oder etwas hinter dem Wagen neben ihm geduckt hatte. Es war bloß ein Lichtreflex, sagte er sich, die Sonne, die sich in einer Windschutzscheibe spiegelte oder auf einer Stoßstange. Es war ein Acid-Flashback oder es kam von all dem Speed, das er vor Jahren gesnifft hatte. Eine Fehlzündung in seinem Gehirn, ein irregeleiteter elektrischer Impuls, ein psychotisches Aufflammen.

Wylie zwang sich, Vernunft walten zu lassen, die Ursache zu ergründen. Speed, beschloss er letztlich. Dexedrin, das die Sanis vor den Nachtpatrouillen ausgegeben hatten. Wylie hatte kein Amphetamin gebraucht, um wach zu bleiben, aber wenn er genug davon nahm, hatte er das Gefühl, alles zu können, vor allem das Sterben vermeiden zu können oder sich zumindest nichts draus zu machen, wenn er starb. In dem Zustand war er ein reiner Lauschapparat. Alles war verstärkt, jedes noch so kleine Geräusch. Wenn ihm das alles zu viel wurde, griff er in die andere Tasche und warf eine Beruhigungspille ein. So ging es die ganze Nacht: Upper rechts, Downer links, Feinabstimmung. Wenn man zu sehr in die eine Richtung abdriftete, nahm man im Gegenzug eben eine der anderen Pillen. Ein paar solcher Nächte oder gar eine ganze Woche und deine Nerven waren hin. Du bekamst einen Tunnelblick, sahst nur, was du direkt vor dir hattest, aber was dich richtig fertig machte, waren die Dinge am Rande deines Gesichtsfeldes. Dinge, dic sich bewegten. Tiger. Geister. Ganze Kompanien von Vietcongs, die sich rings um dich verschanzt hatten und kichernd im Busch hockten.

Als er die Straße erreichte und den Flughafen hinter sich ließ, fühlte er sich schon ein wenig besser. Er wünschte, er könnte den alten Kram abhaken. Er hatte gehofft, dass er verschwinden würde, wenn sich sein Leben in ruhigeren Bahnen bewegte. Auf dem Freeway beschleunigte er und fädelte sich in den Verkehr Richtung Osten ein. Sobald er zu Hause war, würde alles in Ordnung sein. Er konzentrierte sich darauf, tief zu atmen, seine Arm- und Beinmuskeln zu entspannen. Von allen Auffahrten stießen weitere Autos hinzu. Der Verkehr stockte. Die Sonne stand hinter ihm. Wolken zogen vom Meer herüber.

Was zum Teufel ist los mit dir?, fragte er sich verärgert und warf einen Blick in den Rückspiegel. Wo genau liegt dein Problem?

Mr. Sorgenvoll. Es war einfacher gewesen, als er noch getrunken hatte. Trinken hatte ihm zumindest ein bisschen Erleichterung gebracht – das Scheißegal-Gefühl, wenn der Alkohol zu wirken begann, die innere Großspurigkeit, die ihn glauben machte, es sei alles in Ordnung. Aber nachts brach die Hölle los: Schweißgebadet und mit rasendem Herzklopfen wachte er auf, und alles kehrte mit doppelter Macht zurück, wieder und wieder. Vielleicht war es einfach seine Natur, sinnierte er, während er den Blinker setzte und die Spur wechselte. Er dachte daran, wie er auf dem Foto in der zweiten Klasse ausgesehen hatte: das Hemd bis obenhin zugeknöpft, der Bürstenhaarschnitt mit den zwei Wirbeln. Die Augen nervös auf die Kamera geheftet. Vielleicht war sein biochemisches Gleichgewicht gestört. Vielleicht sollte er sich ein Rezept besorgen.

Vergiss es, dachte er, als er seine Ausfahrt erreichte. Nun beruhig dich mal wieder. Er bremste ab, folgte der Abzweigung vom Freeway und nahm die zweispurige Straße in Richtung der Hügel. Wie lange wollte er sich von diesen Geschichten noch quälen lassen? Er fuhr an dem kleinen Einkaufszentrum mit dem Spirituosenladen vorbei, an dem koreanischen Barbecue, der Videothek und dem Nagelstudio. Tief atmen, befahl er sich. Tief durchatmen, alles abschütteln. *Gott im Himmel, vergiss den alten Kram endlich!* Da drüben stand der Typ, der Apfelsinen von der Ladefläche seines Pick-up verkaufte, gleich neben der Tankstelle. Und dort war der Wohnwagenpark der alten Leute; die Lagerhalle, in der man Stauraum anmieten konnte; eine Firma, die Umzugswagen verlieh. Dann ging es bergauf, eine enge, kurvenreiche Straße, links und rechts kein Fußweg, die schiefen Häuser standen auf dürrer Erde, in schlüpfrigem Eukalyptuslaub und spärlichem Unterholz. Es war mehr wie in den Appalachen als in L.A., mit Fischer-Dingis auf Bootsanhängern in den Einfahrten und Hunden, die an Verandapfosten und Bäume gebunden waren.

Seine Einfahrt führte von der Straße hügelan zu dem kleinen Haus, das er gemietet hatte. Ein langes, schmales Fertighaus, das sich nicht groß von einem Trailer unterschied. Bett, Bad und eine kleine Küche. Hinten war ein Metallverschlag angebaut, vorn eine Veranda, die Platz für zwei Liegestühle bot. Drei Bäume: ein Pfefferbaum, ein Avocadobaum, ein Loquatbaum. Struppige Eukalyptusbäume sprenkelten den Hügel dahinter. Sollte je ein Feuer ausbrechen, wäre das Ganze binnen Sekunden ein einziges Flammenmeer, aber bisher – toi toi toi – war alles gutgegangen. Elsa, sein Colliemischling, kam unter der Veranda hervorgekrochen, als Wylie aus dem Wagen stieg. Murphy, der Labrador, lag unter dem Loquatbaum und klopfte mit dem Schwanz. Er nagte immer noch an dem Knochen, den Wylie ihm morgens gegeben hatte.

Nachdem er zwei Snickers gegessen und eine Dose Rootbeer hinuntergestürzt hatte, sah Wylie die Post durch. Er fühlte sich besser: die schlichte Couch, die Flickenteppiche, die Hunde, die ihr Trockenfutter runterschlangen. Was machte es schon, wenn er Dinge sah, die nicht da waren? Er erinnerte sich an eine Nacht, in der er kurz vor seiner Wachablösung zum Ende des Lagers gegangen war und auf den Versorgungsweg geblickt hatte, der schnurstracks ins Nichts führte. Der volle frostige Mond warf lange Schatten. Während er dort stand, begann sich die ganze Straße unter seinen Füßen zu bewegen, hob sich langsam dem Horizont entgegen wie eine Riesenwelle, die auf die See hinausrollte. Die Post war nur Müll: ein Sportartikel-Katalog, die neuesten Sonderangebote der Kaufhauskette Mervyns, eine Wurfsendung, in der es um vermisste Kinder ging. Diese Dinge passierten eben, sagte Wylie sich, während er die Post ins Altpapier warf. Sie kamen und gingen. Am besten saß man sie einfach aus.

Er rasierte sich unter der Dusche. Dann zog er ein Paar saubere Levi's an und bügelte ein Baumwollhemd mit dünnen blauen Streifen, eines seiner Lieblingshemden. Im Spiegel des Kleiderschranks musterte er sich. Er zog den Bauch ein, so gut es ging, und versuchte zu vermeiden, dass er sich über den Hosenbund wölbte. Als er zur Army kam, hatte er dreiundsechzig Kilo gewogen. Rank und schlank. Und jetzt? Keine Ahnung. Es war Jahre her, dass er eine Waage gesehen hatte, aber die Chancen standen gut, dass er seitdem zwanzig Kilo zugelegt hatte. Er drehte sich um und besah sich von hinten. Sein Hintern war nicht fett geworden, Gott sei Dank, aber die beiden Fleischpolster unter seinen Nieren lagen wie Rettungsringe um seine einst schlanke Taille. Das bügelwarme Hemd fühlte sich gut an auf der Haut. Er stopfte es in die Hose, fand aber dann, es sah drüber besser aus. »Ich mag diese New-Age-Typen nicht«, hatte Carolyn gesagt und die sommersprossige Nase gerümpft. »Mit ihren Ziegenbärtchen und ihren Leinenhosen. Ihren Pferdeschwänzen. Außen weich, aber innen total verdorrt. Dürre Krepel.« Sie hatte ihre Hand in seine gutgepolsterte Taille gegraben. »Ich ziehe Kerle, die gut im Futter sind, jederzeit vor. Das sind die wahren Schmusekatzen, auch wenn sie so abgebrüht tun. Sie machen vielleicht nicht die Klobrille runter, aber sie haben ein großes Herz.«

Vor sich hin pfeifend betrat er das Wohnzimmer und zog die Schuhe an. Die Hunde sahen erwartungsvoll zu ihm auf. »Ihr bleibt hier«, sagte er. »Ihr bleibt hier und passt gut auf.«

10

Es war ein Wunder, aber Logan schaffte es bis nach Hause, ohne dass ihm der Sprit ausging. Auf jedem Hügel fürchtete er, dass sein Pick-up anfing zu stottern und zu spucken, aber Gott sei Dank schaffte er es, auch wenn er jetzt wirklich nur noch auf den letzten Benzindämpfen lief. Wunder über Wunder, da war sogar ein Parkplatz im selben Block wie seine Pension.

Bilde einen Satz mit *dissmuss,* stellte er sich selbst zur Aufgabe und löste sie prompt: Dissmuss mein Glückstag sein.

Die Pension Morningstar lag in einer Seitenstraße, die nicht allzu laut war. An der Ecke war ein Laden, wo man Schecks einlösen konnte, und im Souterrain ein chinesisches Restaurant, das auf Nudeln spezialisiert war; daneben gab es ein Spirituosengeschäft, das von zwei libanesischen Brüdern betrieben wurde, und einen Laden für Tropenfische, der aber nie geöffnet hatte. Große Goldfische mit hervorquellenden Augen zierten die eine Seite des Gebäudes. Von der Pension aus drei Türen weiter war das St. Vincent de Paul's, wo Logan sich ein kamelfarbenes Jackett gekauft hatte, das nach Humphrey Bogart aussah, Levi's, die perfekt eingetragen waren, zwei langärmelige Hemden von Brooks Brothers und ein Paar italienische Schuhe mit elfenbeinfarbenen Verzierungen. Außerdem hatte er sich eine gestreifte Schüssel für seine Frühstücksflocken gekauft, zwei Teller mit Weinrankenmuster, einen Kaffeebecher mit einem Löwen darauf und eine Handvoll Besteck.

Die Eingangstür hätte eigentlich zu sein sollen, aber wie immer hatte irgendjemand sie einen Spaltbreit offen gelassen. Salem, der alte Junkie mit Augensäcken wie ein Bluthund, hockte in seinem kleinen Kabuff neben dem Fahrstuhl.

»Und – wie geht's?«, fragte Logan.

Salem hob den Kopf eben lange genug für sein übliches langsames Nicken. Die Eingangshalle war mit einem Teppich ausgelegt, der aus einer Bowlinghalle hätte stammen können, mit einem Muster aus grünen und roten Rauten und Flecken, deren Geschichte niemand wissen wollte. An der einen Wand standen zwei abgewetzte Sessel und ein verstaubter Gummibaum, den man für künstlich hätte halten können, aber wer hätte schon ein dermaßen schiefes Ding hergestellt? Der ganze Laden roch nach Lysol, Zigaretten und Zimtschnecken. Der Fahrstuhl war altmodisch, mit einem Metallgitter, das man zuziehen musste. Er war so klein, dass man nervös wurde, wenn noch eine zweite Person einstieg, und außerdem ruckte und rumpelte er auf eine Weise, die Logan nicht gefiel. Er nahm die Treppe.

Sein Zimmer war im dritten Stock, Nummer 312. Im Grunde war es nicht schlecht. Die Bettwäsche wurde wöchentlich gewechselt, die Duschen wurden einigermaßen sauber gehalten, und an Logans Ende des Flures wohnten ein paar Typen, die ganz in Ordnung waren. Adrian, ein künftiger Schriftsteller, der ständig auf Speed war, wohnte links neben ihm. Das einzige Problem mit ihm war, dass er zu viel redete und dass sein Fernseher rund um die Uhr plärrte. Gegenüber, in Zimmer 314, wohnte Damon, ebenfalls ein Ex-Knacki, der in derselben Branche tätig war wie Logan. Mr. Whipple, ein alter Mann mit eingefallener Brust, der stets Hut und Jackett trug, wohnte ein Zimmer weiter. Er lebte schon seit zweiunddreißig Jahren im Morningstar.

Auf Logans Etage liefen die Radiatoren volle Kanne, und es war wie im Dampfbad. Der Teppich war rot, und der Flur duster, das einzige Licht kam von trüben Wandleuchten, die wohl wie Fackeln aussehen sollten. Discomusik erklang aus dem Raum neben dem Fahrstuhl, der vorbeirumpelte, als Logan auf sein Zimmer zusteuerte.

Er kämpfte mit der Tür. Man musste mit dem Schlüssel rumfriemeln, den Knauf drehen und gleichzeitig mit der Schulter gegen die Tür drücken, um sie zu öffnen. Die Hitze im Flur war unerträglich. Bei Adrian nebenan lief der Fernseher auf voller Lautstärke. Na komm schon, Baby, geh auf, flehte Logan und drehte den Knauf. Hatte sich jemand daran zu schaffen gemacht? Er warf sich gegen die Tür, bis sie schließlich nachgab und er in sein Zimmer stolperte. Er hatte die Gardinen offen gelassen, und das Licht strömte herein und blendete ihn nach der Düsterkeit des Flures. Es roch staubig. Verkehrslärm drang durch das Fenster. Logan schloss die Tür hinter sich ab und setzte sich auf das Fußende seines Bettes. Die Sonne stand tief im Westen. Er schaute auf das Civic Center mit seinen Regierungsgebäuden und den alten Stadthäusern, klein und malerisch, wie eine Stadt in der Stadt, verglichen mit den großen Wolkenkratzern westlich davon. Den schäbigen Plazas und Lagerhäusern, den breiten Straßen. Eine Reihe von Palmen sah aus, als wäre sie mit schwarzer Tinte in den Himmel gemalt worden. Er sah auf die Uhr. Fast vier. Er würde sich bald wieder auf den Weg machen müssen. Den Wagen holen und die Gäste am Flughafen abholen.

Kochplatten waren auf dem Zimmer nicht erlaubt, aber alle hatten eine. Logan setzte Kaffeewasser auf. Neben dem Fenster standen ein kleiner verschrammter Tisch, an dem er aß und die Zeitung las, und eine Kommode, in der er seine Sachen ordentlich gefaltet aufbewahrte. Seit er draußen war, war ihm das wichtig. Das Doppelbett hatte eine Kuhle in der Mitte, und die rote Kordsamtdecke wurde zum Fenster hin immer heller. In der Ecke, neben dem Radiator, befand sich das Waschbecken, das er auch als Pissbecken benutzte, wenn er keine Lust auf den langen Weg den Flur hinunter hatte. Nachts huschten überall Kakerlaken herum, aber tagsüber ließen sie sich nicht blicken.

Er gab zwei gehäufte Teelöffel Folgers-Pulver in seine Kaffeetasse, zusammen mit zwei Tütchen Kaffeeweißer und Zucker, die er aus dem Diner weiter unten an der Straße mitgenommen hatte, und setzte sich an den kleinen Tisch. Auf dem befanden sich etliche kaffeefleckige Speisekarten von Lokalen mit Lieferservice, die Zeitung vom Vortag und, an die Wand gelehnt, Schnappschüsse von seinen Kindern. Er hatte sie dem Alter nach aufgereiht, von der Ältesten bis zum Jüngsten. Als er eben den ersten Schluck Kaffee trinken wollte, klopfte es an der Tür.

»Ich bin's – Damon«, sagte eine tiefe Stimme. »Bist du da, Mann?«

Logan stand auf und öffnete die Tür. »Was gibt's?« Er trat beiseite, um Damon eintreten zu lassen.

Damon hatte Oberarme wie Schinken, und sein Nacken bestand aus einer Reihe von festen Wülsten, die zu den Schultern hin immer dicker wurden. Logan fragte sich, wie er mit den Falten zurechtkam, wenn er sich den Schädel rasierte. Damon hatte Hanteln in seinem Zimmer. Logan hörte sie spätnachts klicken.

»Tut mir leid, dich zu stören, Mann. Hast du ein paar Aspirin für mich? Kriegst du wieder.«

»Ja, klar. Komm rein. Hey, hast du den Job in der Reha gekriegt?«

»Ja. Erst mal drei Nächte pro Woche. Von Mitternacht bis morgens um acht. Mal sehen, wie's läuft.«

»Super.« Logan fand das Aspirin in seinem Rasierbeutel. »Machen dir deine Zähne wieder zu schaffen?«

Damon nickte. Er war ein gutaussehender Typ, aber seine Zähne waren so plaqueverkrustet, dass man kaum hinsehen konnte. Sein Mundgeruch war auch nicht gerade berauschend.

»Warum gehst du nicht zum Zahnarzt?«, meinte Logan. »Du darfst das nicht so schleifen lassen.«

»Kommt nicht in Frage, Mann. Keine zehn Pferde bringen mich da hin.« Damon schüttete sich ein paar Aspirin in die Hand und mampfte sie weg wie Life Safers. »Das ist der Ort auf der Welt, wo du mir garantiert nie begegnen wirst.«

»Warum nicht? Dieses ganze Aspirin macht dir den Magen kaputt.«

»Schon passiert. Manchmal hab ich das Gefühl, ich hätte einen Milchshake aus Batteriesäure gekippt.« Damon lächelte. Das goldene Kreuz, das er trug, hob sich funkelnd von seinem weißen T-Shirt ab.

»Dann lass mal 'ne Weile die Finger davon.«

»Versuch ich ja, aber an Tagen wie heute fühlt es sich an, als spielte jemand Schlagzeug auf meinen Backenzähnen. Manchmal brauche ich einfach ein paar Pillen. Hey, zumindest kriege ich keinen Herzinfarkt. Mein Blut ist so dünn, dass man durchgucken kann.«

»Es gibt bestimmt eine Zahnklinik, wo sie dir das umsonst machen. Oder zumindest ganz billig.«

»Mit Geld hat das nichts zu tun. Darum geht's nicht. Ich scheiß mir vor Angst in die Hosen, Mann. Im Knast haben sie mich kostenlos behandelt. Es war die reinste Folter, Bruder«, erzählte Damon in seiner Schnellfeuer-Manier. »Sie haben mich in die Uni-Zahnklinik gebracht. Mich mit Handschellen an den Stuhl gefesselt, Mann. Hast du *Der Marathon-Mann* gesehen? Genau so war das. Wurzelkanalbehandlung. Sie haben mir was in den Mund gesteckt, damit ich ihn nicht zumachen konnte. Der verdammte Student hat das zum ersten Mal gemacht. So ein gelbes Schlitzauge – musste dauernd zum Ausbilder rennen, weil er nicht wusste, was er tun sollte. Kapierst du? Ich hab gebrüllt wie am Spieß, Mann. War wie von Sinnen.« Er legte behutsam die Hand an die Wange, als wäre der Schmerz noch da. Dann fuhr er fort. »Um nichts in der Welt geh ich je wieder zum Zahnarzt. Nee, echt nicht. Meine Zähne können von mir aus verfaulen und ausfallen. Hey, sind das deine Kinder?« Damon nahm den ersten Schnappschuss und hielt ihn ins Licht des Fensters.

»Ja, alles meine. Das ist Jewell, meine Älteste. Sie studiert hier an der Uni. Kluges Kind. Ich zähle drauf, dass sie mich im Alter unterstützt.«

»Wie alt ist sie auf dem Foto?«

»Ich weiß nicht. Drei oder vier.« Logan nahm das Foto und betrachtete es, als hätte er es nie zuvor gesehen. Jewell war im Begriff, mit erhobenen Händen von einem Baumstumpf zu springen. Sie war ein wildes Kind gewesen, eigensinnig wie der Teufel und entschlossen, alles allein zu machen. »Ich werde sie demnächst sehen«, fügte er hinzu. »Ist schon 'ne Weile her.«

»Wie lange?«

Logan runzelte die Stirn und sah zum Fenster hinaus. Sein Kaffee war kalt geworden. Der Verkehr auf dem Weg zum Flughafen würde schlimm sein. »Ach Gott, ich glaube, hab sie seit der Highschool nicht mehr gesehen.« Er erinnerte sich an ihre letzte Begegnung: Jewell war mürrisch gewesen und hatte ihre Antworten, die hinter einem Vorhang aus taillenlangen Haaren hervorkamen, so knapp wie möglich gehalten. Nicht lange danach war er eingebuchtet worden, und sie hatte ihm ab und zu geschrieben, unpersönliche Briefe, die zum größten Teil aus Songtexten und Gedichten von Leuten bestanden, von denen er noch nie gehört hatte.

»Ich werde mich trotzdem ziemlich bald mit ihr treffen. Sie steht auf meiner Liste. Hey, warum behältst du die nicht einfach?« Logan schob Damon das Fläschchen Aspirin hin. »Wenn ich welche brauche, wende ich mich an dich.«

»Hast was gut bei mir«, meinte Damon, nahm die Tabletten und ging zur Tür. »Munter bleiben, Buddy.«

»Mach ich. Bis dann.«

Adrian musste seinen Fernseher ausgeschaltet haben, denn als Logan die Tür hinter Damon schloss, war es ruhig nebenan. Er vernahm nur das ferne Rauschen des Feierabendverkehrs: Menschen, die es eilig hatten, nach Hause zu kommen, in Häuser, die ihnen gehörten, zu einem warmen Abendessen und fröhlichen Kindern. Logan spürte, wie sich ihm eine Last auf die Brust legte, so schwer, dass er sich aufs Bett setzen musste. Das schäbige Mobiliar und die fleckigen Wände, all die Menschen da draußen auf dem Flur, von denen jeder seine eigene Geschichte zu laufen hatte. Damon mit seinen Zahnschmerzen. Er selbst und seine Kinder, die er nie sah; sein Job, bei dem er erwachsenen Männern den Hintern abwischen musste. Und der Pick-up, der fast auseinanderfiel. Sein Leben war bisher eine Pleite nach der anderen gewesen, warum also sollte es künftig besser werden? Er dachte an seine Mutter, die inzwischen sechs Jahre tot war. Sie hatte nie ein Geheimnis daraus gemacht, dass Logan ihr Liebling war, ihr Augenstern. Was sie anging, hatte er nichts falsch machen können.

Er brauchte Geld. Er zog sein Hemd aus und ließ sich nach hinten fallen, auf die ausgeblichene Bettdecke, die nach fremdem Haaröl roch, und genoss die warme Sonne, die in einem Viereck auf das Bett schien. Es war unmöglich, einen Neuanfang hinzukriegen oder sonst irgendwas im Leben, wenn er nicht ein bisschen Kohle auftrieb. Wo?, überlegte er. Wie sollte er an Geld kommen? In seinem Schritt wurde es warm, und er verspürte den langsamen Beginn einer Erektion. Er öffnete seine Hose und masturbierte halbherzig, während draußen im Flur wieder das schwache Wummern von Discomusik begann. Eine Tür wurde zugeknallt und abgeschlossen, der Fahrstuhl rumpelte. Die Frau, die er sich jetzt vorstellte, hatte er sich über Jahre hinweg sorgsam konstruiert, eine Mischung aus Werbung und Filmen, aus Frauen, denen er auf der Straße oder beim Kaffeetrinken begegnet war, aus Ex-Ehefrauen und Freundinnen, Frauen, die er sehr gut oder kaum gekannt hatte. Sie war eine formbare Figur, die ihre Gestalt über die Jahre verändert hatte, um seinem Geschmack zu entsprechen, und die ihn schon fast sein Leben lang begleitete.

»Du hast den schönsten Schwanz der Welt«, sagte sie gerade und bediente sich der Worte von Logans erster Frau, Jewells Mutter. »Er ist nicht riesig, aber seine Form ist perfekt. Ich würde ihn jederzeit erkennen.«

Egal, wie oft er schon gekommen war, es war immer noch großartig. »Erinnerst du dich an den besten Orgasmus, den du je gehabt hast? Wünschst du dir nicht, jemand wäre dabeigewesen und hätte ihn miterlebt?«, fuhr die Frau seiner Träume fort und lachte genau wie die Schauspielerin aus der Kaffeewerbung im Fernsehen, die er im Gefängnis gesehen hatte. Sie hatte ihren Text von einer Frau geklaut, mit der Logan nie geschlafen hatte, obwohl er sich das gewünscht hatte – der Schwester eines Typen, mit dem er ungefähr vier Jahre zuvor zusammengewohnt hatte. »Sie ist 'ne Lesbe«, hatte sein Mitbewohner gesagt. »Vergiss es.«

In der Sonne wurde die Wichse auf seinem Bauch warm. Wieder dachte er an Salvetti, bei dem er morgens gewesen war, und fragte sich, ob er je kam. War das überhaupt möglich? Hockte seine Frau je auf seinem Gesicht? Machte sie es ihm mit der Hand? Mit dem Mund? Wie auch immer, dachte Logan und wischte das Zeug mit der Hand weg. Es wurde spät, er musste los. Beinah-Babys, hatte eine seiner Freundinnen dazu gesagt. Soße, kosmische Klebe, DNA-Ragout. Er wusch sich am Waschbecken und trocknete sich die Hände mit einem Handtuch, das eingelagert gewesen war, als er im Knast gesessen hatte.

Er fühlte sich ein bisschen besser. Ein bisschen leer vielleicht, aber heiterer, nicht mehr so trübsinnig. Er war jung und sah gut aus. Optimistisch. Die Menschen mochten ihn. Er war jetzt seit zwei Monaten draußen und hatte es nicht vermasselt. Noch nicht. Irgendwas Gutes mochte ihm widerfahren, sagte er sich.

Man konnte nie wissen.

Nach Logans Toyota fuhr sich der Lincoln wie ein Kreuzfahrtschiff. Am Anfang erwischte er immer wieder die Scheibenwischer statt des Blinkers. Er trug das langärmelige weiße Hemd und seine Bogart-Jacke, dazu braune Cordhosen mit Bügelfalte. Und natürlich seine italienischen Schuhe. Der Typ hatte ihm vierzig Dollar gegeben, als er den vollgetankten Wagen abholte. Das Schild, das sie ihm gegeben hatten, lag auf dem Beifahrersitz. Stone. Und die drei Männer, die er abholen sollte, würden ihm Trinkgeld geben. Sollten sie zumindest. Also konnte er mit insgesamt gut fünfzig oder sechzig Kröten rechnen und ein bisschen Sprit obendrein, wenn er früh fertig wurde und noch ein paar Dinge erledigte.

Rund um den Flughafen rissen sie die Straßen auf. Riesige rote Erdkrater, Berge von Kies, orangefarbene Leitkegel, wohin man blickte. Es sah aus, als hätte eine Bombe eingeschlagen. Logan kroch im Stop-and-Go voran. Wieder einmal dachte er, wie gern er dem ganzen Trubel entkommen und sich rauf in die Sierra verziehen würde, um auf dem Land zu leben. Er kannte ein paar Leute da oben. Das Problem war nur, dass sie Meth kochten und das Zeug nach Süden schafften, und von so was musste er sich fernhalten. Er könnte ein Restaurant aufmachen oder eine Farm betreiben, er hatte bloß keine Erfahrung darin. In einem Wohnwagen leben, kein Problem. Oder vielleicht konnte er einen Job beim Straßenbau kriegen. An der Ampel sah die Frau im Wagen neben ihm herüber und lächelte ihm zu. Logan lächelte zurück und nickte. Das Leben hielt eine Menge Möglichkeiten bereit.

Der Flug, auf den Logan wartete, hatte zwanzig Minuten Verspätung; er musste also ein bisschen Zeit totschlagen. Die Herrentoiletten waren mit gelben Warnschildern abgesperrt, auf denen ACHTUNG! RUTSCHGEFAHR! stand. Davor waren riesige Gebläse auf den durchtränkten Teppichboden gerichtet. Dahinter befand sich eine Bar. Logan überlegte, ob es Tommys war. Die meisten Barhocker waren besetzt, aber er fand einen freien neben der Brezelmaschine. Die ältere Frau hinter der Bar sah aus, als könnte sie dich mit der einen Hand erwürgen, während sie mit der anderen einen Drink mixte. Eine Cocktailserviette lag vor ihm, noch ehe er auf den Barhocker geklettert war.

»Was darf's sein?«, fragte sie.

Logan bestellte Kaffee.

»Sagen Sie, arbeitet hier ein Typ namens Wylie?«, fragte er, als sie ihm den Kaffee brachte. »Tom Wylie?«

Die Frau musterte ihn. Scheußliche Hemden mussten die hier tragen. Kotzbeige. Ihr Haar hatte die Farbe getrockneter schwarzer Schuhcreme. Georgette stand auf ihrem Namensschild.

»Wieso? Schuldet er Ihnen Geld?«, fragte sie schließlich.

Logan lachte und ließ den Blick rasch über die anderen Gäste an der Bar schweifen. Fast alles einzelne Männer; manche starrten in ihre Drinks oder über die Theke, andere guckten die Nachrichten oben auf dem Bildschirm. Zwei Frauen mit tiefer Bräune und blondiertem Haar unterhielten sich angeregt. Zwei, drei Ehepaare.

»Nein. Ich wünschte, es wäre so«, erwiderte er mit strahlendem Lächeln. »Er ist mein Bruder. Mein großer Bruder.«

»Tatsächlich?« Die Arme der Frau waren knotig, hart. »Wylie arbeitet hier, aber er ist gerade nicht im Dienst. Hatte um drei Schichtende.«

»Ich warte auf einen Flieger«, erklärte Logan. »Hatte ein bisschen Zeit und dachte, ich komm mal vorbei und gucke, ob er da ist.«

Er besah sich die rotierenden Brezeln und die kitschigen Neonlampen. Das war er also. Der erbärmliche Ort, an dem Tommy seine acht Stunden abriss. All die Menschen, die kamen und gingen, die Konservenluft und die Lautsprecher, die jemanden aufriefen, sich zu einem weißen Infotelefon zu begeben. So unpersönlich, dass es einem in der Seele weh tat. Er verspürte einen plötzlichen Anflug von Traurigkeit, als er an seinen Bruder dachte, an Wylie als Kind. Ein ernsthafter Junge, erinnerte Logan sich, bemüht, es allen recht zu machen. Ein Einzelgänger, oder war es Logan nur so vorgekommen, weil er selbst ständig mit einer ganzen Clique unterwegs war, ständig von Freunden umgeben? Aber Tommy wusste sich zu behaupten, daran erinnerte er sich. Obwohl er nicht sonderlich groß war, hatte er in der Schule einen gewissen Ruf. Wenn er erst mal wütend war, gab's kein Pardon. Tommy blöd zu kommen hieß, dass du geliefert warst.

»Der Kaffee geht aufs Haus«, sagte Georgette. »Ich sag Wylie, dass Sie hier waren. Wollen Sie sonst noch was?«

Eine der beiden Blondinen hatte ein Auge auf ihn geworfen. Oder checkte ihn zumindest ab.

»Und – wie ist es, mit Tommy zu arbeiten?« Logan löffelte ordentlich Zucker in seinen Kaffee.

Georgette zuckte die Achseln. Sie trug mehrere goldene Ringe, die mit einer Menge kleiner bunter Steine verziert waren. »Netter Typ, Ihr Bruder. Eher zurückhaltend. Weiß, wo's langgeht. Ziemlich in sich gekehrt, wissen Sie. Ich würde ihn nicht gerade als Quasselstrippe bezeichnen.«

»Klingt ganz nach Tommy.«

Der Kaffee war stark und bitter, als hätte er schon den ganzen Tag auf der Platte gestanden.

»Leben Sie hier in der Stadt?«, fragte Georgette. Sie nahm die Kreditkarte eines älteren Paares und zog sie durch den Kartenleser.

Jetzt starrten ihn beide Blondinen an. Logan stellte Augenkontakt her, um sie anzufüttern. Sie flüsterten verschwörerisch miteinander und sahen verstohlen zu ihm hinüber.

»Ja, ich hab 'ne Bleibe oben in San Marino.« Es entschlüpfte ihm einfach, aber es funktionierte. Georgette legte den Kopf schräg wie ein Spaniel, der auf ein fremdes Geräusch lauschte, und sah ihn mit frischerwachter Bewunderung an. Die Bogart-Jacke entfaltete ihre magische Wirkung. Und zur Krönung des Ganzen steuerten die beiden Blondinen auf ihn zu.

Georgette sah sie kommen. »Geben Sie mir Bescheid, wenn Sie noch was möchten«, sagte sie und verschwand ans andere Ende der Bar.

Die Frauen traten so nah an ihn heran, dass er ihr Parfum riechen konnte. Obwohl es November war, trugen sie beide Tank-Tops. Schmale Streifen bloßer Haut zeigten sich am Bauch. Goldkettchen und viel Make-up.

»Entschuldigen Sie, dass wir Sie stören«, sagte die eine.

»Ganz und gar nicht«, antwortete Logan lächelnd und drehte sich halb um.

Das ältere Paar neben ihm sah interessiert herüber. Ebenso wie ein paar Typen von der anderen Seite der Bar.

»Meine Freundin und ich dachten, wir würden Sie kennen«,

fuhr die Sprecherin des Duos fort. »Wir wissen bloß nicht woher.« Sie hielt inne und sah ihre Freundin an, dann wieder Logan. »Sie sind im Geschäft, stimmt's?«

Logan hütete sich zu fragen, in welchem Geschäft. Von nahem sah er, welche Mühe sich die Frauen mit ihren Gesichtern gegeben hatten: der Lippenkonturstift und die gezupften Augenbrauen, die Linie, wo die Grundierung unter ihrem Kinn endete. Das Haar gegelt und gesprayt, damit es zerzaust aussah.

»Wer will das wissen?«, fragte er mit einem scherzhaften Lächeln.

»Oh, das ist Lisa«, sagte die Gesprächige. »Und ich bin Janet.«

»Logan«, sagte er und streckte die Hand aus. »Schön, euch kennenzulernen.«

Ihre Hände waren schmal. Kühl und schlaff. Die beiden waren ein bisschen angeheitert. Er roch den Alkohol in ihrem Atem, vermutlich Tequila.

Die Schweigsame schnippte mit den Fingern, als sei ihr gerade etwas eingefallen. »Die Serie mit der Zeitschrift, stimmt's? Du bist der Typ, der den Fotografen spielt. Und diese Werbung. Wo der Typ in diesem riesigen Haus direkt am Meer aufwacht.« Sie kicherte. »Er steht auf und geht in Unterwäsche ans Fenster.«

Logan schürzte die Lippen, als ob er sich zu erinnern versuchte, während er kalkulierte, wie viel Zeit ihm noch blieb, bevor er zum Ankunftsgate musste. Er hatte den Lincoln, der käme sicher gut. Und wenn er Stone einfach abschriebe, wenn er dem Fahrdienst erzählte, Stone sei nicht aufgetaucht, und dann mit den beiden Frauen loszog?

»Nein, ich glaube, es war ein Kinofilm«, sagte die namens Janet. »Dieser Film mit Sean Penn.«

»Ihr seid beide auf der richtigen Spur«, sagte Logan und blickte auf die Uhr. »Das Problem ist, dass ich jemanden abholen muss, dessen Flieger in ein paar Minuten landet. Wie lange seid ihr Ladies noch hier?«

Sie sahen einander an.

»Wir müssen in ungefähr einer halben Stunde gehen«, sagte Janet leicht nervös.

»Wollen wir uns später treffen? Nachdem ich meinen Freund abgesetzt habe?«

Beide, dachte Logan. Das versprach nett zu werden. Mit ein bisschen Glück hatte eine von ihnen ihre eigene Wohnung, denn ins Morningstar konnte er sie auf keinen Fall mitnehmen.

»Geht leider nicht. Wir fliegen«, sagte Janet. Sie sah echt enttäuscht aus. »Nach Hause. Ich meine, wir fliegen heim. Unser Flugzeug geht in einer halben Stunde. Wir müssen zurück nach Phoenix.«

»Ah«, sagte Logan langsam und nickte. So weit dazu. Schade aber auch. »Also dann ... War schön, mit euch zu reden. Ich muss jetzt los.« Er legte einen Dollar für Georgette auf den Tresen, stand auf und griff nach seinem Schild, wobei er darauf achtete, dass der Name Stone verdeckt blieb. Er gab beiden einen flüchtigen Kuss auf die Wange. Liebe Güte, rochen die gut.

»Wir sehen uns dann im Kino«, sagte er, wandte sich um und winkte. Dann machte er sich auf den Weg in die Ankunftshalle.

Die neuen Sicherheitsmaßnahmen waren lästig, wenn man jemanden vom Flugzeug abholen wollte. Logan stand ganz hinten in einer Menschenansammlung, die zusah, wie der spärliche Strom ankommender Passagiere durch die Schranken kam. Man wusste nie, welcher Flug gerade gelandet war. Die Passagiere kamen schubweise: einer oder zwei, dann erstmal niemand, ein Grüppchen von fünf oder sechs, wieder eine Weile niemand, dann zehn oder zwölf. Logan musterte ihre Gesichter. Er versuchte ihnen abzulesen, ob der Flug ruhig oder turbulent gewesen war, ob die Leute in eine fremde Stadt kamen oder nach Hause. Auf der Suche nach einem vertrauten Gesicht glitten ihre Augen unruhig über die Menge, und Erleichterung zeichnete sich auf ihren Gesichtern ab, wenn sie entdeckten, dass sie abgeholt wurden. Andere eilten mit gesenkten Köpfen an den Wartenden vorbei; sie wussten, dass niemand sie erwartete, dass niemand sie in die Arme schließen und sie küssen und vor Freude weinen würde. Komische Spezies, diese Menschen. Sie hielten Babys hoch, schenkten einander Blumen. Männer in zerknitterten Anzügen, Familien in Trainingsanzügen, alte Damen, die ihre Enkelkinder besuchten. Logan fand es immer noch befremdlich, Menschen zu sehen, die in ein Flugzeug steigen und fliegen konnten, wohin sie wollten, Menschen, die in den Abend hinausspazieren und sich ein Taxi heranwinken, nach Mexiko fahren, sich ein Hotelzimmer nehmen und ein Steak essen gehen konnten. Bei einem Freund vorbeischauen oder ins Kino gehen. Vermutlich kam niemandem von denen in den Sinn, dass es Menschen gab, die in diesem Augenblick in Zellen gesperrt waren, deren Bewegungsfreiheit eingeschränkt war.

Noch erstaunlicher war, dass er hier war. Draußen. Er trat von einem Fuß auf den anderen, sah auf die Uhr. Er hob das Schild auf Hüfthöhe und lehnte sich gegen den Tresen hinter ihm. Zwei weitere Männer mit Schildern waren da, beide in Uniform. Was er drinnen am meisten vermisst hatte, waren Tacos. *Carne asada* in einer weichen Maistortilla mit einer Menge frischer feuriger Salsa. Ein kühles Bier, um das Ganze runterzuspülen. Er hatte auf seinem Bett gelegen und es sich vorgestellt, dieselbe Szene wieder und wieder: ein breiter weißer Strand am späten Nachmittag. Das Tosen der Brandung und der Geruch des Meeres. Er in einem Liegestuhl, dem Wasser zugewandt. Eine Kellnerin im Bikini, die an einem Stand oben an der Strandpromenade arbeitete, brachte ihm drei Tacos auf einem großen Teller und ein eiskaltes Longneck. Mannomann! Er konnte es fast schmecken.

Gott, das dauerte ja ewig. Was, wenn der Knabe schon durchgekommen war und Logan ihn verpasst hatte? Die Menge um ihn herum wurde unruhig. Ein Chicano mit kurzgeschorenen

Haaren hielt ein kleines Mädchen mit einem Luftballon an der Hand, auf dem »Willkommen daheim!« stand. Sie lächelte Logan mit ihrer Schokoladenschnute an, und in seiner Erinnerung tauchte Jewell auf, wie sich die harten weißen Kanten ihrer Zähne durch das Zahnfleisch hochgeschoben hatten, als sie ein Baby war. Wie er den Finger in Whiskey getaucht und ihr Zahnfleisch eingerieben hatte. Wie sie ihm in die Augen geblickt hatte, während sie auf seinem Finger kaute. Die Erinnerung war so mächtig, dass sie ihn überwältigte. Das war das Problem, wenn man sauber blieb – immer tauchten plötzlich Erinnerungen auf. Alles kam zurück und verfolgte einen.

Der Chicano zog sein Handy heraus und klappte es auf. Sein Handy! Logan vergaß immer wieder, dass er so was besaß. Warum sich nicht die Zeit vertreiben und jemanden anrufen? Aber wen? Der Knast killte deine sozialen Kontakte. Er drückte auf gut Glück eine der Kurzwahltasten. Er blendete die Geräuschkulisse in der Ankunftshalle aus, hielt das Telefon ans Ohr und lauschte dem Klingeln.

Einmal, zweimal, dreimal.

Alles kam zum Stillstand, als er die Stimme vernahm: sein Herz, sein Blut, sein Atem. Er wurde in die Luft gewirbelt, seine Füße flogen über seinen Kopf, er überschlug sich, drehte zwei Purzelbäume. Landete irgendwo, keine Ahnung. *Seine Mutter.* Aber nicht, wie er sie das letzte Mal gesehen hatte, nicht so, wie sie jetzt wäre, wenn sie noch lebte. Seine Mutter, als sie jung war, so wie er sie als Kind in Erinnerung hatte.

»Wo bist du?«, fragte sie.

Ihm sank das Herz. Es war ihre Stimme, aber es war nicht seine Mutter. Es war die gleiche Heiserkeit, tief in der Kehle, eine näselnde Resonanz, die er von keiner anderen Stimme kannte. Aber sie war es nicht. Einen Moment lang brachte er kein Wort heraus. Es war, als ob er sie noch einmal verloren hätte. Derselbe Schmerz wie damals, in jener Woche, nachdem sie gestorben war, als er der Sonne auf dem Boden seines Zimmers gefolgt war, als er in dem Viereck aus Licht gesessen und trockene Frühstücksflocken gegessen und warme abgestandene Cola aus der Literflasche getrunken hatte.

»Du klingst wie Mutter«, sagte er niedergeschlagen.

»Ich klinge überhaupt nicht wie Mom. Sie kommt aus *Philadelphia.*«

»Nicht wie *deine* Mutter. Wie *meine* Mutter.«

Stritten sie sich jetzt schon? Logan beobachtete, wie eine Menschenmenge auf ihn zu flutete, ein Meer von Fremden, müde vom Flug.

»Bist du noch da?«, fragte seine Tochter.

»Was?« Logan wandte sich ihr wieder zu.

»Ich hab gefragt, ob du noch da bist.«

Gute Frage, dachte Logan. Gute Frage.

11

Jewell hatte gerade die Tür hinter der Avon-Beraterin geschlossen, als das Telefon klingelte.

»Wer?«, fragte sie. »*Wer?*«

Irgendein Arschloch. Hing keuchend am anderen Ende der Leitung und holte sich womöglich einen runter. Ein Wichser, sagte keinen Ton. Ein Psycho, der den Mund nicht aufmachte.

»Ich bin's. Dein *Vater.*«

»Oh – klar. Verarschen kann ich mich alleine.«

Doch sie wusste, dass er es war. Niemand sonst hatte dieses leicht Verzerrte in der Stimme, als grinse er beim Sprechen. Ihr zog sich der Magen zusammen. Sie vermutete sofort das Schlimmste: Er war auf der Flucht. Er versuchte außer Landes zu kommen. Er wollte was von ihr. Warum sollte er sonst anrufen?

Er kicherte. »Du klingst wie deine Mutter.«

»Was ist los?«, fragte sie. »Wo bist du?«

»Nichts ist los. Ich dachte bloß, ich sag mal hallo. Ich bin am Flughafen.«

Es war, als hätte er einen Knopf gedrückt und eine Bandaufnahme angestellt. Jetzt vernahm sie den Widerhall eines großen Raumes, die Geräuschkulisse einer Menschenmenge, eine Lautsprecheransage, das Bimmeln eines Flughafen-Rollstuhls.

»*Wo?* Auf welchem Flughafen?«

»*Hier*. Hier in L.A. Auf dem LAX.«

»Wo willst du hin?«, rief sie aufgeregt. Gott, ihre Familie! Da redete man jahrelang kein Wort miteinander, und dann so was. Es war immer vollkommen irre. Es ergab nie irgendwelchen Sinn.

»Nirgends, Baby. Ich bleibe hier. Ich bin wegen einem Job auf dem Flughafen. Muss jemand abholen. Ich warte bloß.«

Sein Telefon verstummte, und einen Augenblick lang hoffte Jewell, dass er weg war, dass die Verbindung abgebrochen war und er sich nie wieder melden würde.

»Bis du noch da?«, fragte sie.

Ein lautes *Popp* erklang, und dann war seine Stimme wieder da. »Also, wie geht's dir? Hat 'ne Weile gedauert, bis ich dich ausfindig gemacht hatte.«

»Woher hast du meine Nummer?«

»Ich hatte die, die du mir geschrieben hast, als ich weg war. Ich hab dort angerufen, und der Typ da hat mir deine neue Nummer gegeben.«

Jewell zögerte. *Weg*. So nannte er seine Zeit im Knast: Als wäre er auf Geschäftsreise gewesen oder im Urlaub. *Der Typ*. Er musste Hasani meinen, mit dem sie zusammengewohnt hatte, bevor sie sich in Celeste verliebte. Klar, der würde ihre Nummer jedem geben, der anrief und danach fragte.

»War das dein Freund?«, fragte Logan, als sie nichts weiter sagte. Seine Stimme klang jung. *Dein Dad ist scharf*, hatten ihre Freundinnen gesagt, als sie ihn das letzte Mal gesehen hatte, damals in der Highschool. Er war kaum älter als einige der Männer, mit denen die abenteuerlustigeren ihrer Freundinnen sich trafen. Sie machten ihm schöne Augen, kicherten.

»Nein, kann man nicht sagen«, erwiderte Jewell. Bei ihrer letzten Begegnung hatte sie noch die Hetero-Nummer abgezogen. Sie hatte keine große Lust, ihn über die Einzelheiten ihres Lebens mit Celeste aufzuklären. »Ich habe mal mit ihm zusammengewohnt. Das ist alles.«

»Jedenfalls klang er nett.«

Typisch ihr Dad. Immer positiv drauf. Jewell umklammerte das Telefon. All die Gespräche, die sie in Gedanken mit ihm geführt hatte, all die Dinge, die sie sich zurechtgelegt hatte, und nun brachte sie kein Wort heraus. »Wo wohnst du?«, brach sie schließlich das angespannte Schweigen.

»Ich hab ein Zimmer in der Innenstadt. Nur fürs erste. Ich muss mich erst mal neu orientieren, bevor ich mir 'ne festes Bleibe suche und Wurzeln schlage. Und du? Was treibst du so?«

»Ich bin an der Uni. UCLA.« Ein Tropfen kalter Schweiß rann ihr die Seite hinunter.

»Ich weiß. Das hat Tommy mir erzählt. Ich hab heute mit ihm gesprochen. Das ist super. Das ist echt toll. Und was studierst du?«

Du liebe Güte – führte sie dieses Gespräch tatsächlich mit ihrem Vater? Es war wie ein Vorstellungsgespräch oder ein Blind Date. Sie betrachtete die Sachen auf dem Esszimmertisch: das Projekt, an dem sie arbeitete, die Berge von Post, die Tüte, die die Avon-Beraterin für Celeste dagelassen hatte. Sie hoffte nur, dass Rachel bei all der Unruhe nicht aufwachte.

»Architektur.« Wie um es zu beweisen, wies sie auf das Durcheinander auf dem Tisch. Ihr Mund fühlte sich wattig an. Es ärgerte sie, dass sie ihn beeindrucken wollte. »Stadtplanung«, fügte sie lässig hinzu.

»*Architektur!* Echt wahr? Mann, ich glaub's ja nicht. Das ist ja 'n Ding, Mensch!«

Man hörte den Hipster in seiner Stimme, den Knastbruder. Jewell wünschte, sie könnte ihn sehen. Er war so oft gekommen und gegangen, dass sie nicht mehr wusste, was an ihrem Bild von ihm echt war und was sie sich zusammengesponnen hatte. Sie versuchte sich zu erinnern, wann er das letzte Mal in den Knast gewandert war. Wegen Drogenmissbrauch oder Drogenhandel oder Verstoß gegen irgendeine Bewährungsauflage, sie wusste es nicht mehr. Er hatte immer versucht, sich als Opfer eines Formfehlers darzustellen, eines Justizirrtums, der ausgerechnet ihn getroffen hatte.

»Geht es dir gut?«, fragte sie und war auf der Hut.

Als sie klein war, hatte er sie aufgefordert, seine Hand zu drücken, so fest sie nur konnte, und sie angestachelt, ihm weh zu tun. Sie hatte ganz fest gedrückt, hatte ihre Nägel hineingegraben und versucht, seine Finger aufzubiegen. Er hatte ihr in die Augen gesehen und bloß gelacht und gefragt, ob das alles war.

»O ja, mir geht's gut, prima«, antwortete er, als gäbe es nicht den geringsten Anlass, etwas anderes zu vermuten. Im Hintergrund ertönte ein Gong und eine Lautsprecheransage. Wieder wurde die Verbindung unterbrochen, und die Stille spülte über sie hinweg wie eine Welle. Er war fort, aufs Meer hinausgezogen im Sog eines verklingenden statischen Rauschens, und alles, was blieb, waren Schaum und Blasen.

»Bist du noch dran?«, fragte er, wieder da. Seine Stimme klang dünn und sehr weit weg.

Sie sah ihn irgendwo weit hinten am Horizont, ein Strichmännchen nur. »Ja, hör mal, das bringt doch nichts.« Ehe sie sich's versah, hörte sie sich sagen: »Wollen wir uns treffen?«

»Unbedingt!« Statisches Geknister wie Wasser in heißem Fett. »Oh, hallo«, sagte er dann. »Ja. Ja, sofort.«

Es dauerte einen Moment, bis sie begriff, dass er mit jemand anderem sprach. Sie hörte die Stimme eines weiteren Mannes und wie sich eine Hand auf die Sprechmuschel legte.

»Hör zu, Baby«, sagte Logan dann zu ihr. »Ich muss Schluss machen.«

»Okay. Tschüs.« Sie knallte den Hörer auf, obwohl sie wusste, dass er schon aufgelegt hatte. Sie trat gegen den nächstbesten Esszimmerstuhl. Lieber Gott, war sie wieder mal blöd gewesen! Jedes Mal, wenn er anrief, kam sie wie ein junger Hund mit wedelndem Schwanz angerannt, nur allzu bereit, alles zu vergeben und zu vergessen. Wie oft wollte sie noch darauf reinfallen? Er hatte nie die geringste Verantwortung übernommen. War aufgetaucht, wann es ihm passte, dann wieder für Monate oder gar Jahre abgetaucht, bis er von neuem wie aus dem Nichts wieder erschien.

Sie ging in die Küche, öffnete den Kühlschrank, stand da und starrte hinein. Mr. Kein-Kind-von-Traurigkeit. Mr. Aufgekratzt. Sie fragte sich, warum ihr Vater überhaupt Kinder hatte haben wollen – nicht nur sie, sondern auch die vier, die nach ihr gekommen waren, fremde Wesen, mit denen sie die Hälfte ihrer Erbanlangen teilte. Sie hatte sie in ihrem ganzen Leben alle zusammengenommen vielleicht zwanzig Mal gesehen, aber jetzt musste sie an sie denken, während sie die Erdnussbutter aus dem Kühlschrank nahm und ein paar Löffelvoll direkt aus dem Glas aß. Da war Stephen, das kurzsichtige Weichei aus seiner zweiten Ehe mit einer kleinen mausigen Frau. Jewell hatte den Verdacht, dass diese Heirat dem halbherzigen Versuch geschuldet war, nicht wieder auf die schiefe Bahn zu geraten. Es hatte nicht funktioniert. Seine dritte Frau hatte gerade mal die Highschool hinter sich gehabt und war ständig auf Speed gewesen. Ihre Kinder, Heather und Tony, mussten inzwischen im Teenageralter sein. Jewell hatte sie ewig nicht gesehen; sie waren zu ihren Großeltern gezogen, als Logan und ihre Mutter gleichzeitig hopsgenommen worden waren. Und dann war da noch die Jüngste, ein Mädchen namens Jamie. Jewell hatte sie nur einmal gesehen, als sie ungefähr ein Jahr alt gewesen war. Logan war mit ihr und einer stillen jungen Frau, die Jewell für die Mutter des Mädchens hielt, bei Jewells Highschool-Abschlussfeier aufgetaucht. »Das ist deine kleine Schwester«, hatte er gesagt und Jewell die Kleine in den Arm gelegt. Sie war ein wunderschönes Kind, sehr still. Jewell war mit ihr in eine ruhige Ecke des Auditoriums hinübergegangen und hatte ihr Gesichtchen studiert. »Da hast du dir ja was Feines eingebrockt, ist dir das klar?«, hatte sie das lächelnde Baby gefragt.

Sie schraubte das Erdnussbutterglas wieder zu, stellte es weg und trank aus dem Wasserhahn an der Küchenspüle. Eines musste man ihrem Vater lassen – er ließ nichts anbrennen. Gut möglich, dass sie noch zwanzig weitere Halbgeschwister hatte, von denen sie noch nie gehört hatte. Sie war jedoch sein Liebling – keine Frage. Die Erstgeborene, die Logan am ähnlichsten sah, die Tochter, die er bekommen hatte, als er jung war, bevor der ganze Ärger begann. Diejenige, die er angerufen hatte.

Sie ging wieder ins Esszimmer hinüber und sah sich ihr halbfertiges Projekt an – ein Projekt, so rief sie sich in Erinnerung, das in zwei Wochen fertig sein musste. Sie schaute zur Uhr auf dem Bücherregal: zehn nach sechs. Celestes Treffen mit Rachels Vorschullehrerin war um halb fünf gewesen, also musste sie bald heimkommen.

»Du musst dich zusammenreißen, was das angeht«, hatte Celeste bei ihrem Streit am Morgen zu ihr gesagt.

»Was was angeht?«, hatte Jewell erwidert und sich dumm gestellt.

Jewell nestelte die Heftklammer aus der Tüte, die die Avon-Beraterin dagelassen hatte. *Inez Cullen,* stand auf der Rechnung, ein seltsamer Name für eine Frau, die eindeutig asiatisch aussah. Jewell betrachtete den Haufen Schachteln und Fläschchen. *Ihre Tochter?,* hatte die neugierige Avon-Beraterin gefragt und den Hals gereckt, um einen Blick ins Schlafzimmer zu erhaschen, in dem Rachel zwischen Bergen von Wäsche auf dem Bett lag und schlief. Während Jewell den Scheck ausstellte, hatte sie sich umgesehen, als herrsche Sodom und Gomorra bei ihnen. Pinkfarbene Fingernägel und jedes Haar an seinem Platz. Und ein großes Kreuz um den Hals.

Jewell durchwühlte Lippenstifte, Körperlotionen, Puder und Gesichtscremes. Es war ihr ein Rätsel, warum Celeste immer für alle anderen mit einkaufte: für Millionen von Freundinnen, die auftauchten, wo immer sie hinkam; für ihre hinterhältig dreinblickenden Schwestern, für ihre Mutter, mit der sie jeden Tag telefonierte. Für Cousinen und Tanten und Freundinnen der Familie. Ganz zu schweigen von Dana, ihrer Ex, mit der sie praktisch zusammengewachsen war. Der Gedanke an Celeste und Dana, wie sie nebeneinander in Danas Wagen saßen oder das Ergebnis des Treffens mit Rachels Vorschullehrerin womöglich in einem Café besprachen, machte sie krank.

Hör auf damit!, befahl sie sich. Es reicht.

Sie faltete die Tüte wieder genau so zu, wie sie gewesen war, und bog eben die Heftklammer wieder zusammen, als Rachel in der Tür erschien.

Jewell schrak zusammen.

»Was ist das?«, fragte Rachel.

Das Mädchen hatte ein schmales Gesicht, weit auseinanderliegende Augen, eine durchscheinende Haut und kupferfarbenes Haar, das ihr in einem Büschel vom Scheitel abstand. Jewell mochte sie. »Du bist wach«, sagte sie und fühlte sich ertappt, weil sie in Celestes Tüte herumgeschnüffelt hatte.

Rachel nickte. Ihre Augen hatten denselben Kupferton wie ihr Haar. Sie trug nur ihre Unterhose und ein T-Shirt mit einer Eule, ihrem Lieblingstier.

»Die Frau hat mich geweckt«, sagte sie und lehnte sich an Jewell. Sie wies auf die Avon-Tüte. »Was ist das?«

»Das ist für deine Mom. Ist dir nicht kalt?«

Rachel schüttelte den Kopf.

»Hast du Hunger?«

Rachel schenkte Jewell einen ihrer extraterrestrischen Blicke. Jewell fragte sich, ob Rachel eine Ahnung hatte, welche Rolle Jewell in dieser Zwei-Mütter-Geschichte spielte. Wenn ja, konnte sie Jewell vielleicht einen Tipp geben. Celeste und Dana hatten Rachel adoptiert, nachdem sie die ersten anderthalb Jahre ihres Lebens bei einer Pflegefamilie verbracht hatte. Jewell stellte die Avon-Tüte beiseite und nahm Rachel auf den Arm. Sie hatte plötzlich den dringenden Wunsch, sie zu kidnappen, einen Koffer zu packen, ins Auto zu steigen und loszubrausen. Sie stellte sich vor, wie sie mit Rachel in einem Wohnwagen in der Wüste lebte und zusah, wie sie aufwuchs, während sie kreuz und quer durch die Lande fuhren. Sie stellte sich Celeste im Supermarkt vor, wie sie im Kühlregal nach einer Packung Milch griff und ein Foto von Jewell und Rachel darauf entdeckte: *Vermisst – Verbleib unbekannt.*

»Lass uns tanzen«, sagte Rachel.

»Jetzt nicht. Ich muss arbeiten. Ich mach dir Rührei, und du kannst es hier bei mir essen, während ich an meinem Projekt arbeite. Danach kannst du malen, okay? Du darfst mein Papier und meine Stifte benutzen. Du kannst mir helfen.«

Rachel nickte.

Sie verstand Rachel besser als Dana und Celeste sie verstanden, dachte Jewell. Sie gab ein Ei in einen Kaffeebecher und schlug es mit der Gabel. Sie war ja praktisch selbst bei fremden Leuten aufgewachsen. Ihre Mutter, die Sternenreisende, und ihr Vater, der Verlierer, hatten geheiratet, als sie kaum achtzehn waren, von daher war es kein Wunder, dass sie sich nicht gerade als mustergültige Eltern erwiesen hatten. Man konnte einem Menschen nicht vorwerfen, dass er depressiv war, aber so lange Jewell zurückdenken konnte, hatte ihre Mutter einen Gutteil ihrer Zeit in ihrem abgedunkelten Schlafzimmer verbracht und sich Filme im Fernseher angeschaut, der auf dem kleinen Gestell am Fußende ihres Bettes stand, oder mit Hilfe eines dicken Taschenbuches komplizierte Horoskope erstellt. In den Falten ihrer Bettdecke sammelten sich leere Essensverpackungen, Bleistifte und Papier für ihre astrologischen Berechnungen, Zeitschriften, Körperlotion und Videos, deren Leihfristen längst abgelaufen waren. Jewell war meistens auf sich allein gestellt. So schlimm war das nicht; andere Kinder beneideten sie deswegen sogar. Sie konnte draußen bleiben, so lange sie wollte, noch lange nachdem die anderen Kinder hereingerufen worden waren. Sie konnte anziehen, was sie wollte, essen, worauf sie Appetit hatte, bei einer Freundin übernachten, wenn sie Lust dazu hatte, ohne um Erlaubnis bitten zu müssen. »Liebes, musst du denn nicht mal nach Hause?«, hatte die Mutter ihrer besten Freundin Jewell gefragt, als sie in die zweite Klasse ging. Die Familien ihrer Freundinnen kümmerten sich um sie: Sie gaben ihr zu essen, brachten sie mit ihren eigenen Kindern ins Bett, sorgten dafür, dass sie zum Schwimmunterricht kam und zum Softball, nahmen sie mit ins Kino, zum Picknick, an den Strand. In der Junior High School kaufte ihr eine der Mütter – leitende Angestellte in der Musikbranche – sogar ihre Schulkleidung. Jewells Mutter hatte ein untrügliches Gespür für unangemessene Kleidung. Meistens zog sie beim Aufstehen einfach die Decke vom Bett und trug sie zu Hause wie einen Sarong und manchmal sogar wenn sie einkaufen ging. Aber selbst das hatte seine Vorteile. So konnte Jewell den einen Tag in einem altmodischen Unterrock aus dem Altkleiderladen in der Highschool auftauchen, den anderen im Tarnanzug aus dem Army-Shop.

»Willst du Ketchup?«, fragte Jewell, als sie das Ei auf einen Teller gab.

Rachel nickte heftig.

Ihre Mutter hatte in vieler Hinsicht nicht den geringsten Durchblick gehabt, sinnierte Jewell, während sie das Ei mit roten Ketchup-Tupfen verzierte, wie Rachel es liebte. Und ihr Vater ebenso wenig. Genau besehen hatten sie alle drei von Anfang an ihr eigenes Leben gelebt. Logan hatte mit den Stimmungstiefs ihrer Mutter mit Sicherheit nicht umgehen können; sie lieferten ihm eine gute Entschuldigung, seinen eigenen Interessen nachzugehen. Aber manchmal hatte auch alles gestimmt – so wie einmal, als es einem Freund ihrer Eltern gelang, unten auf der Baja California ein Haus zu organisieren. Es lag am Ende eines unbefestigten Weges in der Nähe einer Bucht, in der es so viele Stachelrochen gab, dass man im Wasser Schuhe tragen und beim Rausgehen die Füße hinter sich herziehen musste, um sie zu verscheuchen. Man sah durch das Wasser hindurch, wie sie am Boden aufgestört wurden, wenn man näher kam, und wie sie sich dann davonmachten und zwei, drei Meter weiter niederließen. Morgens spürte man die Hitze, noch bevor man die Augen aufschlug. Man hörte die Hähne krähen, von fern und nah, wie einander jagende Echos. Endlich einmal schienen ihre Eltern da, wo sie waren, glücklich zu sein; sie lächelten sich quer durch das Zimmer an, in dem sie und die anderen Kinder auf dem gefliesten Boden herumtobten und die anderen Eltern auf großen Sofas herumlungerten und die Krabben pulten, die sie eimerweise unten an dem kleinen Anleger kauften und mit kaltem blassen Bier aus langhalsigen Flaschen herunterspülten. Nachts war es stockdunkel. Jewell war mit ihren Eltern zusammen zu einem runden Betonplatz gegangen, wo eine Band spielte und die Leute tanzten. Rauch stieg von einem Freudenfeuer in den tiefschwarzen Himmel auf, und die Kinder spielten Fangen in den Schatten der Bäume. Ihre Eltern hatten getanzt und getanzt und gelacht, bis sie schweißnass waren. Alle Männer – die Einheimischen wie die Freunde, die mit ihnen zusammen aus L.A. hergekommen waren – hatten Logan abklatschen und mit Jewells Mutter tanzen wollen. »Mann, sieh sie dir an!« Logan hatte hinter Jewell am Rande der Tanzfläche gestanden und gelacht, als ihre Mutter jeder Bewegung des schlanken, ernsten Mexikaners gefolgt war, der sie drehte und herumwirbelte. Jewell spürte Logans Hände auf ihren Schultern; sie roch seinen warmen Bieratem, als er sich zu ihr herabbeugte und ihr ins Ohr flüsterte: »Sieh dir das mal an!«

»Hier – bitteschön!« Jewell stellte den Teller auf den Esszimmertisch. Doch die Zeiten, in denen es in ihrer Familie gut lief, waren rar gewesen. Sie schob Rachels Stuhl näher an den Tisch. »Vorsicht –heiß! Schön pusten!«

Rachel aß einige winzige Bissen und wies dann mit der Gabel auf das Projekt am anderen Ende des Tisches, an dem Jewell nun schon seit Monaten arbeitete. »Wassis das?«

Rachel war die Einzige, die sich wirklich für Jewells Projekt interessierte. Es war peinlich, wie geschmeichelt sie sich fühlte. »Es ist ein Entwurf für den sozialen Wohnungsbau«, sagte sie und wies mit ihrem Cutter auf Balsaholzspäne und Schaumstoffreste. »Guck mal, hier wohnen die Leute, und hier kochen sie ihr Essen. Hier essen sie, alle zusammen. Und wenn sie fertig sind, können sie hier nach draußen gehen und Filme gucken. Siehst du, hier draußen. Wenn es warm ist, können sie die Filme hier an der Seite des Gebäudes auf der Wand gucken. Verstehst du?«

Rachel kniff die Augen zusammen. Man sah, wie sie nachsann.

Jewell wies auf ein anderes Gebäude. »Und sie können auch draußen schlafen, wenn sie wollen. Siehst du diese Balkone hier vor ihren Schlafzimmern? Im Sommer, wenn es heiß ist, können sie ihre Betten auf diesen Schienen einfach nach draußen schieben. Wie findest du das?«

Rachel kaute andächtig. Sie gehörte nicht zu den Kindern, die beim Essen ihr Gesicht verschmierten. Jewell dachte an Rachels leibliche Mutter – die Frau, die sie geboren hatte. Sie war vierzehn, als Rachel zur Welt kam, hatte Celeste ihr erzählt. In ihrem ersten Jahr auf dem College war Jewell schwanger geworden. Die Entscheidung für eine Abtreibung fiel innerhalb von zwei Sekunden.

»Wo spielt der Nachwuchs?«, fragte Rachel.

Jewell lachte. *Nachwuchs.* Vermutlich ein Wort, das die spießige Dana ihr beigebracht hatte. »Hier«, erwiderte sie. »Siehst du, hier ist ein Platz in der Mitte, mit Häusern ringsrum. Auf diese Weise werden sie nicht von Autos überfahren, und ihre Mütter können auf sie aufpassen. Hier sind sie sicher. Und wenn ein Mädchen zum Spielen raus will, weiß sie, dass die anderen Kinder schon auf sie warten.«

»Ich möchte da wohnen«, sagte Rachel.

»Deshalb baue ich dieses Modell. Guck mal, hier waschen sie ihre Wäsche. Und die alten Leute – die leben hier. Sie passen auf die Kinder auf, wenn ihre Mütter und Väter bei der Arbeit sind. Und hier ist der Garten, wo sie Gemüse anbauen. *Biogemüse.*«

Voller Begeisterung zeigte sie ihr alles, obwohl sie sah, dass das arme Kind sich allmählich langweilte. Das Problem mit ihrem Projekt war, dass sie zu sehr ins Detail ging. Sie verhedderte sich in der Frage, wie viele Einbauschränke die Küche haben sollte, wo die Duschköpfe hinkamen und welche Fliesen die Terrassen bekommen sollten. Inzwischen war sie so sehr in Verzug, dass sie von Glück sagen konnte, wenn sie es zum vorgegebenen Termin fertigbekam.

»Es ist eine *Utopie*«, sagte sie. »Weißt du, was eine Utopie ist?«

»Mein Ei ist alle.«

»Es bedeutet, dass alles perfekt ist. Es ist wie das Paradies …«

»Alles aufgegessen!«

Jewell gab auf. »Okay. Braves Mädchen!« Sie lachte. »Möchtest du jetzt spielen? Hier sitzen und spielen, während ich ein bisschen arbeite?«

»Was denn spielen?«

»Ich weiß nicht. Irgendwas. Malen oder so. Mit deiner Barbiepuppe spielen.«

»Barbie ist im Urlaub. Sie kommt lange, lange nicht wieder.«

Mensch, dieses Kind. Sie und Jewell maßen sich mit Blicken.

Rachel runzelte die Stirn und fragte: »Wieso wohnst du hier bei meiner Mimi?»

Jewell schnürte sich die Kehle zu. »Gute Frage«, sagte sie hilflos, obwohl sie wusste, dass man einem vierjährigen Kind so nicht antwortete.

Rachel sah sie unverwandt an.

»Wir lieben uns.« Jewell schlug einen, wie sie hoffte, besänftigenden, überzeugenden Ton an. So wie normale Menschen mit ihren Kindern sprachen. »Wir möchten zusammensein.«

»Wie sie und meine Mom?«, gab Rachel zurück.

Wer hatte dieses Kind programmiert? Jewell schnappte sich Rachels Teller und Glas vom Tisch, flüchtete in die Küche und stellte das Geschirr unsanft in die Spüle.

»Kann ich in die Badewanne?«, rief Rachel mit süßer Stimme aus dem Esszimmer.

»Deine Mom hat nicht gesagt, dass du in die Badewanne sollst«, rief Jewell. Sie ließ das Wasser laufen, drehte voll auf und spülte die Eierreste vom Teller, wie sie es in der Cafeteria immer machte. Wo blieb Celeste überhaupt? Sie sollte längst zu Hause sein. Vielleicht nutzten sie und Dana ihre blöde Babysitterin aus, um sich ein paar schöne Stunden zu machen. Vielleicht waren sie zu Dana gegangen, wo niemand zu Hause war …

»Hat sie wohl!«, schrie Rachel.

Als Jewell wieder ins Esszimmer trat, gab Rachel ihr einen Schubs.

»Nein, hat sie nicht. Und schubs mich nicht.«

Rachel heftete ihren Blick auf Jewells Gesicht und nickte feierlich. »Hat sie doch. Sie hat gesagt, ich soll es dir sagen.«

Dieses Kind war zum Fürchten. Jewell lachte, aber als sie einatmete, pochte ein leiser Schmerz tief in ihrem Bauch. Ihr wurde klar, dass sie auch Rachel liebte. O Gott, seit wann das? Ihr wurde schlecht. Sie nahm Rachel bei der Hand und führte sie ins Bad, wo sie den Abfluss zustöpselte und das Wasser aufdrehte.

»So – zieh dich aus.«

»Mach es ganz tief. Ich will treiben!«, befahl Rachel. Sie zog sich aus.

»Hast du schon mal von Wasserknappheit gehört?«

Rachel krabbelte über den Wannenrand. Sie war so dünn, dass sich jeder einzelne Wirbel ihres Rückgrats abzeichnete. Wenn Jewell sie kidnappte, würden sie das Land verlassen müssen. Sie stellte sich sie beide in zehn Jahren vor – sie selbst eine berühmte Architektin in Italien, Rachel eine mit sich selbst beschäftigte Teenagerin. Dieser schäbige enge Mietbungalow hier würde nichts als eine ferne Erinnerung sein. Sie prüfte das Wasser und ließ heißes nachlaufen.

»Tiefer!«, rief Rachel.

»Nein, es läuft schon fast über. Das ist tief genug.«

»Du sollst auch reinkommen.«

»Nein. Ich setze mich hier auf den Boden. Lass es nicht überschwappen.«

»Okay, ich passe auf.«

Rachel hielt sich die Nase zu und ließ sich auf den Rücken gleiten, so dass ihr Kopf unter Wasser sank. Sie lag mit dem Gesicht nach oben da, steif wie eine Mumie, und ihre großen, weit geöffneten Augen waren an die Decke geheftet. Sekunden verstrichen, dann schienen es Minuten zu sein. Jewell fragte sich, ob Rachel sie durch das Wasser hindurch sehen konnte.

»Okay, das reicht!«, rief Jewell. »Komm hoch!«

Rachel zuckte nicht mit der Wimper. Jewell gestikulierte wild. Schließlich steckte sie den Arm ins Wasser und riss Rachels Kopf hoch.

Rachel lachte wie eine Irre. »Ich kann die Luft ganz lange anhalten!«, schrie sie, während ihr das Wasser übers Gesicht rann. »Ich kann unter Wasser die Augen offen halten! Hast du gedacht, ich bin tot? Hab ich dich reingelegt?«

Jewells Kinn zitterte. Sie wusste nicht, was sie lieber getan hätte: in Tränen auszubrechen oder Rachel zu schütteln, dass ihr die Zähne klapperten. »Mach das nie wieder!«, sagte sie mit zusammengebissenen Zähnen. »Du hast mir eine Scheißangst eingejagt!«

»Das ist ein schlimmes Wort«, sagte Rachel. Jetzt sah sie aus, als würde sie gleich anfangen zu weinen.

Jewell seufzte und ließ den Kopf auf den Rand der Badewanne sinken. »Es tut mir leid. Aber du hast mir Angst gemacht.«

Rachel tätschelte ihr den Kopf. »Da unten kann man jede Menge hören«, flüsterte sie Jewell ins Ohr. »Wale und ganz viele Fische.«

»Wirklich?«

Rachel nickte. »Gehst du weg?«, fragte sie.

Es war nicht das erste Mal, dass Jewell sich telepathisch mit Rachel verbunden fühlte. Dennoch kam es überraschend. »Ach, Rachel. Wie könnte ich *dich* je verlassen?«, brachte sie krächzend hervor. »Ich bleibe hier. Ich gehe nicht weg. Versprochen.« Sie schwieg einen Moment und kämpfte mit sich. Gegen ihren Instinkt fragte sie: »Wie kommst du darauf?«

Rachel patschte mit der Hand auf das Wasser und wich Jewells Blick aus.

»Rachel?«

»Was?«

»Hast du gehört, was ich dich gefragt habe?«

»Nein«, antwortete Rachel fröhlich.

»Warum hast du mich gefragt, ob ich weggehen würde?«

Rachel zog eine Grimasse. »Das hat meine Mom gesagt«, murmelte sie schließlich.

»Was hat sie gesagt?«, fragte Jewell nach.

Rachel zuckte verschämt die Achseln.

»Von welcher deiner Mütter redest du?«

Rachels Aufmerksamkeit war von einem Tropfen gebannt, der sich am Wasserhahn bildete.

»Von deiner Mom Dana oder von Mimi Celeste?«

»Mach den Wasserfall!«, rief Rachel. Sie schnappte sich den kleinen Plastikeimer, der in der Ecke auf dem Rand der Badewanne stand, und hielt ihn Jewell hin.

Jewell zwang sich, tief Luft zu holen. Es war nicht richtig, Rachel derart zu verhören, aber sie musste es wissen. »Rachel?«, drängte sie. »Was hat sie gesagt? War es Celeste? Wer hat was gesagt? Erzähl's mir, und dann mach ich den Wasserfall.« Sie nahm den Eimer und hielt ihn verlockend hoch.

»Dass du weggehst«, wimmerte Rachel. Ihre Locken waren fast trocken und standen ihr schon wieder vom Kopf ab.

»Wer? Dana oder Celeste?«

Rachel streckte sich nach dem Eimer, aber Jewell hielt ihn außer Reichweite. »Welche von beiden? Sag's mir, wenn du den Wasserfall willst.«

»Dana.«

Dana, dieses Miststück. Zu schade, dass Jewell sie nicht umbringen konnte. Sie erstickte fast an ihrer Wut, war zu zornig, um klar zu denken. »Okay, mach dich bereit!«, schnarrte sie grimmig und füllte den Eimer. »Halt dir die Nase zu und schließ die Augen. Ganz fest!«

Sie goss Rachel den Eimer Wasser über den Kopf und sah zu, wie es ihr über die zugekniffenen Augen und den Schnutenmund rann. Rachel spuckte und keuchte. »Noch mal!«, schrie sie, als sie wieder zu Atem kam.

»Niagarafälle!«, rief Jewell. Sie goss Rachel Eimer um Eimer über den Kopf und ließ ihr kaum Zeit, zwischendurch Luft zu holen. Als sie aufhörte, lachte Rachel hysterisch.

Jewell war fix und fertig. Sie wäre am liebsten selbst in die Wanne gestiegen. Hätte sich auf den Rücken gleiten lassen wie Rachel und gespürt, wie sich das warme Wasser über ihrem Gesicht schloss.

»Wasch dich«, sagte sie zu Rachel. »Mit Seife.«

Rachel wusch sich demonstrativ; sie schloss die Augen und reckte erst den einen, dann den anderen Arm zur Decke, als sie sich einseifte, so wie sie es in der Fernsehwerbung gesehen hatte. »Erzähl mir von meinem Haus«, sagte sie. »Dem mit dem Swimmingpool.«

Jewell seufzte. Es wäre schön, mit einer Erwachsenen zusammenzusein, statt hier auf dem Boden des Badezimmers zu sitzen und einer Vierjährigen zuzusehen, wie sie tat, als rasiere sie sich die Achseln. Sie würde gern mit Celeste zusammen wegfahren, die Küste hoch nach San Francisco, zu einem romantischen Wochenende. Die Bucht, der Nebel, die Golden Gate Bridge. Als sie sich vor gut einem Jahr kennengelernt hatten, hatten sie die ganze Nacht geredet, Nacht für Nacht. Ihre Gesichter nah beieinander, flüsternd. Jewell hatte nicht gewusst, dass sie so viel zu erzählen hatte. Mit großer Verwunderung lauschte sie ihrer eigenen Geschichte: wie sie immer herumgereicht worden war, wenn ihre Mutter mal wieder in ein tiefes Loch fiel. Einmal hatte Jewell bei ihrem Vater und seiner zweiten Frau gelebt, Stephens Mutter, einer hypernervösen Hypochonderin. Sie hatte Jewell ihre heißgeliebten Zöpfe abgeschnitten und ihr eine Dauerwelle verpasst, sie hatte sie gezwungen, Kleider zu tragen, weiße Söckchen und Schuhe mit Schnallen. *Sag Mutter zu mir,* hatte sie Jewell angewiesen. Jewell hatte mehrmals im Haus zündeln müssen, bis sie ihr endlich entkommen war. Inzwischen hatte ihre echte Mutter wieder die Kurve gekriegt, zumindest vorübergehend, und einen Job als Köchin bei einem Filmproduzenten ergattert, der in seiner Freizeit Dalmatiner züchtete. Sie und Jewell wohnten auch dort, und Jewell durfte mit einem Rudel Hunde im Bett schlafen und das ganze Jahr über im Badeanzug herumlaufen und ihr Haar so lang wachsen lassen, wie sie wollte.

Als sie Celeste davon erzählte, war es Jewell zum ersten Mal in den Sinn gekommen, dass eine Menge Leute ihre Kindheit seltsam finden mochten. »Es ist erstaunlich, dass du so normal bist«, hatte Celeste gemeint. »Obwohl – so normal bist du nun auch wieder nicht.« Sie hatten noch lange weitergeredet, der Lärm des Freeway war längst verstummt, und die einzigen Verkehrsgeräusche, die sie vernahmen, kamen von den Nachtbussen, die sich die fernen Hügel hinaufquälten.

»Hey!«, rief Rachel. »Jemand zu Hause?« Sie pochte Jewell an die Stirn.

»Es ist Zeit rauszukommen«, sagte Jewell. »Steh auf und lass dich abtrocknen.«

»Erzähl mir von dem Haus, das du für mich baust«, sagte Rachel beharrlich.

Es war ein altes Spiel, das Rachel – und übrigens auch Jewell – nie leid wurde. »Das Haus, das ich für dich baue, hat in jedem Zimmer einen Pool«, begann Jewell und wickelte Rachel in das Badetuch. Ihr Körper war der einer dünnen Katze, nichts als Sehnen, Knochen und Muskeln. Wie ein Federgewicht ließ sie sich aus der Wanne heben. »Wenn du morgens aufwachst, kannst du vom Bett aus hineinspringen und ins Badezimmer schwimmen. Anstelle einer Badewanne steht auch dort ein Pool. Der ist so groß wie ein See. Da sind ganz viele Fische drin, und es gibt einen Wasserfall und ein Sprungbrett.«

»Und eine Rutsche«, unterbrach Rachel sie. Sie tat, als klappere sie vor Kälte mit den Zähnen, während Jewell sie abtrocknete.

»Und wenn es Zeit zum Frühstücken ist, schwimmst du an den Tisch nach draußen, und da ist ein weiterer Pool mit Seesternen und Delphinen«, fuhr Jewell fort.

Wo blieb Celeste? Sie hätte schon längst zu Hause sein sollen. Jewell fragte sich, wie Celeste sich wohl fühlen würde, wenn sie heimkam und keine Spur von Jewell und Rachel vorfand. Nur noch ein paar Wassertropfen in der Badewanne und ein feuchtes Handtuch.

»So, jetzt wickeln wir dich ein wie einen großen Taco!« Jewell schlang Rachel das Handtuch um den Leib. Als sie sie auf den Arm nahm, klingelte das Telefon.

»Grundgütiger, wer ist das nun schon wieder?«

»Grundgütiger *Gott*«, fluchte Rachel mit erschreckender Geläufigkeit.

»Ich weiß nicht, ob du so was sagen solltest«, sagte Jewell und ging mit Rachel auf dem Arm zum Telefon hinüber.

»*Du* hast das gesagt.«

»Was bist du doch für ein kluges Kind.«

»Es ist Mama«, sagte Rachel, als Jewell den Hörer aufnahm.

»Wir sind im La Palma«, sagte Celeste. »Dana und ich wollten kurz was essen, bevor wir nach Hause fahren. Soll ich dir was mitbringen? Wie geht's Rachel?«

Das einzige, was Jewell daran hinderte, das Telefontischchen umzukicken, waren Rachels Beine, die ihre Hüften umfingen. Sie legte ihr Ohr ans Telefon und lauschte hinein wie in einen Brunnen. In dem widerhallenden schwarzen Schweigen der Leitung hörte sie die fernen Gespräche aller Menschen, die in das dünne erdumspannende Netz eingewoben waren. *Besorg ein Six-Pack auf dem Heimweg Teufel ja dem hab ich's aber gegeben was hast du erwartet schickt jemanden vorbei mein Klo ist verstopft ich fürchte das Testergebnis ist positiv ich schwöre Baby genau so war's sie werden die ganze Woche fort sein das ist unsere Chance ich liebe dich aber ich kann nicht bleiben.* Menschen, die Lügen erzählten, Verbrechen planten, Abschied nahmen.

»Mach, was du willst«, sagte Jewell mit einer Stimme, die tot war vor kalter weißer Wut. »Ist mir egal.«

»Was ist los?«, fragte Celeste.

Es waren keine Restaurantgeräusche im Hintergrund. Kein Gesprächsgemurmel, kein Geschirrklappern. Jewell vernahm Dana in Celestes Stimme. Sie stand da, neben Celeste, und hörte zu. Jewell spürte förmlich, wie die beiden sich anblickten, wie sie die Augen verdrehten und Celeste den Kopf schüttelte.

»Ich habe Rachel hier«, krächzte Jewell. Ihr Mund und ihre Kehle fühlten sich an wie mit Glaswolle geschrubbt. »Ich bin den ganzen Nachmittag über hiergewesen.«

»Tut mir leid, Jules«, sagte Celeste.

Es klang, als täte es ihr tatsächlich leid, als bedauere sie es wirklich. Doch sie entschuldigte sich nicht für das, was sie getan *hatte*, erkannte Jewell, sondern für das, was sie *tun würde*. Nicht dafür, dass sie Rachel Jewell aufgenötigt oder sie ein paar Stunden zu lange bei ihr gelassen hatte, sondern für alles, was geschehen würde, von diesem Moment an, bis ihre Wege sich trennten.

12

Inez beschloss, Hackbraten zu machen statt Hamburger, auch wenn Rudy das vielleicht nicht gefiel. Sie quirlte Eier mit der Gabel, hackte Zwiebeln und zerbröselte Salzcräcker mit dem Nudelholz. Statt Tiefkühl-Pommes frites auf das Backblech zu legen, schrubbte sie drei große Russet-Kartoffeln zum Backen. Sie hoffte, dass es ihm recht sein würde. Sie raspelte Kohl und Karotten für einen Krautsalat. Kaninchenfutter, nannte er das. Aber man musste ans Cholesterin denken. Fett und hoher Blutdruck. Außerdem aßen sie und Vanessa das gern. Zum Nachtisch würde es Vanilleeis mit Obstcocktail geben.

Siebenhundertneunzehn Dollar und siebenunddreißig Cent. Mit dem Solartaschenrechner, der umsonst mit der Post gekommen war, hatte sie ihre Bestellungen des Tages sorgfältig addiert. Ein Rekord. Das beschleunigte ihren Plan, und während sie Mayonnaise, Essig und Zucker für die Salatsoße zusammenrührte, erlaubte sie sich, dem Haus, das sie in Gedanken für sich und Vanessa entwarf, einige Details hinzuzufügen. Sie würde nach Oregon gehen, hatte sie beschlossen, nachdem sie einen Film über Kleinstädte in den USA gesehen hatte. Das Haus, das ihr vorschwebte, war von Bäumen umgeben. Es gab eine Hauptstraße mit einem Postamt und einem Lebensmittelladen, einen Coffeeshop, in dem jeder Gast seine eigene Tasse besaß, und eine Kirche mit einem weißen Turm wie auf einem Kalenderblatt. Es war alles eine Nummer kleiner. Jeder kannte jeden. Es war weit genug weg, so dass niemand sie kennen und Rudy sie nie finden würde, aber nicht so weit, dass es fremdartig wäre oder viel Geld kosten würde, um hinzugelangen. Wenn die Zeit gekommen war, würden sie und Vanessa mit dem Zug dorthin fahren. Später würde sie Autofahren lernen.

Sie spießte die Kartoffeln auf die Gabel, fettete sie mit Crisco ein und schob sie in den Ofen. Sie stellte sich ein Säulendiagramm vor, das anzeigte, wie viel Geld sich tief unten in der Zederntruhe angesammelt hatte. Wenn die Säule einen bestimmten Grenzwert erreichte, war sie bereit zu gehen. Sie würden nicht viel mitnehmen, denn sie würden von vorn anfangen, dachte sie, während sie das Hackfleisch knetete und durch die Finger quellen ließ. Ganz von vorn anfangen. Alles neu, alles ihres. Sie formte einen Laib und bedeckte ihn mit einer Schicht Ketchup. Das war es, was sie sich wünschte, so lange sie zurückdenken konnte, schon als sie noch in Pflegefamilien gelebt hatte und alles, was sie bekam – Kleidung, Bettzeug, Zimmer –, vorher jemand anderem gehört hatte. In ihrer Vorstellung sah sie das Haus, als ob es bereits existierte und nur auf sie wartete. Brandneu, mit sauberen weißen Wänden und leeren stillen Räumen. Wenn sie erst einmal dort war, war sie zu Hause.

Vanessa kam herein und lehnte sich neben sie an die Arbeitsplatte. So ein gutes Kind. Sie hatte geduscht und ihre Kleider gewechselt, nachdem sie vom Gymnastikkurs nach Hause gekommen war. Das feuchte Haar hing ihr den Rücken hinunter und verbreitete Erdbeerduft. Es fiel Inez schwer, Vanessa nicht von ihren Plänen zu erzählen, sie nicht wissen zu lassen, dass sie nicht immer hier mit Rudy zusammenleben würden. *Er,* nannte

Vanessa ihn. *Ihn.* Sie vermied seinen Namen wie sie seinem Blick auswich. Sie war ein zu gutes Mädchen, eine zu gute Tochter, als dass sie Inez erzählt hätte, was sie wirklich empfand, aber Inez wusste es ohnehin. Es wird nicht immer so bleiben, hätte sie jetzt am liebsten gesagt, voller Aufregung. Sie schob den Hackbraten neben die Kartoffeln in den Ofen. Im Ofen fehlte ein Rost. Die Tür schloss auch nicht ganz; sie musste sie mit dem Besenstiel zuklemmen. Wart's nur ab, hätte sie am liebsten gesagt. Jetzt dauert es nicht mehr lange. Bald beginnt unser neues Leben. Unser *wirkliches* Leben. *Unser* Leben.

»Hackfleisch ist ekelig«, sagte Vanessa. »Weißt du, was da alles drin ist? Sie zermahlen ganze Kühe, manchmal zweitausend auf einmal. Ist das nicht widerwärtig, wenn man sich klarmacht, dass Teile von so vielen Tieren in einem einzigen Fleischkloß sind? Außerdem füttern sie sie mit Schweineinnereien und Pappe und so.«

»Lernst du so was in der Schule?«, fragte Inez scharf.

»Das stand in der Zeitung.«

»Aha. Und? Wirst du nun Vegetarierin?«

Wie zur Antwort nahm sich Vanessa einen Rest Karotte, die Inez geraspelt hatte, und knabberte daran. Sie war so gescheit, und außerdem hübsch. Gut in Naturwissenschaften und Mathe, und das als Mädchen. Jeden Sonntag begleitete sie Inez in die Kirche, und sie machte ihre Hausaufgaben gleich nach der Schule. Es fiel Inez schwer, nicht die Hand auszustrecken und ihr übers Haar zu streichen, sie in die Arme zu nehmen. Aber das war vorbei. Vanessas Gesicht besaß eine seltsame erwachsene Stille. Man wusste nie, was in ihrem Kopf vorging.

»Ist er noch nicht da?«, fragte sie.

Inez schüttelte den Kopf. Sie war diejenige gewesen, die darauf bestanden hatte, dass Vanessa ihn Daddy nannte. Manchmal hatte sie deswegen ein schlechtes Gewissen, aber sie mussten sich alle in ihre Rolle fügen. Aus den Augenwinkeln beobachtete sie, wie

Vanessa zur Spüle ging und sich die Hände wusch. Vanessa war fast in dem Alter, in dem Inez gewesen war, als sie Vanessas Vater kennengelernt hatte, ihren *richtigen* Vater, und wenn sie daran dachte, wie jung ihre Tochter war – wie wenig sie wirklich vom Leben wusste –, erschien Inez ihr eigenes Leben in einem anderen Licht. Damals hatte sie geglaubt, Vanessas Vater sei der Richtige für sie: Sie hatte geglaubt, sie sei in ihn verliebt. *Fernando.* Sein Name klang ungewohnt, denn in Wahrheit hatte sie ihn nie so genannt, nicht einmal in Gedanken; sie hatte ihn nie anders genannt – so schmerzlich sie es sich nun eingestand – als *Mr. Vanta.* Schließlich war sie erst sechzehn gewesen und er fast dreißig Jahre älter. Miteinander gesprochen hatten sie immer nur in der Kirche, wenn andere dabei waren. Er war ein geachteter Mann, ein Diakon – wieso hätte sie ihm nicht vertrauen sollen?

Dieses Gefühl kommt von Gott, hatte er zu ihr gesagt und seine Hand über ihren Körper gleiten lassen. *Er will es so.*

Zwei Mal, das war alles gewesen! Zwei Mal waren sie zusammengewesen. Sie erlaubte es sich nicht oft, daran zu denken. Doch als sie aus den Augenwinkeln einen Blick auf das verträumte Gesicht ihrer Tochter warf und sah, wie sich Vanessa die Hände an dem Geschirrtuch abtrocknete, das an der Ofentür hing, begriff Inez mit plötzlicher Klarheit, dass Mr. Vanta sie ausgenutzt, sie genötigt hatte, sie immer wieder bedrängt und sich Freiheiten herausgenommen hatte – auf dem Heimweg nach der Bibelstunde auf einem verlassenen Parkplatz angehalten und in der Sakristei ihre Hände in seinen Schritt gedrückt hatte –, bis er sie mit dem, was sie schon gemacht hatten, erpressen konnte, um sie noch mehr zu bedrängen. Sie erinnerte sich daran, wie der ölige Geruch seines Rasierwassers nach dem ersten Mal an ihrem Hals gehaftet und wie schrecklich sie sich gefühlt hatte, als sie in das Haus ihrer Adoptivfamilie zurückgekehrt war.

Sie hatte nie jemandem erzählt, wer Vanessas Vater war. Keiner Menschenseele. »Ein Mann aus der Kirchengemeinde«, mehr hatte sie Vanessa nicht gesagt. »Ein Fehler. Ein Riesenfehler.« Die Scham hatte sie schweigen lassen, Scham, weil sie so dumm gewesen war, sich hatte hereinlegen lassen. Wenn Vanessa jemals auch nur in die Nähe eines solchen Menschen geriet! Doch welcher Mann in Mr. Vantas Alter sollte in Vanessas Nähe kommen, überlegte Inez, während sie die Ofenklappe öffnete und den Hackbraten prüfte. Ihr Juwel, ihre Blume, ihr makelloser Engel! So unschuldig, genau wie sie selbst damals. So eine Niedertracht! Doch damals hatte sie eben keine Ahnung gehabt. Sie wand sich innerlich, schloss die Ofentür und fragte sich, ob Mr. Vanta noch andere Mädchen in der Kirchengemeinde derart bedrängt hatte, ob noch mehr Kinder geboren worden waren – Kinder, die mit Vanessa blutsverwandt waren.

»Mein Pony muss geschnitten werden«, sagte Vanessa. Sie legte den Kopf in den Nacken und blinzelte wie zum Beweis durch ihre Haarfransen. Sie streckte tastend die Hände aus, als wäre sie blind.

»Lass den Unsinn!«, schimpfte Inez, obwohl sie lächeln musste. »Ich schneide ihn dir nach dem Essen.«

»Ach nein! Du kriegst das nie gerade hin. Ich geh lieber zum Friseur –«, widersprach Vanessa. Da steckte Rudy den Schlüssel in die Tür, und beide erstarrten.

Inez verknotete sich der Magen. »Deck den Tisch«, sagte sie kurzangebunden. Jetzt beginnt der Abend, dachte sie und holte tief Luft. Sie würden essen, dann würde sie spülen und die Mittagsbrote für den nächsten Tag fertigmachen, sie würden in dem kleinen Wohnzimmer Fernsehen gucken und dann ins Bett gehen. Rudy betrat die Küche, und Inez wappnete sich. Irgendwas stimmte nicht, sagte ihr sein Gesicht. Vanessa hatte es auch gesehen. Sie stand hinter Rudy, wachsam. Er war mit Päckchen beladen. Schachteln in Geschenkpapier, mit Schleifen. Er lächelte, küsste Inez sogar leicht auf die Lippen.

»Das Essen ist fast fertig«, sagte sie.

»Nein, nein. Heute nicht«, erwiderte er strahlend. Sein rundes Gesicht war fleckig vor Aufregung. »Heute machen wir es anders. Wir gehen alle drei zum Essen aus.«

Er lächelte, und sein kleines Gesicht verzog sich in die Breite. Sein Haar war flaumig wie das Gefieder eines jungen Vogels. Er wählte eines der Geschenke aus und hielt es Inez hin. Sie sah sein Bemühen, ihr eine Freude zu bereiten, und nicht zum ersten Mal wünschte sie, sie könnte ihn lieben. Doch es war etwas Hartes in ihrer Brust, das sich so wenig leugnen ließ wie ihr Herzschlag.

»Aber ich habe gekocht«, wandte sie ein. Der Duft von Hackbraten und Ofenkartoffeln erfüllte die Küche. »Es ist alles fertig.« Sie starrte ihn an und versuchte das seltsame Glitzern in seinen Augen zu ergründen. »Was ist passiert?«, fragte sie schließlich.

Rudy legte das Geschenk, das er ihr hingehalten hatte, zurück auf den Stapel. Man konnte ihn leicht für einen sanften, stillen Mann halten, einen Mann, der immer zuerst an andere dachte. Wenn sie fort war, würden die Leute ihr die Schuld geben. *Undankbar,* würden sie denken. *Ausländerin. Zu anspruchsvoll.*

»Auf der Arbeit«, antwortete Rudy. »Ich bin befördert worden.« Er lächelte siegreich, als hätte er einen Punkt gemacht.

»Du hast eine Gehaltserhöhung bekommen?«

»Eine Beförderung, eine Gehaltserhöhung, eine neue Position!« Er gestikulierte ungeduldig mit den kleinen Händen. »Ein neuer Verantwortungsbereich. Wurde auch Zeit, findest du nicht?«

Inez nickte langsam. Vanessa ebenfalls, aber Inez las den Zweifel in ihren Augen. »Das ist ja wunderbar«, erwiderte sie und zwang sich zu einem Lächeln. »Ich gratuliere dir!«

»Gratuliere lieber uns allen!«, erwiderte Rudy. »Jetzt können wir anfangen, auf unser eigenes Haus zu sparen. Das willst du doch, oder? Und wir können uns über Vanessas Ausbildung Gedanken machen. Du willst doch aufs College, oder?«, sagte er und wandte sich nach ihr um. »Das können wir jetzt alles planen. Hey, sieh sich einer das an.« Er setzte die Geschenke auf dem

Küchentresen ab und runzelte theatralisch die Stirn. »Ich dachte, ihr beide würdet euch freuen. Ihr wärt überglücklich.« Er ließ den Kopf hängen und sah auf seine Füße. Der eine Schnürsenkel war offen. »Es spielt alles keine Rolle«, seufzte er. »Ich kann es euch wohl nie recht machen.«

Inez riss sich zusammen. Sie schämte sich wirklich. »Nein. Ich freue mich«, sagte sie und klopfte ihm auf die Schulter. »Ich freue mich sehr.« Sie holte den Hackbraten aus dem Ofen, dann die Kartoffeln. »Ich bin bloß überrascht, das ist alles. Es kommt so plötzlich – ich weiß gar nicht, was ich sagen soll.«

Sie schenkte Rudy ihr bestes Lächeln. Das Lächeln, das sein Herz gewonnen hatte. Still und liebenswürdig. Sah ihm direkt in die Augen. Es funktionierte immer. Nachdem er sie einen Moment gemustert hatte, entspannten sich seine Gesichtszüge, und seine Schultern, die er bis zu den Ohren hochgezogen hatte, sanken gelöst herab. »Okay, dann mal los!«, rief er und klatschte in die Hände wie ein Kind. »Gehen wir! Lasst uns feiern! Gehen wir essen! Ihr könnt eure Geschenke dort auspacken. Ihr kriegt alles, was ihr wollt. Alles.«

Erst als man sie zu ihrem Tisch führte, merkte Inez, dass es dasselbe Restaurant war, in dem sie und Rudy vor ihrer Hochzeit ein paar Mal gewesen waren. Das Restaurant, in das er sie bei ihrer ersten Verabredung geführt und in dem er ihr drei Monate später den Heiratsantrag gemacht hatte. Das *White Horse,* wie hatte sie das vergessen können? Es war einem englischen Pub nachempfunden, mit großen, ins Mauerwerk eingefügten Steinen, mit massiven Deckenbalken und Buntglasfenstern. Das Mobiliar war dunkel und klobig, als hätte es jemand mit der Axt zurechtgezimmert. Licht spendeten rustikale Wandleuchter, Kerzen auf den Tischen und ein riesiger Kamin an der einen Wand. Das flackernde Kaminfeuer gab einem das Gefühl, irgendwo draußen in einer kalten Winterlandschaft zu sein, statt mitten in L.A.

Alles war noch genau so wie acht Jahre zuvor, bis hin zu den Kellnern in Kniebundhosen und Rüschenhemden und den dicken Steaks, die sie auf Holzbrettern servierten, an denen Metallschildchen hingen, die ENGLISCH, MEDIUM oder DURCHGEBRATEN verkündeten. Damals war sie ganz anders, dachte Inez, als wäre sie erst halb erwacht gewesen. Schüchtern hatte sie Rudy am Tisch gegenübergesessen, stolz darauf, mit einem Mann in einem Restaurant gesehen zu werden. Normal, so wie alle anderen. Tja, was hatte sie schon gewusst? Er hatte damals mit seiner Mutter zusammengelebt, die gegen ihre Heirat gewesen war, weil Inez nicht weiß war und bereits ein Kind hatte. Sie starb nur wenige Monate nachdem sie und Rudy sich das erste Mal verabredet hatten. Eine Woche später hatte Rudy ihr den Heiratsantrag gemacht.

Sie bekamen einen Tisch in einer engen Ecke beim Salatbuffet. Rudy rückte ihr den Stuhl zurecht. Vanessa hielt den Blick gesenkt und verschränkte die Arme vor der Brust.

Auch die Speisekarte stand auf einem Holzbrett. Ihr Kellner, Alex, baute es auf dem Tisch auf. PRIME RIB, SIRLOIN, FILET MIGNON. Ofenkartoffeln, Pommes frites, Kartoffelpüree. Salat vom Buffet, so viel man wollte.

»Ich kann nicht so viel Fleisch essen«, flüsterte Vanessa Inez zu, aber natürlich hörte Rudy es. Vanessa wies mit dem Kopf zum Nachbartisch hinüber, wo eine vierköpfige Familie Steaks in Angriff nahm, die ihre gesamten Essbretter ausfüllten.

»Fleisch ist gut«, sagte Rudy. Er lächelte, versuchte nett zu sein. »Protein. Du bist noch im Wachstum. Du brauchst das.«

Vanessa antwortete nicht, sah Rudy nicht mal an. Sie hielt den Blick auf den Tisch geheftet, bis der Kellner kam, dann bestellte sie Salat vom Salatbuffet. Inez würde später mit ihr sprechen, wenn sie zu Hause waren. Ihr sagen, dass sie sich zusammennehmen, sich Mühe geben sollte. Sie bestellte Filet Mignon, medium. Rudy nahm das Prime Rib, durchgebraten. Den Hackbraten konnte sie ihnen für die Mittagspause einpacken, die Kartoffeln am Wochenende zum Frühstück braten. Sie sah sich nach den anderen Gästen um, blickte zur Bar, an der einige Männer mit ihren Getränken in der Hand in den Gastraum schauten. Egal, wie sehr sie sich auch bemühte, ihr fiel nichts ein, was sie hätte sagen können. Schließlich streckte sie den Arm aus und berührte Rudys Hand. »Das hier ist schön«, sagte sie. »Danke.«

»Wie war's in der Schule?«, fragte Rudy Vanessa, als das Essen serviert wurde. Er gab Worcestershire-Sauce auf sein Fleisch und schnitt sich einen großen Bissen ab.

»Ein Mädchen hat sich bei der Gymnastik verletzt«, erzählte Vanessa. »Sie ist auf dem Schwebebalken ausgerutscht und aufs Genick geknallt. Es war echt schrecklich. Sie mussten sie auf einer Trage festschnallen und ins Krankenhaus bringen.«

Rudy und Inez beugten sich vor und nickten kauend. Das Fleisch schmeckte wunderbar, salzig und nach Holzkohle. Und die Ofenkartoffel – mit reichlich Butter, Sauerrahm, Frühlingszwiebeln und Schinkenwürfeln. Kein Grund, Zurückhaltung zu üben.

»Möchtest du mal probieren?«, fragte Inez Vanessa. Sie spießte einen Bissen Fleisch auf und hielt ihr die Gabel hin.

Vanessa schüttelte den Kopf.

Sie aßen schweigend weiter, zersäbelten ihr Fleisch und vermieden es, einander anzusehen. Die Mahlzeit zog sich in die Länge. Worüber hatten sie sonst bloß geredet? Rudy war erstaunlich wenig an Inez' Vergangenheit interessiert gewesen: wer ihre Eltern waren, wie sie aufgewachsen war, ihre Beziehung zu Vanessas Vater. Er hatte sich mit den knappsten Antworten auf seine Fragen zufriedengegeben und sie war ihm dankbar gewesen.

»Wir fangen von vorn an«, hatte er zu ihr gesagt. »Nur ich und du. Alles, was zählt, ist die Gegenwart.«

»Packt eure Geschenke aus«, sagte Rudy eifrig, als sie mit dem Essen fertig waren und der Kellner den Tisch abgeräumt hatte.

Inez hatte eine Schwäche für Geschenke, und als sie das zierliche Goldarmband sah, spürte sie warme Zuneigung für Rudy in sich aufsteigen. Als sie ihm dankte, wurde er rot, und seine Augen wirkten feucht. Eine Frau an einem der Nebentische schaute zu ihnen herüber und nickte anerkennend. Und dann so viele Geschenke! Eine Brieftasche aus Ziegenleder, die teuer aussah, und ein Schal, der sich wie Samt auf ihrer Haut anfühlte. So eine außergewöhnliche Farbe! Ein tiefdunkles Lila, beinahe schwarz. Er hatte auch an Vanessa gedacht. Aber Vanessa beäugte alles misstrauisch. Inez musste wirklich ein Wörtchen mit ihr reden. Der Schal, den er für Vanessa gekauft hatte, war farbenfroh wie eine Tropenblume, aber sie würdigte ihn kaum eines Blickes. Sie dankte Rudy, legte ihn in die Schachtel zurück und heftete den Blick wieder auf den Tisch.

Als Inez sich die Zähne geputzt und das Haar gekämmt hatte, nahm sie das Diaphragma aus dem Schränkchen unter dem Waschbecken und bestrich es mit spermienabtötendem Gel. Rudy erwartete vielleicht eine Gegenleistung für die Einladung zum Abendessen und die Geschenke. Und um seine Beförderung und den neuen Job zu feiern. Das Ding einzusetzen war lästig und eine Schweinerei, ganz zu schweigen von dem, was darauf folgte, aber ab und zu musste es eben sein. Allerdings immer seltener. Sie führte das Diaphragma ein, vergewisserte sich, dass es richtig saß und wusch sich die Hände. Was sie jetzt absolut nicht gebrauchen konnte war ein Baby. Selbst zu Beginn ihrer Ehe hatten sie nur einmal in der Woche zusammen geschlafen, fast immer am Samstagabend, und es war eine rasche und relativ schmerzlose Angelegenheit gewesen. Rudy war ein stiller Liebhaber, ein bisschen Keuchen und Grunzen und er war fertig. Hinterher bedankte er sich höflich bei ihr, und das war's. Ihr war es nur recht. Vielleicht war es nicht normal, verglichen mit dem, was sie las, aber die Leute neigten zur Übertreibung. Egal, wenn er es heute Abend wollte, dann war das in Ordnung. Ihn gewähren zu lassen machte am wenigsten Umstände.

Er war schon im Bett, als sie ins Schlafzimmer trat und die Tür hinter sich schloss. Lag drüben auf seiner Seite und wandte ihr den Rücken zu.

»Ich muss schlafen«, sagte er, als sie ihm die Hand auf die Hüfte legte. Er drehte sich um und gab ihr einen raschen Kuss. »Ich muss morgen früh zur Arbeit.«

13

Die ersten Regentropfen fielen, als Wylie die Stufen aus Bahnschwellen hochstieg, die zu Carolyns Haus führten. Der Hang verströmte einen feuchten Duft nach Eukalyptus und Meeresbucht. Der Regen klang wie kleine Tiere, die durch das Laub huschten. In dem diesigen schwindenden Licht konnte man sich leicht vorstellen, wie Wesen von Baum zu Baum flitzten und sich versteckten. Wylie glaubte sie gerade eben noch zu erahnen. Als er näher kam, hörte er Töpfe klappern und das Wasser in der Spüle ablaufen. Carolyns Profil erschien im gelben Licht des Küchenfensters.

»Hey!«, sagte sie. »Komm rein.«

Ihre Hände und die Vorderseite ihrer Jeans waren feucht, als hätte sie gerade Geschirr gespült. Sie war so groß wie Wylie, kräftig, mit einem langen Gesicht und großen Zähnen. Ihr Teint hatte die Farbe von Eierschalen, und ihr Körper war von winzigen Sommersprossen übersät. In den anderthalb Jahren, die sie mittlerweile zusammen waren, hatte sich eine Routine zwischen ihnen eingespielt. Mittwochs lieh er auf dem Weg von der Arbeit nach Hause ein Video aus, duschte, fütterte die Hunde und fuhr dann zu ihr zum Abendessen. Sie war eine gute Köchin. Brathähnchen mit Kräutern. Spinatlasagne. Sie aßen auf ihrer Couch, die Teller auf den Knien und schauten sich das Video an. Er blieb über Nacht. Es tat ihm gut, ab und zu einen anderen Körper neben sich zu riechen. Er fühlte sich wohl mit ihr: sie unter ihm, wenn er in sie eindrang, ihr Leib, der sich um ihn schloss, oder sie auf ihm, wie sie zu ihm herabsah, ihr Haar, das ihr ins Gesicht fiel. Sie konnten miteinander reden, während sie es taten, leicht und ungezwungen. Sonntags morgens holte er sie zum Frühstück ab, und sie fuhren irgendwo hin: in die Wüste oder an den Strand oder hinauf in die Berge. Anschließend kehrten sie zu ihr zurück und liebten sich, machten ein Nickerchen. Sie aßen zu Abend, und danach fuhr er zum Schlafen nach Hause, um montags morgens bereit für eine neue Arbeitswoche aufzuwachen. Ihm gefiel es so. Sein Leben war nicht gerade leicht gewesen, und jetzt wollte er eine ruhige Kugel schieben.

»Es fängt an zu regnen«, sagte Wylie, als er sich die Schuhe auf der Fußmatte abtrat.

Er nahm sie in die Arme und küsste sie zart auf die Lippen. Sie roch gut, wie das Holz der Möbel, die sie aufarbeitete.

»Geh rein. Setz dich ins Wohnzimmer«, sagte sie. Sie legte ihm den Arm um die Schultern und schob ihn in die Richtung. »Ich komme auch gleich.«

Carolyn hatte das Haus von ihrem Großvater geerbt, dessen Asche sie in einer Plätzchendose auf dem Geschirrschrank aufbewahrte. Er hatte es selbst gebaut, als Wochenendhaus, als die Gegend praktisch noch Wildnis gewesen war. Wylie beneidete Carolyn darum. Überall Holz: offene Balken, Mahagoni-Vertäfelung bis auf Augenhöhe, Eichendielen. Auf der einen Seite eine ganze Fensterfront. Möbliert war es mit Carolyns Fundstücken: einer riesigen Couch, die sie aufgepolstert und mit einer Art handgewebten Pferdedecke bezogen hatte; ein massiver Holztisch, der zu einem tiefen Kaffeebraun poliert worden war; Kommoden mit Dutzenden von Schubladen, ein dicker Teppich in der Mitte des Zimmers, der die Graugrün- und Orangebrauntöne der Bäume draußen wiedergab. Es war rustikal, aber erstaunlich gemütlich. Wylie ließ sich auf die Couch fallen und legte den Kopf in den Nacken. Er sah zu der holzgetäfelten Decke hinauf. Es würde ihm leid tun, wenn all das hier zu Ende wäre; wenn Carolyn ein Ultimatum stellte und er den Schlussstrich ziehen müsste. Er würde ihre gemütlichen Abende vermissen, Carolyns unbeschwertes Lachen und ihr warmes Bett.

»Ich hab uns nur ein paar Snacks gemacht«, sagte sie und kam herein, Teller auf Händen und Armen wie eine Kellnerin. »Ist das in Ordnung?« Sie setzte Schälchen mit Guacamole, Bohnenmus, frischer Salsa und Tortilla Chips ab. Wylie bildete es sich nicht ein: Sie war nervös, ihre Munterkeit aufgesetzt. Sie sah ihm nicht in die Augen. Sie kam mit einem Schälchen schwarzer Oliven, einem Teller Jicama-Scheiben und zwei Dosen Ginger Ale zurück.

»Du trinkst kein Bier?«, fragte er. Er sah gern zu, wie sie sich an ihren gemeinsamen Abenden ein Bier schmecken ließ. Wenn er selbst schon keines trinken konnte, konnte er ihr zumindest dabei zusehen.

»Nein, heute Abend nicht«, antwortete sie und ließ sich neben ihn auf die Couch fallen. »Bitte. Greif zu.«

Er begann zögernd zu essen und beobachtete sie aus den Augenwinkeln. Gewöhnlich war Carolyn so entspannt, dass sie fast schon träge wirkte, und das war eine der Eigenschaften, die er an ihr mochte. Doch an diesem Abend war sie irgendwie angespannt. Sie blickte starr vor sich hin und verspeiste geistesabwesend einen Chip nach dem anderen.

»Wie war dein Tag?«, erkundigte Wylie sich vorsichtig.

»Ach, ganz gut«, erwiderte Carolyn und tauchte aus ihrer Versunkenheit auf. »Eine alte Frau ist gestorben, hinten im Tal. Ihr Bruder hat ihre Hinterlassenschaft zum Verkauf angeboten. Ein Volltreffer. Sie hatte ein paar erstaunliche Sachen, die Generationen im Besitz ihrer Familie gewesen sein müssen. Ich hab rund um mich zu gekauft, bis ihre Tochter aufgetaucht ist und alles abgeblasen hat. Ich schätze, sie wusste, dass sie mehr dafür bekommen konnte.«

»Ach je. Schade«, sagte Wylie. Er wurde allmählich nervös. Carolyn nahm eine Jicama-Scheibe und hielt mitten auf dem Weg zu ihrem Mund inne. Sie starrte auf die Wand gegenüber, als hätte sie vergessen, wo sie war und was sie tat.

Das Licht war geschwunden, und das Zimmer lag im Dunkeln. Eine leichte Melancholie überkam Wylie, als ob sich seine Brust mit kaltem Wasser füllte. Regentropfen prasselten an die Fensterscheiben wie Kieselsteinchen. Draußen war es fast schwarz. »Vielleicht sollten wir Licht anmachen«, sagte er. »Soll ich die Vorhänge zuziehen?«

Carolyn nickte. Sie sah ihm zu, wie er das Zimmer durchquerte. »Du isst nicht viel«, sagte sie, als er sich wieder neben sie setzte.

»Du auch nicht.«

Sie beugte sich vor und tunkte einen Chip in die Guacamole. »Was war heute bei dir auf der Arbeit los?«, fragte sie und zerbiss krachend ihren Chip.

Wylie zuckte die Achseln. »Das Übliche. Hab ein paar Drinks gemixt und ein paar Leute abgefüllt. Und sie dann ihres Weges geschickt.« Der Wind nahm zu. Die Büsche vor dem Haus schlugen ans Fenster, als bäten sie um Einlass. Einen flüchtigen Augenblick lang überlegte Wylie, Carolyn von seinen Schreckgespenstern zu erzählen, den Schatten, die am Rand seines Gesichtsfeldes vorbeigehuscht waren. Stattdessen trank er einen Schluck Ginger Ale. »Irgendjemand hat sämtliche Klos auf der Herrentoilette verstopft.«

Carolyn war ungewöhnlich still. Sie sah ihn an und nickte. Er bezweifelte, dass sie ihm überhaupt zuhörte. Die Spannung zwischen ihnen machte ihn nervös. Zum Teufel auch, dachte er und fügte hinzu: »Ach ja, und mich hat eine Frau auf der Arbeit angerufen. Sie hat gesagt, sie müsste mir was erzählen.«

Er war erleichtert, als Carolyn anfing zu grinsen.

»Das muss ich gewesen sein«, sagte sie lachend. Sie trank einen großen Schluck und schob ein paar Chips hinterher. »Jep«, meinte sie und nickte. »Das war ich.«

»Und?«

Sie musterte ihn voller Neugier, als versuche sie etwas herauszufinden. Ihre Sommersprossen ließen sie jung aussehen, obwohl sie Fältchen in den Augenwinkeln hatte und einige weiße Strähnen im Haar. Sie war eine praktische Frau. Sie konnte tapezieren, zauberte im Handumdrehen eine vollständige Mahlzeit auf den Tisch und besaß zudem eine feinsinnige, künstlerische Seite. Sie erkannte auf Anhieb, was in einem alten Gebrauchsgegenstand steckte. Wylie hatte sie schon zu Garagenverkäufen begleitet, bei denen sie die unwahrscheinlichsten Dinge ausgewählt und mit heimgenommen und in etwas Phantastisches verwandelt hatte, das er kaum wiedererkannte. Er hatte nicht so ein Auge dafür. »Was ist mit dem hier?«, hatte er hin und wieder gesagt in der Hoffnung, sie zu beeindrucken. Sie hatte bloß den Kopf geschüttelt. Ab und zu hatte er die Sachen selbst gekauft, nur um sie eines Besseren zu belehren, aber nachdem er eine Weile mit ihnen gelebt hatte, musste er zugeben, dass sie recht gehabt hatte. Sie besaßen keinen Charakter, kein Versprechen. Sie waren nur das Ding an sich, ohne Vergangenheit, ohne Eigenleben.

Carolyn hob bedeutungsvoll die Augenbrauen, ließ ihn zappeln und trank ihr Ginger Ale aus. »Das Zeug ist nicht schlecht«, meinte sie und schüttelte die leere Dose.

»Du weißt, dass ich Überraschungen hasse«, sagte Wylie. »Was immer es ist – vielleicht erzählst du es mir einfach.«

»Okay. Lass mich mal sehen.« Carolyn biss auf ihrem Daumennagel herum, dann griff sie in die Hosentasche. Sie hielt

Wylie etwas hin, das aussah wie eine Mischung aus Zahnbürste und Thermometer.

»Was ist das?«

»Das ist ein Schwangerschaftstest.«

Er drehte es in seinen Händen. Ein Plastikstäbchen mit zwei kleinen Fenstern. Er war sich bewusst, dass Carolyn ihn beobachtete, und einen Moment lang sah er sich, wie sie ihn wohl sehen musste: ein Mann in den mittleren Jahren mit markanten Gesichtszügen und gepflegten Händen, die Fingernägel kurz und sauber. Das zumindest.

Sein Augenlid zuckte.

Seine Reaktion war wichtig. Vorsicht!, sagte er sich.

»Ich schätze, wenn du nicht schwanger wärst, würdest du mir das nicht zeigen«, sagte er bedächtig.

Sie nickte.

»Und wenn es nicht von mir wäre.«

Er zuckte innerlich zusammen, kaum hatte er das gesagt, aber Carolyn schien es nicht krummzunehmen. Sie nickte wieder. Er drehte das verdammte Ding unablässig in seinen Händen.

»Es sei denn, mir ist eine Taube ins Ohr geflogen und die Wiedergeburt Christi steht bevor«, fügte sie hinzu.

»Bist du sicher?«

»Ich hab den Test zwei Mal gemacht. Außerdem weiß ich es. So wie ich mich fühle ...«

Er nickte.

Sie nahm ihm das Plastikstäbchen aus der Hand, damit er nicht weiter damit herumspielte. »Du machst mich verrückt!«, stieß sie hervor. »Ich hab nicht die geringste Ahnung, wie du das findest. Ob du glücklich bist oder sauer oder was.«

»Ich auch nicht«, erwiderte er. Irgendwas stieg in ihm auf, blieb ihm aber in der Kehle stecken. Das Sprechen fiel ihm schwer. Er war plötzlich todmüde; er hätte am liebsten die Augen geschlossen und wäre in Tiefschlaf versunken. »Wie findest du es denn?«

»Gott, ich weiß nicht. Ich hab die widersprüchlichsten Gefühle. Es wechselt hundert Mal am Tag. Ich glaube, es hängt sehr davon ab, wie *du* es findest.«

»Hm-hm. Tja …«, meinte er, um Zeit zu gewinnen. »Gott, ich weiß nicht. Ich muss zugeben, ich bin ziemlich perplex. Ich meine, als du mich heute angerufen hast, hätte ich nicht im Traum daran gedacht, dass so was passiert sein könnte. Ich weiß, das ist dumm, aber … Gott …« Wylie schlug sich an die Stirn. Endlich spürte er etwas – eine Welle von Zorn. »Wie konnte ich so ein Idiot sein?«, rief er. »Wir waren so unvorsichtig! Was habe ich mir dabei gedacht?«

»Ich hab einfach nicht geglaubt, dass das passieren könnte«, erwiderte Carolyn, als hätte er sie beschuldigt. »Meine Periode ist so unregelmäßig, und mein Alter und überhaupt. Selbst der Arzt hat gesagt, es wäre unwahrscheinlich. *Sehr* unwahrscheinlich. Ich hab es einfach nicht für möglich gehalten. Ich dachte, es wäre zu spät.«

»Einundvierzig ist nicht *so* alt«, sagte Wylie. Er versuchte, nicht vorwurfsvoll zu klingen.

»Ist es *doch*. Weißt du, wie viele Frauen in meinem Alter schwanger werden wollen und nicht können?«

Wylie kratzte sich das Kinn. Er war so nahe dran, die Beherrschung zu verlieren, dass er sich nicht traute, etwas zu sagen. Stattdessen spielte er die Sache in Gedanken durch: Er schrie sie an, dass sie ihn reingelegt hätte; er stieß den Tisch mit den Snacks um; er stürmte aus dem Zimmer und knallte die Tür hinter sich zu; er fuhr mit einem Affenzahn davon. »Ich bin ein bisschen durcheinander«, sagte er dann. Seine Stimme war belegt vor unterdrückter Wut. Er räusperte sich. »Ich dachte, du hättest mir erzählt, es wäre okay. Ich dachte, du hättest mir erzählt, du könntest nicht schwanger werden.«

Carolyn schüttelte den Kopf. »Nein, ich habe dir erzählt, was ich eben gesagt habe. Dass es unwahrscheinlich wäre. So hat es der Arzt gesagt. Wir waren unvorsichtig. Das ganze letzte Jahr, in dem wir miteinander geschlafen haben, ist nichts passiert. Aber ich habe dir nie gesagt, es wäre *unmöglich.*«

»Tja, dann habe ich dich wohl missverstanden.«

Jetzt geriet Carolyn allmählich in Fahrt. »Nun mach aber mal 'nen Punkt, Wylie«, sagte sie. »Tu nicht so, als hätte ich dich übern Tisch gezogen. Du hattest die gleichen Informationen wie ich. Aus welchem Grund auch immer – es ist passiert. So ist es nun mal. Und wir müssen damit umgehen. Wenn du einen Schuldigen brauchst – bitte. Aber das ändert nichts an der Sache.«

Er hatte sie nie zuvor wütend erlebt, zumindest nicht wütend auf ihn. Aus irgendeinem Grund wurde er dadurch ruhiger. »Ich suche keinen Schuldigen«, lenkte er ein. »Ich bin bloß überrascht, das ist alles. Ich bin gewissermaßen geschockt, um die Wahrheit zu sagen.«

Aber Carolyn war nicht zu besänftigen. »Wenn du sauer bist und rumbrüllen willst – bitte!« Ihr Gesicht war weiß. Ihre Nasenflügel gebläht. »Lass es doch raus! Warum lässt du es nicht ein Mal raus? Sag mir, was in dir vorgeht. Ich kann nicht Gedanken lesen.«

»Ich will nicht rumbrüllen. Und du wünschst dir das auch nicht, glaub mir.«

»Soll das eine Drohung sein?«

»Keineswegs. Ich versuche zur Abwechslung bloß, mich wie ein Erwachsener zu verhalten.«

Carolyn ließ den Kopf gegen die Sofalehne sinken. Der Regen pochte jetzt stärker an die Fenster. Sie rieb sich das Gesicht. »Uns darüber zu streiten ist das Letzte, was ich möchte«, sagte sie müde. »Können wir nicht einfach ins Bett gehen? Ich möchte mich wirklich gern hinlegen. Lass uns im Bett weiterreden.«

Wylie ließ sich Zeit beim Auskleiden. Nachdem er Hemd und Schuhe ausgezogen hatte, setzte er sich auf die Bettkante und massierte sich die Füße, die weh taten, weil er den ganzen Tag auf den Beinen gewesen war. Carolyn hatte ihre Kleider in einem Haufen auf den Boden geworfen und war bereits im Bett, die Decke bis ans Kinn hochgezogen. In dem schwachen Licht, das durch das große, auf die Bäume hinausgehende Fenster hereinfiel, konnte Wylie ihr Gesicht gerade eben noch erkennen.

»Hast du ein Bier im Kühlschrank?« Als sie nicht antwortete, fügte er hinzu: »War nur ein Scherz.«

»Sehr witzig.«

»Ja, lahm, ich weiß.« Er sah zu, wie die Zweige im Wind wippten. Weit dahinter, verschwommen im Dunst, erblickte er eine Reihe gelber Lichter. »Hast du je daran gedacht? Ich meine, Kinder zu haben?«, fragte er. »Wolltest du je Kinder haben?«

»Ich habe eine Zeitlang darüber nachgedacht. Damals, mit Anfang dreißig oder so. Aber es war nicht der richtige Zeitpunkt, weißt du.« Der Klang ihrer Stimme sagte Wylie, dass auch sie aus dem Fenster schaute. »Ich habe immer gedacht, später, später, später. Ich konnte später immer noch Kinder kriegen, wenn ich wollte. Ich wollte sehen, wie es mir ging und wie die Dinge sich entwickelten. Und dann war es plötzlich später. Dann war die Zeit vorbei. Und da hab ich gedacht, okay, dann also nicht. Es hat nicht sollen sein. Ich war ein bisschen traurig, aber vor allem war ich erleichtert. Ich musste nicht mehr darüber nachdenken. Und nun ist es passiert.«

Wylie nickte im Dunkeln. Seine Füße rochen nach Kohl, und er überlegte, ob er sie waschen sollte. Es gefiel ihm, wie der Regen aufs Dach trommelte. Er mochte nicht ins Bett gehen.

»Und du?«, fragte Carolyn. »Wolltest du jemals Kinder haben? Ich meine, schließlich warst du verheiratet und so. Hast du je an Kinder gedacht?«

»Zwei Mal. Ich war zwei Mal verheiratet.«

»Ich weiß. Und?«

Wylie seufzte. Das Gespräch fortzusetzen war, wie sich zum

Laufen zu zwingen, wenn er müde war, oder etwas Schweres zu heben. Schwer, schmerzhaft. Er durchforstete seine Gedanken. Es gab so vieles zu sagen – es schien sinnlos, überhaupt anzufangen. Nach all dieser Zeit. Nur Mut, sagte er sich. Fang einfach an.

»Da war diese Frau, gleich nach dem College. Als ich nach San Francisco kam. Meine erste Liebe, so würde man wohl sagen. Jedenfalls war ich total verknallt.«

Das fesselte Carolyns Aufmerksamkeit. Sie setzte sich im Bett auf.

»Wie hieß sie?«

»Coral.« Es war seltsam und auch ein bisschen peinlich, ihren Namen auszusprechen, nach so langer Zeit. Er sah sie vor sich: ihre mandelförmigen Augen, ihre schnellen Bewegungen, Füße wie ein Klammeraffe.

»Wirklich? Oder hat sie sich selbst so genannt?«

»Nein, es war ihr echter Name, aber ich habe sie Corral genannt. Nur so zum Spaß.«

»Und ihr beide habt überlegt, Kinder zu haben?«

»Nein, eigentlich nicht. Na ja, einmal hat sie geglaubt, schwanger zu sein. War sie vielleicht auch. Aber es stand damals nicht zur Debatte. Ich meine, es war ausgeschlossen, dass sie das Kind bekam. Sie wollte abtreiben. Aber dann stellte sich heraus, dass sie gar nicht schwanger war oder schon eine Fehlgeburt oder so was gehabt hatte. Wie auch immer – jedenfalls wollte sie kein Kind. Und ich auch nicht, glaube ich.« Er kratzte sich das Kinn. Sein Augenlid flatterte wieder, und er war froh, dass es dunkel war. »Aber das Komische ist, wenn ich überhaupt daran dachte, ein Kind zu haben, dann mit ihr. Sogar als ich verheiratet war. Beide Male. Ich glaube, ich habe irgendwie immer auf Zeit gespielt. Ich hatte sie immer noch im Hinterkopf, auch wenn ich mir darüber nicht im Klaren war.« Er hielt inne, als ihm die schlichte Erkenntnis dämmerte, dass Coral vermutlich der Grund war, warum seine beiden Ehen schiefgegangen waren. Nun, zumindest zum Teil. »Als ich verheiratet war, fand ich es immer falsch. Ich meine, ich war damals völlig durchgeknallt. Hab gesoffen und was nicht alles. Ich war total neben der Spur. Und die beiden Frauen waren auch nicht die richtigen. Außerdem war ich gar nicht imstande, Vater zu sein. Bin ich immer noch nicht, um die Wahrheit zu sagen.«

Carolyn ging über seine letzte Bemerkung hinweg. »Was ist mir ihr passiert? Mit Coral?«

Das Fenster beschlug von innen. Nasse Eukalyptusblätter klatschten gegen die Scheibe. Obwohl Wylie zitterte, rann ihm kalter Schweiß an den Seiten herunter. Er wollte sich immer noch nicht ins Bett legen.

»Wer weiß? Wir waren nur zwei Jahre zusammen. Sie hat mit mir Schluss gemacht. Ich kann ihr keinen Vorwurf machen. Ich war damals total abgefuckt. Anders als heute.« Er lachte. »Ich weiß nicht, was aus ihr geworden oder wo sie abgeblieben ist. Wenn ich sie vor mir sehe, dann immer so, wie sie damals war. Manchmal meine ich sie in einem Laden oder so zu entdecken, und dann muss ich mir immer in Erinnerung rufen, dass sie heute anders aussieht, dass ich sie wahrscheinlich gar nicht erkennen würde. Sie ist bestimmt verheiratet. Vielleicht hat sie einen Haufen Kinder mit ihrem Mann, wer weiß?«

Er hörte, wie Carolyn im Dunkeln schluckte. Es war sicher nicht angenehm, ihn auf diese Weise über eine verflossene Geliebte reden zu hören, aber schließlich hatte sie ihn gefragt.

»Was hatte sie an sich?«, fragte sie mit ausdrucksloser Stimme.

Tja, wenn Carolyn sich unbedingt quälen wollte, würde er sie nicht davon abhalten.

»Sie hat mich von Anfang an fasziniert. Ich weiß nicht, was es war. Sie wirkte so selbstsicher. Alles, was sie tat, war perfekt. Ich hab sie einfach die ganze Zeit angesehen. Ich konnte die Augen nicht von ihr lassen, egal was sie machte. Das war Teil des Problems, denke ich. Sie hat immer ihre Füße benutzt, um dies oder das zu tun: Kleider vom Boden aufheben, Papier in den Müll tun. Es hätte mich nicht gewundert, wenn sie damit auch getippt oder telefoniert hätte.« Er lachte. »Sie war wie ein Ort, den ich nicht verlassen konnte, selbst nachdem sie schon längst fort war. So habe ich nie wieder empfunden. Als ich das erste Mal heiratete, war es, als spielten wir Mann und Frau. Liebling, ich bin da – was gibt's zum Abendessen? Es ging uns gut, versteh mich nicht falsch, aber es war was ganz anderes als mit Carol.«

Jetzt war es raus. So oder so. Wylie entspannte sich ein wenig und wartete ab, was passierte. Er fühlte sich etwas besser, als hätte er die Situation nun halbwegs unter Kontrolle.

»Geht es dir so auch mit mir?«, fragte Carolyn erwartungsgemäß. »Als ob wir Mann und Frau spielten?«

»Ich hätte dir das alles gar nicht erzählen sollen«, sagte Wylie. Seine Stimme klang besorgt.

»Doch, ich bin froh, dass du es mir erzählt hast. Wirklich.«

»Wirklich?«, erwiderte Wylie, leicht verletzt. Versuchte sie es ihm heimzuzahlen, indem sie so tat, als wäre es ihr völlig egal? Keiner Frau hätte gefallen, was er ihr da gerade erzählt hatte.

»Ja, wirklich. Es macht es für uns beide realer. Ich meine, mir wird klar, welchen Hintergrund du hast. Und dir auch. Außerdem, je mehr du mir von Coral erzählst, desto plastischer wird sie. Und das heißt, weniger mächtig. Klingt, als ob sie ziemlich viel Raum in deinem Leben einnähme, aber wann hast du sie das letzte Mal gesehen?«

Das zuckende Lid ging ihm allmählich echt auf die Nerven. Er kaute auf der Lippe, bevor er antwortete. »Vor zwanzig, fünfundzwanzig Jahren.« Und selbst das war untertrieben.

»Aha. Vielleicht kommst du eher darüber hinweg, wenn du es nicht länger in dich hineinfrisst. Vielleicht kannst du dann damit abschließen.«

»Es steht dir nicht zu, so was zu sagen«, wandte er ein. »Wie gesagt, es war falsch, dir davon zu erzählen ...«

»Herr im Himmel«, fiel Carolyn ihm verärgert ins Wort. »Lassen wir das Thema vorläufig ruhen. Was hockst du da herum? Mir ist eiskalt. Komm ins Bett.«

Er zog seine Levi's aus, faltete sie ordentlich zusammen und legte sie auf den Stuhl. Die Schuhe schob er darunter, sein Hemd hängte er über die Lehne. Kaum war er unter die Decke geglitten, schmiegte sie sich an ihn. Sie legte ihr Bein über seine und schlang den Arm um ihn.

»Was ist mit deiner Unterhose?«

»Wieso?«

»Zieh sie aus!«, befahl sie und zog am Gummiband.

»Lieber Gott, warte.« Wylie rollte sich von ihr fort.

Sie rangen einen Moment miteinander, und Wylie kam sich prüde und pedantisch vor, wie er gegen Carolyn ankämpfte, die ihm die Unterhose bis zu den Knien herunterzog, ihren Zeh hineinsteckte und sie ihm ganz abstreifte.

»Viel besser.« Sie schlang ihr Bein wieder um ihn. Sie stieß mit dem Becken auffordernd gegen seine Hüfte und nahm seinen Schwanz in die Hand.

Wylie atmete heftig, aber nicht vor Erregung. Im Gegenteil, er konnte sich kaum erinnern, je weniger Erregung verspürt zu haben. Er zwang sich, still dazuliegen, obwohl er am liebsten aufgesprungen wäre, sich angezogen hätte und in die feuchte, nach Laub riechende Dunkelheit geflohen wäre, um in die heimelige, nach Kaffee riechende Kapsel seines Wagens zu steigen und davonzufahren. Er nahm ihre eifrige Hand von seinem fühllosen schlaffen Schwanz und drückte sie an seine Brust.

»Was ist los?«, flüsterte sie, die Lippen an seinem Ohr.

»Ich – ich weiß nicht. Die ganze Sache ist eingeschlagen wie eine Bombe. Ich muss darüber nachdenken. Wir müssen reden.«

»Wir können ja reden – hinterher«, erwiderte Carolyn. Sie nahm seinen Schenkel zwischen die Beine und leckte seine Brustwarze.

Wylie musste lachen. »Was ist los mit dir?«, sagte er, nahm ihren Kopf in die Hände und zog ihr Gesicht zu sich. »Bin ich so unwiderstehlich?«

»Absolut«, antwortete sie. »Außerdem hab ich anscheinend einen Hormonschub.«

Ihr Mund glitt über seine Brust zu seinem Bauch, verharrte knapp vor seinem Schamhaar. Sie umfing seine Hoden mit der Hand und liebkoste seinen Schwanz mit den Lippen. Wylie sah an die Decke und lauschte dem Regen. Selbst wenn er voll gewesen war bis obenhin, war ihm das noch nie passiert. Irgendwie hatte er immer gekonnt.

»Die Sache ist ernst, hm?«, sagte Carolyn und hob den Kopf. Ihr Haar strich über seine Schenkel. »Liegt es daran, dass ich schwanger bin? Klinkst du dich deswegen aus?«

Er stöhnte und zog sie zu sich hoch. »Ach, Scheiße, ich weiß es nicht«, meinte er. »Ich glaube nicht. Mein Körper hat aus irgendeinem Grund abgeschaltet. Oder vielleicht hab ich tatsächlich Panik. Weil da drinnen was – weil da drinnen *jemand* ist.«

»Du liebe Güte, Wylie. Es ist so groß wie ein Sesamkörnchen. Es passiert nichts weiter. Wir haben es letzte Woche getan, und da war ich auch schon schwanger, falls das einen Unterschied für dich macht.«

»Hör zu, ich behaupte ja nicht, dass meine Reaktion vernünftig ist. Aber das ist doch eine ziemlich gravierende Sache.«

»Okay, wie du meinst. Lieber Gott, ich werde dich nicht darum anbetteln.« Sie rollte sich auf den Rücken und verschränkte die Arme vor dem Gesicht.

Der Regen wurde heftiger. Einen Augenblick lagen sie lauschend da. Ein Baum ächzte und stöhnte wie ein Boot, das sich an einem Holzsteg rieb. Dann drehte Carolyn sich wieder um und schmiegte sich an ihn.

»Du bist einfach so gut«, flüsterte sie.

»Ach, komm …«

»Das stimmt. Hab ich dir das je gesagt? Schon beim allerersten Mal hab ich mich gefragt, wo du die ganzen Kniffe herhast. Wer hat sie dir beigebracht?«

»Meine zweite Frau, die hatte echt was drauf«, bekannte Wylie wahrheitsgemäß. »Sie hat mir genau gesagt, was sie wollte, und mir auch gezeigt, wie es geht. Sie war eine strenge Lehrmeisterin. Ziemlich anspruchsvoll.« Mit Coral hatte er es schlicht gehalten, erinnerte er sich. Er war so ein Idiot gewesen. Im Nachhinein betrachtet. Wenn er damals schon gewusst hätte, wie …

»Tja, ich schätze, ich hab ihr einiges zu verdanken. Sie könnte echt Geld damit verdienen«, schnurrte Carolyn. Ihre Hand stahl sich wieder zwischen seine Beine. »Irgendwie macht es mich an, wenn du so reserviert bist.«

»Super. Merk ich mir für die Zukunft.«

»Wirklich. Es macht mich total scharf. Je widerspenstiger du bist, desto heißer werde ich.«

»Das ist pervers.«

»Ich weiß!« Sie lachte.

»Hör zu.« Wieder ergriff Wylie ihre Hand und hielt sie fest, damit sie keinen Unsinn mehr anstellen konnte. »Ich fühle mich wie ein Mistkerl, aber ich glaube, wir müssen uns ernsthaft damit befassen. Wie viel Zeit haben wir, um darüber nachzudenken?«

Carolyn seufzte. Sie gab auf und zog ihre Hand fort. »Also – eine Periode ist ausgeblieben. Wir haben also noch Zeit, aber ich glaube, je eher wir eine Entscheidung treffen, desto besser.«

»Okay«, sagte Wylie. Er war froh, dass sie die Finger von ihm ließ und fuhr mit ruhiger Stimme fort. »Weiß du, es ist nur so, dass wir das Ganze überhaupt nicht geplant hatten. Wir haben uns nicht hingesetzt und beschlossen, wir wollen ein Kind haben. Wir haben nie auch nur darüber geredet. Das scheint mir keine gute Voraussetzung zu sein, um ein neues Leben in die Welt zu bringen.«

»Es sei denn, wir haben es bewusst unbewusst drauf ankommen lassen.«

Er stöhnte entnervt auf. Sie brachte ihn langsam echt zur Verzweiflung. Tief durchatmen, sagte er sich. »Das glaube ich nicht«, sagte er streng. »Für mich jedenfalls gilt das nicht.«

»Du bist also dagegen.«

»Ich bin nicht entschieden dagegen. Aber ich neige dazu.«

Nun schnaubte sie ärgerlich.

»Wieso?«, fragte Wylie. »Willst du es denn bekommen?« Dann fiel ihm noch etwas anderes ein. »Spielt es eine Rolle, was ich will? Würdest du es auch bekommen wollen, wenn ich dagegen wäre?«

»Ich habe daran gedacht. Es ist meine letzte Chance, weißt du. Jetzt oder nie. Aber ich möchte keine alleinerziehende Mutter sein. Ich weiß, das klingt vielleicht nicht fair – als ob ich dir ein Ultimatum stellte oder so. Wirklich, das will ich nicht. Aber ich muss zugeben, dass ich das nicht allein durchziehen will. Also macht es für mich schon einen Unterschied, ob du dabei bist oder nicht. So ist es nun mal.«

Wylie hatte das Gefühl, als hätte ihm jemand an beiden Handgelenken Aderpressen angelegt und das Blut in die Fingerspitzen gedrückt, wo es schmerzhaft pochte. Er verfluchte sich, weil er sich mit in die Sache hineingeritten hatte. Gleichzeitig schoss ihm ein Gedanke durch den Kopf wie ein Fisch, der aus dem Wasser hochschnellte, einen Salto drehte und wieder verschwand. *Und wenn …?* Eine Sekunde sah Wylie ein Kind vor sich, *sein* Kind. Sah sich als Vater. Ebenso schnell schob er das Bild wieder beiseite. Das war nichts für ihn, alles in allem betrachtet.

»Es ist eine Heidenverantwortung«, sagte er. »Dein ganzes Leben verändert sich. Ich meine, ich bin Barkeeper. Du hast deinen eigenen Betrieb. Wir sind beide ziemlich unabhängig.«

»Klar, aber so schlimm wäre das gar nicht. So viel müssten wir gar nicht ändern. Das Haus gehört mir. Wir brauchen nicht viel

Geld. Wir müssten nicht mal heiraten oder auch nur zusammenziehen.«

»Müssten wir nicht?« Wylie wusste nicht, ob er erleichtert oder gekränkt war.

»Nein, warum sollten wir? Wir brauchen uns doch nicht nach irgendwelchen Gepflogenheiten zu richten. Wir könnten so weitermachen wie bisher. Es würde bloß ein Kind dazukommen – das ist alles.«

»Ich hab noch nie verstanden, wie die Leute so was machen, ohne auch nur einen Gedanken daran zu verschwenden«, meinte Wylie. »Logan zum Beispiel, mein Halbbruder. Der hat noch nie im Leben einen richtigen Job gehabt. Er ist noch nicht mal vierzig und hat fünf Kinder mit vier verschiedenen Frauen. Mindestens fünf Kinder. Für ihn ist das keine große Sache. Es vergehen Jahre, ohne dass er sie sieht. Genau wie unser Alter. Der war mal im Knast, mal draußen. Lungerte ein paar Jahre hier rum und hat dann angeblich einen Job an der Ostküste gekriegt. Dazwischen war er mit Logans Mutter zusammen, hat ihn bekommen, hat die beiden verlassen. Wanderte hin und her zwischen uns, kam und ging. So will ich nicht sein. Das könnte ich nicht.«

»So bist du nicht.«

»Vielleicht doch. Oder vielleicht auch nicht. Vielleicht würde ich ins andere Extrem fallen. Überbehütend sein. Das könnte ich mir vorstellen. Das Kind nicht aus dem Haus lassen. Immer in Sorge sein. Was, wenn ihm was zustößt?«

»Oder ihr.«

»Oder ihr. Wie auch immer. Weißt du, es würde mich schon in Angst und Schrecken versetzen zuzusehen, wie er auf dem Klettergerüst herumturnt. Ich würde durchdrehen vor Sorge, dass er sich den Hals bricht.« Wylie legte einen Finger auf das Augenlid, um das Zucken abzustellen. »Es ist keine Sache, die man leichtfertig angeht. Ich meine, wir können doch nicht einfach sagen, ups, schwanger – okay, ziehen wir's durch.«

»Du machst dir zu viel Sorgen«, sagte Carolyn.

Wylie presste die Lippen zusammen, um sie nicht anzufahren. Wenn sie wüsste. »Da hast du wohl recht«, gab er widerwillig zu.

»Das tue ich.«

»Komisch«, sagte sie und streichelte mit der Fußspitze seine Wade. »In manchen Dingen bist du vollkommen unbekümmert. Und dann wieder siehst du alles so eng.« Sie schwieg einen Moment, und Wylie hatte den Eindruck, als überlege sie, ob sie fortfahren sollte oder nicht. »Hat es mit dem Krieg zu tun?«, fragte sie schließlich.

Es wäre so einfach gewesen, ja zu sagen. Wylie war versucht. Das verstanden alle immer. Es war ein Syndrom, es gab sogar einen Namen dafür. Es würde alles erklären. Außer wie die Dinge wirklich waren.

»Zum Teil vielleicht«, sagte er. »Aber weißt du, ich war noch nie der lockere Typ. Mein Alter – bei dem wusstest du nie, aus welchem Anlass er das nächste Mal wieder ausrastete. Vielleicht weil ich vergessen hatte, die Milch in den Kühlschrank zu stellen oder weil die Stromrechnung zu hoch war.«

Er fuhr sich über das Gesicht und versuchte sich ein Leben ohne Angst vorzustellen. Wäre das nicht wunderbar? Doch so wie die Dinge lagen, war ein großer Teil seines Lebens in schwarz und weiß eingeteilt. Standfotos. Es war seine einzige Möglichkeit, damit klarzukommen.

»Armer Kerl.« Carolyn streichelte seinen Rücken.

»Ach was«, sagte Wylie verlegen. »Das ist vorbei.«

»Na komm.«

»Okay, vielleicht stört es mich hin und wieder. Gott, wie spät ist es?« Er reckte sich nach dem Radiowecker auf dem Nachttisch. »Noch nicht mal elf. Lieber Himmel, bin ich erledigt. Ich hab das Gefühl, als wäre es drei Uhr morgens. All das viele Reden. Was hältst du davon, wenn wir jetzt schlafen?«

»Na schön. Für heute geb ich mich zufrieden.«

Sie küssten sich, und Wylie drehte sich auf die Seite, zum Fenster. Er sah nichts als schwarz, wie eine aufgewühlte tintige See. Carolyn schlang den Arm um seine Taille. Es war das erste Mal, dass er über Nacht blieb, ohne dass sie Sex gehabt hatten, dachte er.

Was für ein Meilenstein war das?

14

Ein großer Mann mit blassem, sommersprossigem Gesicht und rostrotem Haar, das ihm am Kopf klebte wie Filz auf einem Tennisball, kam auf Logan zu und reichte ihm seinen Koffer. »Hier, Kamerad«, sagte er.

»Reisegruppe Stone?«, fragte Logan. Er ließ sein Handy in die Tasche gleiten. Dumm, dass er Jewell das Wort hatte abschneiden müssen. Er sah sich Stone an. Nicht wirklich dick, obwohl es den Anschein hatte. Khaki-Hosen, die im Schritt lose saßen, der Reißverschluss halb offen. Das Hemd hing ihm hinten aus der Hose, die Zehen zeigten nach innen. Brille mit Goldrand. Doch man sah gleich, dass er der Boss war. Zwei Untergebene kamen mit ihrem Gepäck hinter ihm hergezockelt.

»Jerry Stone«, sagte der Typ. Er hielt es nicht einmal für nötig, ihm die Hand zu geben. Er trug einen protzigen goldenen Ehering. Lebte vermutlich in einem großen neuen Haus mit Frau und Kindern. Einer, der seine dreckige Unterwäsche aufhob und auch noch selbst wusch. Der seine Kinder herumkutschierte und ihnen bei den Hausaufgaben half. Der seine Frau an ihrem Hochzeitstag zu einem feudalen Wochenendtrip einlud. Ein richtiger Fuzzi.

»Teagle und ich warten draußen, während Sie den Wagen holen«, sagte Stone zu Logan. »Aaron, geh und schaff das Gepäck nach draußen.«

Logan sah zu, wie der Typ vorausstolzierte, während die anderen beiden fast übereinanderfielen, um seinen Befehl auszuführen. Wie im Comic. Mutt und Jeff. Logan witterte Geld. Bar auf die Hand, ohne Abzüge für Alimente oder Steuern. Er schulterte Jerrys Umhängetasche, griff sich seinen Laptop und eilte ihm nach. Leichte Beute. In Logans Brust machte es klick, der Raubtierinstinkt. Er konnte es nicht ändern, es lag in seiner Natur. Ein Wolf, der einen Hirsch jagte. Schröpf den Kerl und nichts wie weg.

Logan schlug ihm auf die Schulter und schenkte ihm sein Hollywood-Lächeln. »Wir sehen uns am Ausgang.«

Es regnete heftig, als sie auf dem Weg zu dem Hotel am Wilshire Boulevard waren. Der Asphalt war glitschig. Lichter spiegelten sich auf der Fahrbahn, und die Glasfassaden der Gebäude schimmerten silbern auf schwarz. Mutt, der kleine gedrungene Lakai mit dem dunklen Haar, saß vorn bei Logan. Jerry Stone und der dürre Lakai mit dem flaumigen blonden Haar saßen hinten.

Logan warf einen Blick in den Rückspiegel. »Und – in welcher Branche sind Sie drei tätig?«, fragte er.

»Software«, bellte Stone. »F & E.«

Forschung und Entwicklung. Logan nickte. Ihre Augen trafen sich im Rückspiegel. »Und wie ist es so in Atlanta?«

Stone lümmelte sich auf dem Rücksitz. »Gut.«

Die Scheibenwischer flitzten hin und her. Wasser spritzte von den Reifen hoch. Logan sah, wie es hinter Stones Stirn arbeitete. Er fragte sich, ob Stones Haar sich anfühlte, wie es aussah, borstig und elastisch.

»So«, sagte Stone und sah zum Fenster hinaus. »Los An-geleees. Kennen Sie sich hier aus?«

»Bin hier aufgewachsen.«

»Hm-hm.« Stone schnalzte mit der Zunge.

»Super Stadt«, sagte Logan. »Viel los.«

Logan spürte, wie Mutt und Jeff nervös wurden. Stone fuhr sich über das stoppelige Kinn. »Sagen Sie, wissen Sie, wo wir uns ein bisschen amüsieren können?«, fragte er. »Einen draufmachen?«

Stone redete, als hätte er die letzten vierzig Jahre auf Eis gelegen. Die Jungs im Knast würden ihn zum Frühstück verspeisen.

»Klar«, antwortete Logan. »Wonach steht Ihnen der Sinn?«

Die Lakaien sahen Stone an, der herumdruckste. Logan griente innerlich. Stone wollte die Sau rauslassen, wusste aber nicht wie. Logan kannte diese Typen. Wenn er ihn erst mal abgefüllt hatte, würde er ihn abkassieren. Und Stone wäre das am nächsten Tag viel zu peinlich, um Stunk zu machen.

»Ich muss Ihnen allerdings sagen«, fuhr Logan fort, »dass dies nicht mein Wagen ist. Ich bin Schauspieler, wissen Sie. Ich mache das hier nur zwischen zwei Engagements. Ich miete den Wagen stundenweise, und ich wollte ihn eigentlich gleich zurückbringen, wenn ich Sie am Hotel abgesetzt habe. Und meine Zeit kommt natürlich auch noch dazu. Sie verstehen?« Er sah Stone im Rückspiegel an.

»Klare Sache.« Stone gab sich cool. »Machen Sie sich über das Geld keine Sorgen. Darum kümmern wir uns schon. Wie war noch mal Ihr Name?«

»Logan.«

»Logan. Ziemlich ungewöhnlich, oder? Wie sind Sie zu dem Namen gekommen?«

»Meine Großmutter hat mich so genannt, Jerry. Es ist ein Felsen oder so. Ein Stein, der sich bewegt, so was in der Art. So genau erinnere ich mich nicht mehr. Hatte was mit Druiden zu tun.« *Carte blanche,* dachte er. Ein dicker Fisch. »Okay. Ich führe Sie herum. Zeig Ihnen ein paar Lokale.«

Er hielt die offene Hand nach hinten. Stone brauchte eine Weile, bis er begriff, dass er einschlagen sollte. Danach wurde er lockerer. Auch die Lakaien entspannten sich.

»Seid ihr Jungs hungrig?«, fragte Logan. »Wollt ihr was essen? Fisch und Fleisch mit Blick aufs Meer?«

Sie wollten.

Logan brachte sie zu einem Lokal in der Nähe von Malibu, wo sie einen Tisch am Fenster bekamen. Nicht dass sie in der Dunkelheit bei strömendem Regen irgendwas hätten sehen können, aber die Jungs schienen beeindruckt, dass das Meer gleich da draußen war. Logan bestellte das Steak-mit-Hummer-Spezial und eine große Ofenkartoffel. Und eine ganze Flasche teures Mineralwasser nur für sich. Gott im Himmel, war das gut. Klassen besser als der chinesische Nudelfritze. Die anderen bestellten erst Cocktails, dann eine Flasche Rotwein. Dann noch eine. Sie wurden immer ausgelassener und lachten und schwatzten wie Schuljungs. Stone taute auf. Als er schließlich nach der Rechnung griff, ignorierte er die anderen beiden und behandelte Logan wie seinen besten Kumpel. Auf dem Weg zum Wagen zockelten Mutt und Jeff hinter ihnen drein wie zwei schmollende Blagen. Stone setzte sich auf den Beifahrersitz.

»Wo geht's nun hin, James?«, sagte er und lachte sich scheckig.

Sie fuhren zu einer Bar in Santa Monica, von der Logan gehört hatte. Laternen aus handgeschöpftem Papier warfen einen goldenen Schimmer auf die Gäste, schlanke junge Frauen in kurzen engen Kleidern und unrasierte Männer mit absichtsvoll knittrigen Klamotten. Die Frauen zeigten jede Menge sonnengebräunte Haut. Die Atlanta-Gang sah fehl am Platze aus, bleich und ohne jeden Schick.

»So, das ist also das echte L.A.?«, meinte Stone.

»Echter geht's nicht«, erwiderte Logan. Man musste schreien, um sich zu verständigen. Die Frauen waren scharf. So was hatte er lange nicht gesehen. Er fragte sich, ob seine Bogart-Jacke und seine italienischen Schuhe Eindruck machten.

»Was trinkt ihr?«, fragte Logan, bevor die Kellnerin es bis zu ihnen schaffte. Stone zog einen Hundert-Dollar-Schein aus der Geldklammer. *Eine Geldklammer.*

»Entscheide du«, meinte Stone.

Nun ging es darum, sie abzufüllen, ohne zu viel von dem Hunderter auszugeben, den Stone rausgerückt hatte, denn wahrscheinlich fand er es zu uncool, nach dem Wechselgeld zu fragen. Logan drängte sich durch die Menge, bestellte je ein Bier und einen Kurzen für die drei und ein Wasser für sich. Das verschlang zwar mehr als die Hälfte des Geldes, aber er schätzte, dass sich diese Investition später bezahlt machen würde. Kellner trugen riesige Platten mit winzigen Portionen Sushi vorbei. Er konnte das Bier riechen, verlockend wie reiner Nektar. Er war zum ersten Mal seit seiner Entlassung in einer Bar. *Wenn's dem Esel zu wohl ist, geht er aufs Eis,* hatte jemand aus seiner Gruppe gesagt. Logan dachte gar nicht daran. Keine Chance. Außerdem war er nicht zum Vergnügen hier. Das war Arbeit.

»Und – wie findet ihr die Frauen?«, rief Logan.

Es gelang ihm, ihnen noch eine Runde unterzujubeln, mit einem weiteren Hunderter, von dem er das Wechselgeld behielt.

Stones Stirn war feucht. »Super«, nickte er. »Spitzenmäßig.«

Anschließend fuhren sie zum The I-Beam, wo einer von Logans Mitbewohnern aus dem Morningstar gelegentlich als Rausschmeißer arbeitete, aber vorher hielten sie noch an einem Geldautomat, damit Stone sich mit frischem Bargeld versorgen konnte, und bei einem Spirituosenladen, um eine Flasche Scotch zu kaufen. Stone und die Lakaien ließen sie im Wagen kreisen. Der Geruch des Alkohols ging Logan allmählich unter die Haut. Trocken sah die Sache einfach anders aus, vor allem wenn du mit Leuten zusammen warst, die sich gerade vollaufen ließen. Logan biss die Zähne zusammen. Hätte er selbst einen sitzen, lägen die Dinge anders. Angeschickert konnte man sich mit allen amüsieren, egal mit wem. Nüchtern war es harte Arbeit, ein Job wie jeder andere.

Der Parkplatz vom The I-Beam war voller Autos. Einige Leute standen herum und rauchten, andere gingen sich an die Wäsche.

Der Laden sah aus wie ein Lagerhaus. Das Wummern der Musik war meilenweit zu hören.

Logan stellte den Motor aus und wandte sich an Stone.

»Also, hier kostet's Eintritt, und sie lassen auch nicht jeden rein. Ich kenne den Türsteher, aber es muss sich für ihn lohnen. Es ist ein cooler Laden, aber sie sind ziemlich wählerisch. Ihr werdet eine Menge Spaß haben, wenn ihr drin seid, aber es wird ein bisschen was kosten. Die Frauen hier sind toll. Also, wie sieht's aus?«

Logan war nie zuvor hiergewesen. Er hoffte bloß, dass an seinen Worten was dran war. Allmählich wurde er unruhig und nervös. Ellenbogen und Schienbeine juckten. Die Kniekehlen taten ihm weh. Er wollte die Zehen bewegen, die Beine ausstrecken, die –

»Klar«, sagte Stone und holte sein Geld hervor. »Kein Problem. Wie viel?« Seine Aussprache war nicht mehr ganz deutlich. Die anderen beiden kicherten im Fond und kabbelten sich um die Flasche Scotch.

Logan ermahnte sich, locker zu bleiben. Nimm die Doofmänner aus und mach die Biege. »Vielleicht fünfzig für jeden von euch«, sagte er. »Ich übernehme meinen Anteil selbst. Keine Sorge, es lohnt sich.«

»Nein, nein. Ich zahl für dich mit. Wie viel insgesamt? Wir machen das alle zusammen. Ich bestehe darauf.«

An der Ecke des Gebäudes erblickte Logan zwei Männer mit einer Crackpfeife. Das Feuerzeug flammte auf, sie beugten sich über die Flamme. Er konnte es beinahe riechen. »Ach, weißt du, ich setz diese Runde mal aus«, sagte er. »Ich bin ein bisschen müde. Ich sorge dafür, dass ihr reinkommt und warte hier auf euch. Lasst euch Zeit. Ich warte einfach im Wagen. Mach vielleicht ein Nickerchen.«

Stone packte Logan anhänglich beim Genick. »Machst du Witze? Kommt überhaupt nicht in Frage. Das wäre doch nicht dasselbe. Komm. Lass uns jetzt nicht hängen.« Er zog eine Handvoll Geldscheine aus der Tasche und wedelte Logan damit vor der Nase herum. »Komm, sag an. Sag, wie viel.«

Es waren alles Zwanziger, frisch aus dem Geldautomaten. Stone musste die Höchstsumme abgehoben haben. »Okay, okay«, gab Logan nach. Stone hantierte immer noch mit dem Geld herum, versuchte es zu zählen. »Hier, nimm einfach«, sagte er dann und hielt Logan den Batzen hin. »Du bist ein guter Kerl, weißt du?« Er klopfte ihm auf die Schulter. »Ich bin echt froh, dass wir uns begegnet sind.«

»Ich auch.« Logan nahm das Geld. »Wie sieht's mit euch da hinten aus?« Er wandte sich nach den anderen beiden um. »Seid ihr bereit, ein Fass aufzumachen?«

»Nichts wie los!«, krakeelte der Gedrungene. Er war besoffener, als Logan gedacht hatte. Er sank gegen den Flusigen, der sich mit verwirrtem Gesicht an der Flasche Scotch festhielt.

»Okay, wartet hier.«

Der Regen hatte nachgelassen. Feiner Dunst hing in der Luft. Die frische Luft tat Logan gut. Es war eine Erleichterung fortzukommen, und sei es nur für einen Moment. Die Hände in den Taschen vergraben, überquerte Logan den Parkplatz und ging auf den Eingang zu, wo ein Türsteher auf einem Barhocker saß. Lippen und Ohren starrten vor Piercings.

»Wie sieht's aus?«, sagte Logan.

»Nicht schlecht.«

»Was kostet der Eintritt?«

»Zehn.«

»Ich hab da hinten ein paar Freunde im Wagen. Drei. Hier, für uns alle zusammen.« Er schälte zwei Zwanziger von dem Bündel, das Stone ihm gegeben hatte. »Kennst du einen Typ namens Patterson? Arbeitet hier.«

»Barkeeper?«

»Nee. Hier an der Tür, glaube ich.«

»Keine Ahnung. Vielleicht wenn ich nicht hier bin.«

»Vermutlich.«

Wahrscheinlich beobachteten die anderen ihn vom Wagen aus. Logan machte eine Show daraus, dem Typ auf die Schulter zu klopfen. »Hör zu, die Typen, mit denen ich hier bin, sind von auswärts«, sagte er und schälte einen weiteren Zwanziger ab. »Könntest du denen einen kleinen Galaempfang bieten? Nur so 'n bisschen.«

»Klar. Kein Problem.«

Logan kehrte zum Wagen zurück. »Okay, alles geritzt.« Er öffnete Stone die Tür.

»Dann mal los«, sagte Stone und stolperte aus dem Auto.

Logan bewahrte ihn vorm Fallen. »Dein Reißverschluss.« Er wies auf seinen Hosenladen.

Stone grinste. Er schwankte, als er sich das Hemd in die Hose stopfte und den Reißverschluss hochzog.

»Schön, Sie heute hier begrüßen zu dürfen, Gentlemen«, sagte der Türsteher und öffnete überschwänglich die Tür. »Es ist schon alles erledigt. Viel Spaß!« Er zwinkerte Logan zu.

Der Laden war wie ein Flugzeughangar, mit Laufstegen hoch oben und Gerüsten an den Wänden. Lärm und Licht pulsten in alle Richtungen. Auf den Gerüsten wanden sich Go-Go-Tänzerinnen, und die Tanzfläche war gerammelt voll. In der Mitte des Raumes befand sich eine nierenförmige Bar, an der die Gäste in Dreierreihen anstanden. An der hinteren Wand zog sich eine zweite Bar entlang.

Logan fragte sich, was zum Teufel er hier machte. Der Bass wummerte in seiner Brust wie ein zu groß geratenes Herz. Der Atlanta-Trupp hing an ihm wie Kinder bei einem Ausflug. Sie folgten ihm im Gänsemarsch zur Bar, wo er sich vordrängte, um ihnen etwas zu trinken zu besorgen. Sie folgten ihm in eine Ecke, wo Logan sein Mineralwasser nippte und zu zwei Go-Go-Girls in superknappen abgeschnittenen Jeans hinaufschaute. Zum

Glück war es zu laut zum Reden. Die Frauen tanzten geschmeidig, wanden ihre Leiber umeinander, gingen in die Knie und bogen sich den Trägern des Gerüsts entgegen.

Lieber Gott, dachte Logan. Es war so lange her. Zehn Monate im Bau und zwei weitere draußen. Ein ganzes verdammtes Jahr, stellte er schockiert fest, seit er eine Frau auch nur angefasst hatte. Die Musik wechselte, das Tempo wurde langsamer. Logan kannte den Song; ihm schnürte sich die Kehle zusammen. Er beobachtete eine Tänzerin in der Nähe der Bar, eine Frau mit hellbrauner Haut und üppigen Schenkeln, die mit geschlossenen Augen tanzte, als sei sie einzig zu ihrem eigenen Vergnügen dort. Neben der aufwachen, dachte Logan, ihren Körper neben sich im Bett spüren. Gott, sie war echt geil. Mit der konnte man richtig verschmelzen. Ihm brannte die Kehle, und seine Augen wurden feucht. Er war einsam, begriff er, verdammt einsam, und zwar schon lange. Die Musik wurde wieder schneller, und er musste den Blick senken, um die Tränen in seinen Augen zu verbergen. Alles hatte er verloren, alles. Er ging die Liste durch, so wie unzählige Male zuvor, als er im Bau gewesen war. Seine Mutter, die wenige Tage nach ihrem sechzigsten Geburtstag gestorben war. Sie war seine größte Fürsprecherin gewesen, sein größter Fan. Was immer er angestellt hatte – betrunken heimgekommen, von der Schule suspendiert, von der Polizei einkassiert – sie war auf seiner Seite gewesen. Er war im Bau gewesen, als sie starb, kaum sechs Wochen nachdem man Krebs bei ihr diagnostiziert hatte. Und seine eigenen Kinder, die ganz allein aufwuchsen. Jewells Mutter, die noch immer in seinen Träumen auftauchte und jedes Mal denselben warmen Freudenschauer in ihm auslöste wie damals, als sie frisch verheiratet waren. Die Frauen nach ihr, mit denen er zum Camping gefahren war, Drogen gedealt hatte, um die Häuser gezogen war, im Bett gefrühstückt hatte. Cletus, Trauzeuge bei seiner zweiten Hochzeit, war mit einer Überdosis auf dem Parkplatz unten am Strand von

Malibu gefunden worden. *Fort,* dachte er bitter. *Alles fort.* Das erste Fahrrad, das er je besessen hatte, von einer Horde Rotzbengel vom anderen Ende der Straße aus der Garage geklaut. Die Canyons, in denen er als Kind gespielt hatte. Selbst Mitch, sein gottverdammter Foxterrier, der Rattengift gefressen hatte. Was war ihm geblieben? Nichts außer in einem Laden rumzustehen, in dem er nichts verloren hatte, mit drei Saftärschen, denen er das Geld aus der Tasche ziehen wollte.

Die Musik wechselte, und die Tänzerin schlenderte über das Gerüst davon. Das war's. Logan würde etwas trinken. Was machte es schon für einen Unterschied? Nur ein Bier. Alkohol war nicht sein eigentliches Problem. Zumindest nicht sein Hauptproblem. Solange er die Finger von dem anderen Zeug ließ, vor allem vom Speed, konnte ihm nichts passieren. Kein Problem. Er konnte das Bier beinahe schon schmecken.

An der Bar herrschte das reinste Chaos. Menschen mit verschwitzten Haaren, die ihnen im Nacken klebten, versuchten etwas zu trinken zu bekommen. Barkeeper mit nackten, muskulösen Armen arbeiteten so schnell sie konnten, aber nicht schnell genug. Er könnte seinen AA-Sponsor anrufen. Er könnte einfach gehen, ins Auto steigen und davonfahren. Die drei Wichser hierlassen. Er hatte die Schlüssel, die Kohle. Frauen in bauchfreien Tops, Männer in ärmellosen T-Shirts. Der Geruch von Körpern und Kosmetika. Viele von ihnen high, das sah er. Das Stampfen der Musik. Mann hatte er die Schnauze voll. Von Leuten wie denen, die nicht die geringsten Sorgen hatten, aber alle Chancen. Nicht den leisesten Schimmer, wie es war, im Bau zu sein, ohne dass sich ein Arsch dafür interessierte. Eltern, die ihre Ausbildung bezahlten oder ihnen ein Auto kauften, ihnen eine Existenz schafften. Er drängte sich vor und eroberte sich schließlich einen Platz an der Bar. Der Barkeeper, der ihm am nächsten war, eine junge Frau mit einem kunstvoll tätowierten Halsschmuck, schenkte eine lange Reihe Kurzer ein. Logan war nun fest entschlossen, egal was. Er wollte es hinter sich bringen, denn er hatte es satt, dagegen anzukämpfen. Welch eine Erleichterung, wenn es kein Zurück mehr gab. Dann wüsste er, wo er stand. Dann wäre alles einfacher.

»Bin gleich da«, sagte die Barfrau, als sie an ihm vorbei zum anderen Ende der Bar flitzte. Weitere Gäste beugten sich vor, wedelten mit ihrem Geld. Ein Typ mit Dreadlocks reichte die Kurzen einer Gruppe hinter sich. Sie kippten sie runter, knallten ihre Gläser auf die Theke und griffen nach dem nächsten. Die Barfrau öffnete ein paar Flaschen Bier, nahm sie beim Hals und trug sie an Logan vorbei.

Er musste pinkeln. Das ganze Sprudelwasser.

Ein anderer Barkeeper mit dicken schwarzen Haaren auf den Armen, einer roten Bandana um den Kopf und schweren silbernen Ohrringen kam zu Logans Ende der Bar geeilt.

»Hallo, hier!«, rief Logan.

»Bin gleich da«, erwiderte der Typ, ohne von den Gläsern aufzublicken, die er in rasender Eile mit Eis füllte.

Ich geh einfach aufs Klo, dachte Logan. Als er im Bau gewesen war, hatte er gelernt, die Dinge auf kleinste Einheiten runterzubrechen. Man dachte nicht an die ganze Zeit, die man absitzen musste, sondern nur an den Augenblick, der direkt vor einem lag. Essen fassen, duschen, fernsehen, Gruppe. Einen Tag. Konzentration auf Zeitabschnitte von fünf Minuten. Er ging jetzt also pinkeln. Wenn er zurückkam, besorgte er sich das Bier.

Die Toilette war düster, fast dunkel, von Kerzen in Wandnischen beleuchtet, die Wände mit Stahlblech beschlagen, die mit zehncentstückgroßen Nieten befestigt waren. Auf der einen Seite diente ein langer Zinktrog als Pissoir. Ein zweiter, mit Hähnen versehen, stand mitten im Raum. Ein paar Männer wuschen sich die Hände, andere warteten darauf, dass eine der beiden Klokabinen am Ende des Raumes frei wurde. Die relative Ruhe tat gut. Logan pinkelte. Ein Typ am Ende des Trogs warf ihm einen einladenden Blick zu. Logan wandte sich ab, ging zum Waschbecken, wusch sich die Hände. Er beugte sich hinab und spritzte sich Wasser ins Gesicht, fuhr sich über den Nacken und ließ den Kopf kreisen, um die Spannung zu lösen. Als er sich das Gesicht mit einem Papierhandtuch getrocknet hatte, stand der fusselhaarige Lakai, der, den er bei sich Jeff nannte, vor ihm.

»Oh, hey, Logan«, sagte er, außer Atem und erleichtert. »Ich hab dich gesucht. Hör mal, Aaron geht's nicht gut. Jerry meint, wir sollten gehen.«

Auf dem Freeway fuhr Logan rechts ran. Er flitzte um den Wagen herum und riss die Beifahrertür auf. »Warte, Mann! Warte 'ne Sekunde!«, schrie er über den Verkehrslärm hinweg. Er hatte keine Lust, den Wagen sauberzumachen. Er hakte Mutt unter und schleppte ihn zum Rand des Seitenstreifens, wo der Asphalt endete und ein Graben die Straße von einem großen Stück Brachland trennte. Es regnete wieder. Logan stand hinter Mutt und hielt die Arme um seinen Leib geschlungen, damit er nicht vornüberfiel.

»Okay!«, rief er. »Raus damit! Los geht's!«

Mutt kotzte so heftig, dass Logan stolperte und fast auf ihn gefallen wäre. Er zog ihn wieder ein Stück hoch und wappnete sich für den nächsten Schwall. Die Kotze platschte heraus wie ein Wasserfall: Steak, Hummer, Rotwein. Er klang, als würde sein Innerstes nach außen gedreht.

»Hey, Mann, pass auf meine Schuhe auf!«, rief Logan. »Das ist echtes italienisches Leder. Ziel auf den Graben, Kumpel. Nicht auf meine Schuhe!«

Als Mutt sich ausgekotzt hatte, lehnte Logen ihn an den Wagen. Sie waren beide nass. Regen strömte über ihre Gesichter. »Hast du ein Taschentuch?«, fragte er. »Irgendwas um dir das Gesicht abzuwischen?« Mutt war zu benommen, um zu antworten. Logan gab Stone ein Zeichen, das Fenster herunterzukurbeln.

Der Arsch saß schön gemütlich im Trockenen und hatte das Radio laufen. Der andere Lakai lag auf dem Rücksitz, weggetreten.

»Hast du ein Taschentuch? Irgendwas womit ich ihn abwischen kann?«

Stone hatte ebenfalls schwer geladen. Sein Gesicht war feucht und bleicher denn je, bis auf zwei hochrote Flecken auf den Wangen. Er grinste Logan volltrunken an und reichte ihm sein Taschentuch. Logan fragte sich, ob er im Club irgendwas eingeworfen hatte. Ecstasy oder so was. Und wenn schon, nicht sein Problem. Mittlerweile gab er einen Scheiß darum, was mit den dreien passierte, vorausgesetzt er hatte sie vorher bei ihrem Hotel abgeladen.

Mutt schloss die Augen, während Logan ihm das Gesicht säuberte. »Das sind Scheißkerle«, lallte er und weinte beinahe. »Teagle is ein Arschficker und Stone ein Hurensohn. Den niemand ausstehen kann. Arroganter Kacker – fick dich doch ins Knie.«

»Halt still«, sagte Logan. »Das kannst du ihm gleich selbst erzählen.« Warum verbrachte er so viel Zeit damit, erwachsenen Männern das Gesicht zu säubern?

»Du bist okay. Du bist echt in Ordnung«, fuhr Mutt fort. Er rutschte seitlich am Wagen herunter, und Logan musste ihn an der Jacke festhalten, damit er nicht hinfiel. »Ich weiß es zu schätzen. Du bist 'n echter Kumpel. Find ich wirklich.«

»*Nada*«, sagte Logan. Er half ihm ins Auto zurück und stand dann einen Augenblick einfach nur da, umtost vom Luftschwall eines vorbeidonnernden Sattelzugs. Der Verkehr hatte nachgelassen. Er konnte die nassen Gräser des Brachlands riechen, die Erde. Die Bogart-Jacke war vollkommen durchnässt. Ihm fiel ein, dass er am frühen Abend mit seiner Tochter telefoniert hatte. Jetzt kam es ihm vor, als wäre es schon eine Ewigkeit her. Liebe Güte, sie hatte geklungen wie ihre Mutter. Er war der volle Versager, was seine Kinder anbelangte. Gott, es war eine Schande. Aber so war er eben, oder?

»Was machst du so?«, fragte Stone, als Logan wieder im Wagen saß.

Logan warf einen Blick nach hinten, bevor er den Motor anließ und sich wieder in den Verkehr einfädelte. Die beiden Lakaien hätten tot sein können, so wie sie da übereinanderlagen.

»Was meinst du?«

»Ich meine, wenn du nicht gerade Leute rumkutschierst. Als Schauspieler. Hast du Filme gedreht, oder was?«

»Ach, meistens Werbung.« Es war ein komisches Gefühl, er und Stone, jetzt, wo die anderen beiden weggetreten waren. Der Regen machte es noch schlimmer, schloss sie im Wagen ein. »Kennst du den Spot, wo der Typ in dem Haus am Meer aufwacht? Das war mein letzter. Ab und zu habe ich kleinere Rollen in Fernsehserien. In der Serie über die Zeitschrift habe ich den Fotografen gespielt. Hast du die gesehen?«

Stone nickte. Er versuchte, weniger betrunken zu wirken, als er war. Logan ahnte nichts Gutes. Stone holte seine Brieftasche heraus und fummelte eine Weile darin herum. Dann zog er ein Foto heraus und hielt es neben das Lenkrad, damit Logan es sich ansehen konnte.

»Was ist das?«

»Meine Kinder. Ein Bild von meinen Kindern.« Stone zog die Hand zurück und betrachtete das Foto selbst. »Hast du Kinder?«, lallte er.

Logan nickte. Ist nicht mehr weit bis zum Hotel, sagte er sich.

»Bist du mit jemand zusammen? Bist du verheiratet? Hast du 'ne Freundin? Ich möchte nicht zu persönlich werden oder so – hab mich bloß gefragt.«

Die Scheibenwischer flitzten vor und zurück. Logan konzentrierte sich auf den Rhythmus und hielt den Blick auf die Rücklichter vor ihnen geheftet. »Nein«, antwortete er leise. »Im Moment nicht.«

Endlich kam ihre Ausfahrt. Er öffnete das Fenster, als er abbog und lauschte auf das von den Reifen hochspritzende Wasser. Es herrschte kaum Verkehr auf dem Wilshire Boulevard.

»Es ist langweilig, Logan. Ein wirklich langweiliges Leben«, platzte Stone heraus. »Versteh mich nicht falsch. Ich liebe meine Frau und meine Kinder. Aber das war's dann auch. Sackgasse. Es führt nirgends hin. Es ist irgendwie einsam, wenn du verstehst, was ich meine. Wie in diesem Lied.«

Logan biss die Zähne zusammen, als Stone zu singen begann: »Soll das denn alles sein ...?« Er verfluchte die rote Ampel, die seine Qualen verlängerte.

»Nicht wie bei dir«, fuhr Stone weinerlich fort. »Nicht wie dein Leben, Logan. Gott, ich bewundere dich. Wirklich. Ich beneide dich. Du hast es geschafft. Und ich stecke fest. Ich stecke einfach fest.«

Welch eine Erleichterung, vor dem Hotel vorzufahren. Logan stellte den Motor ab und öffnete den Kofferraum. Je eher er diese Wichser loswurde, desto besser.

»Hast du gehört, was ich gesagt habe?«, winselte Stone. »Verstehst du mich?«

»Klar«, sagte Logan. »Natürlich.«

Ein Portier lud den Kofferraum aus, während Logan Mutt und Jett hinten aus dem Wagen zerrte. Er führte sie zu einer Bank in der Nähe des Eingangs und setzte sie dort ab. Stone wartete beim Wagen auf ihn. Er fummelte wieder in seiner Brieftasche herum, als Logan zurückkam.

»Hier hast du meine Karte. Da steht meine Arbeitsnummer drauf, falls du mich dort anrufen willst, und meine E-Mail-Adresse. Um mal zu quatschen. Oder du rufst mich an, wenn du mal in Atlanta bist.«

»Mach ich.« Logan nahm die Visitenkarte. Er hatte das Geld, das Stone ihm im Club gegeben hatte, immer noch in der Tasche. Es mussten ein paar hundert Dollar sein. Er war sicher, dass Stone nicht mehr wusste, dass er es ihm gegeben hatte.

»Du bist ein feiner Kerl«, fuhr Stone fort. Er klopfte Logan auf die Schulter. »Ich freue mich echt, dass ich dich kennengelernt habe. Ich wünschte, wir würden näher zusammen wohnen, damit wir uns öfter sehen könnten. Bisschen rumfahren, was losmachen. So wie heute Abend.«

Logan nickte und wartete, ob die Brieftasche noch einmal gezückt wurde. Stone sah ihn unsicher an, dann bot er ihm die Hand. Logan ergriff sie, und sie schüttelten sich die Hände. *Vizepräsident* stand auf Stones Visitenkarte.

»Tja, ich schätze, das war's«, sagte Stone dann. Er warf einen Blick zu seinen Kollegen hinüber, die zusammengesunken auf der Bank hingen. Ein Page hatte ihr Gepäck auf einen Rollwagen geladen. »Mach's gut, Kumpel. Es war ein toller Abend.« Er wandte sich um und schlurfte zum Hoteleingang.

»He, Jerry!« rief Logan, als Stone sich ein paar Schritte entfernt hatte.

Stone drehte sich mit einem erwartungsvollen Lächeln um, als hätte er gehofft, dass Logan ihn noch mal rufen würde – als hätte er den ganzen Abend auf diesen Moment gewartet.

»Du hast vergessen, mich zu bezahlen, Kumpel. Weißt du noch?«

Stone öffnete und schloss den Mund wie ein Fisch an Land. Die roten Flecken auf seinen Wangen wuchsen bis an seinen Haaransatz. Er holte seine Brieftasche heraus und sah auf die Uhr. »Circa sieben Stunden«, sagte er mit tonloser Stimme. »Hier sind achtzig Dollar. Danke für deine Zeit.« Ohne einen Blick zurück schlurfte er auf die große Drehtür und die hell erleuchtete Hotelhalle zu. Mutt und Jeff folgten ihm wie Welpen.

Logan ließ den Wagen an. Achtzig Piepen, dieser Arsch. Peanuts für jemanden wie Stone. Was war mit Spritgeld? Das bewies es mal wieder: Nimm, was du kriegen kannst. Niemand gibt dir freiwillig was, du musst es dir schon besorgen. Logan schaltete das Radio ein, aber die Musik ging ihm auf die Nerven. Er stellte es wieder aus. Er machte kehrt und fuhr auf dem Wilshire Boulevard nach Osten. Er war gereizt – nervös, aber erschöpft. Sei froh, sagte er sich. Noch am Morgen hatte er sich gefragt, wo er fünf Dollar zum Tanken hernehmen sollte, und wie stand er nun da. Er hatte genug Geld, um die Puppen tanzen zu lassen, konnte fast alles tun, was ihm in den Sinn kam.

Und was war das?

Sich zuknallen. Den Stoff in seinen Adern spüren und dann das Gefühl abzuheben, höher und höher mit jedem Atemzug, leichter als Luft. Dann zoomte alles glasklar heran, dann wusstest du, was du wolltest, und besser noch: du wusstest, du konntest es auch. Jawohl. Dein Blut sang. Glücklich. Frei. Er konnte es tun. Er besaß die Mittel, die Absicht, das Wissen. Er hatte sogar die Kohle, eine Frau aufzutun. Sie konnten sich ein Zimmer nehmen, ein schönes, vielleicht sogar in dem Hotel, in dem er eben Stone und seine Freunde abgesetzt hatte. Die ganze Nacht aufbleiben, ficken und sich zudröhnen, bis in den Morgen. Die süße rosa Morgendämmerung. Er fuhr den Mulholland Drive hoch, Blick auf die Stadt, in der Ferne das Meer.

Logan hielt an einer roten Ampel, obwohl niemand an der Kreuzung zu sehen war. Er trommelte mit den Fingern aufs Lenkrad. Manchmal war es mitten in der Stadt so still, als wärst du in ein verborgenes Luftloch gefallen. Eine warme Strömung im kalten Meer. *Hilfe,* flehte er, ohne sich an jemand Bestimmtes zu wenden. *Was soll ich bloß tun?*

Die Antwort kam aus dem schwarzen Himmel. Im Licht der Straßenlaternen ging das Nieseln in strömenden Regen über.

Es galt, diese Minute zu durchleben. Diese Minute, und die nächste Minute, und die Minute danach.

15

Um nicht jedes Mal, wenn sie ein Auto hörte, zum Fenster zu gehen, stellte Jewell den Fernseher an. Celeste hatte noch einmal angerufen, gegen zehn, um ihr zu sagen, dass sie Dana nach Hause brächte und bald käme, aber das war nun über eine Stunde her. Rachel schlief schon seit Stunden. Regen pladderte gegen die Fenster. Jewell stand vom Sofa auf, ging zum Telefon und drückte die Drei, die Kurzwahl für Celestes Handy. Der Anrufbeantworter sprang sofort an. Das Telefon war ausgeschaltet.

Bei der Wettervorhersage wies eine zierliche Frau mit freakig betontem spitzem Haaransatz auf das massive Sturmtief auf dem Satellitenbild. »Ein Ananas-Express kommt vom Südwestpazifik auf uns zu«, verkündete sie. »Wir müssen mit starken Niederschlägen rechnen.« Sie hatten Reporter vor Ort: Beatrice Tran im gelben Regenmantel auf dem Santa Monica Pier und Emilio Notiega mit einem Schirm auf dem Wilshire Boulevard. Der Wind zerzauste ihr Haar. Bereits jetzt gab es Sturmfluten, Flugverspätungen, eine kleine Schlammlawine. Ein vierundsiebzig Jahre alter Mann war auf dem Heimweg vom Supermarkt ertrunken. Die Kamera zeigte die Straßensperre, die er umfahren hatte, und die Stelle, an der sein Wagen von den Fluten auf der überschwemmten Straße erfasst worden war. Er war in Panik geraten, hatte die Tür geöffnet, und das Wasser hatte ihn mitgerissen. Die Kamera zoomte auf die regendurchweichte Einkaufstüte, die zerdrückt im Schlamm lag, auf die Tiefkühlpizza und die Familienpackung Eiscreme. »Der Sturmkorridor ist offen«, verkündete die zierliche Frau. »Die Tieffront erstreckt sich bis Japan.«

Jewell schaltete den Fernseher aus und zog sich die Schuhe an. Sie kramte ihre Jacke unter einem Haufen Bücher auf einem der Esszimmerstühle hervor und griff nach Brieftasche und Schlüsselbund. Es brannte ihr unter den Nägeln. Ihre Fingerspitzen pochten. Ihr Gesicht fühlte sich taub an, wie aus Gummi.

Sie ging in das dunkle Schlafzimmer, wickelte Rachel in eine Decke, um sie vor dem Regen zu schützen, und trug sie zu ihrem Wagen hinaus. Es goss in Strömen, warmer Regen, genau wie die Wettervorhersage prophezeit hatte. Rachel wachte nicht auf, als Jewell sie auf den Rücksitz legte, einstieg, die Tür zuschlug und den Motor anließ.

Jewell fuhr mit grimmiger Entschlossenheit los. Die Scheinwerfer schnitten zwei silberne Kegel in den Regen. Sie fuhr zu nah am Bordstein, und das Wasser spritzte laut an die Unterseite des Chassis. Der Wagen schlingerte. Am Sunset Boulevard überfuhr sie eine rote Ampel. Ein Pick-up kam mit quietschenden Reifen zum Stehen und hupte wütend. Sie fuhr nach Norden, und die Ebene ging in sanfte Hügel über. Sie erreichte einen Kamm, und dahinter erstreckte sich Silver Lake mit seinem gleichnamigen Wasserreservoir, glänzend wie Quecksilber in einer Schale. Sie bog ab, ohne nachzudenken, erst rechts, dann links, dann wieder links. Häuser im spanischen Kolonialstil mit Biberschwanzdächern und geschwungenen Fensterbögen säumten die Wohnstraßen. Einige Verandalichter brannten; das gelbe Licht hielt die Motten fern.

Sie fand Danas Haus ohne Probleme. Auf der einen Seite wuchs eine Bananenstaude; auf der Veranda stand ein dreibeiniger Schemel. Danas Wagen stand in der Einfahrt, Celestes am Bordstein. Jewell stellte den Motor aus. Im Haus brannte Licht, vorn und hinten. Ein plötzlicher Wolkenbruch hämmerte von allen Seiten auf ihr Auto ein, und Jewell dachte daran, wie sie und ihr Vater einmal mit seinem verbeulten Spritschlucker durch die Waschanlage gefahren waren. Bürsten waren rotierend über die Windschutzscheibe geglitten, ein Wirbelwind aus Seifenschaum und Wasser unter Hochdruck. Er hatte sich ausgeschüttet vor Lachen und es genauso genossen wie sie.

Der Regen trommelte laut auf die Windschutzscheibe, wie Kieselsteine, die von der Straße hochgewirbelt werden. Es war schwer, einen klaren Gedanken zu fassen. Sie konnte auf den

Rasen fahren und ein paar Kringel drehen. Konnte mit Vollgas durch die Fensterfront rasen. Oder einen Zettel schreiben und in den Briefkasten werfen. Auf Nimmerwiedersehen losfahren. Sie wünschte, sie könnte das Radio anstellen, aber sie wollte Rachel nicht wecken.

Jewell wandte sich um und schaute auf den Rücksitz. Rachel lag auf dem Rücken, die Arme über dem Kopf. Sie schlief tief und fest. Jewell stopfte die Decke fester um sie. Dann öffnete sie so leise wie möglich die Tür, stieg aus und drückte die Tür sachte ins Schloss. Sie flitzte über den Rasen und versuchte ihr Gesicht mit dem Arm zu schützen, aber der Regen traf sie dennoch und erschwerte ihr die Sicht. Der Rasen quatschte unter ihren Füßen. Die Fenster gingen bis fast auf den Boden, die Jalousien waren heruntergelassen. Vor dem ersten Fenster kauerte sie sich hin. Durch den Schlitz an der Seite konnte sie das Ende eines Sofas erkennen; eine Stehlampe beleuchtete das honigfarbene Parkett. Auf dem Glastisch vor der Couch lag Celestes Handtasche.

Jewell huschte zur Seite des Hauses und glitt beinahe aus in den durchweichten Blumenbeeten, die bei jedem Schritt ein schmatzendes Geräusch von sich gaben. Das Zimmer auf dieser Seite des Hauses war dunkel. Weiter hinten befand sich ein Redwood-Zaun mit einer Pforte, die in den Garten führte. Die Bananenstaude schwankte im Wind, ihre Wedel glänzten wie Fische. Die Pforte war verschlossen. Regen drang an den Schultern durch Jewells Jacke, ihre Schuhe waren durchnässt. Das Haar klebte ihr am Kopf. Sie presste ein Auge an eine Ritze im Holz. Auf den Rasen im Garten fiel ein Lichtrechteck. Das Schlafzimmer. Eine Blume, deren Namen sie nicht kannte, verströmte ihren Duft in die feuchte Nacht. Er war tropisch, widerwärtig süß.

Sie erstickte fast an ihrem geballten Zorn, und ihr Atem kam pfeifend aus ihrer Brust. Das gelbe Licht aus dem Schlafzimmer verspottete sie. Regen rann ihr übers Gesicht, lief ihr in den Hemdkragen, zwischen ihren Brüsten hinunter. Es war entwürdigend, sich hier draußen herumzudrücken, nass bis auf die Haut, und herumzuspionieren. Sie biss die Zähne zusammen. Rachel war im Auto gut aufgehoben, beruhigte sie sich. Wieder dachte sie daran, für immer abzuhauen. Aber dann, in einer Stille, die sich zwischen die Regentropfen zu drängen schien, hörte sie Celeste lachen. Irrtum ausgeschlossen. Niemand sonst lachte so.

Jewell rannte zur Vorderseite des Hauses zurück. Sie rutschte in den matschigen Blumenbeeten aus und stieß sich die Schulter an der Hauswand. Mit einem Satz sprang sie auf die Veranda und hämmerte an die Tür, ihre Faust in einem steten Rhythmus, bis hinter einem Fenster Licht anging und Schritte auf dem Parkett erklangen. Eine Gardine bewegte sich, und Jewell erhaschte einen Blick auf Danas Gesicht, die aussah, als hätte sich vor ihren Augen soeben ein schwerer Autounfall ereignet.

Der Türriegel wurde zurückgeschoben, und die Tür schwang auf.

Dana schnappte nach Luft. Mit einer übertriebenen, stummfilmreifen Geste schlug sie die Hände vor den Mund. »Wo ist Rachel?«, schrie sie hysterisch. »Was hast du mit meiner Tochter gemacht?«

Jewell starrte sie mit regennassem Gesicht finster an. Sie merkte, wie sich ihre Brust heftig hob und senkte, und die Adern in ihrem Nacken schwollen an. »Rachel geht's gut«, stieß sie hervor.

»Wo ist sie?«, kreischte Dana mit hoher Stimme.

Jewell hätte Dana am liebsten die Hände um den Hals gelegt und ihr langsam die Luft abgedrückt. Der Puls raste in ihrer Kehle, hoch, dünn, trocken. »Sie ist im Auto. Sie schläft«, sagte sie mit schroffer Stimme. Als sie sah, wie Danas Gesicht blass vor Entsetzen wurde, fügte sie hinzu: *»Du* bist diejenige, die sie bei *mir* zu Hause gelassen hat, weißt du noch?«

Dana, die mehr als einen halben Kopf kleiner war als Jewell, machte einen Satz nach vorn und stieß sie beiseite. Sie eilte den Weg hinunter zu Jewells Wagen, und der Regen prasselte auf den Zement, als hätte jemand das Feuer auf ihre Füße eröffnet.

»Rachel gehört in ihr Bett!«, rief Jewell ihr nach. »Sie gehört nach *Hause!*«

Dana zerrte an der Autotür. Der Regen trommelte auf sie herab.

»Wo ist Celeste?«, schrie Jewell in Richtung Straße, obwohl sie wusste, dass der Regen ihre Worte schlucken würde. »Wo zum Teufel ist sie?«

Als sie sich umdrehte, stand Celeste in der Tür. Es war verrückt, aber Jewell musste grinsen. Trotz allem freute sie sich, Celeste zu sehen. Ihr Herz machte einen Satz. Celeste erwiderte ihren Blick, und einen Augenblick glaubte Jewell, dass sie ebenfalls lachen würde, dass sie vielleicht zusammen lachen würden. Gleich würde Celeste den Kopf schütteln, ihr den Arm um die Schultern legen, und sie würden zusammen ins Auto steigen und nach Hause fahren. Doch der Augenblick war rasch vorbei.

»Was zum Teufel ist hier los?« Celeste spähte in den Regen hinaus, zu Jewells Wagen, wo Dana sich über den Rücksitz beugte. Dann wandte sie sich wieder an Jewell. »Was tust *du* denn hier?«

Eine Sekunde war Jewell wie vor den Kopf geschlagen. Dann loderte der Zorn in ihrer Brust auf und stieg ihr die Kehle hoch. *»Ich?«*, keuchte sie. *»Ich?* Was *ich* hier tue? Was ist mit dir? Was zum Teufel tust *du* hier?«

Bevor Celeste antworten konnte, kam Dana den Weg heraufgehastet. Sie trug Rachel, in die Decke eingewickelt, auf dem Arm. Wieder drängte sie sich an Jewell vorbei und baute sich mit dem Bündel in den Armen auf wie ein Feuerwehrmann, der gerade ein Kind aus einem brennenden Gebäude gerettet hatte. »Sie hat sie im Auto gelassen!«, heulte sie. »Da draußen, mutterseelenallein! Sie lag da draußen mitten in der Nacht ganz allein im Auto!«

»Ach, komm!«, erwiderte Jewell. »Sie war gut aufgehoben. Ich war ja hier. Ich war kaum einen Moment fort.«

Dana wandte sich an Celeste, ganz Melodram, ganz die empörte, selbstgerechte Mutter. »Sie hat sie alleingelassen«, flüsterte sie, als versage ihr die Stimme. »Mutterseelenallein.«

»Das ist doch Unsinn«, wandte Jewell sich an Celeste. Ihr Herz schlug ihr voller Zorn gegen die Rippen. »Rachel geht's gut.«

Rachel hob den Kopf und sah sie nacheinander an. Als sie die Situation begriffen hatte, verzog sich ihr Gesicht, und sie begann zu weinen.

»Bring sie ins Bett!«, befahl Celeste mit ihrer strengsten Lehrerinnenstimme.

Jewell überlief ein winziger Schauer der Freude, als sie Celeste so barsch mit Dana reden hörte, die mit offenem Mund dastand und nicht fassen konnte, dass ihr Auftritt als Mater dolorosa nicht überzeugt hatte. Sie verschwand eilends im Haus. Rachel winkte Jewell zum Abschied zu.

»Was tust du, Celeste?«, fragte Jewell leise, als Dana außer Hörweite war. »Was tust du, hm?«, wiederholte sie, diesmal lauter. Sie schlug mit der flachen Hand gegen den Türpfosten. Es tat gut, und sie schlug noch einmal zu, diesmal mit der Faust. »Was zum Teufel tust du?«, schrie sie aus voller Kehle. »*Was tust du?*« Sie trat gegen den Türpfosten. »*Was, Celeste?! Was?*«

»Hör auf!«

Ihre Blicke trafen sich. Wieder dachte Jewell, nur für einen Moment, dass es ihnen möglich sein könnte, die ganze Sache zu vergessen, nie mehr darüber zu reden. Aber dann glitten ihre Augen zu den Knöpfen von Celestes Strickjacke. Es war die korallenrote, die mit den Bündchen an Ärmeln und Hüfte. Irgendwas stimmte nicht. Jewells Blick folgte der Knopfreihe nach oben und wieder nach unten. Mit Schrecken entdeckte sie den verfänglichen Faltenwurf zwischen Celestes Brüsten, wo sie ein Knopfloch übersehen hatte. Ein Fleckchen goldener Haut war in der Lücke zu sehen. Sie schaute in Celestes banges Gesicht, sah wieder nach unten. Tatsächlich, der letzte Knopf war offen, ihm fehlte das entsprechende Knopfloch. Da glänzte er, einsam, unanständig, wie die Pointe eines bösen Scherzes.

So also sollte es enden, dachte Jewell. So endete es eben gerade.

»Du hast einen Knopf ausgelassen«, schnappte sie. »Schätze, du warst in Eile.«

Die Farbe wich aus Celestes Gesicht. Sie blickte an sich herunter und legte die Hände über die falsch geknöpfte Stelle.

Übelkeit stieg Jewell die Kehle hoch. Wässriger Speichel füllte ihren Mund. Sie musste sich übergeben. Jeden Augenblick würde sie auf die Veranda kotzen. »Du widerst mich an. Du machst mich krank«, stieß sie hervor.

»Jewell ...«, begann Celeste. Ihre Augen verrieten sie. Sie gaben alles zu.

»Halt den Mund!«, zischte Jewell. »Halt dein dreckiges, verlogenes Maul!«

Celeste drehte sich um und sah den Flur hinunter. Jewell folgte ihrem Blick. Das Haus mit seinen Topfpflanzen und dem gebohnerten Parkett. Der Sessel und die Stereolautsprecher. Dana und Rachel hinten im Haus, wartend. Als Celeste sich wieder Jewell zuwandte, waren ihre Augen mit Tränen gefüllt.

»Komm heute nicht nach Hause!«, stieß Jewell hervor. Reden war, als versuche sie einen Holzdübel in ein zu keines Loch zu drehen. Ihre Stimme klang rau und gepresst. »Ich kann jetzt nicht reden. Ich kann dich nicht mal ansehen.«

Doch in Wahrheit konnte sie die Augen nicht von ihr lassen. Jedes Mal, wenn sie Celeste ansah, war es wie das allererste Mal. Sie war immer noch fasziniert von ihren Wangenknochen, den Falten ihrer Lider, ihren Mundwinkeln. Sie sah zu, wie Celestes Augen sich mit Tränen füllten, wie ihr die Tränen übers Gesicht rannen.

»Lieber Gott, Jewell. Hör auf, mich so anzusehen«, flehte Celeste sie an. »Das halte ich nicht aus. Was kann ich sagen? Es tut mir leid.« Celeste schlug die Hände vors Gesicht.

»Dann mach doch die Tür zu«, stieß Jewell mit krächzender Stimme hervor. Die Wut ätzte ihre eigenen Tränen weg. »Warum machst du nicht die Tür zu, Celeste? Nun mach schon – schließ die gottverdammte Tür.«

Wieder hieb sie mit der Faust auf den Türrahmen, nah an Celestes Gesicht.

Celeste schrak zusammen, die Augen weit aufgerissen. »Hör auf, Jewell!«, rief sie. »Was zum Teufel ist los mit dir?«

Jewell spürte, wie ihre Schultern sanken, ihre Arme schwer wurden. Die Übelkeit schwand und hinterließ eine große Leere in ihr. Sie sah zu, wie Celeste das Gesicht in den Händen barg; ihre Schultern zuckten; sie schluchzte. Jewell rührte sich nicht, sagte kein Wort. Celeste weinte heftig, theatralisch, ihr Weinen immer wieder von Schluchzern unterbrochen. Tränen quollen zwischen ihren Fingern hervor und fielen auf ihre verräterische Strickjacke.

»Sieh mich an, Celeste«, sagte Jewell heiser. »Sieh mich an. *Sieh mich an!*« Ihre Brust war wie ausgedörrt, rau und schwer.

Celestes Gesicht sah übel aus, als sie schließlich den Kopf hob und Jewell ansah.

Jewell spürte, wie Wut und Demütigung ihr Gesicht verzerrten, sie hässlich machten. »Sieh mich an!«, schrie sie. »Ich bin so blöd! Ich bin saublöd!«

Saublöd!, wiederholte sie im Stillen, als sie sich umwandte und über den nassen Rasen in die Dunkelheit und den Regen davonging. *Eine saublöde Kuh!*

16

Rudy untersuchte den Boden rings um das Fundament des Hauses. Es war kurz vor Mitternacht. Er benutzte einen Rechen, um das hohe Gras vom Mauerwerk wegzuhalten und leuchtete mit einer Taschenlampe auf das feuchte Erdreich. Er fand eine Radkappe, eine Mausefalle, ein Stück Schlauch. Wenn er nur wüsste, wonach er suchen sollte. Nach Kabeln, höchstwahrscheinlich; aber auch nach frisch umgegrabener Erde, nach Fußabdrücken oder Rohren. Alles, was verdächtig schien. Auf der Straße fiel ihm der alte weiße Lieferwagen ins Auge, der zwei Häuser weiter parkte. Der stand dort nun schon seit Tagen. Es war genau die Art Fahrzeug, die sie benutzen würden. Außen alt und verbeult, innen mit der raffiniertesten Abhöranlage ausgestattet, die für Geld zu kriegen war. Zwei Typen mit Kopfhörern, Kameras, die ihn im Visier hatten. Er eilte den Weg entlang. Der Regen durchnässte seinen Flanellpyjama.

Beim Abendessen war es ihm gedämmert. Welches Ausmaß die ganze Sache hatte, die Zusammenhänge. Den ersten Typen hatte er auf dem Weg zum Salatbuffet entdeckt, den Mann mit dem sandfarbenen Haar und den Bartstoppeln – das war doch der Kerl, der an dem Stand auf dem Weg zum Gepäckkarussell Zeitungen und Süßwaren verkaufte. Zufall, hatte er gedacht, bis er am anderen Ende des Lokals die dürre Barfrau mit dem Schuhcremehaar entdeckt hatte, die abends, wenn er Feierabend hatte, in der Cocktail-Lounge arbeitete. Sie tat, als würde sie mit einem jungen Pärchen zusammen essen, aber als er unvermittelt von seinem Steak hochsah, ertappte er sie dabei, wie sie ihn anstarrte. In dem Augenblick war sein Misstrauen geweckt worden. All seine Verdachtsmomente kamen zusammen, als er zwei Tische weiter den glatzköpfigen Filipino erspähte, der bei der Sicherheitskontrolle hinter dem Durchleuchtungsapparat saß. Der Filipino warf der Barfrau einen kurzen Blick zu, die Barfrau dem Bärtigen und der wiederum dem Filipino. Wie ein Netz um ihn herum. Er hatte sich nichts anmerken lassen. Aber sobald er das Restaurant verlassen hatte, würde er schnell handeln müssen.

Als erstes das Haus sichern. Er sah sich rasch im Schlafzimmer um, als Inez im Bad war. Sobald sie schlief, würde er die Rohre unter dem Waschbecken im Badezimmer überprüfen, das Fenster über der Badewanne. Den Wandschrank im Flur, in dem Inez den Staubsauger aufbewahrte, den Wäschekorb und ein Sammelsurium von Mänteln und Jacken. Das Zweisitzersofa mit dem großen Blumenmuster, die Heizkörper, die Lichtschalter und Steckdosen. Hinter der Couch war nichts, der Fernsehapparat sah unverdächtig aus. Sogar während seiner Suche fühlte er sich beobachtet. Er fluchte, weil er so blind gewesen war, denn je länger er darüber nachdachte, desto klarer wurde ihm, dass die Sache von langer Hand geplant worden war. Es wimmelte von Zeichen. Bemerkungen, die auf der Arbeit gefallen waren, Kleinigkeiten, die damals nicht von Bedeutung schienen. Blicke, die sein Putztrupp ihm zugeworfen hatte, Vorgesetzte, die sich zunickten. Jedes Teilchen fiel an seinen Platz und machte ein größeres Bild sichtbar. Ein Netz. Nicht nur seine Entlassung, auch dass die Geschäfte der Fluglinie schlechter gingen, die mutmaßliche Zunahme der Sicherheitsvorkehrungen und der terroristischen Bedrohung. *Eine Kriegslist.* Die ganze Zeit über, bis er schließlich darüber gestolpert war. Er öffnete die Küchenschränke, sah in den Ofen, spähte unter die Spüle. Musterte die Gewürzdosen, die Konserven, die Ölflaschen. Dinge, die er sich nie zuvor angesehen hatte, obwohl er Tag für Tag mit ihnen lebte. Sein Magen verknotete sich. Gab es *irgendjemanden,* mit dem er Kontakt aufnehmen, *irgendjemanden,* dem er vertrauen konnte?

Vanessas Zimmer war das einzige, das er nicht überprüft hatte. Irgendeine selbstauferlegte Vorschrift hatte ihm das Betreten stets untersagt. Doch jetzt überlegte er. Sie konnten Vanessa benutzen, um an ihn heranzukommen; sie konnten den Respekt, den er ihr zeigte, zu ihrem Vorteil nutzen. Ihr Schrank, ihr Bett, ihr Schreibtisch. Alles Mögliche mochte sich darin verbergen. Er würde später nachsehen, wenn niemand zu Hause war. Sonntags gingen sie immer in die Kirche, mittwochs zur Bibelstunde. Er würde eine Möglichkeit finden.

Er musste Ruhe bewahren. Von der Küchentür bis zur Garage war es nur ein kurzer Weg. Die Garage würde seine Kommandozentrale werden, sein Planungszentrum. Der Geruch von Benzin und getrocknetem Gras beruhigte ihn. Er begann die Sache methodisch anzugehen, die Dinge systematisch zu betrachten. Sobald er einen Plan hatte, würde er sich besser fühlen. Erinnerungsblasen stiegen in ihm auf, als er zu arbeiten begann: wie seine Kolleginnen und Kollegen immer nach oben gebuckelt und gleichzeitig nach unten getreten hatten. Unfähig, allesamt. Kein Wunder, dass die Fluglinie, das ganze Land den Bach runterging. Lieber Gott! Ein Teil von ihm war versucht, alles zum Teufel gehen zu lassen – einfach beiseite zu treten und zuzuschauen. Aber es war seine Pflicht, ihnen die Augen zu öffnen, ihnen zu zeigen, worauf die Dinge hinausliefen. Nicht nur indem er es ihnen sagte, denn diese Idioten schenkten der Stimme der Vernunft kein Gehör. Man musste es ihnen zeigen. Und genau das hatte er vor.

Er zitterte, als er wieder hineinging; sein Pyjama klebte ihm feuchtkalt am Leib, und er bekam eine Gänsehaut. Er brauchte seinen Schlaf. Brauchte seine ganze Stärke, seinen ganzen Verstand. Sie würden alles tun, was in ihrer Macht stand, um ihn in Misskredit zu bringen, Gerüchte über ihn zu verbreiten. Bis hin zu seiner Familie. Darauf musste er sich gefasst machen, das durfte er nicht vergessen. Und er würde schnell vorgehen müssen. Auch kleine Dinge zählten. Details. Er erinnerte sich, wie Inez und Vanessa ihn angesehen hatten, als er nach Hause gekommen war, und später wieder, beim Abendessen. Wachsam, als hegten sie einen Verdacht.

Als er die Hintertür öffnete, traf ihn der Lichtblitz wie ein Suchscheinwerfer, blendete ihn wie der gleißende Lichtkegel bei einem Verhör.

Und da war sie.

O Gott. O Gottogott.

Fast hätten seine Knie versagt. Seine Hände verkrampften sich, die Dinge entglitten ihm und fielen zu Boden.

Sie steckte mit ihnen unter einer Decke.

Wylie hatte einen Herzanfall. Je mehr er sich bemühte, normal zu atmen, desto schwerer fiel es ihm. Er zwang sich zu tiefen, regelmäßigen Atemzügen, aber ihm war, als lägen dicke Gummibänder um seine Brust. Carolyn lag neben ihm auf dem Rücken, in tiefen Schlaf versunken, als ob ihr kleines Gespräch, ihre Zwangslage sie gar nicht kümmere. Es waren nur die Nerven, sagte er sich, doch wenn er an sein Alter und seine Ernährungsgewohnheiten und den Stress in seinem Leben dachte, war ein Herzinfarkt nicht auszuschließen. In dem Fall war es von entscheidender Bedeutung, schnell zu reagieren. Das hatte er in der Zeitung gelesen. Die Sterblichkeitsrate und das Risiko, dauerhafte Schäden zu erleiden, standen in direktem Zusammenhang mit der Zeit, die verstrich, bis Rettungsmaßnahmen eingeleitet wurden. Sollte er Carolyn wecken? Sie bitten, den Notruf zu wählen, ihn ins Krankenhaus zu fahren? Er achtete peinlich genau auf weitere Anzeichen. Keine stechenden Schmerzen, obwohl er leichte Übelkeit verspürte. Keine Schmerzen im linken Arm. Aber der Kiefer tat ihm weh, vor allem links. Er merkte, dass er die Zähne zusammenbiss. *Entspann dich,* sagte er sich. *Entspann dich und atme.*

Er lag schon seit Stunden wach.

Er brauchte frische Luft. Es war stickig hier oben, unter dem Dachgebälk. Carolyn schlief so fest, dass es kein Problem war, sich aus dem Bett zu stehlen, Hemd und Hose anzuziehen, auf Zehenspitzen die Treppe runterzuschleichen und die Haustür zu öffnen. Sein Atem ging keuchend und flach. Und wenn sie ihn lang hingestreckt auf dem Küchenboden fand? Oder zusammengesunken am Fuße der Treppe? Blau im Gesicht … Würde sie das Kind dennoch bekommen, es ohne ihn aufziehen? »Dein Vater ist genau hier gestorben«, würde sie sagen und auf die Stelle zeigen, wo er gerade stand. »Das ist lange her. Es war, bevor du geboren wurdest.« Er sah das Kind, dem die Verwirrung ins Gesicht geschrieben stand. Er erkannte das Gesicht. Es war sein eigenes.

Gruselig.

Die Holzstufen waren glitschig vom Regen. Er stieg vorsichtig mit bloßen Füßen hinunter. Die Kälte biss ihn. Der Mentholgeruch der Eukalyptusbäume hing in der Luft. Äste knackten und wiegten sich. Er ging langsam über das feuchte Laub und folgte dem Pfad, der hinter das Haus führte. Dort, zwischen einem zusammengerollten Gartenschlauch und einem Stapel leerer Tontöpfe, hockte er sich hin und lehnte sich gegen die Hauswand. Er atmete tief, sog die feuchte Luft ein. Die Gummibänder pressten seinen Oberkörper zusammen, Brust und Rücken. Seine Rippen gaben nach, seine Lungen kollabierten. Was würde Carolyn denken, wenn sie ihn dort fand, hinter dem Haus hockend wie ein herumgeisternder Hund?

Der Blitz zuckte auf wie ein Röntgenstrahl. Eine grelle Sekunde Weiß. Die Lücken zwischen den nackten Baumstämmen loderten hell auf in reinem Licht. Schwarz auf weiß. Wylie blieb die Luft weg. Sein Herz setzte aus. Der Donner rollte über den Himmel, ließ die Erde erbeben und setzte sich in seiner Brust fort. Die Gummibänder rissen, wie von einem heftigen Husten gesprengt, das tief in der Erde begann, durch seine nackten Füße in seinen Magen und in seine Kehle stieg, wo es in einem erlösenden Keuchen aus ihm herausbrach. Dem scharfen Krachen des Donnerschlags folgte ein Wolkenbruch. Das Fieber war vorbei, der Schmerz verklang. Wylie sah zum Himmel hinauf und ließ das Wasser über sein Gesicht rinnen, sein Haar tränken.

Inez fand keine Ruhe. Ihr war heiß. Vielleicht lag es an dem Steak, das sie gegessen hatte, oder an dem Wind, der um das Haus pfiff und die Fliegentür zuschlug, als hämmere jemand an die Eingangstür. Der Regen trommelte aufs Dach und gegen die Fenster. In ihrem unruhigen Schlaf machte sie sich Sorgen, dass die Decke im Wohnzimmer wieder lecken könnte; sie sollte aufstehen und einen Eimer darunter stellen, damit es nicht auf das kleine Sofa tropfte. Wieder glitt sie in einen Wirbel von Traumbruchstücken, die ineinander übergingen wie eine Abfolge beliebig aneinandergereihter Filmszenen. Wieder saß sie auf dem Fahrrad, flog mühelos die Hügel hinauf und hinunter, legte Meile um Meile zurück, grüne Landschaft machte ausgedörrten Städten Platz, aber nirgends waren Menschen zu sehen. Dann träumte sie, wie sie ihre Ware auslieferte, aber als sie die Tüten öffnete, war Essen darin, statt der Avon-Produkte, und sie teilte es aus: Hähnchenflügel und Schweinerippchen und Schokoladenkuchen. Ihre Kundinnen verschlangen alles gierig und beschmierten Gesicht und Hände. Sie träumte, dass sie einen Affen gebar; dass sie im Schlafzimmerschrank den Zugang zu einem Geheimgang entdeckte, der sie zum Haus ihrer Träume führte; dass Rudy an einer Krankheit litt, die seine Knochen weich wie Toffee werden ließ. Sie war erleichtert, als sie schließlich mit einem Ruck erwachte, mit heftig klopfendem Herzen, Brust und Nacken feucht vor Schweiß. Sie sah auf die Uhr am Bett. 1 Uhr 43. Sie atmete tief durch und lauschte auf den Regen, ein beruhigendes Geräusch. Nach und nach spürte sie die Gegenwart Gottes, Seine Nähe, als ob Er im Zimmer wäre und über sie wachte. Großer Friede, gesegnete Ruhe umfing und erfüllte sie.

Als sie sich zu Rudy umdrehte, sah sie, dass er seine Decke weggeschoben hatte und das Laken das Licht der Straßenlaterne spiegelte. In seinem Kissen war eine Kuhle, eine Schattenlache, dort, wo sein Kopf hätte sein sollen.

Die Heimfahrt von Danas Haus in Silver Lake schien endlos, aber als Jewell in die Einfahrt ihres Hauses einbog, hatte sie nur noch die vorbeiflitzenden gelben Fahrbahnmarkierungen des

Freeway im Kopf. Sie hatte einmal auf den Tacho gesehen, und obwohl sie das Gefühl gehabt hatte, in geradezu selbstmörderischem Tempo unterwegs zu sein, hatte die Nadel auf fünfundvierzig gezeigt. Sie blieb bei laufendem Motor im Wagen sitzen, die Scheibenwischer flitzten hin und her. Regen trommelte auf das Auto. Ihr Haus sah dunkel und leer aus, als sei es bereits geräumt worden. Jetzt war es nur mehr ein weiterer Ort, den sie verlassen musste.

Ihre Kraft verließ sie, als sie den Motor ausstellte. Sie sank vornüber, bis ihre Stirn auf dem Lenkrad lag. Sie schloss die Augen und weinte heftig, umklammerte das Lenkrad und rüttelte daran wie an den Gitterstäben einer Zelle. Rotz lief ihr die Kehle hinunter, und dicke warme Tränen fielen ihr auf die Schenkel.

Als der Blitz zuckte, dachte sie zuerst, jemand hätte sie durch das Autofenster fotografiert. Es war das gleiche blauweiße Zucken wie bei einer Kamera, und einen Augenblick sah sie sich – während der Donner wie ein Panzerbataillon die Straße entlanggrollte – im Sekundenbruchteil der Belichtung, wie auf einem Schnappschuss, zu einer Momentaufnahme erstarrt. Über dem Lenkrad zusammengekrümmt, den Kopf gesenkt, während sie weinte und ihr die Tränen auf die Schenkel fielen. Ihre Haut absorbierte die Tränen, so dass ihr Blutkreislauf sie zu ihren Augen zurücktragen und sie sie von neuem weinen konnte. Ihre persönliche kleine Biosphäre, die immer gleiche Geschichte.

Nass und müde nickte Logan den Morningstar-Bewohnern zu, die ihm auf der Treppe begegneten. Nachts erwachte das Hotel zum Leben. Türen wurden aufgerissen und zugeworfen, Schritte erklangen auf den Fluren, der alte Fahrstuhl rumpelte hoch und runter wie ein Geist, der an seinen Ketten zerrt. Menschen riefen, Toilettenspülungen rauschten, Musik spielte. Als ob alle plötzlich im Aufbruch wären.

Kakerlaken flitzten davon, als er die Tür zu seinem Zimmer öffnete und das Licht anschaltete. Er hatte das Fenster offen gelassen. Er zog die Bogart-Jacke aus, die italienischen Schuhe. Gott sei Dank hatte der Typ nicht draufgekotzt. Draußen ratterte ein Einkaufswagen vorbei; aus einem Auto an der Ecke wummerten die Bässe herauf. Eine Dusche käme gut. Sylvia Salvettis Badezimmer fiel ihm ein. Mein Gott, war das immer noch derselbe Tag? Zumindest war er jetzt zu Hause. Immer noch sauber und mit einem Batzen Geld in der Tasche. Er griff nach Handtuch, Badelatschen, frischer Unterwäsche und ging den Flur hinunter.

Wunder über Wunder – die Dusche war frei. Sein Glückstag. Der Raum war blassblau gekachelt. Der Kitt in den Fugen war schimmelig und der Abfluss von Haaren verstopft, aber das Wasser hatte ziemlichen Druck. Logan öffnete das kleine Fenster und stand unter dem heißen Strahl, während ihm kühle Luft übers Gesicht strich. Eine himmlische Kombination. Niemand, der ihm sagte, Schluss jetzt und ab in die Zelle. Nichts, worüber er sich vor dem nächsten Morgen Sorgen machen musste. Er seifte sich den Kopf ein und arbeitete sich dann von den Schultern bis zu den Fußsohlen vor. Ein Batzen Geld. Am nächsten Morgen würde er frühstücken gehen, beschloss er. In ein Lokal in Hollywood, in dem er seit Jahren nicht mehr gewesen war. Schweinekotelett, Eier, Toast – worauf auch immer er Appetit hatte. Die Zeitung und heißen Kaffee, so viel er wollte.

Auf dem Weg zurück in sein Zimmer begegnete er niemandem. Es war ruhiger geworden. Er zog die Gardinen zu, damit er länger schlafen konnte, legte seine Sachen über den Stuhl am Tisch und trank aus dem Hahn am Waschbecken. Er hatte vielleicht nicht das feinste Leinen der Welt, aber es war wunderbar, ins Bett zu sinken. Die Kuhle in der Mitte der Matratze war wie ein Nest, und er lag auf dem Rücken, die Arme an den Seiten, die Füße gekreuzt und lauschte dem Regen. Ein weiterer Tag. Die Muskeln in Rücken und Schultern entspannten sich, ein wunderbares Gefühl. *Danke,* sagte er zu der regenfrischen Luft, die durch das Fenster hereinkam.

Nebenan hörte er Damons Hanteln klinken. Endlose Wiederholungen, als schlage jemand auf einen Amboss. Armes Schwein, mit seinen Zahnschmerzen. Die schlimmste Art von Schmerz, zumindest in körperlicher Hinsicht. Logan begann wegzudämmern. Die Risse in der Zimmerdecke wurden zu Flussarmen, die sich in ein Delta verzweigten. Seine Augen schlossen sich, öffneten sich, schlossen sich wieder. Als der Blitz kam, schien er grell durch seine Lider wie die Sonne durch eine Jalousie. Er erinnerte sich an ein Experiment: Die Netzhaut eines Kaninchens zeigte das Abbild dessen, was es im Augenblick seines Todes gesehen hatte. Welches Bild mochte das sein? Eine erhobene Axt? Der aufgerissene Fang eines Kojoten?

Verwirrt, zwischen Wachsein und Schlaf, folgte Logan den Windungen und Gabelungen des Nachbildes auf seinen Lidern, unsicher, ob er der komplizierten Geographie an der Decke durch tiefe Schluchten und uralte Deltamündungen folgte oder dem Spinnennetz seiner Adern, den Wasserwegen, auf denen seine Blutplättchen auf und ab hüpften und ihn in die tiefe Nacht trugen.

Inez ging als erstes zu Vanessas Zimmer. Die Tür war geschlossen. Sie presste das Ohr dagegen und lauschte. Sie erinnerte sich an ihr Entzücken und ihr Staunen, wenn sie in Vanessas ersten Lebensjahren nachts aufgewacht war – in der Einrichtung für Mütter, die noch zur Highschool gingen – und das winzige Zimmer, das sie miteinander teilten, durchquerte, um sich über die Krippe zu beugen und den Schlaf ihrer Tochter einzuatmen. Es war Nektar und Ambrosia gewesen, anders als alles andere in Inez' Leben. Es hatte keine Rolle gespielt, dass es in der Kirchengemeinde einen Aufruhr gegeben hatte; dass ihre Adoptivfamilie wegen der beiden Töchter dafür gesorgt hatte, dass Inez deren

Haus verließ, und dass der Mann, der Vanessa gezeugt hatte, so tat, als existiere sie nicht. Endlich hatte sie einen Menschen, zu dem sie gehörte und der zu ihr gehörte. Fleisch und Blut. Selbst jetzt, wo Inez' bloße Füße auf dem abgetragenen Teppich im Flur kalt wurden, schien ihr die Stille auf der anderen Seite der Tür voller Leben, weil Vanessa dort atmete, träumte, zu der Frau heranwuchs, die sie eines Tages sein würde. Die Zederntruhe war sicher. Davon war Inez überzeugt. Da drinnen war alles in Ordnung.

Das Wohnzimmer war eine andere Sache. Die Möbel sahen düster und bedrohlich aus, wie sie sich da im Halbschatten der Straßenlaterne an den Wänden duckten. Regen prasselte gegen das Fenster. Die Fliegentür flog auf und zu, ein trostloses Geräusch. Inez trat ans Fenster und sah, dass Rudys Wagen noch immer am Bordstein vor dem Haus stand. Ihre Handflächen juckten vor banger Besorgnis. Die triste Straße, die heruntergekommenen Häuser. Wo steckte er? Im Bad war er nicht, das hatte sie überprüft. Sie eilte in die Küche und sah aus dem Fenster über der Spüle. In der Garage brannte Licht. Um die Tür herum ein Lichtstreifen, im Fenster ein Widerschein. Ihr Magen verkrampfte sich. Sie musste aufstoßen und hatte den blutigen Geschmack von Steak im Mund.

Während sie hinübersah, öffnete sich die Garagentür, und Rudy trat heraus. Unverkennbar, sein breiter Hintern in seinem gestreiften Pyjama. Inez verspürte eine befremdliche Mischung aus Faszination und schlechtem Gewissen, als sie beobachtete, wie er sich umdrehte und die Tür schloss, sich vergewisserte, dass sie verriegelt war und dann quer über den Rasen auf das Haus zukam. Ihr Herz schlug schneller. War es das Fahrrad? War er hinausgegangen, um zu überprüfen, ob sie damit gefahren war? Ihre Gedanken überschlugen sich, als sie sich zu erinnern versuchte, ob sie irgendeinen Hinweis hinterlassen hatte, wo sie gewesen war. Würde er es an den Reifen erkennen, an den Schutzblechen? Gott sei Dank war das Geld in Vanessas Zimmer. Er trug irgendetwas bei sich. Inez beugte sich über die Spüle und spähte angestrengt durch das regennasse Fenster. Wie seltsam, dass dieser Mann mit der Haut wie Magermilch, dem watschelnden Gang und den Händen eines Nagetiers ihr Ehemann war. Er war barfuß, bemerkte sie, als er näher kam. Er sprach mit sich selbst.

Es passierte plötzlich. Die Tür ging auf. Rudy erblickte sie, noch bevor er eintrat. Sie öffnete den Mund, wollte etwas sagen, aber in dem Augenblick flammte der Blitz auf, und Rudy ließ erschrocken fallen, was er in den Händen trug. Die Sachen landeten auf dem rissigen Linoleum und flogen in alle Richtungen. In dem Donnern und Krachen, das dem Blitz folgte, weiteten sich seine Augen vor Schreck, und seine Hände griffen in die Luft wie nach einer Rettungsleine.

Inez machte Licht.

Rudy presste die Lippen zusammen. Seine Hände waren nun auf Brusthöhe geballt; sie öffneten und schlossen sich wie schlagende Herzen. Der Puls raste in der Vene an seiner Schläfe.

»Wieso bist du auf?«, zischte er und sah aus, als wolle er sich auf sie stürzen.

»Ich bin aufgewacht. Du warst nicht da.« Sie versuchte sich einen Reim zu machen. Der Sturm. Rudys atemloser, wütender Anblick. Die Dinge, die auf dem Boden verstreut waren.

»Der Regen«, sagte er. »Ich hab gehört, dass es regnet, und da fiel mir die undichte Stelle in der Garage ein. Ich bin rausgegangen und hab sie abgedichtet.«

Inez nickte langsam. Sie sah zu Boden, blickte auf die Sachen, die Rudy fallengelassen hatte. Die Wirbel im Linoleum kreisten und strudelten, prallten gegen die Metallschränke, den speckigen Herd, das abgestoßene Tischbein. Rot, grün, schwarz und gelb, das Muster schien sich zu winden und zu drehen wie Sternbilder im Weltall.

»Im Dach«, fuhr Rudy fort. »Das Wasser lief direkt in die Garage.« Er bückte sich und sammelte seine Sachen auf.

Eine Rolle Klebeband.

Eine Schere.

Eine Packung Butterbrottüten.

Eine zusammengefaltete Zeitung.

Eine Dose Backpulver.

Dienstag, 3. Dezember

17

An diesem Morgen aß Rudy nicht wie üblich Spiegeleier mit Toast, bevor er zur Arbeit aufbrach. »Frühstück der Abteilungsleiter«, erzählte er Inez, denn auf diese Weise konnte er mindestens eine Stunde in einem Coffeeshop totschlagen. Es war zwei Wochen her, seit Waller der Saftarsch ihn gefeuert hatte, und Rudy musste die Erfahrung machen, dass es kein Vergnügen war, sich den ganzen Tag herumzutreiben. Klar, er hatte eine Menge Orte besucht, an denen er nie zuvor gewesen war: den Hollywood Boulevard, Griffith Park, Grauman's Chinese Theatre, den Santa Monica Pier. Das waren Orte, die man im Urlaub besuchte, doch ihm machte es keinen Spaß – er fühlte sich einsam. Könnte Inez doch bloß mitkommen. Dann könnte er ihr dieses oder jenes zeigen; sie könnten irgendwo Rast machen und eine Cola trinken und die Leute beobachten. Doch er durfte sich nichts anmerken lassen. Er nahm seine Schlüssel und seine Brieftasche, küsste sie auf die Wange und ging zur Tür. Sobald sein Plan stand, würde alles in Ordnung kommen. Er bekäme seinen Job zurück, und der ganze Schlamassel löste sich in Wohlgefallen auf. »Bis heute Abend«, sagte er. Dann ging er hinaus, um sich die nächsten acht Stunden einsam und allein um die Ohren zu schlagen.

Sein Appetit hatte sich verändert, seit er seinen Job los war. Jetzt drehte sich ihm bei dem Gedanken an zerlaufendes Eigelb und buttergetränkten Toast der Magen um, und gleichzeitig hatte er einen unbezwingbaren Heißhunger auf Süßes, so dass er anfing, an den Fingernägeln zu kauen. Er startete den Buick und ging die Liste der Frühstücksmöglichkeiten durch: ein Frischkäse-Danish aus dem Red Ribbon Bake Shop, ein Schokoladenéclair von Sweet Sue's oder eine der köstlichen Ahornsirupschnitten von Dick's Donuts. Im Sugar Bowl gab es himmlische Napoleon-Schnitten: unzählige Schichten zartester Blätterteig, gefüllt mit Vanillecreme. Oder der King of Tarts, wo es Bärentatzen aus reichhaltigem Mandelmus gab, mit gerösteten Nusssplittern garniert. Da es wichtig war, ein vorhersehbares Muster seiner Gepflogenheiten zu vermeiden, ging er nie zwei Mal hintereinander in denselben Laden. Als er losfuhr, hatte er sich für das Jolt N Bolt in der Nähe des Bahnhofs Union Station entschieden. Dort gab es Zimtschnecken, die eine Mahlzeit für sich waren, große, locker-luftige Dinger mit einem Schlag heißer Sauce obenauf. Heute wollte er zum Flughafen fahren, um seinen Job zurückzubekommen, und dafür würde er seine ganze Energie brauchen. Ein großes Frühstück für einen großen Tag.

Als er ein paar Straßen weit von zu Hause fort war, nahm er die Krawatte ab und legte sie auf den Sitz neben sich. Sollte Inez fragen, würde er ihr den Konferenzsaal im Flughafen beschreiben, in dem er sich mit Männern im Anzug getroffen hatte, mit Männern wie er selbst, um die Sicherheitslage im Flughafen zu erörtern, die Probleme mit der Belegschaft und wie die zu ergreifenden Sicherheitsmaßnahmen mit dem Gewinnstreben der Fluglinien in Einklang zu bringen wären. Er würde die Meetings beschreiben und die Entscheidungen, die seine Tage ausfüllten; er würde von Angestellten der Stadtverwaltung und der Luftfahrtbehörde und einer Menge anderer Institutionen erzählen, von deren Existenz Normalsterbliche gar nichts wussten. Während er durch den dichten Berufsverkehr kroch, stellte er sich vor, wie ihm die anderen Männer zuhörten, wenn er das Wort ergriff, wie sie respektvoll nickten, während sie ihren Kaffee tranken. Er hatte das alles so klar vor Augen, dass es beinahe real schien.

»Sieh an, wer da ist!«, rief Hilda, die Frau hinter dem Tresen, als er das Jolt N Bolt betrat. Sie war eine große Frau mit langen grauen Zöpfen. Ihr orangefarbener Lippenstift war immer auf den Zähnen verschmiert. Rudy grinste. Er freute sich, dass sie sich an ihn erinnerte. Beim Anblick der Zimtschnecken wurde ihm der Mund wässrig. Er stellte sich vor, wie Hilda in den frühen Morgenstunden eintraf, um höchstpersönlich zu backen, obwohl er hinter ihr in der Küche sah, wie zwei Mexikaner Teig ausrollten und Backbleche in den Ofen schoben.

»Wie immer?«, fragte Hilda mit lauter Stimme und griff nach der Zange.

»Mit doppelt Sauce«, antwortete er, als sie die Sauce aus einem Topf neben der Registrierkasse schöpfte. Er hielt einen zerknitterten Geldschein hoch. »Ich zahl auch dafür.«

Sie winkte ab und zwinkerte ihm zu. Wenn man ihn fragte, dann flirtete sie mit ihm. »Wollen Sie heiße Schokolade oder Kaffee dazu?«

Rudy schürzte die Lippen und tat, als überlege er. Es konnte nicht schaden, ein wenig zurückzuflirten. Die dicke süße Schokolade schmeckte köstlich zur Zimtschnecke, aber wenn er Kaffee nahm, konnte er sich kostenlos nachschenken lassen und hatte einen Vorwand, so lange zu bleiben, wie er wollte. Doch er gierte nach Schokolade. Wenn eine nicht reichte, würde er sich eben noch eine bestellen.

Er war der einzige Gast. Er setzte sich an seinen Lieblingstisch in der Nähe des Fensters. Ihm knurrte der Magen. Das Wasser lief ihm im Mund zusammen. Die Zimtschnecke ließ sich leicht in zwei Hälften teilen und verströmte einen köstlichen heißen Duft von Zimt, Zucker und Hefe. Es war mehr als ein Genuss, es war Glück pur. Rudy kaute verzückt – der warme Sirup und das saftige Gebäck gingen runter wie Nektar. Er schwelgte. In dem Augenblick war die Welt in Ordnung. Die Sonne, die durch das Fenster hereinschien, war warm, der Laden war erfüllt vom Duft von Kaffee und Gebäck, hinter dem Tresen klapperte Hilda mit Geschirr. Auf der anderen Straßenseite erhob sich der Bahnhof hinter dem Parkplatz wie eine Kathedrale. Die hohen schlanken Palmen ringsum schüttelten sich im Wind. Licht spiegelte sich in den Regenpfützen auf dem Parkplatz. Rudy blinzelte. Er mochte den Bahnhof, dessen Fußboden ein kompliziertes Intarsienmuster aufwies. Die hohe Holzdecke, an der die Tauben von Balken zu Balken flogen als wären sie draußen, und die Freiflächen, auf denen üppige Bougainvilleen wuchsen. Das einzige Problem waren die Leute, die dort herumlungerten. Halbseidene Typen, die auf Ärger aus waren.

Er leckte sich die Finger ab, als er fertig gegessen hatte, und trank die heiße Schokolade bis zum letzten Tropfen aus. Sie war viel zu schnell alle. Er hätte gern noch eine Tasse getrunken und vielleicht sogar noch eine Zimtschnecke gegessen und die Zeitung gelesen, die jemand in einem Korb neben der Tür zurückgelassen hatte. Aber er hatte Wichtigeres zu tun. Dies war der Tag, den er auserwählt hatte: der dritte Dezember. Der Dezember war der zwölfte Monat, und wenn man die beiden Ziffern, aus denen die Zwölf bestand, zusammenzählte, eins und zwei, dann ergab das drei, und heute war der Dritte, genau zwei Wochen, nachdem man ihm gekündigt hatte. Was bewies, dass dies der richtige Tag für seinen Plan war. Er wischte sich die Finger an der Serviette ab, stellte seine Tasse auf den Teller und bürstete sich die Krümel vom Schoß. Er hatte sich vor diesem Augenblick gefürchtet, aber nun war er da. Wenn man nicht selbst für sich einstand, würde es niemand tun.

Als die Glastüren aufglitten und Rudy das Flughafengebäude von LAX betrat, kam es ihm vor, als sei es schon sehr lange her, seit er zuletzt hiergewesen war. Eine Ewigkeit, nicht nur zwei Wochen. In einem anderen Leben. Es war, als kehre er in seine alte Grundschule zurück oder zu einem Familientreffen mit Verwandten, die er seit seiner Kindheit nicht mehr gesehen hatte. War es möglich, dass er jahrelang Tag für Tag hierhergekommen war, dass er durch diese Türen geschritten war, seinen Mitarbeiterausweis um den Hals und sein Mittagsbrot in der Tasche? Ahnungslos war er zur Arbeit gekommen. Arglos. Genau wie die anderen Menschen hier in diesem Moment: Menschen, die geduldig anstanden, die Kinder und Gepäck hinter sich herzogen und frohen Mutes ihren Angelegenheiten nachgingen, als könnte ihnen nichts auf der Welt widerfahren.

Die hohen Glasfenster filterten das Sonnenlicht; alles bewegte sich wie im trüben Wasser eines verschmutzten Aquariums. Verblichene Farben wie auf einem alten Polaroidfoto; die Menschen waren leicht verschwommen und warfen lange Schatten. Rudy setzte sich auf eine Bank in der Nähe der Tafeln, die Ankünfte und Abflüge anzeigten, und betrachtete die langen Abfertigungsschalter, die Angestellten in ihren Uniformen, das Gepäck, das auf den Fließbändern abtransportiert wurde. Er probte noch einmal die Sätze, die er sich in den vergangenen beiden Wochen zurechtgelegt hatte. Aber die Unruhe ringsum, das Licht lenkte ihn ab. Das kleine Mädchen, das aus Leibeskräften schrie, während ihre Mutter den Reißverschluss ihrer Jacke hochzuziehen versuchte. Die chinesische Familie, die mit einem hochbeladenen Gepäckwagen kämpfte. Die zwei jungen Frauen, die in seiner unmittelbaren Nähe unentwegt plapperten, Frauen in Röcken, die kaum über den Hintern reichten. Was wollte er noch mal sagen? Die Rede, all seine Argumente, die er seinem Boss vortragen wollte, waren wie weggewischt. Er hätte es sich aufschreiben sollen, dummer Idiot. Moment, er *hatte* es sich doch aufgeschrieben. Wo war er mit seinen Gedanken? Er griff in die Jackentasche und tastete nach den Zetteln, auf denen er seinen Fall dargelegt hatte – Servietten, Pappfetzen und abgerissene Zeitungsstreifen, alte Briefumschläge und Postwurfsendungen. Die Plastiktüte war da, zusammen mit dem Gebäck vom Vortag, das er in der Sunbeam-Bäckerei gekauft hatte. Und natürlich sein Mitarbeiterausweis.

Am besten lief er ein wenig herum. Sammelte sich und stimmte sich ein. Er wünschte, er hätte eine Reisetasche oder einen kleinen Koffer dabei, damit er sich nicht von den anderen Reisenden unterschied, aber wahrscheinlich kam niemand darauf, dass er inkognito war, dass er, während er vorgab, sich die Schlüsselanhänger im Andenkenladen anzusehen, in Wirklichkeit die Fluggäste beobachtete, die sich zur Sicherheitskontrolle begaben, oder dass er, während er tat, als überflöge er die Schlagzeilen im Zeitungsständer, die Gepäckabfertigung im Blick hatte und jedes ungewöhnliche Vorkommnis bemerkt hätte.

Der alte Filipino, der ihm im Steakhaus nachspioniert hatte, war nirgends zu sehen. Ebenso wenig der Typ mit dem sandfarbenen Haar, der gewöhnlich neben dem Blumenstand Zeitungen verkaufte. Er musterte die hagere Barfrau mit den Schuhcremehaaren, und da er noch nicht bereit war, mit den Bossen zu reden, beschloss er, sich ein wenig auszuruhen und die Bar unter die Lupe zu nehmen. Nicht dass er etwas trinken wollte. Nicht um diese Zeit jedenfalls. Eigentlich auch zu keiner anderen Zeit. Er musste alles unter Kontrolle behalten, musste klar im Kopf bleiben.

Rudy ging am Süßwarenstand vorbei, am Espressoausschank und an den Automaten, an denen man Reiseversicherungen kaufen konnte. In der Nähe der Sicherheitskontrolle verbreiterte sich der Terminal zu einem großen Rund. In den langen Reihen schwarzer Vinylsitze saßen Menschen, die ankommende Passagiere abholen wollten und darauf warteten, dass sie aus dem Ankunftgate traten. Dort war auch ein Laden, der Mitbringsel rund um den Hund verkaufte: Kühlschrankmagneten von jeder erdenklichen Hunderasse, Kaffeebecher, Müsli-Schalen, Regenmäntelchen für Pudel und Möpse. Daneben gab es ein CD-Geschäft und ein mexikanisches Restaurant mit bunt gestrichenen Holzstühlen mit Strohsitzen und Piñatas, die von der Decke hingen. Die Bar befand sich in der Mitte. Dahinter kam der Metalldetektor. Menschen fädelten sich in die Warteschleifen ein, die sich hin und her wanden, und rückten zu den Durchleuchtungsgeräten vor, wo sie die Schuhe auszogen, ihre Taschen leerten, ihre Gürtel ablegten. Im Augenblick herrschte kein großer Andrang. Die Sicherheitsbeamtin, die die Bordkarten überprüfte, eine schwarze Frau mit leuchtendorangem Haar, schwatzte mit einer Reinigungskraft, die den Wartebereich kehrte.

Doch an der Bar herrschte Hochbetrieb. Es war noch nicht Mittag und dennoch war jeder Barhocker mit Gästen besetzt, die sich einen Drink genehmigten. Rudy trat vorsichtig näher, die Hände auf den Vorräten in seinen Taschen. Die dünne Barfrau war nicht da; an ihrer Stelle arbeitete dort der Typ mit der schlechten Haut. Er sah aus, als hätte er sich selbst ein paar hinter die Binde gekippt. Ihm mangelte es an der richtigen Einstellung. Rudy hatte sein Anblick noch nie gefallen. Aber von seinem Posten aus hatte er vermutlich einen ziemlich guten Überblick über alles, was im Terminal vor sich ging. Ein Geschäftsmann, der mit seinem Handy telefonierte, glitt von seinem Barhocker und ging davon. Rudy nahm seinen Platz ein.

Narbengesicht war gleich zur Stelle und fuhr mit einem Lappen über die Theke. Er nickte Rudy unverbindlich zu, was keine Rückschlüsse darauf zuließ, ob er ihn wiedererkannte oder nicht. Wen wollte er für dumm verkaufen? Oder war jemand herumgegangen und hatte mit den Flughafenangestellten gesprochen?

»Haben Sie Root Beer?«

Der Typ sah ihn aus seinen tief in den Höhlen liegenden Augen unergründlich an. »Tut mir leid. Cola, Cola Light, 7-up, Dr. Pepper.«

Alles, aber kein Root Beer. »Dann geben Sie mir eine Cola«, sagte Rudy angewidert. »Aber ohne Eis.«

Auch das noch: Sie kam aus einem Automaten, in einem Pappbecher. Schaum obenauf, nicht mal bis zum Rand gefüllt. »Ist es in Ordnung, wenn ich das hier esse?«, sagte Rudy. Er wartete die Antwort nicht ab, sondern holte eines der Gebäckstücke aus der Tasche. Sollte der doch versuchen, ihn davon abzuhalten.

Dämlicher Klugscheißer. Nur zu, versüß mir den Tag, dachte er, während er die Tüte öffnete und einen großen Bissen nahm.

Narbengesicht beobachtete ihn und zuckte, als tue ihm was weh. Rudy fragte sich, was seine Haut ruiniert hatte: Pocken oder eine Brandverletzung oder bloß ein schwerer Fall von Akne. Das Gebäck war mit Beerenmus gefüllt, Rudys Lieblingssorte. In dem Laden, wo es Backwaren vom Vortag gab, kosteten vier Stück einen Dollar, und man schmeckte keinen Unterschied zu den frischen. Genau das Richtige, um es tagsüber im Auto zu essen oder abends draußen in der Garage. Er hatte hier wie dort einen Vorrat angelegt und herausgefunden, dass zwei oder drei eine Mahlzeit ersetzten. Selbst wenn man vier auf einmal aß, kostete das bloß einen Dollar. Die mit Beerenmus waren eindeutig die besten, aber die mit Schokoladenpudding waren auch nicht schlecht. Rudy aß gierig und beugte sich dabei über die Theke, um nicht womöglich Beerenmus auf seine Hose zu kleckern. Den fettigen Geschmack spülte er mit der sprudelnden Cola runter. Als er fertig war, schob ihm der Barkeeper eine Serviette hin.

»Wo ist Ihr Partner?«, fragte Rudy und wischte sich Mund und Hände ab. Das einzige Problem mit Beerenmus war, dass es winzige runde Samenkörnchen enthielt. Er spürte, dass ihm mehrere zwischen den Zähnen steckten.

»Wer soll das sein?«

Rudy zog das zweite Gebäckstück aus der Tasche und wickelte es aus. Vanillepudding. »Sie wissen, von wem ich rede«, erwiderte er nach dem ersten Bissen. Für wen hielt ihn der Typ? »Ihr Partner. Die schlanke Frau. Dunkles Haar. Vielleicht Mexikanerin.« Genüsslich mampfte er das cremige Puddingteilchen. Sollte Narbengesicht doch versuchen, was dagegen zu sagen.

»Sie meinen Georgette? Die andere Barkeeperin, die hier arbeitet?«

Rudy machte eine wegwerfende Geste. Ein Klumpen Vanillepudding landete mit einem satten Plop auf der Theke. »Ja, keine

Ahnung, wie sie heißt. Sie wissen schon, wen ich meine.« Er beugte sich vor und blickte dem Barkeeper direkt in die Augen, um ihm zu zeigen, dass er Bescheid wusste. »Ich hab sie in dem Lokal gesehen. Ich weiß, dass sie mit von der Partie ist.«

Narbengesicht starrte ihn durchtrieben an.

»Sie fängt um drei an. Entschuldigen Sie mich.« Er flüchtete zum anderen Ende der Theke.

Narbengesicht würde ihn von nun an ignorieren. Rudy kannte das Spiel. Er aß sein zweites Gebäckstück auf und wischte den Klecks Vanillepudding mit der Cocktailserviette weg. Zurück blieb ein milchiger Film, wie Politur auf einem Wagen. Ein Gesicht wie das des Barkeepers musste eine Vergangenheit haben. Rudy beobachtete, wie der Typ tat, als müsse er Stangensellerie schneiden, Gläser spülen und sich um Gäste kümmern, die bereits volle Gläser vor sich stehen hatten, und er fragte sich, was er wohl zu verbergen hatte. Einem Typ wie dem würde er Vanessa nicht anvertrauen, das stand fest.

»Entschuldigung!« Rudy schnippte mit den Fingern, als der Barkeeper wieder an sein Ende der Theke kam.

Der Typ lächelte nicht, sagte nichts. Er stand einfach da.

»Dieser Becher war nur halb voll, als Sie ihn mir serviert haben. Der Rest war Schaum. Sie sollten mal Ihren Automaten überprüfen. Für so was gibt's keine Entschuldigung.«

Irgendwas an der Reglosigkeit des Typen, wie er da auf der anderen Seite der Theke stand, ließ Rudys Herz schneller klopfen und zwang ihn, den Blick zu senken. Wenn Narbengesicht die Hand ausstreckte und ihn am Revers packte, wenn er ihm einen Kinnhaken gab, wie Rudy befürchtete, dann war alles gelaufen. Dann hätte Rudy keinen Grund mehr, sich über irgendeinen Job den Kopf zu zerbrechen, denn der Prozess, den er gegen LAX anstrengen würde, würde dafür sorgen, dass er für den Rest seines Lebens in Geld schwamm.

»Sie arbeiten hier, stimmt's?«, sagte der Barkeeper leise.

Rudy nickte, den Blick noch immer gesenkt.

Der Typ nahm Rudys Becher, füllte ihn erneut und stellte ihn Rudy wortlos wieder hin. Er nahm den zerknüllten Abfall und warf ihn in den Mülleimer. Er wischte den Puddingfilm von der Theke. »Sonst noch etwas?«, fragte er.

Vielleicht war er doch nicht so übel.

»Hören Sie«, sagte Rudy leise und beugte sich vor, damit niemand sie belauschen konnte. »Gibt's hier irgendwelche besonderen Vorkommnisse? Irgendjemand, der sich komisch verhält?« Er zog seinen Ausweis halb aus der Tasche, tippte mit dem Zeigefinger darauf und schenkte Narbengesicht ein wissendes Nicken. »Wollte nur mal nachfragen.«

Der Barkeeper hob die Augenbrauen. Er musterte Rudy einen Moment. Dann verzog sich sein Gesicht zu einem überlegenen Grinsen.

»Ja, klar, gibt andauernd komische Leute hier.«

Rudy schlang sich das Band mit seinem Mitarbeiterausweis um den Hals und machte sich auf den Weg zum Verwaltungstrakt. Du schaffst das, sagte er sich. Bleib ruhig und vernünftig. Halt die Arme locker, heb die Füße. Er war fast da. Die Decke drehte sich einen Moment, seine Kopfhaut prickelte. Er kniff sich ins Ohrläppchen, um sein Gleichgewicht zurückzugewinnen. Es war alles ein Missverständnis. Er öffnete die Tür zu einem langen Korridor, von dem links und rechts Büros abgingen. Boden und Wände waren weiß und spiegelten das Licht wie Eisflächen. Alles weiß, weiß, weiß, aber schmuddelig weiß und abgewetzt – wie das Innere eines alten Kühlschranks. Er hatte überzeugende Argumente. Sobald er alles erklärt hatte, würden sie sich entschuldigen und er könnte wieder an die Arbeit gehen. Rudy konzentrierte sich auf seinen Atem. Büroangestellte bewegten sich träge unter den fluoreszierenden Lampen in den kleinen unordentlichen Büros. Niemand blickte auf, als er vorüberging.

Glenn Waller war da, in seinem schlampigen Büro am Ende des Korridors. Und nicht nur er, sondern auch sein Boss, der Leiter der Abteilung. Srinivasa, Srinivasata, Srinivasan – oder so ähnlich. Ein Inder, untersetzt, mit rundem Glatzkopf, dicken Brillengläsern und einer Haut – genau betrachtet – so dunkel wie bei einem Schwarzen. Er trug immer das gleiche: graue Hosen, weißes Hemd, rote Krawatte. Rudy hatte ihn noch nie lächeln sehen. Die beiden beugten sich über Unterlagen auf Wallers Schreibtisch.

In Rudys Brust begehrte etwas auf und trieb ihn vorwärts. Er holte tief Luft, nahm die Schultern zurück und platzte in das Büro. Zu seinem Erstaunen wichen die beiden Bosse erschrocken zurück. Und was sie für Gesichter machten! Rudy fasste es nicht. Waller stand der Mund offen, und sämtliche Farbe war aus seinen Hängebacken gewichen. Srinisowieso hingegen straffte sich. Seine Kiefermuskeln verrieten, dass er die Zähne zusammenbiss. Sie hatten *Angst* vor ihm! Vor *ihm!* Es währte nur einen Augenblick, aber Rudy hatte es genau gesehen. Sein erster Impuls war, einen Schritt auf sie zuzugehen und sie zu beschwichtigen, ihnen zu versichern, dass er bloß gekommen war, um mit ihnen zu reden, um die Sache aus der Welt zu schaffen. Doch als Waller und der Inder ihre Fassung zurückgewannen, wurden ihre Gesichter kalt vor Misstrauen und Abscheu. Unverkennbar. Und das war der Moment, in dem Rudy es sich anders überlegte. Genau in diesem Augenblick. Sich alles anders überlegte. Das war's. Von nun an gab es kein Zurück mehr.

»Glenn«, sagte er lächelnd und trat näher. »Wie geht's?«

»Gut, Rudy«, erwiderte Waller. Er ging mit erhobenen Armen auf ihn zu, als wolle er Rudy zur Tür hinausschieben. »Sanjay, das ist Rudy Cullen –«

»Ich weiß, wer das ist«, fiel ihm der Inder ins Wort. Er starrte Rudy an. Er sagte weder guten Tag, noch lächelte er.

Rudy sagte so unbefangen wie möglich hallo, aber dann gingen ihm ein paar Lichter auf wie Feuerwerkskörper. Der Inder! Das war's! Alles passte zusammen, alles fügte sich zu einem Bild. Warum hatte er es nicht schon früher begriffen? Rudy gab sich Mühe, sich nichts anmerken zu lassen, ein Pokerface zu wahren, aber in Sanjay Srinivasas versteinertem Gesicht las er, dass es zu spät war – der Inder wusste, dass Rudy Bescheid wusste.

»Was kann ich für dich tun, Rudy?«, fragte Waller. Er blickte nervös zu Srinivasa hinüber, dann wieder zu Rudy, zur Tür, zum Telefon auf seinem Schreibtisch. Rudy überlegte, ob Waller mit ihnen unter einer Decke steckte. Der Saftarsch. Überraschen würde es ihn nicht.

»Ich wollte nur mal nachfragen, Glenn, wie Sie gesagt haben. Ich wollte mal hören, ob Sie was für mich haben.«

Waller hatte den Blick auf Rudys Brust geheftet. Vermutlich versuchte er zu ergründen, ob Rudy verdrahtet war oder eine Waffe trug. Das große rammdösige Walross. »Es ist ja erst zwei Wochen her, Rudy«, antwortete er. »Es gibt noch nichts Neues.«

»Hören Sie, Glenn«, sagte Rudy entschieden. »Sie müssen die Sache so sehen. Ich habe –«

»Glenn, warum hat Mr. Cullen immer noch seinen Mitarbeiterausweis?«, unterbrach Srinivasa ihn. Er hatte eine schneidige Sprechweise; seine Wörter zogen sich am Ende unvermittelt zusammen.

Rudy drehte sich um und starrte ihn an. Hass kroch ihm die Kehle hoch wie eine dicke heiße Flüssigkeit. Mann, die Sache war bitterernst. Die steife Art, wie Srinivasa dastand, seine zackigen Bewegungen hatten etwas eindeutig Militärisches. Er versuchte nicht einmal, es zu verbergen. Er war offensichtlich hochrangig, sehr sehr hochrangig.

»Ich bin bevollmächtigt, ihn zu tragen«, erwiderte Rudy hämisch und legte die Hand auf seinen Ausweis.

»Glenn, bitte nehmen Sie den Ausweis an sich und geleiten Sie

Mr. Cullen aus dem Terminal«, sagte Srinivasa über Rudys Kopf hinweg, als sei er gar nicht da.

Waller zögerte. Entweder konnte er sich gut dumm stellen, oder er hatte tatsächlich keinen blassen Schimmer. »Du musst mir den Ausweis geben, Rudy«, sagte er und streckte zögernd die Hand aus. »Komm schon. Mach jetzt kein Theater.«

»Hören Sie, das ist eine Sicherheitsfrage!« Rudys Stimme war schrill. Er schloss die Faust um den Ausweis, falls sie versuchen sollten, ihn ihm zu entreißen. Es war nur fair, ihnen noch eine Chance zu geben. »Darum geht es doch! Darum bin ich hier!«

Der Inder griff zum Telefon, wählte eine Nummer und sprach ruhig einige Sätze. Dann verschränkte er die Arme vor der Brust, lehnte sich an den Schreibtisch und wartete. In aller Seelenruhe. Waller hingegen schwitzte wie ein Schwein.

»Sie machen einen Fehler! Einen großen Fehler!«, schrie Rudy und sah wild von einem zum anderen.

Einer ihrer Gorillas stürmte herein. Waller wies mit dem Kopf auf Rudy. Judas! Abschaum! Der Gorilla nahm Rudy bei dem einen Ellenbogen, Waller nahm den anderen. »Komm, Rudy«, sagte Waller. »Gehen wir.«

Rudy leistete keinen Widerstand. Wozu auch? Dies war nicht der richtige Zeitpunkt. Er ging zwischen Waller und dem Gorilla durch den Terminal. Ehe er sich's versah, waren sie am Ausgang, wo ein steter Fluss von Autos um einen Platz am Bordstein wetteiferte. Leute umarmten und küssten sich, Taxifahrer luden Koffer aus, Gepäckarbeiter surrten auf schwerbeladenen Karren durch die Menschenmengen.

»Hör zu, Rudy«, sagte Waller. »Ich spreche jetzt als Freund. Du tust dir keinen Gefallen damit. Schlag dir die Sache aus dem Kopf. Ich weiß, es ist nicht leicht. Du hast echt Pech gehabt. Das bestreitet niemand. Aber die Zeiten sind nun mal so. Je eher du das akzeptierst und nach vorn blickst, desto besser für uns alle.«

Draußen im hellen Tageslicht sah Rudy, dass in jeder kraterartigen Pore in Wallers Gesicht ein winziges Tröpfchen öliger Schweiß hing. Schlimmer noch – ein Flöckchen krümeliges gelbes Wachs klebte an einem Haar in seinem Ohr.

»Hast du mich verstanden, Rudy? Du könntest sonst Ärger kriegen. Ziemlichen Ärger.«

Rudy sah zu, wie Waller in den Terminal zurücktrottete. Die Khakihosen klemmten in seiner Arschfalte. Tja, er hatte versucht, sie zu warnen. Man kann ein Pferd zur Tränke führen, es aber nicht zum Saufen zwingen. Die Wolken zogen schnell dahin, flogen über den Himmel wie im Zeitraffer. Autos hielten am Bordstein, fuhren wieder los. Die Glastüren glitten auf und zu. Rudy stand da wie erstarrt. Er hatte das Gefühl, der einzige stille Punkt auf der Welt zu sein, der Punkt, um den sich alles bewegte, das kam und ging.

Er hätte fast aufgeschrien, als er auf sein Hemd hinunterblickte. Der Ausweis war fort. Stattdessen war knapp über seiner linken Brust – genau da, wo man beim Eid die Hand hinlegt – ein Einschussloch. Vollkommen rund, glitzernd vor rubinrotem Blut. Er trat verzweifelt ein paar Schritte zurück, wie um sich selbst zu entkommen, und versuchte vergeblich, die Leute, die ringsherum kamen und gingen, auf sich aufmerksam zu machen. Doch er verspürte keinen Schmerz. Keine Schwäche, keinerlei Symptome welcher Art auch immer. Träumte er? Er konnte sich an nichts erinnern. Rudy legte den Finger auf die Wunde, betastete sie behutsam. Noch feucht, aber –

Er hob den Finger an die Nase und schnüffelte. Schüttelte den Kopf und lachte. Sah sich um, ob jemand etwas bemerkt hatte. Und wenn schon, dachte er und steckte den Finger in den Mund.

Der süße Geschmack von Beerenmus, zwei winzige Samenkörner.

18

Der Fötus rollte sich in Wylies Kopf zusammen wie eine Raupe. Als er den Stangensellerie für die Bloody Marys putzte, stellte er ihn sich vor wie einen Salamander, der durch Kiemen atmete, die sich öffneten und schlossen, während er in Wylies Gehirnflüssigkeit trieb und sachte gegen die Wände seines Schädels stieß. Seine durchsichtigen Finger machten Greifbewegungen. Sein winziges unterteiltes Rückgrat war aufgerollt wie ein Lasso. Er knabberte an seiner Hirnhaut wie eine Elritze und richtete die riesigen blinden Augen auf ihn. Ein Alien, direkt aus Roswell, der Absturzstelle des außerirdischen Raumschiffs. Aber er hatte auch etwas Vertrautes an sich, etwas, das Wylie kannte. Sobald sein Geist nicht beschäftigt war, trieb das wie eine Larve gewundene Wesen an die Oberfläche seines Bewusstseins.

»Der ist ein bisschen welk, finden Sie nicht?«, sagte der Typ, der eine Bloody Mary bestellt hatte. Er sah aus, als hätte er sich mit dem Rasenmäher rasiert. An seinem einen Ohr war ein kleiner Blutfleck, einer weiterer in dem Grübchen am Kinn, ein dritter an seinem Hals hatte einen Fleck auf seinem gestärkten weißen Hemdkragen hinterlassen. »Sieht aus wie aus Gummi.«

Wylie nahm das ganze Büschel aus dem Fach und hielt es hoch. Es hing traurig durch. »So haben wir es heute Morgen bekommen«, sagte er ausdruckslos. »Irgendjemand muss ihn in eine Plastiktüte oder so gesteckt haben.« Da seine Faust am liebsten auf dem Kinn des Typen gelandet wäre, legte er den Sellerie beiseite und verschränkte die Hände auf dem Rücken. »Ich kann es rausnehmen, wenn Sie möchten«, sagte er und durchbohrte den Mann mit seinem Blick.

Der Mann lenkte ein und trank einen großen Schluck von seiner Bloody Mary. »Nein, nein, schon gut«, sagte er. Er schmatzte unappetitlich. »Raten Sie mal, was mir gestern Abend passiert ist. Da kommen Sie nicht drauf.«

Als ob es Wylie interessiert hätte. Der ganze Kram, den er sich anhören musste. Menschen, die verlassen wurden, Opfer der Liebe. Auf denen herumgetrampelt wurde, die betrogen, belogen, verlassen wurden, weil ihre Geliebten Raum brauchten oder ein schöneres Haus oder was Jüngeres. Oder einfach so, ohne Grund. Die einfach abhauten. Man kam nach Hause, und sie waren verschwunden, aus heiterem Himmel. Zack. Er hatte sich Geschichten von Leuten angehört, die als Kinder verlassen worden waren; von Haustieren, die fortliefen, aber unvergessen blieben; von Vermögen, die gemacht und verschleudert wurden; von gemeinen Großmüttern und raffinierten, gleichwohl gescheiterten Plänen; von Bowlingpartien und in der Kindheit erlittenen Kränkungen. Einfach alles. Er hatte sich Hunderte und Aberhunderte Witze angehört, Verschwörungstheorien, ausgeklügelte Pläne, reich zu werden. Jeden Anmachspruch der Welt. Jeden Vorwand, sich noch einen Drink zu genehmigen oder seine Zeche nicht zu bezahlen. Er hatte die Panikausbrüche beim letzten Aufruf erlebt, wenn Männer und Frauen sich aufeinanderstürzten wie auf die Stühle bei der Reise nach Jerusalem. Und Streits: über verschüttete Drinks, über Songs, die in der Musikbox dudelten, über Trinkgeld, das auf dem Tresen zurückgelassen wurde. Das volle Programm. Und jetzt war hier wieder so einer, ein Mann mit einer Geschichte.

Der Typ beugte sich mit hochgezogenen Schultern vor. Eine seiner Schnittwunden blutete wieder. »Gestern Abend«, sagte er und blickte erst über die eine, dann die andere Schulter, als ob ihn jemand belauschen könnte. »Gestern Abend bin ich losgezogen, um eine Frau aufzureißen, wissen Sie. Es war mein letzter Abend hier und so. Ich hatte ein paar Drinks, und dann bin ich raus auf den Sunset Boulevard und hab mich umgesehen.«

Wylie fragte sich, warum die Leute glaubten, Barkeeper seien anders als andere Menschen. Warum sie glaubten, Barkeepern alles erzählen zu können, ohne dass es eine Rolle spielte. Was, wenn die Rollen vertauscht wären? Was wäre, wenn er sich an einen Gast wandte und sagte: »Wissen Sie was, Mann. Ich bin einundfünfzig Jahre alt. Ich habe dieses Kind im Kopf wie eine Idee, die nicht verschwinden will. Wie wenn man mitten in der Nacht aufwacht und immer wieder an ein und dasselbe denkt.«

Der Mann tippte Wylie aufs Handgelenk, um sich seiner Aufmerksamkeit zu versichern, um zu verhindern, dass Wylie sich umsah und entdeckte, dass jemand bedient werden wollte.

»Ich hab dieses Mädchen getroffen. Sie war wunderschön, Mann. Groß, Haare bis hier. Einfach umwerfend. Als wir in ihrer Wohnung waren –«

Der Mann barg das Gesicht in den Händen und rieb sich die Augen, als erwache er aus einem schlechten Traum. Wylie ahnte, was kam. Was, wenn er, statt zuzuhören, dem Typ erzählte: *Ich muss immer daran denken, wie ich selbst ein Kind war. Ich weiß nicht warum, aber plötzlich kommen mir alle möglichen Sachen in den Sinn. Der Bleistiftanspitzer- und Fleischwurstgeruch aus der Garderobe in der Grundschule, die Nacht, in der mein Vater uns alle ins Auto verfrachtete und mit uns die Stadt verließ, weil wir seit Monaten mit der Miete im Rückstand waren. Wir haben alles zurückgelassen, alles, auch meine Katze. Er hat uns mitten in der Nacht geweckt und ist mit uns abgehauen.*«

»Sie war ein Mann. Ein *Mann.*«

Der Typ glotzte Wylie mit großen Augen an, als wolle er ihn herausfordern, ihm zu widersprechen, ihm zu sagen, dass er sich irren müsse. Doch Wylie stand einfach nur da.

»Der Kerl war umwerfend. Langes Haar. Solche Titten. Da wärst du nie drauf gekommen. Echt nicht. Nicht im Traum.«

Wylie zuckte die Achseln. »Ich schätze, die Dinge sind nicht immer so, wie sie scheinen …«, setzte er an. Doch dann bemerkte er den Tumult am anderen Ende der Bar.

»Verdammte Scheiße, da ist was passiert!«, sagte der Typ, der einen Mann abgeschleppt hatte.

Menschen drängten sich um eine Stelle am fernen Ende der Bar. Die Stehenden reckten sich, um über die Sitzenden hinwegsehen zu können.

»Ich hab's an den Händen – überall an den Händen!«, rief eine Frau mit blasser Haut und Haaren, deren Farbe und Beschaffenheit an das Fell eines Orang-Utans denken ließ.

Wylie kapierte nicht, was da los war.

»Ruft den Sicherheitsdienst!«, rief jemand. »Holt jemanden her!«

»O mein Gott!«, rief eine Frau. »Hier ist es auch. Überall!«

»Zurücktreten!«, rief ein bulliger Mann mit einem Dodgers-Basecap. »Weg von der Theke! Nichts anfassen!«

Ein paar Barhocker fielen krachend um. Die Frau mit den Orang-Utan-Haaren taumelte gegen die Theke, während ein dünner mausiger Mann mit schläfrigem Blick über einen der umgekippten Barhocker stolperte und zu Boden stürzte. Gäste vom anderen Ende der Bar eilten herbei, wollten sehen, was los war. Menschen, die durch den Terminal gingen, verlangsamten ihre Schritte und blicken neugierig herüber.

»Sie waren das!«, rief der bullige Mann und wies auf das Mausmännlein, das regungslos am Boden lag. »Sie waren das! Sie haben hier gesessen, als ich kam.«

»Moment mal!«, rief Wylie über den Lärm hinweg. Irgendjemand musste das Kommando übernehmen. »Jetzt beruhigen wir uns alle erst mal.«

Wylie stockte der Atem, als er das weiße Pulver entdeckte, das auf der schwarzen Formica-Theke verstreut war. Sein erster Gedanke war, dass jemand sich hier Kokain reingezogen hatte. Es wäre nicht das erste Mal. In manchen Bars, in denen er gearbeitet hatte, hatten sich die Gäste nicht die Mühe gemacht, die Toiletten aufzusuchen, um dort auf den Sitzen ihre Linie Kokain zu ziehen. Früher hatte er selbst manchmal eine Linie von der Theke geschnupft – kleine Aufmerksamkeit seiner Gäste.

»Was ist das?« Er blickte ringsum in erwartungsvolle Gesichter, aller Augen waren auf ihn geheftet.

»Mann, das ist *weißes Pulver«*, antwortete der bullige Typ mit dem Basecap ungeduldig, als wäre Wylie selten dämlich. Er hatte sich zum Sprecher aufgeschwungen. Er war vierschrötig, mit Bierbauch und fleischigen Händen. Komisch, es ist immer der größte Kerl, der die Macht an sich reißt, dachte Wylie. Wie im Tierreich.

»Es kann alles Mögliche sein!«, rief eine Frau hinter dem bulligen Typen. »Es könnte Anthrax sein!«

»Anthrax!«

»Anthrax!«

»Anthrax!«

Das Wort verbreitete sich in immer größer werdenden Kreisen durch den Terminal.

»Es ist Anthrax!«, hörte Wylie jemanden drüben am Espresso-Stand rufen. »Jemand hat es auf die Theke gestreut!«

»Ruhe bewahren!«, sagte Wylie.

»Mein Glas stand mittendrin!«, schrie eine Frau mit sehr kurzer Ponyfrisur und einer Halskette, auf der *Nancy* stand, ihn an. »Das Zeug ist hier überall auf dem Boden. Auf meinem Koffer und meinen Schuhen!«

Als ob das Wylies Schuld wäre.

»Er war das!«, wiederholte der bullige Typ und zerrte das Mausmännlein hoch, das immer noch auf dem Boden lag. »Der hier! Ich hab ihn gesehen! Das ist der Kerl!«

Die Beine des Mausmännleins hatten sich in dem Barhocker verheddert. Als er endlich wieder auf den Füßen stand, blinzelte er schläfrig, als wäre er eben aufgewacht und hätte nicht die leiseste Ahnung, was hier vorging.

»Hey, Mann! Was bist du?«, schrie der Bullige und schüttelte ihn. »Bist du Araber? Sprichst du englisch?« Er packte ihn am Schlafittchen und hob ihn hoch, damit alle ihn sahen. »Schaut ihn euch an! Er ist Araber! Er saß genau hier!«

»Ich bin kein Araber, Mensch!«, wandte das Mausmännlein ein und löste die fleischigen Pranken von seinem Kragen. »Ich bin Chicano.«

»Ich hab dich gesehen! Du hast genau hier gesessen!«

»Hey, Scheiße, Mann! Ich habe hier gesessen, aber ich war's nicht!«

»Ach ja?«, meinte der Bullige. »Na, dann guck dir die Dame hier mal an. Sie hat das Zeug an ihren Händen.«

»Moment mal!«, rief Wylie. Er wartete, bis Ruhe einkehrte. »Alle bleiben, wo sie sind. Ich hole den Sicherheitsdienst.«

»Ich hab schon Bescheid gesagt«, rief ein Mann, der weiter hinten stand. »Sie sind unterwegs.«

»Gut. Dann warten wir einfach«, erwiderte Wylie. Es war ihm unangenehm, dass er nun im Mittelpunkt der Aufmerksamkeit stand. Der Bullige ließ den Chicano in Ruhe, war aber angepisst, weil er nicht länger den Helden spielen konnte. Die schaulustige Menge wurde unruhig. Wylie besah sich die Theke. Dort, wo es nass war, hatte sich das weiße Pulver aufgelöst. An anderen Stellen bildete es kleine Klumpen von der Größe eines Streichholzkopfes. Er versuchte sich zu erinnern, wer dort an der Bar gesessen hatte, aber der ganze Tag war in seinem Gedächtnis nur bruchstückhaft vorhanden. Die Geschäftsfrau, die während ihres Telefonats geweint hatte; die beiden Langhaarigen, die Poker gespielt hatten; die muntere Mutter und ihre schmollende Tochter. Der dickliche Mann, der das Gebäck verschlungen hatte; der Bodybuilder, der seinen Drink verschüttet hatte. Die drei Männer mit den Goldkettchen, die Orangensaft getrunken hatten. Die hatten wirklich ausgesehen wie Araber.

Wylie war erleichtert, als der Sicherheitsdienst kam. Sie übernahmen das Kommando, sperrten den Bereich mit gelbem Band ab und scheuchten die Umstehenden zur Seite.

»Ich verpasse meinen Flug«, jammerte die Frau mit den Orang-Utan-Haaren.

»Wie lange wird das hier dauern?«, fragte der Typ, der einen Mann aufgegabelt hatte.

Es herrschte ein ziemlicher Trubel rings um die Bar. Einige der Sicherheitsbeamten begannen den Tatort zu untersuchen, während andere sich bemühten, die Gäste zu beschwichtigen. Wylie merkte, dass er sich irgendwann während des ganzen Tumults in den Daumen geschnitten hatte. Blut rann ihm das Handgelenk hinunter.

»Nun atmen wir alle mal tief durch«, sagte ein Mann mit silbernem Schnäuzer, der das Kommando zu haben schien. Er hob die Stimme. »Wir bemühen uns, Sie alle so rasch wie möglich gehen zu lassen, aber es wird eine Weile dauern. Wenn Sie sich bitte alle auf die andere Seite der Bar bemühen würden, werden meine Kollegen sich um Sie kümmern.«

Drei Männer in Anzügen geleiteten die Umstehenden fort. »Sie können hierbleiben«, sagte einer zu Wylie.

»Wir hatten drüben beim Andenkenladen ein kleines Problem«, erklärte der Leiter der Truppe Wylie im Vertrauen, während seine Männer mit der Befragung der Leute begannen. »Jemand hat dort einen Drohbrief hinterlassen. Eine junge Frau fand ihn, als sie sich einen Schlüsselring aussuchte.«

Er zog einen kleinen Notizblock hervor, befeuchtete den Finger und schlug das erste Blatt um. Genau wie im Kino. Die Brustmuskeln unter seinem weißen Hemd sahen fest aus, als ob er etwas dafür tat. Er notierte sich Wylies Namen, seine Kontaktdaten, für wen er arbeitete, wann er an diesem Morgen seine Arbeit aufgenommen hatte.

»Okay. Schön. Entspannen Sie sich. Gehen wir noch mal zurück. Ich möchte, dass Sie versuchen, sich zu erinnern. Lassen Sie Ihren Gedanken freien Lauf. Irgendwelche Einzelheiten. Alles, was Ihnen einfällt. Wir fangen mit diesem Augenblick an und gehen dann Stück für Stück zurück.«

Der Embryo glitt in Wylies Bewusstsein wie ein Delphin. Stieß ihn mit seinem gummiartigen Kopf an, glotzte ihn an aus Tintenfischaugen. Wylie hatte das erschreckend eindringliche Gefühl, dass der Embryo ihm ein Zeichen geben wollte. Ihm eine Nachricht zu schicken suchte wie die Floskeln, die unten in einem Magic 8 Ball auftauchten. Eine Antwort auf eine Frage: *Versuch's noch mal. Hundertprozentig. Nimm dich in acht.*

Wylie lachte und schüttelte den Kopf. Wenn er bloß die Frage wüsste.

Der Sicherheitsbeamte sah auf, den Stift über dem Block gezückt.

Der kleine Fisch grinste, sicher geborgen in seiner flüssigkeitsgefüllten Kapsel, seinem embryonalen Nektar, seinem dunklen abgeschiedenen Meer.

19

Jewell lag in der kleinen Kammer im Flur und lauschte darauf, wie Celeste ihrer Morgenroutine nachging. Wasser rauschte im Bad, die Toilettenspülung ging, Schritte erklangen den Flur entlang, Geschirr klapperte in der Spüle. Celeste spülte ihre Kaffeetasse aus, also würde es nicht mehr lange dauern, bis sie ging. Jewell fragte sich, was Celeste anhatte. Sie stellte sich ihren abwesenden Gesichtsausdruck vor, während sie im Haus umhereilte und ihre Sachen zusammensuchte. Würde sie sich von ihr verabschieden, irgendwas in Richtung der Falttür der Kammer rufen? Celestes Schlüssel klimperten, ihre Absätze klickten in Richtung Tür, das Schloss schnappte auf. Die Tür öffnete sich und schlug wieder zu. Dann war es still. Celeste war fort. Es blieb nichts als der Morgen und die Stille eines weiteren Tages. Das dumpfe schmerzvolle Pochen in Jewelles Magen.

Sie schlief nun schon fast zwei Wochen in der Kammer – seit der Nacht, in der sie zu Dana gefahren war und Celeste dort gefunden hatte. Der Futon, den sie aus seinem Gestell im Wohnzimmer gezerrt hatte, füllte den Raum, der kaum größer war als eine Gefängniszelle, fast völlig aus. Sie hatte ihre zusammengelegten Kleider an der einen Sockelleiste aufgestapelt, eine Lampe mit gebogenem Hals in eine Steckdose gestöpselt und eine Plastikliterflasche mit Wasser gefüllt, falls sie nachts Durst bekam. Oben, fast unter der Decke, war ein taschentuchgroßes Fenster, und an der einen Wand befanden sich Regale mit Möbelpolitur, zusammengefalteten Einkaufstüten, Plastikbesteck, Zeug, das sie kaum jemals brauchten. Es war zum Heulen. Abends zog Jewell die Falttür zu, starrte zu dem viereckigen dunklen Himmel hinauf und weinte.

Sie schob den Schlafsack fort, den sie als Bettdecke benutzte, und zwang sich aufzustehen. Sie hatte die Frühstücksschicht. Anschließend würde sie sich weitere Wohnungen ansehen. Sie kam sich vor wie ein Spanner, als sie durch die leere Wohnung schlich und die Kleider sah, die Celeste am Abend zuvor auf dem Bett abgelegt hatte, das offene Buch, das neben einer leeren Kaffeetasse auf dem Wohnzimmertisch lag. Alles wies darauf hin, dass Celestes Leben seinen normalen Lauf nahm: Zahlen, die sie sich neben dem Telefon notiert hatte, Make-up im Badezimmer auf dem Toilettenkasten, Toastkrusten auf einer Untertasse in der Küche. Jewell putzte sich die Zähne. Sie konnte immer noch nicht glauben, dass es vorbei war, dass sie das Ende ihrer gemeinsamen Zeit erreicht hatten und im Begriff waren, getrennte Wege zu gehen. Bis dahin war dieses Leben die reinste Qual. In der Kammer zu schlafen, zu hören, wie Celeste sich im Haus bewegte, ihr zuzunicken, wenn sie sich im Flur begegneten, das kalte geballte Schweigen. Jewell betrachtete sich im Spiegel. Sie wurde allmählich paranoid – spitzte die Ohren, wenn Celeste telefonierte, schnüffelte in ihren Sachen, wenn sie nicht zu Hause war. Ihr Gesicht war bleich. Gebrochen, verwirrt. Sie war ein verdammter Zombie. *Die Nacht der lebenden Toten.*

In der Dusche ließ sie sich den Wasserstrahl auf den Nacken prasseln und ging noch einmal die Wohnungen durch, die sie sich bis dahin angesehen hatte. Sie war praktisch pleite, also konnte sie natürlich nicht allein in diesem Haus bleiben, und die Wohnungen, die sie sich leisten konnte, waren die reinsten Löcher. Unermüdlich überflog sie die Zeitungsannoncen. Die bedienten sich eines Geheimcodes und zogen den ganzen Tag flüsternd ihre Aufmerksamkeit auf sich: *kompl. ren., saub., neu. Tep., ab sof., zentr. gel., Parkpl., WM.* Es war wie ein Gebet, Sprache auf ihre Essenz reduziert. Sie wusch ihre traurigen ungeliebten Arme und Beine, seifte ihre unberührten Brüste, ihren Bauch ein, spülte die Seife ab. *Fr. gestr., son. Ter., kl. Gart., ob. Et., hoh. Deck.* Die verkürzte Sprache ließ hoffen, das Leben könnte weitergehen, wenn das hier vorbei war. Es mochten andere Wohnungen, andere Straßen, andere Geliebte kommen. Die verkürzten Silben verliehen ihr Hoffnung.

Jewell ging in die Küche und öffnete den Kühlschrank, aber seit jenem Vorfall bei Dana wurde ihr übel, wenn sie nur an Essen dachte. Die Pfunde fielen rasch, die Hosen schlotterten ihr um die Hüften. Es kümmerte sie nicht. Es verlieh dem vorwurfsvollen Blick, mit dem sie Celeste bedachte, wann immer sie sich begegneten, nur mehr Biss.

Sie durchwühlte den Abfalleimer. Celeste hatte kein Problem zu essen. Jewell fand die Überreste einer Mahlzeit von ihrem Lieblingsvietnamesen in der Nähe von Chinatown. Die Bestellung war auf der Papiertüte notiert: *Fr. roll., 5 Fr. huhn.* Wie brachte Celeste es fertig, ausgerechnet in das Restaurant zu gehen, in dem sie und Jewell sich so oft nach der Arbeit getroffen und über dampfenden Schalen Pho gelacht und geredet hatten? Celestes Geschirr stand abgewaschen im Abtropfgestell. Als wäre nichts passiert. Jewell zwang sich, ein Glas Wasser zu trinken. Sie sah nach draußen in den grauen Himmel, den matschigen Garten. Schon kam es ihr wie eine Ewigkeit vor, seit sie und Celeste im selben Bett geschlafen, zusammen gegessen, sich geliebt hatten oder mit laufendem Radio im Auto unterwegs gewesen waren. *Kam., Abstellk., Haust. ok,* dachte Jewell. Sie fühlte sich gehäutet, den Elementen ausgesetzt. Ihre Organe – ihr Herz, ihre Lunge, ihre Nieren – waren weich, als hätte man sie in kochendes Wasser gegeben. Innereien. Hör auf, befahl sie sich. Das reicht. *Gr. Zi., br. Fl., sr. hl.* Irgendwo da draußen war ihre neue Wohnung, sie musste sie nur finden. Doch jetzt kam sie zu spät zur Arbeit.

Sie parkte an der Laderampe hinter der Cafeteria und blieb noch einen Moment in ihrem verbeulten roten Nissan sitzen. Ein Sonnenstrahl brach durch die schwere Wolkendecke, und sie sah ihn wie einen Pfeil über den Himmel ziehen, bis er in eine weitere graue Tasche stach und verschwand. Sie dachte an ihren Vater, der lange Zeit auf so beengtem Raum geschlafen hatte wie sie jetzt. Plötzlich sehnte sie sich danach, ihn zu sehen. Er lebte hier, in derselben Stadt. Vielleicht nur wenige Straßen entfernt. Womöglich begegnete sie ihm heute ganz zufällig. Sie fröstelte und zog ihren Pullover am Hals enger um sich. Die Laderampe war nass. Ein dicker Schlauch lag wie eine Pythonschlange quer darüber. Der warme Duft von in Öl gebackenen Donuts wehte mit der Morgenluft zum Fenster des Nissan herein. Gelbes Licht fiel durch die geöffneten Doppeltüren der Cafeteria.

Jewell schloss den Wagen ab und ging die Stufen an der Seite der Laderampe hinauf, wobei sie achtgab, nicht auf dem rutschigen Beton auszugleiten. Sobald sie zur Tür hereintrat, umfing sie die warme Luft, die nach Großküche und säuerlichen Lappen roch. Backbleche und wannengroße Töpfe knallten aneinander; die großen Öfen, in denen sich die Platten drehten wie Riesenräder, ächzten, Besteck klirrte, und Geschirrstapel klapperten. Nach der langen einsamen Nacht waren der Lärm und das Licht tröstlich. Jewell stempelte und ging in die Umkleide, wo sie ihr Haar zusammenband und ihre ausgelatschten Schuhe anzog.

Der Küchenmeister hielt sie auf dem Weg zur Spülküche auf. »Hey, Jewell, wo bist du gewesen? Vicki ist heute nicht da«, sagte er. »Wir brauchen dich in der Essensausgabe.«

Jewell hasste die Essensausgabe. Die Arbeit war sauberer und leichter als in der Spülküche, aber man musste Haarnetz und Plastikschürze tragen und seinen Kommilitoninnen und Kommilitonen Hash Browns und French Toast servieren.

»Wer ist in der Spülküche?«, fragte sie.

»Eli ist mit den Töpfen fertig. Er kann die Spülküche übernehmen. Komm, beeil dich. Die Schlange geht schon bis zum Speisesaal.«

Auf dem Warmhaltetisch standen Kasserollen mit Würstchen, Hash Browns, Grießbrei, Rührei und French Toast. Jewell streifte sich Latexhandschuhe über. Hinter ihr war eine Bratplatte. Wie der Küchenmeister gesagt hatte, hatte sich bereits eine Schlange von Studierenden mit verquollenen Augen und nassem Haar, in Trainingsanzügen und Flip-Flops gebildet. Sie nahmen sich Tabletts und beluden sie mit Getränken, Besteck und Servietten, bevor sie sich an der Essensausgabe anstellten, um ihr zu sagen, was sie wollten.

Mit der Zange legte sie ihnen Würstchen und French Toast auf den Teller, mit dem Eiscreme-Portionierer gab sie Rührei aus. Mit flinker Drehung des Handgelenks briet sie Spiegeleier, kurz gewendet oder normal. Omelettes. Geschickt ließ sie die fertigen Eierspeisen auf die Teller gleiten. *Logan,* dachte sie, als sie ein leeres Behältnis vom Warmhaltetisch nahm und durch ein volles mit Hash Browns ersetzte. *Dad.*

Vielleicht lag es an der Jahreszeit, Weihnachten stand vor der Tür, oder vielleicht lag es auch an der Trennung von Celeste, jedenfalls beschäftigte er sie. Bei ihrer letzten Begegnung – auf ihrer Highschool-Abschlussfeier – hatte er seine jüngste Tochter in den Armen ihrer Mutter gelassen und Jewell beiseite genommen, weg von den anderen, die sich vor dem Auditorium versammelt hatten.

»Komm. Komm mit«, hatte er gesagt, ihre Hand ergriffen und sie ein Stück die Straße hinuntergeführt. An der nächsten Ecke lehnte er sich gegen eines der parkenden Autos und schob die Hände tief in die Taschen.

»Also – wie geht's dir?«, hatte er gefragt und nervös die Straße entlanggeblickt. »Gut siehst du aus.« Er grinste und nickte. »Hast dich prima gemacht. Alles in Ordnung bei dir?«

Er drehte das Programm in den Händen. Jewell sah, dass er die Seite mit der Liste der besten Absolventen aufgeschlagen und ihren Namen, den letzten in der Spalte, mit zittrigem Kugelschreiber eingekreist hatte.

»Mir geht's gut, Dad. Alles in Ordnung.«

Sie beäugte ihn, halb neugierig, halb schüchtern. Er sah ausgemergelt aus, mit hohlen Wangen und Bartstoppeln, die bläulich auf seinem Gesicht schimmerten. Das winzige Bärtchen unter seiner Unterlippe sträubte sich wie ein kleines pelziges Tier, wenn er sich auf die Lippen biss. Sie spürte, dass er ihr etwas sagen wollte. Nervös trat sie von einem Fuß auf den anderen und spähte zu einer Gruppe von Jungen mit rasierten Schädeln hinüber, die auf der anderen Straßenseite einen Joint herumgehen ließen, während sie redeten und ab und an zu ihr und Logan herübersahen. In Wahrheit war Jewell verkatert. Sie hatte am Abend zuvor mit genau jenen Freundinnen gefeiert, die jetzt ihre Großeltern umarmten und sich auf die Schulter klopfen ließen, die in Autos einstiegen, Türen zuknallten und davonfuhren.

»Ich bin stolz auf dich, Baby«, sagte Logan und kaute auf seiner Lippe. Er zog seine Brieftasche hinten aus der Hosentasche. »Hier, ich möchte dir ein bisschen was geben.«

»O nein«, wehrte Jewell ab. »Das brauchst du nicht.« Sie versuchte seine Hände fortzuschieben, bevor er das Geld zückte. Sie lachte, als sie sich seine Brieftasche ansah. »Lieber Gott, was ist denn damit passiert? Die sieht ja aus, als wäre sie unters Auto gekommen.«

»Wieso?«, sagte Logan unschuldig und hielt die ramponierte Brieftasche hoch. Sie war vollgestopft, aber so plattgedrückt, dass sie tatsächlich aussah wie ein zerquetschtes Tier, aus dem die Eingeweide quollen.

»Was hast du da alles für Zeug drin?«

»Mann, das ist mein Büro.« Logan zuckte die Schultern. »Darin bewahre ich wichtige Papiere auf.«

»Zum Beispiel?«, fragte Jewell scherzhaft. Plötzlich fühlte sie sich ganz unbefangen in seiner Gegenwart.

Sie wussten praktisch nichts voneinander, doch in dem Augenblick schien ihr Vater ihr so vertraut, als wären sie nie getrennt gewesen. »Lass mal sehen, was da alles drin ist«, sagte sie und griff nach der Brieftasche.

Logan wich ihr aus. »Hey, Moment mal«, sagte er und verbarg die Brieftasche hinter seinem Rücken.

»Komm schon – lass mich mal sehen.«

Sie rangelten miteinander, und die Jungen von der anderen Straßenseite sahen interessiert zu. Jewell bekam Logans Handgelenk zu fassen. »Zeig her!«, verlangte sie.

Logan lachte. »Okay, okay! Ich geb auf!«

»Hast du irgendwelche Bilder?«, fragte Jewell.

»Lass mal sehen.«

Logan blätterte seine Papiere durch. »Eigentlich ein Haufen Mist«, meinte er. »Ich weiß selbst nicht, was da alles drin ist.«

Ein ausgerissener Zeitungsartikel, vergilbt und zerknittert. Ein Kassenbon von Safe-On über $ 3,47. Eine Liste auf einem engbeschriebenen Haftzettel. Ein kleiner Stapel Fotos, den er nicht herausnahm. »Ich schätze, so was hat jeder. Es ist ein – wie sagt man noch gleich – ein Klischee.« Logan hielt eine Serviette mit einem Namen und einer Telefonnummer hoch. Er holte eine

Visitenkarte mit dem Foto einer Frau hervor und sah sie einen Moment stirnrunzelnd an. »Immobilienmaklerin. Schätze, jemand wollte mir ein Haus verkaufen«, murmelte er und zerknüllte die Karte. Dann hellte sich sein Gesicht auf. »Hey, hier ist etwas, das dich vielleicht interessiert«, meinte er und holte ein Farbfoto hervor. Eine der Ecken war geknickt. »Was hältst du davon?« Er strahlte, als er Jewell den Schnappschuss reichte.

Sie kniff die Augen zusammen und sah es sich an. Ein Mädchen in einem Karussell, ein Gestänge mit vier Booten, die in einem kleinen See immer im Kreis fuhren. Das Mädchen war etwa drei Jahre alt. Sie trug einen Kapuzenpulli und beugte sich über die Seite des Bootes, um ins Wasser zu schauen.

»Bin ich das?«, fragte Jewell.

»Na klar. Was dachtest du denn?«

Jewell betrachtete das Foto eingehend. Sie sah es zum ersten Mal, und ihr war, als hätte sie soeben einen völlig neuen Teil ihrer selbst entdeckt. Die Tatsache, dass Logan es bei sich trug, dass er es womöglich all die Jahre bei sich getragen hatte, brachte sie den Tränen gefährlich nah.

»Siehst du, wie du aufs Wasser guckst?«, meinte er. »Ich und deine Mutter haben dir gesagt, du solltest dich nicht rauslehnen und die Hände bei dir im Boot behalten. Aber du hast gewartet, bis es auf der anderen Seite war, hinter dem Motor in der Mitte. Du hast geglaubt, wir könnten dich nicht sehen. Und zack hattest du die Hand im Wasser. Und wenn du dich wieder der Stelle genähert hast, wo wir standen, hast du die Hand schnell zurückgezogen. Siehst du, wie du die Hand hinter der anderen versteckst? Wir haben uns kringelig gelacht.«

Jewell sah ihn erstaunt an. Hatte er wirklich mit ihrer Mutter dort gestanden und ihr zugesehen? Es kam ihr so normal vor und passte gar nicht zu dem Bild, das sie von ihrer Familie hatte. Und er erinnerte sich tatsächlich an jede Einzelheit.

»Seid ihr nicht böse geworden?«, fragte sie nach.

Logan zuckte die Achseln. »Wäre wohl angebracht gewesen. Von wegen konsequent sein und so. Aber du warst einfach so verdammt niedlich.« Er nahm ihr das Foto aus der Hand, warf einen letzten Blick darauf und schob es in seine Brieftasche zurück. »Ich dachte wahrscheinlich, du würdest nach mir kommen, weißt du, und immer genau das tun, was du nicht solltest. Hey, was ist los?«

Jewells Kinn zitterte, ihre Brust hob sich. O nein! Ihre Kehle brannte. Es gab kein Zurück, sie war zu weit gegangen. Tränen quollen ihr aus den Augen, rannen ihr über die Wangen, fielen ihr auf dem Weg nach unten sogar aufs Knie und hinterließen dunkle Flecken auf dem glänzenden Polyester ihrer geliehenen Robe. In den Schulfarben, purpurrot und gold.

Logan legte ihr den Arm um die Schultern und zog sie an sich. Sie spürte seine Wärme, erschnupperte das unbekannte Leben, das in seinen Kleidern hing. Was war das? Gebackene Bohnen aus der Dose, die sonnenwarmen Polstersitze seines Wagens, Waschpulver aus dem Automaten im Waschsalon, der Geruch der Frau, die neben ihm geschlafen hatte? Sie würde es nie erfahren. Zu ihrem eigenen Entsetzen schluchzte sie auf und barg ihr Gesicht an seiner Schulter.

»Was hast du denn bloß, Baby?«, fragte Logan besorgt und löste sich von ihr, um ihr ins Gesicht zu sehen. »Was ist los?«

Es war schnell vorbei, ein unvermittelter Tränenschwall. Jewell schüttelte den Kopf und trocknete sich die Augen. Sie hatte sich ein wenig beruhigt, aber nun wollte sie von ihm fort. Dennoch gelang es ihr zu lächeln. »Ach, weißt du. Kleiner Anfall von Rührseligkeit.«

Logan erwiderte ihr Lächeln. Er hatte die Brieftasche noch immer in der Hand und angelte nun darin herum, bis er schließlich zwei zusammenklebende Zwanziger herauszog.

»Ich wünschte, es wäre mehr, aber hier – nimm.«

»Nein. Lass mal«, wehrte sie ab. Sie war sicher, dass Logan nicht viel zu erübrigen hatte. »Wirklich. Das musst du nicht.«

»Komm schon.« Er drückte ihr das Geld mit dem Zeigefinger in die Faust, wie ein Zauberer, der lange Tücher in seine Hand stopft. »Zieh mit deinen Freunden los. Ich geb einen aus.«

Jewell lachte. »Ich bin achtzehn. Sie schmeißen uns raus.«

»Oh, okay. Kleiner Missgriff. Wie wär's damit – lass mich dir was kaufen. Gibt's irgendwas, das du dir wünschst?«

»Wie wär's mit einem Auto?«, scherzte Jewell. »Oder einer Eigentumswohnung?« Bevor sie noch mehr Vorschläge machen konnte, näherte sich die Frau, die mit Logan zusammen aufgetaucht war. Sie blieb in ein paar Metern Entfernung stehen und sah ungeduldig zu ihnen herüber. Das Baby trug sie auf der Hüfte; der Windelbeutel und die große Umhängetasche zogen ihre Schulter nach unten. Die Kleine, die Jewell kurz zuvor noch auf dem Arm gehabt und bewundert hatte, war jetzt quengelig. Die Frau gab sich Mühe, sie zu beruhigen; sie jonglierte mit ihren Taschen und nahm das Kind auf den anderen Arm.

»Ähm, ich glaube, die Frau da wartet auf dich. Ich hab ihren Namen vergessen.«

»Tonya?« Logan sah sich um. »Oh-oh«, sagte er. »Ich schätze, ich gehe jetzt besser.«

Da stand sie in ihrer feierlichen Robe und sah Logan nach, wie er zu zwei weiteren Menschen zurückkehrte, denen er vermutlich nie genug würde geben können, und sie spürte, wie er ihr entglitt, wie er wieder in jenen Teil seines Lebens verschwand, von dem sie so wenig wusste. Sie hatte sich gefragt, wann er wohl wieder auftauchen würde – in einer Woche, einigen Jahren, vielleicht auch nie mehr. Doch jetzt, drei Jahre später, spürte sie, während sie einen Pfannenwender unter ein Omelette schob und es auf einen Teller gab, dass er sich ihr näherte. Sie würde ihn bald wieder sehen. Sie hatte es im Gefühl.

»Viel zu viel Käse«, sagte eine Studentin mit Pferdeschwanz – die mit Sicherheit einer Studentinnenvereinigung angehörte –, als Jewell ihr über die Trennscheibe hinweg das Omelette reichte.

Jewell kannte diese Sorte: rotznäsig und jugendlich frisch, die Sorte, die im Fitnessraum auf dem Stairmaster trainierte und dabei Hochglanzmagazine las, am Wochenende ihren hirnlosen Freund fickte und einen PR-Job in einem multinationalen Konzern anstrebte, einen golfspielenden Ehemann und zwei Blagen mitsamt Kinderfrau.

»Es ist ein *Omelette.* So sind die hier«, erwiderte Jewell.

»Ich hatte um *wenig* Käse gebeten. Das hast du wohl nicht gehört.«

Schade, dass Jewell nicht in der Spülküche war, wo sie dieser dämlichen Kuh mit dem Dampfstrahler ihre Pfirsich-Sahne-Visage hätte polieren können. Stattdessen biss sie die Zähne zusammen und gestikulierte wütend mit dem Pfannenwender. »Hör mal, das hier ist eine gottverdammte Cafeteria. Nicht der Sonntagsbrunch im Ritz.«

»So viel Käse kann ich nicht essen. Tut mir leid.« Die höhere Tochter behielt ihr verkniffenes Lächeln bei. Das taten sie immer.

»Schön.« Jewell schob den Pfannenwender unter das Omelette, als schlitze sie jemandem die Kehle auf. Sie katapultierte es in den Abfalleimer hinter sich, wo es mit einem dumpfen Aufprall landete. »Darf's was anderes sein? Ein Würstchen vielleicht?« Sie nahm eines in die Zange und hielt es der Frau hin, damit sie sein hundekackiges Aussehen inspizieren konnte.

Die Frau erbleichte. »Ich esse kein Fleisch.«

»Ach nein? Warum nicht?«

Es hatte keinen Sinn, ausfallend zu werden, aber Jewell hatte allmählich die Faxen dicke. Sie hatte seit Tagen kaum geschlafen und kaum etwas gegessen. Sie fühlte sich leicht benommen und kampflustig. Der Teller in ihrer Hand wog schwer wie Beton.

»Vergiss es«, sagte die höhere Tochter. Sie blickte Jewell mit unverhohlener Verachtung an. »Ich esse einfach Müsli.«

Jewell zuckte die Achseln. Ihr Vater hatte nie einen richtigen Job gehabt, sinnierte sie, während sie Ahornsirup auf den French

Toast des nächsten Studenten goss. Jedenfalls keinen mit Stempeluhr und regelmäßiger Gehaltsabrechnung. Er hatte immer irgendeinen Plan, der schnellen Reichtum versprach, oder einen juristisch fragwürdigen Coup, der das große Geld bringen würde. Dann hätten sie für den Rest des Lebens ausgesorgt und müssten nie wieder arbeiten. Eine Zeitlang hatten sie davon gesprochen, nach Tahiti zu gehen oder nach Mexiko oder Neuseeland, jedes für sich ein Paradies, wo Anwesen mit einer Menge Land spottbillig waren. Doch sie waren nie weiter gekommen als bis kurz vor Palm Springs, wo Logan mit einer Eierfarm den großen Reibach machen wollte. Zwei Wochen nach ihrem Einzug machten Waschbären sämtlichen Hühnern den Garaus.

»Hallo? *Entschuldigung?*«

Die nächste Zicke. Diese hatte zwei Pferdeschwänze, einen links, einen rechts.

»Diese Eier hier sind nicht durch. Sie sind noch fast roh.« Die Frau ließ sie auf ihrem Teller erzittern. »Könntest du sie noch mal auf die Bratplatte tun? Nur eine halbe Minute?«

Jewell hatte nicht die Energie für eine patzige Bemerkung. Sie nahm die Eier zurück und briet sie, bis das Eigelb fest war. »Lass es dir schmecken«, zwitscherte sie, als sie den Teller hinüberreichte.

Den Rest ihrer Schicht verbrachte sie wie eine Schlafwandlerin und träumte von den Wohnungen, die sie vielleicht fand: ein Cottage in Laurel Canyon, im Besitz einer wohlhabenden alten Dame, die verrückt genug war, es für 'nen Appel und 'n Ei zu vermieten; ein Bungalow in Santa Monica, nur wenige Schritte vom Strand entfernt, der im Gegenzug für ein bisschen Gartenarbeit angeboten wurde; eine weitläufige Ranch in den Hollywood Hills mit einem Blick, so weit das Auge reichte. Das erste Zuhause, an das sie sich erinnerte – damals als Logan noch da war –, war die obere Wohnung in einem zweigeschossigen Holzhaus, das zwei italienischen Schwestern gehörte, die unten lebten. Sie erinnerte sich nur an einige wenige Dinge – an die Kachel mit dem schwarzweiß gestreiften Kaiserfisch, die über der Badewanne eingelassen war; das Metallschränkchen unter der Küchenspüle, an das sie ihr magnetisches Alphabet heften durfte; und den Avocadobaum hinten im Garten, wo nach Einbruch der Dunkelheit die Stinktiere auftauchten, um Fallobst zu fressen. Logan hatte sie eines Abends aus dem Bett geholt, um sie ihr zu zeigen. Vom Fenster im oberen Stock konnte sie gerade eben die weißen Streifen auf den drei oder vier Tieren ausmachen, die im Gras herumstöberten. *Schhh!* hatten ihre Eltern gemacht, wenn Jewell herumtobte. Es erboste die Schwestern, die dann immer mit dem Besenstiel an die Decke pochten. Wenn das geschah, erstarrten sie alle drei auf der Stelle – Jewell und ihre Mutter und ihr Vater; sie sahen sich an, schlugen die Hände vor den Mund und lachten.

Danach war es nur noch bergab gegangen. Ein tristes Apartment nach dem anderen. Sie ähnelten einander in ihrer Trostlosigkeit, mit Schiebetüren aus Glas, die auf Betonflächen führten, mit summenden quadratischen Deckenleuchten, mit Wänden, die so dünn waren, dass man es hörte, wenn sich nebenan jemand räusperte. Downy, Whittier, Pomona. Eine Wohnung in Torrance, die so dicht am Bürgersteig lag, dass die Passanten Tag und Nacht durch ihr Wohnzimmer zu laufen schienen. Eine andere Wohnung in Inglewood, die so penetrant nach Katzenpisse stank, dass Jewell und ihre Mutter ihr Abendessen immer auf der Eingangstreppe aßen und auf die breite, baumlose Straße blickten. Dann die in einer städtisch geförderten Wohnanlage, wo die Sicherungen andauernd durchbrannten und irgendwann ein Schwelbrand ausgebrochen war. Häuser, die an Zahnarztpraxen erinnerten, an Festsäle, an Geräteschuppen. Duschkabinen mit schmutziger Vergangenheit, Schränke, deren Wände mit dem Geruch der Verzweiflung getränkt waren. Während ihrer ganzen Kindheit und Jugend hatte Jewell davon geträumt, in ihre allererste Wohnung zurückzukehren, in das Haus, das den beiden Schwestern gehörte.

In ihren Tagträumen sah sie die robusten hölzernen Fensterbänke vor sich, den gewölbten Durchgang zwischen Wohn- und Esszimmer, den spiralförmig aufgetragenen Putz an den Wänden. *Hör dir das an!*, hatte Logan gesagt, sich auf alle Viere niedergelassen und das Ohr an den Boden gelegt. Jewell hatte ihr Ohr ebenfalls an die Dielen gepresst und das verstimmte Akkordeon gehört, das dünne Trällern einer zittrigen Altfrauenstimme. *Die alten Schachteln sind knülle!* Logan hatte gelacht. *Voll wie die Haubitzen.*

Jewell gab einen klebrigen Schlag Griesbrei in ein Schälchen und reichte es über den Tresen. Wer bei klarem Verstand fraß so einen Scheiß? Während sie Schinkenspeck ausgab, renovierte sie die Häuser, die zu finden sie sich erträumte, und stattete sie aus bis hin zum Wasserhahn an der Badewanne. Und wenn alles fertig war, wenn sie sich in einem Zimmer mit einem Hundertachtzig-Grad-Ausblick auf die ganze Stadt am Kamin niederließ, wenn die Dunkelheit hereinbrach und die Lichter angingen, dann klingelte das Telefon. Es würde Celeste sein, die anrief, um zu sagen, dass sie einen Fehler gemacht hatte. Sie würde weinen und betteln und Jewell anflehen, ihr noch eine Chance zu geben. Und da das Haus groß war, schließlich gab es jede Menge Schlafzimmer, wer würde dort nicht wohnen wollen, nun – Jewell würde es sich überlegen. Auch für Rachel war Platz genug. Und so würden sie einen neuen Anfang machen, und diesmal würde es anders werden. Diesmal –

»Hey, Kumpel. Jules! *Jules!*«

Eli stand auf der anderen Seite der Essensausgabe. Er kam direkt aus der Spülküche, trug sein Haarnetz wie ein Barett und hatte sein Ziegenbärtchen durch eine Holzkugel gesteckt.

»Na, wie steht's? Du siehst völlig abwesend aus. Was ist los?«

Jewell löste sich aus ihrem Tagtraum. Eli hatte bereits vier Gläser Milch und zwei Tassen Kaffee auf seinem Tablett stehen. »Lieber Gott, wie spät ist es?«, fragte Jewell.

»Zeit, Feierabend zu machen, Mädel.«

Jewell warf einen Blick auf die Uhr. »Scheiße! In einer halben Stunde hab ich eine Wohnungsbesichtigung. Das Übliche?«

»Ja, tutti kompletti.«

Jewell belud einen Teller mit einem Berg Rührei und einer Ladung Würstchen und Schinkenspeck. »French Toast?«

»Ja, warum nicht? Nur her damit.«

Nachdem sie Eli bedient hatte, begann Jewell die Kasserollen mit den restlichen Würstchen und vertrockneten Hash Browns aus dem Warmhaltetisch zu wuchten.

»Ah, du hast also immer noch keine Bleibe gefunden, wie? Was ist mit Miss Zicke?« Eli hatte Celeste noch nie gemocht.

»Nichts. Wir wohnen immer noch zusammen. Ich schlafe in der Kammer. Ab und zu begegne ich ihr im Flur, wenn ich ins Bad will.«

»Klingt übel«, meinte Eli. Er verschlang seinen dritten Streifen Schinkenspeck.

»Die Hölle. Ich muss da unbedingt raus. Aber es ist schwer, ich hab kein Geld. Ich hab nicht gerade die große Auswahl.« Sie zog einen Lappen unter dem Tresen hervor und wischte den rostfreien Stahltisch ab. »Halt die Ohren offen, ja?«

»Klar.«

»Alte Männer mit großen Häusern, die bald den Löffel abgeben, Sommerhäuser am Strand, wo ich in der Nebensaison unterkriechen kann.«

Die Kugel an Elis Bart geriet ins Schwingen, als er nickte, und stieß an seinen Adamsapfel. »Mach dir keine Sorgen. Du wirst schon was finden.«

»Meinst du? Es kommt mir alles so unwirklich vor. Ich kann einfach nicht glauben, dass das alles wirklich passiert.« Jewell schwieg einen Moment. Der Lappen roch säuerlich. Ihr wurde flau im Magen. »Ein Teil von mir glaubt wohl immer noch, dass wir eine Chance haben«, gab sie zu. »Dass alles wieder gut wird.«

Eli führte gerade einen weiteren Streifen Schinkenspeck zum Mund, hielt jedoch mitten in der Bewegung inne. Er hatte schon fast alles aufgegessen. »Heißt das, du glaubst immer noch, dass du dich mit Celeste wieder versöhnst?«, fragte er ungläubig.

Jewell nickte langsam. Schuldbewusst.

»Jules, du bist ohne sie besser dran«, sagte Eli nachdrücklich. »Glaub mir, sie weiß dich nicht zu schätzen. Du hast was Besseres verdient.«

Jewell nickte, obwohl sie nicht überzeugt war. Eli verstand das nicht. Auf der anderen Seite standen die Dinge zu Hause wirklich schlecht. Sie hielt es kaum noch aus.

»Hey, ich höre mich mal um«, sagte Eli. »Kann sein, dass ich da was weiß. Wirklich, ohne Scheiß. Freunde von mir haben erzählt, dass sie vielleicht umziehen.« Er wischte sich mit dem Handrücken über den Mund. Das einzige, was auf seinem Teller noch übrig war, war der Berg Rührei. »Jedenfalls musst du da raus.«

»*Das* ist es?«, fragte Jewell den Vermieter.

Er war ein kernig aussehender blonder Mann in Chino-Shorts und Poloshirt und wohnte in dem riesigen sonnendurchfluteten Obergeschoss über der ausgebauten Garage, die er vermieten wollte. Er hatte sie in drei winzige fensterlose Zimmer unterteilt. Die Post wurde durch einen Briefschlitz in der großen Doppeltür geworfen und landete direkt auf dem Linoleumboden. Doch der Vermieter konnte sich sein selbstgefälliges Lächeln leisten, denn es herrschte eifrige Konkurrenz unter den übrigen Interessentinnen, die sich das kabuffgroße Bad anschauten und mit den Händen über den Formica-Tresen fuhren, der als Küche durchgehen sollte. Während die anderen den Vermieter umringten und um Bewerbungsbogen baten, flüchtete Jewell durch einen Seitenausgang. Es war ein schlechter Anfang, sagte sie sich. Es konnte nur besser werden.

Die nächste Wohnung hatte einen zotteligen Teppichboden, der sich die halbe Wand hochzog. Die Fenster gingen auf eine vierspurige Hauptverkehrsstraße hinaus. Jewell konnte sich dem Verwalter, dessen Augen immer wieder zu ihren Brüsten glitten, nur schreiend verständlich machen.

»An den Lärm gewöhnt man sich«, meinte er achselzuckend. »Drehen Sie einfach die Anlage auf.«

Bei der dritten Wohnung, die laut Anzeige »möbliert« war, sich aber als Lagerraum für die ausrangierten Möbel des Vermieters entpuppte, war der Klumpen in Jewells Brust zur Größe einer Bowlingkugel angewachsen.

»Was ist, wenn ich einige der Sachen nicht haben will?«, fragte sie den Vermieter, während sie das Wohnzimmer musterte, das mit alten Sofas, großen Behördenschreibtischen und Sesseln, die nach Katzenpisse rochen, zugestellt war.

»Dann sind Sie nicht die Richtige für diese Wohnung«, erwiderte er pikiert, als handele es sich bei seinem Möbellager um den Taj Mahal.

Die letzte Wohnung auf ihrer Liste klang nach einer Absteige, aber sie war billig. *Innenst.., verk. günst. gel., gr. Abst. kamm., Gem. bad.* Wieder dachte sie an ihren Vater, als sie sich auf den Weg in die Innenstadt machte. Sie dachte an die Wohnungen, in denen sie als Kind mit ihm gelebt hatte, die fleckigen Teppiche und die ramponierten Wände, die abgetretenen Böden und die Gerüche aus dem Leben anderer Menschen: schmutzige Socken, Babypuder, Zigaretten, muffiges Parfum und gebratene Hamburger. Doch wenn Logan da war, hatte das alles keine Rolle gespielt. Er war ein Mensch, der sich überall zu Hause fühlen konnte. Wo war er jetzt? Sie verließ den Freeway in der Nähe des Civic Center, bog in eine Einbahnstraße und fügte dem Haus, das sie sich in ihren Tagträumen errichtete, einige weitere Details hinzu. Vielleicht errichtete sie hinten hinaus noch einen kleinen Anbau, in dem er wohnen konnte. Schließlich war sie Architektin. Ihr

Haus würde ganz Zen sein. Feng-Shui bis zum Anschlag. Bambusböden, klare Linien. Viele Fenster, viel Holz. Keine Gardinen, keine Teppiche, kein Krimskrams.

Sie hielt vor einem dreistöckigen Backsteinhaus mit einem Waschsalon im Erdgeschoss. Auf ihr Läuten öffnete ein drahtiger alter Mann mit deutschem Akzent und dichtem weißen Haar, das ihm vom Kopf abstand. Er führte sie ins Dachgeschoss und einen Flur entlang, der nach Reiniger mit Pinienduft roch. Sie gingen an Türen mit Milchglasscheiben in der oberen Hälfte vorbei, wie in alten Detektivfilmen. Sie stellte sich ihren Namen auf einer dieser Türen vor: Jewell Wylie, Privatdetektivin. Der Verwalter blieb am Ende des Flurs stehen. Während er sich mit dem Schlüssel abmühte, öffnete sich knarzend eine Tür am anderen Ende des Flurs. Eine ältere Frau in Bademantel, Tennissocken und Plastiksandalen erschien und beobachtete sie.

Die Wohnung bestand aus einem einzigen großen leeren Raum mit einem Fenster, das auf die Gebäude auf der anderen Straßenseite hinausging. Der Verwalter durchquerte den Raum, öffnete eine breite Schranktür und zog ein Bett heraus, das mit einem metallischen Klacken auf dem Boden landete. In einer Ecke gab es eine angestoßene Emaillespüle, einen winzigen Kühlschrank und einen kleinen Gaskocher mit zwei Platten. Jewell ging quer durch den Raum und sah aus dem Fenster. Gegenüber befand sich eine Kirche oder eine Stadtmission. Auf dem Dach hob sich ein blau schimmerndes Neonkreuz schwach gegen den grauen Himmel ab. Es sah mehr nach Krankenhaus als nach Kirche aus, mehr nach dem Emblem auf einem Rettungswagen.

Als sie sich umdrehte, hatte der Verwalter den Blick auf sie gerichtet. Die dichten weißen Augenbrauen kringelten sich auf seiner Stirn. »Was ist mit Ihrer alten Wohnung?«, fragte er misstrauisch. Sein Akzent ließ sie an Nazi-Verhöre denken. »Warum wollen Sie umziehen?«

Jewell schluckte. Kaum hatten sie und Celeste ihr Haus betreten, hatten sie gewusst, dass es das Richtige für sie war. »Das ist es, Jewell!« Celeste hatte gestrahlt. »Das ist *unser Haus!*«

»Ich lasse mich scheiden«, erklärte Jewell dem Manager. Das flaue Gefühl im Magen stieg ihr in die Kehle. Sie spürte, wie ihr Kiefer schlaff wurde, wie sich der Speichel in ihrem Mund sammelte. »Ich muss ausziehen. Ich brauche eine neue Wohnung.«

Der alte Mann, der seine wässrig-blauen Augen auf sie geheftet hielt, hatte etwas Unheimliches. Jewell versuchte sich zusammenzureißen. Sie ging zu der Spüle hinüber und öffnete das darüber hängende Medizinschränkchen. Sie fühlte sich schutzlos, ihre Nerven lagen blank. Alles konnte ihr den Rest geben, selbst die abgestoßene Stelle des Spülbeckens, schwarz in weiß. Niemand hatte das Medizinschränkchen ausgeräumt. Die Böden wiesen Rostflecken von alten Rasierklingen auf. Ein paar Streifen Pflaster und einige Wattebäusche lagen noch darin.

Sie presste sich die Hand vor den Mund.

»Das Bad ist den Flur runter«, sagte der Verwalter.

Die Wohnungen, in denen sie als Kind gelebt hatte, hatten ihre Mutter in den Wahnsinn getrieben. All die sogenannten Freunde ihres Vaters, die kamen und gingen, all die anderen Familien, mit denen sie zusammengehaust hatten, all die Kinder, die sich untereinander mischten wie Welpen, die vergessen hatten, wer ihre eigene Mutter war. *Ihre* Mutter schleppte andauernd ausrangierte Möbel an, baute Tische aus Milchkisten, schmückte die Wände mit Bettüberwürfen. Kein Wunder, dass sie schließlich durchgedreht war.

s. hell, kl. Gart., ruh., erinnerte Jewell sich. Der Raum verschwamm, als sich ihre Augen mit Tränen füllten.

»Wollen Sie es sich ansehen?«, fragte der Verwalter.

Jewell schüttelte den Kopf.

Es hatte angefangen zu regnen. Die Tropfen pochten hohl ans Fenster.

20

Regen prasselte ans Fenster wie Schrotkörner. Logan stöhnte, als er die Augen öffnete und die schwere Wolkendecke draußen sah. Das dichte, erstickende Grau. Direkt unter seinem Brustbein, ganz oben in seinem Magen, machte ihm ein zehncentgroßes Loch zu schaffen. Er spürte, wie er aus diesem Loch auslief: seine Seele, seine Energie, jeder Wunsch, jedes Begehren, jeder Grund zum Leben blutete unter leisem Zischen heraus wie aus einem nadelgroßen Loch in einem Schlauch. So würden sie ihn finden: platt, ein Balg in einem abgewrackten Bett.

Er fühlte sich dermaßen scheußlich. Wozu das alles? Der andauernde Verzicht, Tag für Tag, *nein nein nein* sagen, wenn er nichts anderes wollte als *ja* sagen. Es hinter sich bringen. Das Pochen in seinen Adern spüren, höher und höher, die Kraft und das Wissen und alles glitte an seinen Platz. Draußen röhrten Autos die Straße entlang, in die eine Richtung, in die andere Richtung. Hupen erklangen, Hotelportiers pfiffen nach Taxis, Flugzeuge starteten und landeten. All diese Menschen da draußen, und nicht einer, den er in diesem Augenblick anrufen und fragen konnte, wie es ihm ging und was er machte. Niemand, den er sehen wollte oder der ihn sehen wollte. Niemand, den er lieben konnte. Nicht einen Menschen. Die Frauen waren weg, das hatte er sich selbst zuzuschreiben. Seine Mutter war tot. Seine Kinder gingen ihre eigenen Wege.

Ja, er tat sich wirklich leid.

Einer der Typen im Knast, ein Muslim, der wegen Unterschlagung einsaß, hatte gesagt, in seiner Religion müsse man nicht glauben. Man brauchte bloß die Regeln zu befolgen: beten, fasten, mildtätig sein. Morgens, mittags, abends, einfach nur so tun als ob, dann werde der Glaube sich bald von selbst einstellen, fast ohne dass man es merkte. Also stand Logan auf. Er pinkelte ins Waschbecken, wusch und rasierte sich, zog sich an. Dumm, dass sie vergessen hatten, einem zu erzählen, dass man es mit dem Leben aufnehmen musste, wenn man sauber war. Kleines Detail. Das Leben ist immer noch da und du auch, derselbe Verlierer wie immer. Er war nüchtern und sauber, ja und? Er war immer noch ein neununddreißigjähriger Ex-Knacki, der im Grunde keine Ausbildung hatte, keine Interessen, keinen Plan, kaum Freunde, keine Familie, der in einem Scheißjob feststeckte und immer öfter an die alten Gepflogenheiten dachte: beschaffen, einwerfen, verkaufen.

Logan kämmte sich das Haar und fasste es hinten mit einem Gummiband zusammen. Er zog seine Jacke an, setzte das Basecap auf und versuchte die schlimmen Gedanken zu vertreiben. Zumindest ein Stück weit. Zumindest für den Moment. Erst mal frühstücken, sagte er sich, dann kannst du dir was beschaffen. Nur gemach, eines nach dem anderen.

Er ging die Treppe hinunter. Der Zimtschnecken-Duft war sehr intensiv an diesem Tag, und er nahm es als gutes Zeichen, als Signal dafür, dass die Dinge sich zum Besseren wendeten. Salem, der Verwalter, hockte in seinem kleinen Kabuff in der Eingangshalle und las Zeitung, und der große fette Kerl mit den bandagierten Füßen saß in einem der Sessel und beobachtete den Regen. Aus dem Loch in Logans Brust pfiff es wie der Wind durch ein zerbrochenes Fenster und laugte ihn aus. Es war immer dieselbe Stelle, ein Druck oberhalb des Herzens, da wo die Rippen sich trafen, als drücke jemand die Fingerspitze darauf. Es war ein altvertrautes Gefühl, er kannte es, so weit er zurückdenken konnte. Die Stille in einem Haus, wenn die Tür sich schloss und man allein war. Das Sirren fluoreszierenden Lichts, der Geruch warmer Fleischwurst, der Anblick der schmuddeligen Dämmerung, wenn man nicht schlafen konnte. Herrgott. Er presste die Hand auf die Stelle, um das Auslaufen zu stoppen.

Als er hinaustrat, blies ihm der Regen ins Gesicht. Frühstück, rief er sich in Erinnerung. Erst mal frühstücken, um den Rest konnte er sich anschließend Gedanken machen. Drüben im Olympic Flame gab es zwei Eier, zwei Streifen Schinkenspeck, Hash Browns und Toast für zwei Dollar neunundneunzig, was billig war, aber mit Trinkgeld kam er auf mehr als drei Dollar, und Geld war ja auch so eine Sache. Die Kohle war knapp. Es machte ihn krank: das ewige Sparen und Zusammenkratzen, jeden Cent zweimal umdrehen. Sechs Dollar die Stunde. Pah! Peanuts. Wenn er Glück hatte und fünf Stunden am Tag arbeiten konnte, verdiente er schlappe dreißig Dollar, nicht mal genug, um sein gottverdammtes Zimmer zu bezahlen, dieses flohverseuchte Loch mit dem abgewrackten Bett und wer weiß was für Flecken auf dem struppigen Scheißteppich. Das Zimmer, in dem sich Hunderte von armen Schweinen vor ihm betrunken oder die Wände angestarrt hatten oder, wenn sie Glück hatten und ein bisschen Geld, sich in zehn Minuten einen runterholen ließen, bevor sie ihr jämmerliches Leben fortsetzten. In der Zwischenzeit hockte irgendein Wichser an einem Schreibtisch und bekam *dreißig Dollar die Stunde* dafür, dass er Papiere herumschob, oder noch schlimmer, *dreißig Dollar in fünf Minuten,* weil er seinen Namen unter einen Abschluss setzte oder tausend andere verfluchte Dinge tat, die weniger Arbeit machten als sich abzurackern und einem armen Teufel, der nicht mal einen Finger krummachen konnte, den Arsch abzuwischen.

Wie? Wie würde er je zu Geld kommen? Bei Four Brothers Furniture bog er ab, und der Regen schlug ihm in den Nacken und jagte eisige Schauer über sein Rückgrat. Wenn er so weitermachte, kam er nie auf einen grünen Zweig. Selbst wenn er *zwanzig Stunden am Tag* arbeitete, würde er bloß beschissene hundertzwanzig Dollar machen, vor Steuern – das war doch ein Fliegenschiss. Simba, der Typ, der Weihrauch und Duftöle verkaufte, hatte seinen Tisch unter dem Vordach der Bodega Santa Maria aufgebaut. Logan gab ihm fünf. Eine Menge Leute würden ihm ein bisschen Stoff vorstrecken, ohne Bares auf die Hand. Er musste nur ein Wort sagen. Er konnte es rasch verticken, einen schönen Reibach machen und sich verpissen. Ab nach Mexiko oder nach Osten, in die Provinz, sich eine nette kleine Bleibe suchen. Von vorn anfangen.

Mann, war er mies drauf.

Das Olympic Flame war lang und schmal, mit einem Tresen, der sich die ganze Wand entlangzog, und einer Reihe von Zweiertischen auf der anderen Seite. Der schwere heimelige Geruch von heißem Fett stieg Logan in die Nase, noch bevor er eintrat. Drinnen war es dämmrig. Vier oder fünf Typen hockten am Tresen. Gus, der griechische Besitzer, machte sich an der Bratplatte zu schaffen und behielt gleichzeitig seine blondierte Frau im Auge, die an den Tischen bediente. Sie hatte einen netten, knackigen kleinen Hintern. Oso, ein großer schlaksiger Kerl, dessen Leben einzig um Basketball und die L.A. Lakers kreiste, schwitzte vorn am Ende des Tresens, gleich bei der Tür, über den Sportseiten. Logan ging eilig an ihm vorbei. Sich eine Persönlichkeitsanalyse jedes einzelnen Spielers anzuhören war das Letzte, wonach ihm der Sinn stand.

»Logan, alter Knabe«, sagte Gus.

Irene, seine Frau, schenkte ihm Kaffee ein.

Logan bestellte Spiegeleier, kurz gewendet, mit Roggentoast. Er trank seinen Kaffee und sah zu, wie Gus Pfannkuchen wendete. Warum konnte er nicht mehr wie andere Leute sein? Warum machte er sich nichts aus den gottverdammten Lakers oder einer Frau mit Knackarsch oder Jesus im Himmel oder einem niedrigeren Spritverbrauch oder trockenheitsresistenten Pflanzen? Irgendetwas. Das Problem beim Cleansein war, dass einem alle möglichen Dinge in den Sinn kamen. Verrückte Dinge, Dinge aus der Vergangenheit. In Technicolor. Man hatte keinen Einfluss darauf. Es war wie in diesem Artikel, den er in einer alten Zeitschrift, die in der Eingangshalle des Morningstar herumlag, gelesen hatte: Irgendein Wissenschaftler hatte das Gehirn eines Mannes mit einem ganz feinen Pinsel berührt, und jedes Mal, wenn er eine andere Stelle berührte, erinnerte sich das arme Schwein an etwas, das fünfzehn oder dreißig Jahre her war, als wäre es am Tag zuvor passiert. Das Experiment bewies, dass alles, jede noch so kleine Sache, in deinem Gehirn gespeichert war und nur darauf wartete, unversehens über dich herzufallen. Es war fast so wie einen Trip einzuwerfen. Und das war genau das, was Logan widerfahren war, was seine Nerven zum Zerreißen gespannt hatte. Just an diesem Morgen, aus heiterem Himmel, war die Erinnerung aufgetaucht, wie er einmal über einen Bauzaun auf eine Brache geklettert und auf der anderen Seite auf ein Brett gesprungen war, genau in den Nagel, der am Ende herausragte. Er musste neun oder zehn gewesen sein. Der Schmerz schoss ihm das Bein hoch bis ins Rückgrat. Und als er nach unten geblickt hatte, sah er, dass der Nagel seinen Fuß durchbohrt hatte und oben rausguckte. Er hatte ewig nicht daran gedacht, aber an diesem Morgen stand es ihm so lebendig vor Augen wie in dem Moment, als es passiert war.

Und das war nur die Spitze des Eisbergs.

»Noch Kaffee?«, fragte Irene und hob die Kanne. Sie hatte sehr viel Mascara aufgetragen. Jede Wimper dick wie ein Zahnstocher.

Logan nickte, obwohl der Kaffee dem Loch in seiner Brust nicht guttat. Er sah es vor sich wie das Brandloch einer Zigarette in einer Decke, der Rand verkokelt und spröde, der rosige Mund in der Mitte offen, saftig.

»Möchtest du das mitnehmen? Soll ich's einpacken?«, fragte Irene. Sie flirtete mit ihm, als sie auf seinen Teller deutete, den Kopf neigte und lächelte. Alles, was übrig war, waren ein Rest Hash Browns und eine halbe Scheibe Toast. Lieber Gott, für wie abgebrannt hielt sie ihn?

»Nein, du kannst abräumen. Ich bin fertig.«

»Möchtest du sonst noch was?« Sie warf einen verstohlenen

Blick zu ihrem Mann hinüber. Dann tätschelte sie Logan die Hand. »Kann ich sonst noch was für dich tun?«

Als er nach draußen trat, hatte der Regen aufgehört, und die Sonne versuchte durch die Wolken zu dringen. Das war der Augenblick, in dem er beschloss, zu einem Meeting zu gehen. Im New Way Tabernacle drüben am Broadway gab es eines um halb zwölf, in fünf Minuten. Logan schlug die Richtung ein und beschleunigte seine Schritte. Man konnte ihm nicht vorwerfen, dass er sich nicht bemühte. Es war Sehnsucht, dachte er, dieses Loch in seiner Brust. Schmerzliches Verlangen. Er zog den Schirm seines Basecap tiefer ins Gesicht und schob die Hände in die Taschen. Er überquerte die Straße und überlegte, wie er Klartext reden würde, sobald das Meeting begann. Er würde all seine Probleme darlegen. Vielleicht half es.

»Hey, hey, hey!«, rief jemand hinter ihm. »Hey! Du! *Ssst! Ssst!*«

Logan wandte sich um. Eine hochaufgeschossene Gestalt in einem schenkellangen Pullover und mit tief ins Gesicht gezogener Mütze gestikulierte wild.

»Warten!«, rief der Mann. »Kommen!«

Irgendein Verrückter. Aber als Logan sich schon wieder umwenden und seinen Weg fortsetzen wollte, kapierte er, dass es Wally war, der Typ von K&M Liquors, wo Logan manchmal Lotto spielte. Er hatte ihn außerhalb seines Kassenkabuffs hinter dem Tresen, wo er gewöhnlich saß und Fernsehen guckte, nicht gleich erkannt.

»Hey, wo sein?«, rief Wally. »Ich suchen dir.«

Logan wusste nicht, ob Wally ein Sprachproblem hatte oder einfach nur beschränkt war. Er hatte auch noch nicht rausbekommen, wo Wally eigentlich herkam. Serbien oder Kroatien oder eines dieser Länder, die auseinanderbrachen. Irak oder Iran oder Afghanistan oder einer dieser Flecken im Mittleren Osten, wo sie sich dauernd gegenseitig in die Luft jagten. Jedenfalls konnte der Knabe nur drei Wörter Englisch. Er war jedoch so herzlich, als wäre Logan ein langvermisster Freund. Logan machte kehrt und ging zu Wally hinüber, der auf der Schwelle des Ladens stand.

»Hey, Mann, wie geht's?«, meinte Logan.

Wally schlug ihm mit der flachen Hand auf die Brust, genau dorthin, wo das Loch war. »Hey, du gewinnen, du gewinnen!«, strahlte er.

»Wer, Mann? Wovon redest du?«

Wally sah Logan mit großen Augen an, als wäre er der Verrückte. »Ja, sie kommen. Sie sagen mich. Sie sagen mich dein Name!«

Logans Puls beschleunigte sich. Er wusste nicht, ob er Schiss hatte oder aufgeregt war. »Ich hab im Lotto gewonnen?«, fragte er misstrauisch.

Wally schüttelte erregt den Kopf. »Hier!« Er packte Logan beim Handgelenk und zog ihn in den Laden. »Hier! Sehen! Hier!«

Wally duckte sich unter dem Tresen hindurch, drückte einen Knopf, um die Kasse zu öffnen, und fischte einen kleinen Papierabschnitt heraus. »Sehen!«, sagte er und hielt ihn Logan hin. »Sehen!«

HAUPTGEWINN: REISE NACH MEXIKO stand da. Logan brauchte einen Moment, bis er seine eigene zittrige Schrift erkannte: Name, Adresse, Telefonnummer. Dann erinnerte er sich an das Glas auf dem Tresen, an das Lotterielos, das er einige Wochen zuvor ausgefüllt hatte, an einem Tag, an dem er gut bei Kasse gewesen war.

Wally schnappte ihm das Los weg. »Telefon nicht gehen. Sie versuchen.«

»Ja, das Telefon ist am Ende des Flurs, da wo ich wohne. Ein Münzfernsprecher. Das war noch bevor ich mein Handy hatte. Da geht nie einer ran.«

Wally suchte unter dem Tresen und zog einen Briefumschlag hervor. »Du gewinnen!«, sagte er. »Hier anrufen.«

Bingo, einfach so.

Logan vergaß sein Meeting. Mexiko. *Mexiko*. Mit Anfang zwanzig waren er und sein Freund Bellamy fast ein Jahr lang kreuz und quer durch Mexiko gezogen. Sie hatten am Strand geschlafen oder hinten auf der Ladefläche des Pick-up. Es gab nichts Schöneres: der intensive Geruch nach Lagerfeuer in der Luft, Hähne, die frühmorgens krähten. Das Bier und der Strand. Die Sonne. Und das Wasser. Blau, Baby. *Blau*.

Ein Bus rumpelte vorüber und hinterließ eine Dieselwolke. Logan blieb unter der Markise eines Schuhgeschäfts stehen und öffnete den Umschlag. Er hatte eine einwöchige Reise nach Cancún gewonnen, alles inklusive. *Verdammt – unglaublich*. Auf seiner anderen Reise war er in Yucatán gewesen. Er und Bellamy hatten wochenlang in einem Palapa-Dorf in einer Bucht in der Nähe von Tulum gelebt und den Gringos, die kamen, um zu saufen und zu vögeln, Gras verkauft. Eine der schönsten Erinnerungen seines Lebens war, wie er sich in dem türkisfarbenen Wasser treiben ließ und die Sonne auf ihn herabbrannte. Es war perfekt gewesen. Es ließ nichts zu wünschen übrig. Wenn er dahin zurückgehen könnte …

Aber das konnte er nicht. Es würde gegen seine Bewährungsauflagen verstoßen, und zwar richtig.

Während Logan dastand und auf den Gewinnschein starrte, während Leute achtlos an ihm vorübergingen, sich Schuhe und Stiefel im Schaufenster des Shoe Pavillon aneinanderreihten, Kaugummi auf dem Gehweg klebte, Autos Split aufwirbelten, wer kam da des Weges? Pete Cortez. Pete – Petey, sein alter Kumpel. Sie waren gemeinsam zur Highschool gegangen und hatten in jungen Jahren zusammen Party gemacht. Eine Zeitlang hatten sie sogar gemeinsam eine Gartenbaufirma betrieben und schwer Kohle gescheffelt, die feinen Pinkel in Laguna Beach richtig bluten lassen. Petey war ein Zauberkünstler, was Pflanzen anging, er konnte alles in einen gottverdammten Garten Eden verwandeln.

Die hohen Tiere hatten sich um ihn gerissen. Logan warf den Kopf in den Nacken und lachte. Gott, es musste zehn, zwölf Jahre her sein.

»Du liebe Güte – Logan!«, rief Petey. Er strahlte übers ganze Gesicht. »Wo hast du gesteckt, Mann? Wo zum Teufel warst du?«

»Hier und da.« Logan lachte. »Hier und da.«

»Wohnst du hier in der Gegend?«, fragte Petey. »Ich ja. Nur ein paar Straßen weiter.«

»Ja, ich wohne im Morningstar. Kennst du das? Wie lange ist das her? Was gibt's Neues? Mann, wir sind doch echt alte Kumpel.«

Sie umarmten einander, schlugen sich auf die Schulter. Von nahem roch Petey nach Bier. Er sah ein bisschen schmuddelig aus, hätte eine Rasur vertragen können, und Jeansjacke und Levi's gehörten in die Wäsche. Aber er war noch immer der freundliche alte Knabe mit der leisen Stimme. Dünn wie eine Schlange und schlaksig, er bewegte sich wie eine Marionette. Er hatte Spanielaugen: dunkelbraun und sanftmütig.

»Ich bin auf dem Weg ins Fuse«, sagte er und wies die Straße hinauf. »Komm mit. Ich geb einen aus.«

Da haben wir's, dachte Logan. Er schob die Hände in die Taschen und senkte den Blick. Zigarettenstummel, die auf dem Gehweg ausgetreten worden waren. *Ich trinke nicht. Ich trinke nicht mehr. Ich hab aufgehört zu trinken.* Er konnte sich nicht für eine Variante entscheiden. Er sah auf die Uhr. Fünf nach zwölf. »Was ist das Fuse?«, fragte er.

»'ne Kneipe die Straße rauf. Nichts Besonderes, aber gut zum Abhängen. Billig.« Petey hatte ein sehr schönes, sehr warmes Lächeln. »Meine Stammkneipe.« Er grinste und schlug Logan auf die Schulter.

Nur weil du in eine Kneipe gehst, heißt das nicht, dass du trinken musst. Hatte Logan sich das nicht bereits bewiesen? Der Alkohol war ohnehin nicht sein Hauptproblem. Und wie oft traf man an einem trübsinnigen Tag einen alten Kumpel? Wie oft gewann man eine Reise, alles inklusive, selbst wenn man sie nicht antreten konnte?

»*Vamonos*«, sagte Logan.

In der Kneipe war es düster. Es dauerte eine Weile, bis sich die Augen an das Licht gewöhnten und man die Typen an der Theke ausmachen konnte, die miteinander schwatzten oder sich mit dem Barkeeper unterhielten, einem Mann mit Koteletten, die sich die Wangen hinabringelten, am Kinn eine Kurve nach oben beschrieben, um sich mit einem struppigen Bart zu vereinen. Pete hatte recht, es war nett hier. Er bestellte sich ein Miller Draft. Logan eine Cola.

»Heute ist mein Glückstag«, sagte Logan und zerbiss einen Eiswürfel. »Du kommst nicht drauf, was passiert ist.«

Er zog die Gewinnbenachrichtigung aus dem Umschlag und zeigte sie Petey. »Das einzige Problem ist, dass ich das Land nicht verlassen kann.«

»Wieso nicht?«

Pete trank, als wäre er am Verdursten. Er kippte das Bier mit wenigen Schlucken runter und bestellte sich ein neues.

»Kleines Problem mit dem Gesetz«, sagte Logan. Er grinste. »Ich bin auf Bewährung.«

Sie sprachen eine Weile von Mexiko und was für eine verdammt andere Welt das war – dichter am Leben, dichter am Tod. *Wirklicher.* Logan versuchte zu erklären, wie das Wasser dort an der karibischen Küste war, genau wie in dem Film *Liquid Sky.* Funkelnd und klar. Sie beschlossen, dass Logan fahren könnte, wenn er wollte; man bräuchte kein Visum für Mexiko, und die Chancen stünden gut, dass es niemand mitbekam, wenn er eine Woche weg war. Das Glück würde auf seiner Seite sein. Es wäre die Sache wert, Mann. Andererseits – wenn er nicht fahren wollte, könnte er den Gutschein vermutlich verkaufen. Mochte gut fünf-, sechshundert bringen, was nicht schlecht war. Logan juckte es in den Fingern. Es gab etwas Wichtiges, das er Petey erzählen wollte, etwas Bedeutsames, Tiefgehendes, aber er konnte den Finger nicht drauflegen. Seine Beine kribbelten. Das Loch in seiner Brust flatterte wie ein angespannter Muskel.

»Ich nehm dasselbe«, sagte er, als Petey sein drittes Bier bestellte.

Es war kein komisches Gefühl zu trinken. Es war ganz normal. Was alles sagte. Typisch. So war er nun mal. Genau wie sein Vater und sein Großvater vor ihm. Wie seine Brüder und all seine Freunde. Seine Zuversicht kehrte zurück, die Unbeschwertheit. Er stieß einen Seufzer der Erleichterung aus. Wie lange war es her, seit er jemanden zum Reden gehabt hatte? Petey war anders als die Verlierer, mit denen Logan sonst zu tun hatte. Er besaß Köpfchen und mochte ihn wirklich. Nach zwei Bieren hörte Logan auf. Was ebenfalls alles sagte. *Wer sich in Gefahr begibt, kommt darin um.* Ihm war klar, dass er sich auf dünnem Eis bewegte, keine Frage. Und doch kletterte er nach zwei Bieren von seinem Barhocker, klopfte Petey ein letztes Mal auf die Schulter und ging zur Tür hinaus.

Er fühlte sich angenehm frei im Kopf, als er sich auf den Weg zurück zum Morningstar machte. Er war ganz ruhig. Er bemerkte die Parkwächter in ihren weißen Jacken, die am Parkplatz herumstanden und abgebrüht taten, indem sie einander ihre Kippen vor die Füße schnippten. Er bemerkte, wie schnell die Wolken über den Himmel zogen, die weiße Limousine vor der Rettungsmission, wenige Straßen von seiner Pension entfernt, die verloren wirkende junge Frau an der Bushaltestelle, die den Blick hob und ihn anlächelte, als er vorüberging.

Als er das Morningstar erreichte, begann es zu regnen. Die Putzfrau saugte die Eingangshalle. Er konnte das monotone Heulen des Staubsaugers nicht ertragen. Er nahm sein Basecap ab und schüttelte sich den Regen von den Schultern. Der Fahrstuhl war gerade da, also stieg er ein, aber als die Tür zuglitt, geriet er in Panik. Der Fahrstuhl war in etwa so groß wie so manche Zelle, in der er gesessen hatte. Er zwang sich, stillzustehen und nicht an die Wände zu hämmern. Der Fahrstuhl kroch zum dritten Stock hinauf. Logan stürzte hinaus, als die Tür aufglitt, und schnappte nach Luft. Die Heizkörper glühten förmlich, der Flur war der reinste Ofen.

Fernseher plärrten hinter geschlossenen Türen: Spielshows, Talkshows, Seifenopern. Er ging an ihnen vorüber. Das Loch in seiner Brust war wie ein schmerzender Zahn, wie Karies, wenn man was Süßes aß. In dem Zimmer neben dem Bad schrie jemand etwas. Lieber Himmel, war es heiß hier! Wie in einer gottverdammten Sauna. Nicht dass er je in einer Sauna gewesen wäre. Man sollte doch meinen, sie wollten Energie sparen. Er bog um die Ecke und ging bis zum Ende des Flurs zu seinem Zimmer. Er stand vor seiner Tür und betrachtete die drei unschuldigen Zahlen: 3 – 1 – 2. All die einsamen Stunden, die er da drinnen verbracht hatte, holten ihn ein, die Nächte, in denen er im Bett gelegen und an die Decke gestarrt hatte, die Morgenstunden, in denen er aufgewacht war und an seinen Füßen vorbei zum offenen Fenster geblickt und in den weiten leeren Himmel über Los Angeles geschaut hatte. Sich alle Mühe gegeben hatte, nicht wieder auf die schiefe Bahn zu geraten. Er steckte den Schlüssel nicht ins Schloss. Er glaubte das Zimmer vielleicht nie wieder betreten zu können. Als ob schon jemand anders darin wohnte.

Stattdessen klopfte er leicht an die Tür des Nachbarzimmers. Damon öffnete sofort, als hätte er gewartet. Ein Nervenbündel. Logan war nicht überrascht: Er wusste, dass Damon sich nun schon seit fast einer Woche in seinem Zimmer verkroch. Er hatte Damons Hanteln spät in der Nacht nicht gehört; er hatte das Radio nicht gehört; er hatte nicht gehört, wie Damon morgens zur Arbeit ging oder abends wiederkam. Teufel noch mal, Logan hatte den Stoff riechen können, durch das offene Fenster kam er förmlich hereingekrochen.

»Hey«, sagte Damon.

Drinnen herrschte der chemische Geruch eines Menschen, der auf Hochtouren lief, der ätzende Geruch eines Menschen, der niedere animalische Gelüste wie Essen und Sex und Schlaf gegen das hochfliegende Brennen und Sirren eines Bewusstseins eingetauscht hatte, das auf einer anderen Frequenz vibrierte. Logan verlor keine Zeit. Damons Stoff lag offen auf dem Tisch am Fenster.

»Hast du 'ne Line für mich?«, fragte Logan.

Zwei Stunden später saß Logan mit dem Gesicht zum Fenster auf dem Fußende seines Bettes, die Hände auf die Knie gestützt. Eines hatte zum anderen geführt. War das nicht immer so? Verdammt erstaunlich. Eine Kettenreaktion. Erst hatte er in der Lotterie gewonnen, dann hatte er Petey getroffen. Wenn er Petey nicht getroffen hätte, hätte er kein Bier getrunken. Wenn er kein Bier getrunken hätte, hätte er nichts gezogen. Wenn er die erste Linie nicht gezogen hätte, dann auch nicht die zweite. Und dann die dritte und die vierte und die fünfte, dann das Crack, und dann immer so weiter, und da saß er nun. Und wenn jetzt sein Telefon klingelte und sein Bewährungshelfer ihn zu einem Test einbestellte, dann war's das. Er würde wieder da sein, wo er angefangen hatte: im Bau, mit dem Gestank von Scheiße und Schweiß und dem Lärm, der von den nackten Wänden widerhallte wie Kiesel, die in einer Blechbüchse geschüttelt wurden. Er war ein gottverdammtes blödes Arschloch! Ein saudummer beschissener Vollidiot! Herr im Himmel! Was zum Teufel hatte er sich dabei gedacht?

Er suchte nach einer Entschuldigung, einer Ausflucht. Er bekämpfte den Drang, sich unterm Bett zu verkriechen, Schutz zu suchen, sich die Ohren zuzuhalten. Bitte lass den Bewährungshelfer nicht ausgerechnet jetzt zum Telefon greifen, bitte lass ihn nicht an die Tür klopfen. Seine Gedanken überschlugen sich: der versaute Test, das Gesicht des Einbuchters, wenn sie ihn wieder ablieferten. Beklommen wurde ihm klar, wie gut er es gehabt hatte. Und jetzt hatte er alles versaut. Goodbye, Zimmer im Morningstar, Kaffee und Zeitung um die Ecke, eins neunundneunzig für eine Portion chinesischer Nudeln in der Jade Kitchen. Keine abendlichen Spaziergänge mehr über kaugummiübersäte Gehwege, kein zielloses Rumkutschieren in seinem Toyota mit dem klopfenden Motor, kein morgendliches Rumsitzen auf der Mauer unten an der Strandpromenade, wo er den in Shorts joggenden Fraucn zugenickt hatte. Salvetti und seine dünne Frau würden ohne ihn auskommen müssen. Er würde Jewell nicht wiedersehen.

Hätte er bloß die zwei Bier nicht getrunken. Dann wäre auch der Rest nicht passiert. Oder vielleicht doch, man wusste nie. Vielleicht hatte es einfach passieren sollen, vielleicht stand es so in seinen Sternen geschrieben. Ein kleiner Ausrutscher, und alles war zum Teufel. Es gab kein Zurück. Er war am Arsch.

Zumindest war es nun vorbei. Er hatte es getan, und nun konnte er aufhören, sich Sorgen zu machen, wann es wohl passieren würde. Doch er konnte nicht wieder in den Bau zurück. Nein, nein, nein. Es war kein Spaß, wenn man älter wurde. Und er war heute anders. Trotz seines Ausrutschers hatte er sich verändert. Eines war sicher, er musste von der Bildfläche verschwinden, bevor sie ihn auf frischer Tat ertappten. Raus aus dem Morningstar, sich rar machen.

Dann fiel ihm seine Reise wieder ein. *Natürlich!* Jetzt kapierte er. Er lachte, schüttelte den Kopf. Es stand ihm klar vor Augen, in Lebensgröße. Er musste nur einen Schritt zurücktreten und das Gesamtbild ins Auge fassen. Den Plan. Wie jedes Teil an seinen Platz fiel. Wow! Es ergab alles vollkommen Sinn. Und er hatte die ganze Zeit gedacht, er wäre verloren und jemand anders zöge die Fäden.

Es war alles vorherbestimmt: seine Stimmung an diesem Morgen, der Lotteriegewinn, die Begegnung mit Pete, das Biertrinken. Das Speed sniefen, das Crack rauchen, der Rückfall. Alles nur damit er hier rauskam, damit er mit dem Gewinnlos neu anfing. *In Mexiko.* War das nicht eine neue Welt mit neuen Regeln? Wo sich das wirkliche Leben abspielte? Ohne die Versuchungen, denen er hier ausgesetzt war? Wo alles billig war, wo er sich ein Haus leisten konnte und den Neuanfang packte, die Kurve kriegte.

Eine Welle der Erleichterung überkam ihn. Dankbarkeit. *Mexiko.* Die heilsame Hitze der sengenden Sonne. Das wunderbare Glitzern des blauen, blauen Wassers.

Er würde fahren. Seine Chance nutzen.

21

Erst als er die Stoßzähne aus dem Wasser ragen sah, den mächtigen Rüssel, der ein schmerzerfülltes Trompeten auszustoßen schien, merkte Rudy, wo er war. Umgeben von Türmen aus Glas und Stahl, die sich in den bewegten Himmel reckten, durchbrach die gezackte Teergrube die Erdkruste wie ein Loch in einem Backenzahn. Eine Kindheitserinnerung tauchte auf: die Mammutfamilie am Rande der gefluteten Grube, der Springbrunnen, der sich verloren in das graue Wasser ergoss. *La Brea,* die Teergruben. Selbst jetzt noch ließ der Name ihn nicht gleichgültig. Er bremste, bog nach links ab, fuhr einmal um den Block. Beim zweiten Mal fand er einen Parkplatz. Warum nicht?, dachte Rudy. Er musste schließlich noch den ganzen Nachmittag totschlagen.

Er fütterte die Parkuhr und zog den Reißverschluss seiner Jacke hoch. Der Wind nahm zu. Rudy ging an dem eisernen Geländer entlang, das den Teich säumte, bis er so nah wie möglich an den drei Mammuts stand: das größte war bis zu den Schultern im Wasser, es warf den Kopf mit weit aufgerissenem Maul zurück, als flehe es den Himmel um Gnade an. Am sicheren Ufer sahen die Mutter und das Babymammut ruhig zu – ahnungslos oder gleichgültig. Das hatte ihn als Kind gestört: dass die beiden Mammuts stumm dastanden, während der Vater sich abstrampelte, gefangen im Teer. Unter ihm die Gebeine all der anderen Tiere, die das gleiche Schicksal erlitten hatten – schreckliche Wölfe, riesige Faultiere, Säbelzahntiger, mächtige Geier und winzige Pferde, die eines nach dem anderen von dem hervorquellenden Teer verschlungen wurden.

Rudy wurde klar, dass er als Kind geglaubt hatte, sie wären echt. Dass La Brea eine Zufluchtsstätte direkt am Wilshire Boulevard war, wo all die Tiere und ihr Lebensraum erhalten worden waren wie seit prähistorischen Zeiten. Das Familientrio würde da sein, wann immer er kam: der Vater kämpfend, die Mutter und das Kind friedlich zusehend. Als er das Gesicht an die Umzäunung legte, sah er Los Angeles, wie es einst gewesen war: dunstig und grün, dicht bevölkert von Tieren, deren Gebeine sich unter dem Gehweg befanden, auf dem er gerade stand. Trostlosigkeit lag über dem Massengrab, das jedes Jahr von einer weiteren Schicht gemetzelten Lebens bedeckt worden war. Selbst jetzt noch empfand Rudy ein Gefühl von Verlassenheit, eine dumpfe Ahnung von Gefahr.

Gleichzeitig war die Anlage ein von gewöhnlicher Vernachlässigung geprägter Ort, schäbig wie ein altes Fahrgeschäft. In der Nähe des Ufers trieben zerdrückte Pappbecher, Plastiktüten und Softdrinkverpackungen im Schilf. Die Farbe der Mammuts war abgeblättert und verblasst. Der Grünstreifen, der den Teich säumte, wies kahle Flecken auf. Das Wasser selbst war ekelig braungrün, und Rudy konnte die Algen auf dem schlammigen Boden erkennen. Blasen stiegen aus dem Schlamm auf und brodelten an der Oberfläche des Teiches. Rudy sah in ihnen die Ausdünstungen der Tiere, die dort einen langen tiefen Schlaf schliefen, Seufzer der Skelette der Bisons, der Kojoten, die dort Seite an Seite im Schlamm begraben lagen.

Als der Regen ihn im Rücken traf und in Böen über die Oberfläche des Teiches strich, zog Rudy seine Jacke enger um sich und wandte sich um. Auf dem Weg zu seinem Wagen wurde ihm klar, dass er nicht länger ziellos durch die Stadt fahren, sich hierhin und dorthin treiben lassen konnte; allein der Gedanke daran erfüllte ihn mit solcher Verzweiflung, dass er aufstöhnte, als er sich mit dem Handrücken über das nasse Gesicht fuhr. Er hätte sich am liebsten auf den Gehweg gesetzt und geweint. Noch nie hatte er sich so sehr nach seinem Bett gesehnt, dem wonnigen dunklen Zimmer, wo niemand ihn sah. Er wollte sich einfach nur noch zusammenrollen und sich die Decke über den Kopf ziehen. Er hätte ein Kissen mitnehmen sollen, dachte er, eine Decke. Dann könnte er sich auf dem Rücksitz des Wagens ausstrecken und ein Nickerchen machen, während der Regen tröstend auf das Dach trommelte.

Stattdessen wanderte er die sachte Anhöhe zum Museum hinauf, einem niedrigen, bunkerartigen Gebäude. Er war nie zuvor drinnen gewesen und dachte bei sich, dass er sich dort zumindest würde hinsetzen können, vor dem Regen geschützt. Es waren nur wenige Leute zugegen. Hinter der Kasse erblickte er einen Museumsshop. Rudy öffnete den Reißverschluss seiner Jacke. Der Eintritt war nicht billig, aber er beschloss es sich zu leisten.

Als er ihr das Geld hinhielt, schnappte die junge, zerbrechlich wirkende Frau an der Kasse nach Luft und schlug die Hand vor den Mund.

»Oh, Sir! Was ist denn mit Ihnen passiert?«

Rudy folgte ihrem Blick zu dem roten Fleck auf seiner Brust. Er war zu einem dunkelroten Mal getrocknet. Rudy betrachtete ihn einen Moment, dann bedeckte er ihn mit der Hand: »Alles in Ordnung«, sagte er. »Kein Grund zur Sorge.«

Drinnen fiel es ihm schwer, sich zu konzentrieren. Es gab so vieles: automatische Tiere, die sich bewegten und brüllten, wenn man einen Knopf drückte; plastisch wirkende Schaubilder von Wolfsrudeln und schmausenden Aasgeiern; ölgefüllte Bottiche und interaktive Hebel, um nachzuspielen, wie es war, im Teer festzustecken. Skelette über Skelette über Skelette. Unmengen von Knochen. Rudy strich mit der Hand über einen Mammutzahn von der Größe eines Schemels. Er las Schilder, auf denen erklärt wurde, dass Blätter und Wasser die Oberfläche der Teertümpel verbargen und wie Tiere, die im Asphalt feststeckten, andere ebenfalls hineinlockten. Horden von Schulkindern tobten durch das Museum und kreischten wie Papageien. Wächter in blauen Uniformen sahen von den Türeingängen aus zu.

Ein langsamer Schmerz bildete sich an Rudys Steißbein, als ob sich ein Muskel verkrampfte. Seine Schläfen und sein Nacken pochten. Er ging zu einer Bank in der Nähe des Fensters, um sich eine Minute auszuruhen, und versuchte, den Raum klar in den Blick zu bekommen. Er war müde, so müde. Der Raum dehnte sich aus und zog sich zusammen. Die Decke war schwindelerregend hoch. Die Wände gerieten aus dem Lot, bogen sich zu verrückten Winkeln. Einen Augenblick wusste er kaum, wo oben und unten war, und Rudy ließ die Fäuste schwer auf die Schenkel fallen, um sich Halt zu geben. Was war los mit ihm? Vielleicht lag es am Essen, dachte er. Vielleicht musste er was essen. Der Boden neigte sich. Der Raum war zu groß. Horizonte weiteten sich in allen Richtungen. Wenn er nicht bald in einen kleineren Raum gelangte, würde ihn das Nichts verschlingen.

Irgendwie schaffte er es, bis zur Toilette zu kommen. Welch eine Wohltat: Das Licht war gedämpft. Die rostfreien Stahltüren und kühlen Porzellanwaschbecken beruhigten ihn. Rudy trat in eine Kabine und leerte seine Blase. Auch das war eine Erleichterung. Er hatte es den ganzen Tag eingehalten, und das hatte seine Beklemmung verstärkt. Am Waschbecken redete er sich gut zu.

Es war alles in Ordnung, es gab keinen Grund zur Beunruhigung. Er hatte kein Problem. Alles war unter Kontrolle. Er strich sich glättend über das Haar. Geh raus und amüsier dich. Schalt mal ab. Lern was. Vergnüg dich.

Er versuchte sich abzulenken, indem er an die Glasscheibe trat, hinter der weißgekleidete Männer und Frauen mit Pinseln und Lösungsmitteln Knochen reinigten. Sie arbeiteten mit gesenkten Köpfen, und ihre Latexhandschuhe und weißen Kittel wiesen Teerflecken auf. Rudy sah zu, wie sie die Pinsel eintauchten und die winzigen Knochen abtupften, die sie mit Pinzetten hielten, und säuberlich nummerierten. Der storchenartige Mann, der ihm am nächsten war, legte winzige Knochen auf einem Papierhandtuch aus. Die Beschriftung verriet, dass es sich um Mäusezähne handelte. Rudy klopfte an das Glas und winkte. Der Mann nickte und fuhr mit seiner Arbeit fort. Als Rudy wieder klopfte, ignorierte der Mann ihn. *Mäusezähne*. Na klar. Als Rudy lauter klopfte, stand der Mann auf und ging weg. Hielt der sich etwa für einen neunmalklugen Wissenschaftler? Den lieben langen Tag dahocken und Dinger, die aussahen wie Reiskörner, in Terpentin tunken? Ts! Rudy schlenderte kopfschüttelnd weiter.

Rudy überlegte gerade zu gehen, als er bemerkte, wie sich eine Gruppe von Schulkindern um einen Schaukasten auf der anderen Seite des Raumes versammelte. Er schob sich ganz nach vorn, bis er die Hände an die Scheibe legen konnte. Dort stand im hinteren Teil einer engen schwarzen Höhle ein kleines menschliches Skelett, Rudy zugewandt, als wäre es im Begriff, auf ihn zuzukommen.

»Ich seh nichts!«, sagte eines der Kinder hinter ihm.

»Hey, Fettarsch!«, rief ein anderes. »Mach Platz!«

Kichern. Giggeln. Lachen.

Rudy drehte sich nicht um. Die Gruppe von Kindern hatte einen Geruch: Kaugummi und Waschpulver. Er las die Tafel an der Seite des Schaukastens. Das einzige menschliche Skelett, das in La Brea gefunden worden war, obwohl seitens der Wissenschaft bezweifelt wurde, dass sie dem Teer zum Opfer gefallen war. *Sie.* Rudy warf einen erneuten Blick auf das Skelett. Eine junge Frau, hieß es auf der Tafel, vermutlich durch einen Schlag auf den Kopf ums Leben gekommen. Ja, genau, da war ein sternförmiger Riss in ihrem Schädel, wie bei einem angeschlagenen Ei. Ihre leeren Augenhöhlen starrten Rudy an. Die viel zu langen Arme baumelten an den Seiten; die Füße waren leicht einwärts gedreht, der Gesichtsausdruck war nicht zu deuten. Wahrscheinlich war sie irgendwo anders getötet und dann in die Teergrube geworfen worden, hieß es weiter auf der Tafel. Vermutlich ein Mord, einer der frühesten, die man je entdeckt hatte.

»Drück auf den Knopf!«, rief eines der Kinder von hinten. Ein älterer Junge, der Stimme nach.

»Los, drück!«

Rudy blickte nach unten. Zu seiner Rechten, auf Hüfthöhe, sah ein Mädchen mit dünnen Armen und gezackten Ponyfransen zu ihm auf. Ihre Schneidezähne fehlten. Grinsend legte sie den Finger auf den großen schwarzen Knopf an der Wand und drückte ihn. Gemurmel von hinten, Gedränge, als die Kinder nach vorn strebten.

Zu Rudys Erstaunen begann sich das Skelett zu verändern. Zuerst wurde es von einem schwachen Glühen umgeben, dann wuchs Fleisch auf den Knochen; der Verfallsprozess lief rückwärts ab. Binnen Sekunden stand eine gedrungene eingeborene Frau vor ihnen, bekleidet mit einem zerlumpten braunen Fell. Sie sah verstört aus, als wüsste sie, welches Schicksal ihr bevorstand.

»Sieht aus wie deine Mutter!«, rief einer der Jungen.

»Nee, wie deine!«, schrie ein anderer. »Die hat heute Morgen genau so ein Kleid angehabt!«

Kreischen, lachen und schubsen folgten. Rudy bekam einen Ellenbogen in die Seite. Über dem Kopf der Frau entdeckte Rudy sein eigenes gespenstisches Gesicht, das sich in der Scheibe spiegelte. Blass und verwirrt, sein Mund ein kleiner verkniffener Kreis.

»Sie wurde umgebracht!«, rief er und fuhr herum. »Man hat sie ermordet!«

Sofort setzte vollkommene Stille ein. Die Gesichter der Kinder sahen alle gleich aus – jedes Einzelne starrte ihn aus großen Augen entsetzt an.

»Man hat ihr den Schädel eingeschlagen«, fuhr Rudy fort und ließ den Blick von einem Kind zum nächsten gleiten. »Wie findet ihr das?«

Den Kindern stand der Mund offen. Ihre Augen wanderten schreckerfüllt von Rudy zu dem Mordopfer. Das schreckte sie auf, das brachte sie endlich mal ins Nachdenken. Das zeigte ihnen, dass das Leben nicht nur aus Spaß und Spiel bestand. Doch der Bann war nur allzu schnell gebrochen. Auf der anderen Seite des Raumes drückte jemand den Knopf für das mottenzerfressene wollige Mammut. Die Mechanik setzte sich hörbar in Gang, der Rüssel des Tieres hob sich ruckartig in die Luft, und quer durch den Raum erklang ein verzerrter Trompetenstoß. Einige der Kinder drehten sich um. Rudy blickte ein letztes Mal auf die prähistorische Frau. Das zerlumpte Gewand verschwand allmählich, das Fleisch wich von den Knochen. Nur das Skelett blieb übrig, fleckig, als hätte man es in Motoröl getaucht, die Gelenke unbeholfen verdrahtet.

»Sie sind ja krank, Mister«, sagte eines der Kinder.

Und dann bemerkte Rudy den Wärter. Es war derselbe Mann, derselbe gottverdammte Kerl, der an der Sicherheitskontrolle im Flughafen arbeitete, der Mann, der im Restaurant gewesen war und vorgegeben hatte zu essen. Der ihn beobachtet hatte. Er hätte es wissen müssen.

»Passt bloß auf«, sagte Rudy und drängte sich durch die Gruppe. »Alle miteinander.«

Der Regen hatte aufgehört. Rudy fühlte sich wie Noah, als er die Arche verließ, nachdem die Flut zurückgegangen war. Die Gehwege waren nass, das Wasser rauschte in die Gullys, die große Grünfläche war aufgewühlt und matschig. Der kleine Springbrunnen plätscherte wie zuvor, und die drei Mammuts standen wie angewurzelt da.

Er schlug einen Zickzackkurs ein, um sicherzugehen, dass er nicht verfolgt wurde. Er hatte ein bisschen Hunger. Nicht weit von seinem Auto entfernt befand sich eine Telefonzelle. Er war nicht so dumm, von zu Hause aus zu telefonieren oder von sonst einem Ort, von dem aus ein Telefonat zu ihm zurückverfolgt werden konnte, und warum nicht von hier aus. Er hatte die Vierteldollarmünzen aus dem Marmeladenglas genommen, in dem Inez sie für den Waschsalon sammelte. Was er wissen musste, stand auf den Papierschnipseln, die er mit sich herumtrug. Es war nicht schwer gewesen, die Telefonnummern und Adressen herauszufinden. Zum Warmwerden bestellte er Pizza für Glenn Waller in sein Büro und die Klempner von Roto-Rooter abends zu ihm nach Hause. Für das Wochenende vereinbarte er einen Termin mit einem Möbelrestaurator, der vorbeikommen sollte, um einen Kostenvoranschlag zu machen. Sanjay Srinivasa stand im Telefonbuch. Rudy hinterließ dessen Namen und Nummer bei mehreren Geschäften, einschließlich einem Begleitservice und einem Pornobuchladen. Und dann kam sein früherer Putztrupp: Latasha, Imogene, Maria. Er rief Waller ein paar Mal an und legte auf, wenn er sich meldete. Dann versuchte er es bei Srinivasa, aber der war nicht da.

Als er zu den verzwickteren Anrufen kam, gingen die Münzen zur Neige. Irgend so ein Idiot hängte ihn in die Warteschleife. Rudy vertrieb sich die Zeit, indem er die neue Wohnsiedlung musterte, die man dort mit Blick auf die Teergruben hochgezogen hatte. Neue betonierte Wege zweigten vom Bürgersteig ab und führten zu den Türen der beigen und grünen Gebäude, die wie Schachteln übereinandergestapelt waren. *Drei Schlafzimmer/Zwei Bäder* hieß es auf dem Schild. *Garagenanbau für zwei Wagen.* Wenn sich die Dinge geklärt hatten, würde er sich dort vielleicht ein Haus kaufen. Erstbezug, mitten in der Stadt. Das würde Inez gefallen: Sie und Vanessa konnten zu Fuß zu all den schicken Geschäften gehen, einen Nachmittag im Kunstmuseum verbringen. Er überlegte, ob sich dort drüben unter den Höfen und Terrassen auch Knochen befanden, Schicht um Schicht, wie er es auf dem Foto im Museum gesehen hatte. Die einzigen Artefakte, die er in seinem Hof zu Hause gefunden hatte, waren eine makellos klare Murmel und ein grüner Army-Soldat. Aber vielleicht war das längst nicht alles. Vielleicht gab es Steinwerkzeuge und Tonscherben, vielleicht sogar Skelette von Steinzeitmenschen wie das da drinnen. Die Grünflächen rings um die neuen Häuser nahmen gerade Gestalt an, winzige Grashalme sprossen hervor wie Flaum auf dem Kopf eines Neugeborenen. Man hatte ein Sprinklersystem am Rande des Gehwegs installiert. Der Zapfen in der Nähe der Telefonzelle schwamm in einer glitzernden Pfütze schwarzen Teers.

»Ich versichere Ihnen, dass das kein Scherz ist!«, sagte Rudy, als sich schließlich wieder jemand meldete. Die Leute waren dermaßen inkompetent! »Richtig«, erwiderte er, nachdem er einen Moment zugehört hatte. »Stimmt genau.« Ein schwerer LKW fuhr vorbei und erschwerte die Verständigung. Rudy steckte sich den Finger in das freie Ohr. »Also, sagen wir mal so: Wenn die Sache morgen in der Zeitung steht, wäre ich nicht gern derjenige, der das Ganze als Scherz abgetan hat. Wenn ich Sie wäre, würde ich die Sache ernst nehmen. *Sehr* ernst.«

Er knallte den Hörer auf.

Gott, war er müde. Und hungrig. Er hätte wirklich was Nahrhaftes essen sollen. Gemüse, oder irgendwas Warmes. Einen Apfel vielleicht, aber eigentlich verlockten ihn nur süße Sachen. Ihm taten die Füße weh, als er zu seinem Wagen zurückging. Der

Schmerz im unteren Rücken zog sich inzwischen bis in die Schultern und in die Hüften. Und wenn er einfach nach Hause führe und Inez erzählte, was passiert war? Er schloss einen Moment die Augen, stellte sich vor, wie sie ihm die Arme um den Hals schlang und ihm ins Ohr flüsterte, dass alles in Ordnung kommen würde. Doch dann erinnerte er sich an das Gesicht, das Waller gemacht hatte, und wie die Kinder im Museum ihn wenige Minuten zuvor gequält hatten. Selbst Inez war nicht zu trauen, wenn er bedachte, wie sie sich neuerdings benahm. So wachsam, so distanziert. Und wenn sie herausfand, dass er seinen Job verloren hatte … Es war nicht nötig, dass sie es erfuhr. Die Dinge würden sich ohnehin bald ändern.

Sein Auto sah sauberer aus nach dem Regen. Wenn es unumgänglich war, konnte er darin leben, zumindest eine Zeitlang. Der Himmel klarte auf. Als er die Wagentür öffnete, kam ihm ein angenehm warmer Schwall Luft entgegen. Die Tüten und Servietten, die auf dem Rücksitz und dem Boden verstreut waren, verliehen dem Wagen einen zuckrigen Duft, wie in einer Bäckerei. Er schob sich hinter das Steuer und nahm eine Schachtel mit sechs Mini-Donuts von der Ablage zwischen den Sitzen. Aus dem Sunbeam, vom Vortag, nur eins neunundvierzig.

Es war schön, sich einen Augenblick zu entspannen. Die Sonne, die durch die Windschutzscheibe schien, wärmte ihn wie eine weiche Decke. Er ließ sich Zeit mit den Donuts; genießerisch leckte er den pudrigen Zucker ab und ließ das Ganze dann beim Kauen zu einem samtigen Mus zergehen. Sie waren so klein; es war ein Leichtes, alle sechs zu verspeisen. Die leere Schachtel warf er auf den Boden zu all dem anderen Zeug: den Zeitungen, die er las, um die Zeit totzuschlagen, den zerknüllten Servietten, den Portionspäckchen Ketchup und den zerdrückten Getränkedosen. Schade, dass er keine Milch hatte.

Ob es wohl einigen Tieren gelungen war, sich aus dem Teerteich zu befreien, wenn sie hineingeraten waren? Ob sich welche hatten losreißen und weiterleben können, froh, dem Tod knapp entronnen zu sein? Rudy wusste es nicht, aber es war sicher möglich. Er startete den Motor. Obwohl es stickig war im Auto, ließ er die Fenster geschlossen, um die warme, gebackene Geborgenheit zu genießen. Wenn er langsam fuhr und die Hauptverkehrsstraßen mit all ihren roten Ampeln nahm, würde er nicht zu früh heimkommen.

Heim.

Während er sich in den Verkehr einfädelte, dachte er an die Frau mit dem zerschmetterten Schädel. Die Augen der Wölfe, die in der Nacht glühten. Das Schlagen gigantischer Flügel. All das auf diesen Straßen, auf denen Menschen ihre Habseligkeiten in Einkaufswagen vor sich herschoben, in Eingängen schliefen, Selbstgespräche führten und ihre Gedanken herausquellen ließen wie die Füllung aus alten Matratzen. Sich vor Kirchenkellern für ein Abendessen anstellten. Den ganzen Tag auf Gehwegen herumlungerten und die Hand aufhielten. Ausgesetzt. Auf dem weiten Meer. Schiffe ohne Anker.

Er nicht. Rudy fuhr heim. Er sah das kleine anständige Haus vor sich. Die Stühle und die übrigen Möbel. Den Tisch in der Küche, mit Platzdeckchen, Gläsern, Besteck. Essen. Er hatte Frau und Tochter. Ein Bett mit Laken, Decken und Kissen. Er hatte eine Badewanne, eine Garage, einen Kühlschrank.

Er würde alles tun, um das alles zu behalten. *Alles.*

22

Inez stellte die Flamme unter Vanessas Blumenkohl aus, als sie Rudy die Autotür zuschlagen hörte. Sie goss das Gemüse über der Spüle ab und streute den geriebenen Käse darauf.

Rudy begann mit seiner Tirade, kaum war er zur Tür hereingekommen. Diesmal war die Post der Auslöser, der kleine Stapel

Rechnungen: Gas und Strom, Telefon, die Kreditkartenabrechnung vom Kaufhaus Penney's. »Wie oft muss ich es dir noch sagen?«, klagte er, als er in die Küche trat, die aufgerissenen Umschläge und die Rechnungen in den zitternden kleinen Händen.

Er hat zugenommen, dachte Inez: ein kleiner Fleischwulst bebte unter seinem Kinn und verlieh ihm ein leicht großmütterliches Aussehen.

»Du kannst das Geld nicht immer mit vollen Händen ausgeben. Die Telefonrechnung ist gigantisch. Gas und Strom sind …« Er wies an die Decke, um auszudrücken, dass es keine Worte gab für die Uncrmesslichkeit der Ausgabenhöhe. »Ich arbeite und arbeite und arbeite, und du tust nichts als Geld ausgeben. Es muss eine Grenze geben, wie viel Geld das Haus verlässt. Außerdem haben sie die Mietkosten erhöht, falls dir das entgangen sein sollte, und wenn du so viel Geld ausgibst und sie mich schröpfen bis zum letzten Cent, dann werden wir uns nicht lange über Wasser halten können, wenn das so weitergeht. Ich weiß, dass Vanessa da drinnen in jeder freien Minute am Telefon hängt, und mit all den Kleidern und Schuhen und was du sonst noch alles im Warenhaus kaufst, haben wir, ehe du dich's versiehst, kein Dach mehr über dem Kopf. Ich kann nicht mehr wie arbeiten. Aber wenn Tag für Tag solche Rechnungen kommen …«

Er hielt inne, um Luft zu schöpfen, und schlug empört mit dem Handrücken auf die Rechnungen.

»Das Essen ist fertig«, sagte Inez. »Heute Abend ist Bibelkreis in der Kirche.«

Er setzte seine Tirade während des ganzen Essens fort. Seine Stimme hob und senkte sich unablässig. Die Rechnungen und seine Arbeit und das Fleisch, das nicht richtig durch war. »Ich mag es nicht, wenn es zurückbeißt«, sagte er, obwohl der Hackbraten leicht grau war, durch und durch gar. »Sieh dir das an – eine Blutlache auf meinem Teller.« Wie die Leute, mit denen er arbeitete, ihren Arsch nicht von ihrem Ellenbogen unterscheiden konnten und wie er sie immer in Schutz nahm und dass ohne ihn der ganze Laden den Bach runtergehen würde. Er kriegte sich gar nicht mehr ein. Namen, die sie noch nie gehört hatte. Jeder Einzelne ein Vollidiot. Und Vanessa. Die Art, wie sich die Jugend anzog und redete und nichts Gescheites auf die Reihe brachte. Später würden sie es bereuen, das würden sie schon sehen. Als ich in deinem Alter war – er fuchtelte Vanessa mit der Gabel vorm Gesicht herum –, da hatte ich schon einen Job. Immer die Zukunft im Blick. Was treibst du eigentlich den ganzen Tag in deinem Zimmer? Vanessa saß mit verschlossenem Gesicht da und führte die Gabel stetig vom Teller zum Mund.

»Die Kartoffeln«, fuhr er fort und rümpfte die Nase. »Matschig.«

Wann hatte er angefangen, so viel zu reden?, überlegte Inez. Als sie sich kennengelernt hatten, war er so still, dass ihr unbehaglich zumute war, wenn sie miteinander ausgingen. Immer wartete sie darauf, dass er etwas sagte. Sie konnten ein ganzes Mahl zusammen essen, ohne mehr als einige Bemerkungen über das Essen auszutauschen. Sie hatte das Gefühl, dass die anderen Gäste im Restaurant sich bei ihrem Anblick fragten, warum sie nicht miteinander sprachen. Sie hatte gehofft, er würde ein bisschen lockerer werden, wenn sie erst verheiratet waren, aber er behielt seine höfliche, distanzierte Art bei, machte nur hin und wieder eine freundliche Bemerkung über irgendetwas, aber erzählte ihr kaum jemals, was er mochte oder nicht mochte, was er sich wünschte oder fürchtete. Er schien vollkommen zufrieden damit, und sie gewöhnte sich daran und erwartete nichts anderes mehr von ihm. Jetzt, nach all den Jahren des Schweigens, war der Damm gebrochen, und er hörte gar nicht mehr auf zu reden. Inez beobachtete, wie affektiert er sein Besteck handhabte, mit abgespreiztem kleinen Finger. Er hatte Grübchen an den Ellenbogen. Seine Kleider sahen verknittert aus, als hätte er in ihnen geschlafen. Als sie ihn kennengelernt hatte, war er sehr penibel gewesen:

seine Hemden perfekt gebügelt, seine Haare regelmäßig geschnitten. Nun hingen sie ihm zottelig bis über den Kragen und klebten ihm wie Filz am Hinterkopf.

»Möchtest du noch mehr Kartoffeln?«, fragte Inez Vanessa.

Rudy warf sein Besteck hin. »Entschuldige, aber ich rede gerade!«, schnaubte er mit hervortretenden Augen. Röte überzog sein Gesicht. »Hörst du mir nicht zu? Interessiert es hier jemanden, ob ich rede oder nicht?«

»Ich habe dir zugehört«, sagte Inez. »Ich höre dir zu.«

Im Auto ging es weiter. Regen prasselte auf die Windschutzscheibe, die Scheibenwischer fuhren hin und her. »Da sind Waller und dieser Araber oder was immer er ist – jedenfalls die beiden und diese nichtsnutzige Kolonne liegen den ganzen verdammten Tag auf der faulen Haut«, fuhr Rudy fort. Sein Fahrstil passte sich seiner Tirade an; er beschleunigte, wenn seine Worte heftiger wurden, und am Ende eines Satzes bremste er ab. Inez umklammerte die Bibel in ihrem Schoß. Es roch komisch im Auto. Die Heizung lief auf Hochtouren, und die Luft war stickig. Inez ließ ihre Gedanken schweifen. Sie überschlug im Geist das Avon-Geld, das in der nächsten Woche hereinkommen würde. Mit der aparten jungen Frau, die mit der anderen Frau zusammenlebte und für Krethi und Plethi aus ihrer Großfamilie einkaufte, kam eine ganze Menge zusammen. Wie immer häufiger in letzter Zeit begann sie von ihrem Haus in Oregon zu träumen, von dem Leben, das sie und Vanessa führen würden, wenn sie erst einmal auf und davon waren und Rudy zurückgelassen hatten. Die Zimmer, die sie sich ausmalte, waren ihr mittlerweile fast schon vertraut mit ihren nackten Holzfußböden und weiß getünchten Wänden. Sie stellte sich vor, wie sie hinter dem Lenkrad eines kleinen, zuverlässigen Autos mit sparsamem Benzinverbrauch saß, Vanessa neben sich auf dem Beifahrersitz, und sie beide plauderten miteinander, während sie durch die baumgesäumten Straßen der kleinen Stadt fuhren, die sie in der Fernsehdokumentation gesehen hatte. Glücklich und sorgenfrei verlief ihr Leben.

Sie war dermaßen vertieft, dass sie aufschreckte, als der Wagen vor dem alten Lichtspieltheater hielt, das ihnen als Kirche diente.

»Ich bin um Punkt acht wieder hier, um euch abzuholen«, sagte Rudy.

Weder Inez noch Vanessa hatten während der Fahrt einen Ton gesagt. Die Aussicht, Rudys unablässigem Gerede zu entrinnen, war eine solche Erleichterung, dass Inez rasch die Tür öffnete und schon halb ausgestiegen war, als Rudy sie zurückhielt. Vanessa stand schon auf dem Bürgersteig und schickte sich an, die Tür zuzuwerfen.

»Moment mal – wartet mal«, sagte Rudy und winkte sie beide wieder ins Auto.

Vanessa schien die ganze Zeit über in einem schwarzen stummen Loch versunken gewesen zu sein. Jetzt stampfte sie vor Ungeduld mit dem Fuß. »Wir müssen gehen!«, sagte sie nachdrücklich. »Wir kommen zu spät!«

Inez blieb, wo sie war, das eine Bein noch im Wagen, das andere schon nach dem Bürgersteig ausgestreckt. Sie sah auf die abblätternde Farbe der Kirche. Die Schrifttafeln waren noch da, aber statt Filmtitel verkündeten sie nun in großen schwarzen Buchstaben: ER IST AUFERSTANDEN – JEDERMANN WILLKOMMEN.

»Zurück ins Auto!«, sagte Rudy mit zusammengebissenen Zähnen. »Sofort!«

Vanessa warf sich auf den Rücksitz. Inez zog ihr Bein zurück.

»Schließ die Tür. *Schließ. Die. Tür.*« Die Pausen zwischen den Worten jagten Inez Angst ein. Verkniffene, zornerfüllte Momente des Schweigens.

Sie zog die Tür zu.

Vanessa knallte ihre Tür mit solcher Wut zu, dass der ganze Wagen erbebte. Was war in sie gefahren? Inez hielt den Blick nach vorn gerichtet. Vor ihnen hielt ein Wagen am Bordstein, und zwei Jungen stiegen aus, einer von ihnen mit einem Gitarrenkoffer. Sie gingen in Vanessas Klasse, hochaufgeschossene Teenager mit Pickeln. Sie rannten durch den Regen bis zur Markise unter der Schrifttafel und schlüpften durch die Tür ins Kino.

Rudy grunzte und drehte sich nach Vanessa um.

»Das gefällt mir nicht«, sagte er mit ausdrucksloser Stimme. »Das dulde ich nicht.«

Inez warf einen verstohlenen Blick über die Schulter. Vanessa saß mit verschränkten Armen da und sah Rudy trotzig an. In Augenblicken wie diesem hatte Inez das Gefühl, ihre Tochter überhaupt nicht zu kennen. Plötzlich hatte sie Angst, dass Vanessa gehen könnte, dass sie vielleicht eigene Pläne verfolgte, die nichts mit dem Haus in Oregon zu tun hatten.

»Können wir jetzt gehen?«, sagte Vanessa knapp. »Sie mögen es nicht, wenn man zu spät kommt.«

Rudy seufzte, als trüge er die Last der Welt auf den Schultern. »Geht. Aber denkt dran – Punkt acht Uhr.« Er tippte auf seine Armbanduhr. »Lasst mich nicht warten.«

Sie benutzten den großen Vorführsaal im unteren Stock für ihren Gottesdienst: die alten Polstersitze dienten als Kirchenbänke, der Pastor und der Chor standen auf der Bühne, wo noch immer der schwere ausgeblichene Vorhang hing. Inez erinnerte sich an den Tag vor vielen Jahren, als sie Jesus Christus den Herrn als ihrem persönlichen Retter ihr Herz geöffnet hatte – wie sie am Ende des Gottesdienstes von ihrem Platz aufgestanden war, während der Chor »So wie ich bin« gesungen hatte, und den langen Gang bis zur Bühne entlangging. Die alten Damen nickten beifällig, aller Augen waren auf sie gerichtet. Am Rande der Bühne war sie die Stufen hinaufgestiegen wie zu einem Auftritt. Der Pastor hatte sie mit offenen Armen willkommen geheißen, die Orgel begann zu spielen. Er hatte ihre Hände ergriffen und sie zu ihrer

Entscheidung beglückwünscht, ihr Leben Christus zu widmen, und dann hatte er sie zur Gemeinde herumgedreht. Vierzehn war sie gewesen, so alt wie Vanessa jetzt. Alle hatten zu ihr hinaufgesehen, wie sie da am Rande der Bühne stand: Jugendliche in ihrem Alter, Kinder auf dem Schoß ihrer Mütter, ihre Pflegefamilie mitten unter ihnen und, in der ersten Reihe, wo die Diakone saßen, der Mann, der Vanessas Vater werden sollte.

»Ich treffe dich dann wieder hier«, sagte Inez zu Vanessa, sobald sie in der Eingangshalle waren. Die Kirchengemeinde nutzte die ehemalige Snackbar als Bibliothek: Broschüren und Handzettel lagen auf dem Glastresen, wo früher Schokoriegel und Popcorn verkauft wurden. Der Teppich – riesige pinkfarbene Hibiskusblüten auf schwarzem Grund – war abgetreten, vor allem vor dem Verkaufstresen und auf dem Weg zu den Doppeltüren des Vorführsaals. Alles roch nach Staub und verschimmelten Socken. An den Wänden hingen Blumen, Tauben aus Filz und Plakate, die aufriefen, mit Gott zu gehen und auf Jesus zu vertrauen.

Während Vanessa in Richtung Bühne verschwand, wo die Jugendgruppe ihren Raum hatte, in dem sie Gitarre spielten und Folksongs sangen, ging Inez die mit Teppich ausgelegten Stufen zu dem kleinen Kabuff hinauf, das früher der Projektorraum gewesen war. Der Bibelkreis der Erwachsenen hatte sich bereits eingefunden. An diesem Abend waren nur vier weitere Menschen anwesend, die Bibel auf dem Schoß. Inez grüßte und setzte sich auf einen der im Kreis aufgestellten schäbigen Holzstühle. Schwester Murdock leitete die Gruppe an diesem Tag. Sie nickte Inez eifrig lächelnd zu, und die großen Lücken in ihrem Gebiss ließen vermuten, dass ihr jeder zweite Zahn fehlte. Sie sah aus wie ein Halloween-Kürbis. Sie trug stets dieselben Kleider: einen ausladenden schwarzen Rock mit Falten an den Seiten, so dass sie aussah, als hätte man sie zwischen zwei Buchdeckeln gepresst, und ein Denimhemd mit Brusttasche aus der Herrenabteilung. Mit ihrem drahtigen graumelierten Haar, der platten Nase und einem Atem, der so übel roch, dass man erschrocken zurückwich, war Schwester Murdock eines der frömmsten Gemeindemitglieder. Sie sprang als Trauzeugin ein, saugte den Teppich in der Eingangshalle und besuchte Gemeindemitglieder, die krank waren oder im Sterben lagen. Aber niemand mochte sie. Wenn sich die meisten Gemeindemitglieder nach dem Sonntagsgottesdienst die Hände schüttelten und in der Eingangshalle miteinander plauderten, stand Schwester Murdock meistens allein da und sah schüchtern zu. Sie wohnte in einer Pension in der Innenstadt. Ein Gemeindemitglied, das sie einmal besucht hatte, erzählte, das einzig Essbare in ihren Schränken sei Katzenfutter gewesen, und dabei hatte Schwester Murdock gar keine Haustiere.

»Unsere heutige Lektion befasst sich mit Ruth«, verkündete Schwester Murdock.

Inez schlug ihre Bibel auf. Sie war weiß. Inez hatte sie von ihrer Pflegefamilie zur Taufe geschenkt bekommen. Damals war es ein strahlendes, blendendes Weiß gewesen, weich und samtig wie Ziegenleder, aber jetzt war der Einband spröde und vergilbt und an den Ecken rissig wie alter Pappkarton. Die goldgeprägten Lettern, die HEILIGE BIBEL verkündeten, stachen einst hervor wie Juwelen. Inzwischen jedoch waren sie auf dem nikotingelben Hintergrund kaum noch auszumachen. Früher war Inez stolz auf ihre weiße Bibel gewesen, aber heute wünschte sie, ihre wäre schwarz oder dunkelblau wie die der anderen im Bibelkreis.

Luella Springs beugte sich zu Inez herüber. »Wissen Sie, ich hab gehört, was am Flughafen passiert ist«, flüsterte sie. Ihre Kleider rochen nach Bratfett. Ihr hoher Haaransatz erinnerte Inez immer an ein Bild von Königin Elizabeth I., das sie vor langer Zeit einmal gesehen hatte.

»Was?«, gab sie flüsternd zurück. Sie wusste die Reihenfolge der Bücher des alten Testaments auswendig und hatte das Buch Ruth bereits gefunden.

Schwester Springs wich erstaunt zurück. »Aber Ihr Mann arbeitet doch dort, oder? Sie haben den Flughafen komplett geschlossen. Hat er nichts davon erzählt? Es kam überall in den Nachrichten.«

Inez schüttelte den Kopf. Sie wünschte, sie würden endlich anfangen. Manchmal hatte sie eine rote Bibel gesehen und einmal eine grüne. Aber schwarz war am besten, sehr offiziell. Als ob die Worte, die in einer schwarzen Bibel standen, der Wahrheit am nächsten kamen.

»Ach, Schwester Cullen, ich kann gar nicht glauben, dass Sie nichts davon gehört haben. Sie haben den ganzen Flughafen gesperrt. Anthrax-Alarm. Hat sich schließlich als Backpulver entpuppt, aber immerhin. Da hat sich jemand einen ganz bösen Scherz erlaubt, irgendwelche Jugendlichen wahrscheinlich. Hat einen Riesenaufruhr gegeben.«

»Fangen wir an. Haben es alle gefunden?« Schwester Murdock warf einen Blick in die Runde. Luella sagte nichts mehr und blätterte in ihrer Bibel. Duane, ein junger Weißer mit ausgeprägten Wangenmuskeln, die ihm das Aussehen eines Backenhörnchens verliehen, lag vollkommen falsch. Er blätterte weit hinten, im Neuen Testament. Bruder Lacy, einer der Diakone, sah es voller Unmut. Ein dünner Schwarzer mit perfekt gestutztem Schnäuzer und dröhnender Stimme. Er erhob sich, streckte die Hand aus und schlug Duanes Bibel weiter vorn auf.

»Josua – Richter – *Ruth*«, sagte er mit seiner Bassstimme, die so tief war, dass Inez sie in ihrer Brust vibrieren spürte. »Es ist eines der Geschichtsbücher, mein Sohn. Ziemlich am Anfang. Gleich nach den fünf Büchern Mose.«

»Also«, sagte Schwester Murdock. Ihr war anzusehen, dass sie nicht wollte, dass Bruder Lacy ihr die Leitung aus der Hand nahm. »Fangen wir an. *Hut.*«

Hut? So hatte sie gesagt. Das hatte Inez gehört.

Das Buch Ruth war kurz, und so lasen sie es laut vor und wechselten sich ab. Duane stolperte über die Wörter und musste von

Bruder Lacy an die Hand genommen werden, der seinen Abschnitt mit lauter, dramatischer Stimme vortrug, als halte er eine Predigt. Inez war anfangs schüchtern, erwärmte sich dann aber für ihren Part, und die Wörter und die Geschichte zogen sie in ihren Bann. Die Bibel war seltsam, wenn man sie wirklich las. Die Menschen machten merkwürdige Sachen. Wie Ruth, die sich zu Boas legte, obwohl sie nicht mit ihm verheiratet war, und zu seinen Füßen aufdeckte, was immer das heißen mochte, und von ihm Gerste bekam. Oder wie Ruth sich weigerte, Naomi zu verlassen und zu ihr sagte, wo du hingehst, da will ich auch hingehen; wo du bleibst, da bleibe ich auch. Dein Volk ist mein Volk, und dein Gott ist mein Gott – das gleiche Ehegelübde, das Inez mit Rudy genau hier, in eben dieser Kirche getauscht hatte – nicht die Art von Versprechen, die eine junge Frau nach landläufiger Vorstellung ihrer Schwiegermutter gab. Alle Männer starben in der Geschichte, Naomis Mann und ihre beiden Söhne, und während Bruder Lacy mit seiner pompösen Stimme weiterlas, stellte Inez sich vor, wie Rudy starb – durch Anthrax auf dem Flughafen oder an Herzversagen zu Hause im Bett oder bei einem Autounfall auf dem Weg zur Arbeit. Ein sündiger Gedanke, vor allem in einer Kirche, und sobald Inez merkte, was sie da dachte, verbot sie es sich, aber erst nachdem sie sich gefragt hatte, wie viel Geld sie von seiner Lebensversicherung bekam, wenn er starb. Es würde auf jeden Fall all ihre Probleme lösen; sie könnte sich das Haus in Oregon kaufen und sie wäre frei, einfach so. Unrecht, unrecht, unrecht, schon allein der Gedanke. Der Teufel war stets zugegen, wartete nur darauf, ihr sündige Gedanken in den Kopf zu setzen.

Sie bat um Vergebung.

Um zehn vor acht schlugen sie die Bibeln zu und sprachen ein Gebet. Inez senkte den Kopf und hielt die Lider fest geschlossen. Ihre gefalteten Hände ruhten auf der weißen Bibel, während Schwester Murdock sich in frommen Worten erging – an den Herrn zu glauben und darauf zu vertrauen, dass sich letztlich alles zum Guten wendete, genau wie Ruth, die in ein fremdes Land gegangen war und darauf vertraut hatte, dass fremde Menschen sich ihrer annahmen. Schwester Murdocks Mundgeruch erfüllte den stickigen kleinen Raum, und Inez tat der Hintern weh von dem harten Stuhl. Bruder Lacy räusperte sich. Inez sprach ein kurzes stilles Gebet, bat Gott, sie zu behüten und zu leiten und die Verwirrung aus ihrem Geist zu vertreiben. *Und hilf mir,* fügte sie noch rasch hinzu, bevor Schwester Murdock amen sagte. *Bitte, bitte hilf mir.*

Rudy war nicht da, als sie nach draußen kamen. Vanessa erschien mit einer Gruppe von Jugendlichen aus ihrer Klasse. Sie lachten und schwatzten miteinander. Inez erlebte sie selten so: aufgekratzt, voller Leben. Sie gab einem der Jungen einen spielerischen Schubs, und alle anderen kreischten wie die Affen. Als sie ein Stück entfernt stehen blieben, um sich voneinander zu verabschieden, kam Inez in den Sinn, dass ihre Tochter ihr eigenes Leben hatte, ein Leben, von dem Inez nur wenig wusste, ja dass Vanessa einen Teil ihrer Persönlichkeit vor ihr verbarg. Ein merkwürdiger Neid wallte in Inez auf, als sie an der Bordsteinkante stand und tat, als hielte sie nach Rudy Ausschau, während sie heimlich Vanessa und ihre Clique beobachtete. Als die anderen Jugendlichen zu ihren Autos gingen und Vanessa zu ihr kam, war Inez steif und verschlossen.

»Edward hat Cracker mitgebracht und Traubensaft, und wir hatten eine Art Kommunion«, sagte Vanessa lachend, noch immer aufgekratzt und gesprächig. »Wir haben alles rumgehen lassen, und alle aßen und tranken davon, und dann war noch was übrig und Edward hat gefragt, wer einen Nachschlag von Jesus will!« Vanessa warf den Kopf zurück und lachte. Sie merkte nicht, dass Inez stumm dastand und finster dreinblickte. »Also haben wir natürlich alle ja gesagt. Wir hatten alle einen Nachschlag und dann sogar noch einen. Wir haben uns mit Jesus vollgefuttert.« Wieder lachte sie, und der Regen glänzte auf ihrem Gesicht.

»Das ist nicht sehr nett, Vanessa«, sagte Inez steif. »Ich finde es nicht richtig, dass du so redest.«

»Es war doch nur Spaß. Wir haben nur ein bisschen rumgealbert.«

»Jesus ist nicht albern. Die Kommunion ist kein Spiel.«

»Edward ist künftiger Pastor. Er würde so was nicht machen, wenn es nicht in Ordnung wäre.«

»Es ist mir egal, wer er ist. Das ist keine respektvolle Art, über Jesus zu reden.«

Der Regen rann ihr in den Nacken, und Inez fühlte sich müde und hoffnungslos. Vanessa seufzte übertrieben und verschränkte die Arme vor der Brust. Sie hielten schweigend nach Rudys Wagen Ausschau. Über ihren Köpfen summte eine Straßenlaterne. Irgendwas stimmte damit nicht. Sie wurde im Wechsel heller und dunkler, flackerte, ging wieder an.

»Ich frage mich, wo dein Vater steckt«, sagte Inez, um das Schweigen zu brechen.

»Ich mich auch«, erwiderte Vanessa betont beiläufig. »Das frage ich mich schon mein Leben lang.«

Inez' Hände wurden eiskalt. Verlegen sah sie Vanessa an, konnte ihrem Blick aber nur kurz standhalten. Was hatte sie bewogen, nach all den Jahren dieses Thema anzuschneiden?

»Wir haben heute das Buch Ruth gelesen«, sagte Inez. »Man fragt sich wirklich, was Naomi an sich hatte, dass Ruth sie so geliebt hat. Man weiß nur, dass Naomi ein ganz besonderer Mensch gewesen sein muss.«

Das grelle Licht der Straßenlaterne spiegelte sich auf dem nassen Asphalt und ließ die ganze Welt schwarzweiß erscheinen. Inez zählte Vanessas Lidschläge. »Aber Naomi war Jüdin«, fuhr sie fort in der Hoffnung, Vanessas starren Blick aufzulösen.

»Wie alle Menschen im Alten Testament.«

»Er plant irgendwas, weißt du«, sagte Vanessa.

»Wer?« Es war mehr ein Seufzer als eine Frage.

»Dein Mann. Merkst du das nicht? Hast du sein Auto gesehen?«

Dein Mann. Hatte Vanessa das wirklich gesagt? Wo blieb Rudy? Inez trat einen Schritt vor und hielt die Straße entlang nach ihm Ausschau. »Was ist mit seinem Auto?«, fragte sie beiläufig.

»Es ist ein Saustall! Auf dem Boden liegt lauter Zeug. Die reinste Müllkippe. Als ob er darin wohnt. Es stinkt sogar!«

»Sein Auto ist ein bisschen dreckig.« Inez zuckte die Achseln. »Er muss es einfach mal saubermachen, das ist alles. Er muss auf dem Heimweg von der Arbeit mal durch die Waschanlage fahren.«

Vanessas Augen weiteten sich. Das war keine Art, seine Mutter anzusehen. »Er geht nicht zur Arbeit, Mom. Er fährt den ganzen Tag herum. Ich weiß es. Ich hab gesehen, wie er mitten am Tag an meiner Schule vorbeigefahren ist. Ich hab gesehen, dass er unten am Einkaufszentrum geparkt hat, als ich von der Schule kam.«

Es war so kalt im Regen, dass Inez anfing zu zittern. Sie hatte Vanessa nie richtig geschlagen – nur mal ein Klaps auf den Po oder auf die Hand, als sie noch sehr klein war –, aber jetzt hätte sie ihr am liebsten eine saftige Ohrfeige verpasst. Solche Lügen! »Was um alles in der Welt redest du da?«, rief sie. »Was ist in dich gefahren? Warum erzählst du so was?«

»Weil es stimmt!«, schrie Vanessa zurück. Jetzt war sie nicht mehr zurückzuhalten. »Er macht da irgendwas in der Garage. Nachts. Hast du das noch nicht gemerkt?« Sie redete immer schneller und senkte nicht einmal die Stimme, als Duane und Bruder Lacy hinter ihnen aus der Tür traten. »Er wandert nachts im Haus rum und morgens um drei draußen im Garten. Es kann doch nicht sein, dass du das nicht weißt! Und er ist auch in meinem Zimmer gewesen! Ich schwöre es! Ich hab ihn nicht gesehen, aber ich weiß es. Ich weiß, dass er in meinem Zimmer war!«

»Schwester Cullen«, sagte Diakon Lacy und legte Inez die Hand auf die Schulter. Er nickte Vanessa zu, die keinen Versuch unternahm, ihre Wut zu kaschieren.

»Es ist die Wahrheit, Mom. Ich schwöre es«, wiederholte sie inständig, ohne sich um die Anwesenheit der beiden Männer zu scheren. Inez hatte sich nie zuvor so geschämt.

»Was stehen Sie denn hier im Regen? Werden Sie abgeholt?«, fragte Diakon Lacy mit seiner tiefen Stimme.

»Ja, Diakon. Kein Problem«, sagte Inez eilig. »Mein Mann ist schon unterwegs.« Sie lächelte und nickte ihm zu. Dann warf sie Vanessa einen warnenden Blick zu.

Lacy sah auf die Uhr. »Es regnet, und es wird spät. Es gefällt mir nicht, Sie beide hier draußen stehen zu sehen. Wann kommt Ihr Mann denn?« Er runzelte die Stirn, der Wichtigtuer. Was war er hartnäckig.

»Wirklich, das ist schon in Ordnung«, sagte Inez. »Machen Sie sich um uns keine Gedanken. Gehen Sie nur. Sehen Sie zu, dass Sie nach Hause kommen, bevor Sie ganz nass werden.« Sie lächelte ihn beklommen an und drückte heimlich Vanessas Arm. Der junge Bursche, Duane, ließ Vanessa nicht aus den Augen.

»Schwester Cullen, das hier ist nicht die beste Gegend«, fuhr Diakon Lacy fort. Wie ein Hund, der einen Knochen erwischt hat. »Bitte lassen Sie uns nicht streiten. Wir warten einfach hier mit Ihnen zusammen, bis Ihr Mann kommt.«

Es war nicht möglich, ihn loszuwerden. Autos fuhren vorbei und spritzten Wasser auf, aber Rudy kam nicht. Plötzlich hatte Inez Angst, dass er von dem Avon-Geld wusste, dass er in eben diesem Augenblick in Vanessas Zimmer war, in der Zederntruhe herumwühlte und unter den Pullovern und Decken den Umschlag fand. Sie versuchte, ein ausdrucksloses Gesicht aufzusetzen und ihre wachsende Panik zu verbergen. Bruder Lacy blinzelte in den Regen. Duane warf weiterhin verstohlene Blicke auf Vanessa, die wütend zu Boden sah. Es kam Inez in den Sinn, dass es vielleicht nicht ungefährlich war, nach Hause zurückzukehren, falls Rudy das Geld gefunden hatte. Ihr Herz raste. Sie überlegte, ob sie Bruder Lacy alles erzählen, sich hilfesuchend an die Kirche wenden sollte. Eine ölige, übelschmeckende Scham stieg in ihr auf. Ein Auto bog um die Ecke, die Scheinwerfer glitten über die vier Menschen hinweg. Es hielt am Bordstein. Rudy.

Er stellte den Motor nicht aus. Bruder Lacy öffnete die Tür und beugte sich zu ihm hinunter.

»Ich habe Sie schon eine Weile nicht mehr im Gottesdienst gesehen, Bruder Cullen«, sagte er.

Falls Rudy antwortete, hörte Inez es nicht. Sie war darauf erpicht einzusteigen, fortzukommen, egal, was dann geschah. Als Bruder Lacy sich wieder aufrichtete und sie anblickte, war sein Gesichtsausdruck verwirrt.

Inez glitt auf den Beifahrersitz. Rudys Haar war zerwühlt, als käme er geradewegs aus dem Bett. »Steigt ein, steigt ein, steigt ein«, murmelte er, ohne sie anzublicken. Er sah stur geradeaus. Seine Hände umklammerten das Lenkrad. Vanessa stieg ein und schlug die Tür zu. Die Heizung lief auf Hochtouren, es war zum Ersticken nach der Regenluft draußen. Ohne ein Wort fuhr Rudy los und ließ Duane und Bruder Lacy an der Bordsteinkante zurück.

Da wusste Inez, dass Vanessa recht hatte. Mehr noch, sie begriff, dass sie es schon seit einer geraumen Weile wusste. Irgendwas hing in der Luft. In der stickigen Hitze, die nach verbranntem Zucker und Schweiß roch, dem talgigen Mief ungewaschener Haare, sprach sie ein Gebet. Bat Gott um Führung. Bat Jesus um Schutz. Sie war das Lamm, er war der Hirte. Sehr oft, dachte sie, während Rudy in einer Kurve beschleunigte, die Lippen zornig zusammengepresst, bekam man nicht, worum man gebetet hatte. Später begriff man dann, dass es daran lag, dass man um das

Falsche gebetet hatte. Weil man das große Ganze nicht im Blick hatte, den Plan, den Gott für das Leben eines jeden hatte. Rudy fluchte leise und schnalzte mit der Zunge. Später wurde einem das dann wahrscheinlich klar. Dann sah man vielleicht den Plan, der für einen entworfen worden war, von Anfang bis Ende, die Gründe für alles, den Ort, zu dem man von Anbeginn unterwegs gewesen war.

23

Die Tiefkühlravioli, die Wylie bei Trader Joe's gekauft hatte, waren lecker. Er aß sie während der Abendnachrichten vor dem Fernseher. Danach gönnte er sich ein Schälchen Chunky Monkey – Bananeneis mit Knusperstückchen und Walnüssen. Nur eine kleine Portion, weil er auf seinen Bauch achtete. Die Hunde saßen vor seinem Sessel und bettelten, und so ließ er Murphy den Teller ablecken und Elsa das Schälchen ausschlecken. Als sie fertig waren, rollte Elsa sich auf die Seite, um sich den Bauch kraulen zu lassen, und Wylie sah, dass sie eine Zecke hatte, genau da, wo ihr Hinterbein in den Leib überging. Sie sah aus wie eine Linse, flach und schlammfarben. Er holte die Pinzette, und ausnahmsweise kam sie sauber heraus, mit Kopf und allem. Zumindest das hatte geklappt. Zumindest eine Sache, für die er dankbar sein konnte.

Elsa lag vor ihm, während er die nächste Sendung guckte, eine PBS-Dokumentation über Louis Armstrong. Mit dem nackten Fuß rieb er ihr geistesabwesend die Brust. Murphy trottete zum Kamin hinüber und kratzte sich die trockene Stelle auf seinem Rücken. Wylie war fast zu einem Schluss gekommen, was das Baby anging. Er musste nur noch den Mut fassen, es Carolyn zu sagen. Lieber Gott, was erwartete sie denn? Er war nicht mehr der Jüngste. Einundfünfzig, um genau zu sein, und sie war ja nun auch kein junges Ding mehr. Das arme Kind würde kaum den Windeln entwachsen sein, schon müsste es seine und Carolyns wechseln. Haha, sehr komisch. Satchmo war vier Mal verheiratet gewesen. Keine der Frauen hatte begriffen, dass seine Trompete stets an erster Stelle kam. Von Kindern war in der Dokumentation nicht die Rede.

Ein Kind zu haben wäre wie ein Neubeginn, und Wylie fühlte sich dem Ruhestand näher als dem Aufbruch in ein völlig neues Leben. Es gab eine Menge Dinge, die er tun wollte, vieles, wofür er sich interessierte. Angeln. Möbel bauen. Geschichte, vielleicht ein Kurs an einer Abendschule. Aktzeichnen, warum nicht? Seine Hunde. Im Sessel sitzen. Den Frieden genießen, nach all der Arbeit, die er in seinem Leben geleistet hatte. Nach all dem Trinken und den Frauen und dem frühen Aufstehen und späten Heimkehren. Dem Kampf, über die Runden zu kommen und trocken zu bleiben und einen Tag nach dem anderen zu bewältigen. Jetzt konnte er sein Haus und seinen Garten auf Vordermann bringen. Reisen. Er hatte immer schon kreuz und quer durch die Lande fahren wollen, bleiben, wo es ihm gefiel, sich Zeit lassen. Carolyn konnte mitkommen. Aber nicht mit einem Kind. O nein. *Nein, nein, nein.* Dann konnte man sein eigenes Leben vergessen. Sich von seinen Plänen verabschieden. Schlaflose Nächte und ständiges Füttern, immer an Zeitpläne gebunden. Sie drei ans Haus gefesselt, Tag für Tag. Die Routine. Die Sorgen. All die Sachen, die sie würden anschaffen müssen: Kindersitze für die Autos, Hochstühle, Krippen und Spielsachen. Berge von pastellfarbenem Plastikzeug. Wo sollte das alles hin? Die Unordnung, der Lärm. *Nein.* Rotz und Kotze und Fieber und Kacke. Hautausschläge. Hinfallen und ertrinken. Von den Krankheiten ganz zu schweigen. Ersticken. Vorausgesetzt das Kind war bei der Geburt gesund und normal, ein großes Fragezeichen, wenn man Carolyns und sein Alter bedachte plus den ganzen Alkohol und die Drogen, die allein er konsumiert hatte. Wer wusste schon, wie sich das alles auf die Chromosomen ausgewirkt hatte? Und wie wäre das, mit einem Kind dazustehen, das *besondere Bedürfnisse* hatte, das nie in der Lage sein würde, sich um sich selbst zu kümmern, das den Rest seines Lebens gewaschen, gefüttert und herumgetragen werden müsste oder vielmehr für den Rest *ihres* Lebens, seines und Carolyns, was wiederum nicht so lange wäre, weil sie schon so alt waren. Und dann käme das arme Kind in eine Anstalt, und in Anbetracht von Wylies Ersparnissen, die sich praktisch auf null beliefen, würde es sich dabei nicht gerade um das Ritz handeln.

Nein, danke.

Er stand auf und schaltete den Fernseher aus. Sein Herz raste, sein Auge zuckte, seine Achseln brannten vor Schweiß. Was für ein verdammter Idiot er gewesen war. Sein Leben lang hätte er irgendeine Frau schwängern können, und er tat es ausgerechnet jetzt, wo er es hätte besser wissen müssen, wo er ein verfluchter alter Knacker war, der kaum noch aus seinem Sessel hochkam, der in Gesellschaft sich kratzender Hunde vor dem Fernseher hockte und Eiscreme aß.

Elsa hob den Kopf und sah ihm zu, wie er auf und ab ging.

»Was soll ich tun?«, fragte er sie. »Sag's mir.«

Sie ließ den Kopf wieder sinken und schloss die Augen. Also schön. Er ging ins Bad und putzte sich die Zähne, wechselte sein Hemd, schloss das Haus ab und fuhr zu Carolyn.

Ihr Wagen war da, aber auf sein Klopfen reagierte sie nicht, also ging er ums Haus herum zu ihrer Werkstatt. Der Sturm hatte zugenommen, und die Eukalyptusbäume wurden wild geschüttelt und heulten und ächzten. Die Werkstatt war hell erleuchtet; eine der Doppeltüren stand auf. Mitten zwischen den abgebeizten Tischen, kaputten Stühlen, eisernen Bettstellen, Kommoden und Dosen mit Beize und Lösungsmitteln saß Carolyn auf einer Holzkiste, den Kopf in die Hände gestützt.

Wylie näherte sich ihr bedächtig. »Hey«, rief er. »Was ist los?«

»Ich hänge gerade ein bisschen durch.«

In der Werkstatt roch es nach Holz und Terpentin. Obwohl die Tür offen stand, lief die Elektroheizung neben dem Tisch, den Carolyn abschmirgelte, auf höchster Stufe. Von draußen strömte der Duft der Eukalyptusbäume herein. Wylie stand tropfnass in der Tür. »Du siehst grün aus«, meinte er. »Alles in Ordnung mit dir?«

Carolyn nickte kläglich. Sie fuhr sich mit dem Handrücken über die Stirn. »Ughm. Du weißt schon. Es ist besser, wir lassen das Thema im Augenblick ruhen.« Sie holte tief Luft und atmete laut aus. »Was tust du eigentlich hier?«

Wylie zuckte die Achseln. Er zog seine Hosen hoch, fuhr sich mit den Händen durchs Haar und zuckte wieder die Achseln. Er war schüchtern und verlegen. »Wollte mit dir reden, schätze ich.« Er schob die Hände in die Taschen und sah in die feuchte schwarze Nacht hinaus. »Ich dachte einfach, das sollten wir.«

»Wie spät ist es?«

»Ungefähr neun.«

Carolyn sprang auf wie von der Tarantel gestochen, und Wylie stolperte rückwärts gegen ein Bettgestell.

»Ich muss kotzen«, verkündete sie und schoss aus der Tür.

Wylie folgte ihr hinaus neben die Werkstatt, wo sie die Hände auf die Knie stützte und sich vorbeugte. Er wandte den Blick ab. Da war einiges ins Kraut geschossen: Disteln und Senf und irgendwelche Wicken. Sie steckten verdammt in der Klemme, dachte er. Als sie fertig war, legte er ihr die Hand auf den Rücken.

»Alles okay?«, fragte er. »Brauchst du irgendwas?«

»Nein, alles okay. Jetzt geht's mir besser.«

Lieber Gott, sie war ein echter Sonnenschein.

»Bist du sicher?«

»Ja, wirklich. Ich hab sogar ein bisschen Hunger, ob du's glaubst oder nicht. Das ist einer meiner drei Zustände: hungrig, kotzübel oder müde.«

»Ich dachte, das mit der Übelkeit wäre morgens.«

»Dachte ich auch. Aber in meinem Fall scheint das niemand zu kümmern.«

Wylie zog sich der Magen zusammen. »Ich schätze, wir müssen über die Sache reden, oder?«

Sie nickte grimmig. »Ja, das müssen wir. Wir müssen eine Entscheidung treffen.«

»Willst du ins Haus gehen?« Er nahm sie unbeholfen beim Ellenbogen, um sie irgendwie zu stützen.

Carolyn straffte die Schultern und warf die Haare zurück. Sie sah trotz allem ziemlich gut aus. Stark, robust. »Lass uns hier draußen bleiben.«

Sie schenkte ihm ihr treuherziges Lächeln, und er ertappte sich dabei, wie er es erwiderte. »Da haben wir ja einen schönen Salat angerichtet, was?«, meinte er.

»Sprich mir bloß nicht von essen!« Sie lachte. »Aber ich könnte was zu trinken vertragen. Holst du mir ein Ginger Ale aus dem Kühlschrank? Es ist reichlich da, wenn du auch eines willst.«

In der Küche roch es nach Bohnen. Das Radio lief, NPR mit seinem Kulturprogramm. Auf dem kleinen Tisch neben dem Fenster stand der Rest von Carolyns Abendessen – ein fast leerer Teller Bohnensuppe und ein Stück Maisbrot, daneben die Zeitung. Wer würde das hier aufgeben? Er nahm zwei Ginger Ale aus dem Kühlschrank und kehrte in die Werkstatt zurück, wo Carolyn zwei Stühle in der Tür aufgestellt hatte, so dass sie auf die Stadt hinunterblicken konnten. Wylie setzte sich und öffnete die beiden Dosen.

»Schöne Farbe«, meinte er und wies auf ein Kissen, das sie mit flechtengrünem Cord bezogen hatte. »Gefällt mir.« Er tat, als würde er den Aufdruck auf seiner Dose studieren. »Wir hatten heute Alarm auf dem Flughafen. Irgend so ein Witzbold hat ein Pulver auf dem Tresen in der Bar verstreut. Man befürchtete, es könnte Anthrax sein.«

»Und – war es?«

Wylie schüttelte den Kopf. »Backpulver. Wir haben uns alle umsonst verrückt gemacht.«

Carolyn trank einen großen Schluck Ginger Ale und legte die Hand vor den Mund, um ein Rülpsen zu kaschieren. Sie sah einen Moment in den Regen hinaus und sagte dann ruhig: »Hör zu, Wylie. Genug drumrum geredet. Kommen wir zur Sache.«

Aus den Augenwinkeln musterte er verstohlen ihren Leib. Konnte man schon was sehen? Bisher nicht. Eigentlich erstaunlich. Fast unmöglich. Ein ganz gewöhnlicher Vorgang, doch je länger er darüber nachsann, desto befremdlicher erschien es ihm.

»Ich grübele und grübele, aber je mehr ich grübele, desto weniger komme ich zu einer Entscheidung«, sagte er. Er ging die Sache besser langsam an.

Sie nickte ermutigend.

»Ich muss immer an meine Familie denken – meine Herkunftsfamilie«, fuhr er fort. »Vor allem die Männer in meiner Familie. Alles Säufer. Mein Halbbruder ist bei den Anonymen Alkoholikern, Gott sei Dank. Genau wie ich. Aber er ist zwischendurch immer wieder im Knast gewesen, ich weiß nicht wie oft. Genau wie mein Vater. Ein Säufer. Ein Verlierer. Auf der ganzen Linie. Und dessen Alter ebenso. War mal hier, mal da, hat sich im ganzen Land rumgetrieben, und selbst mein Urgroßvater musste, soweit ich weiß, aus Irland abhauen, weil er sonst ebenfalls eingebuchtet worden wäre. Und deshalb finde ich einfach, ich sollte den Teufelskreis an dieser Stelle unterbrechen, weißt du. Warum das alles fortführen?«

Während er sprach, hielt Wylie den Blick auf die Folgers-Dose mit den Pinseln geheftet, die auf dem Boden stand; als er nun aufsah, bemerkte er, dass Carolyn ihn anschaute.

»Weißt du, was mein Dad einmal gemacht hat?«, fragte er mit einem zaghaften Lachen. Komisch, dass ihm die Geschichte ausgerechnet jetzt in den Sinn kam. Es war ihm ein bisschen peinlich, sie zu erzählen, denn es erweckte vielleicht den Anschein, er bedauere sich selbst und wolle ihr Mitleid. Was nicht der Fall war. Aber der Regen und die abendliche Dunkelheit machten ihn fast unsichtbar, so dass er sich sicherer fühlte. Er fuhr fort. »Ich glaube, ich war neun oder zehn. Die Mutter meiner Mom lag im Sterben, und sie war nach San Francisco geflogen, um bei ihr zu sein. Wir konnten uns keine Flugtickets für alle leisten, und deshalb war geplant, dass mein Dad mit mir und meinen Schwestern rechtzeitig zur Beerdigung mit dem Auto nachkam. Aber wir kamen nicht sehr weit. Kurz hinter Bakersfield traf er ein paar Kumpel, die er lange nicht gesehen hatte, und fing an zu trinken. Meine Schwestern und ich haben eine Ewigkeit im Auto gewartet, und irgendwann war es dunkel. Sie waren ja noch sehr klein, fünf und sieben oder so. Schließlich kam mein Alter raus, stramm natürlich, und sagte, er müsste sich um was Wichtiges kümmern und wir Kinder sollten den Greyhound nach Frisco nehmen.«

Carolyn beugte sich vor und stellte ihr Ginger Ale auf den Boden.

»Alles okay?«, fragte Wylie. »Ist dir wieder schlecht?«

»Nein, es geht mir gut.«

»Langweile ich dich?«

»Nein. Erzähl weiter.«

»Also, er hat uns dann zum Busbahnhof gebracht, mir ein bisschen Geld in die Hand gedrückt und gesagt, ich solle die Mädchen nach San Francisco bringen«, fuhr Wylie sachlich fort. Er trank einen Schluck Ginger Ale. »Ist nicht mal aus dem verdammten Auto ausgestiegen. Ich bin total ausgeflippt. Als ich ihn gefragt habe, wie das ginge, welchen Fahrschein ich kaufen und welchen Bus wir nehmen müssten und so, hat er bloß gesagt: ›Find's raus!‹ Kannst du dir das vorstellen? Das vergesse ich ihm nie.« Wylie schüttelte den Kopf. »›Find's raus!‹«

»Wow«, sagte Carolyn leise. »Nicht zu fassen. Wie konnte er das tun?«

»Ich weiß nicht. Irgendwas hat ihm einfach gefehlt, schätze ich. Es war ihm einfach egal. Oder vielleicht dachte er auch, es wäre kein großes Ding. Vielleicht dachte er, wir würden das schon schaffen, kein Problem.«

»Und – habt ihr es geschafft?«

»Ja, haben wir.« Wylie kicherte. »Ich habe jemanden gefragt, was wir tun müssten, und es ist uns gelungen, nach San Francisco zu kommen. Wenn ich's mir recht überlege, war es mit dem Bus wahrscheinlich viel sicherer, als wenn wir den ganzen Weg mit meinem Dad gefahren wären.«

Carolyn nickte nachdenklich. Nur die eine Hälfte ihres Gesichts wurde von der tropfenförmigen Lampe, die an dem Dachsparren hinter ihr hing, erhellt, und er erinnerte sich daran, wie er sie das erste Mal gesehen hatte, bei einem Garagenflohmarkt in der Nähe des Supermarktes, in dem er samstags immer einkaufte. Sie hatte auf den Knien gelegen und eine Kiste mit Krimskrams durchwühlt. »Wow! Sieh mal an!«, hatte sie plötzlich frohlockt. Sie stand auf und hielt eine Metalllampe hoch, deren Kabel herabhing wie der Schwanz eines erlegten Tieres. Sie hatte sich mit einem triumphierenden Grinsen zu ihm umgewandt, und er war verblüfft gewesen, als er sah, wie glücklich sie war, aus keinem ersichtlichen Grund. »Volltreffer!«, hatte sie gesagt. »Das Glück ist eine Frau.« Er hätte sie auf der Stelle küssen mögen, um an ihrer Freude teilzuhaben.

Jetzt schürzte sie die Lippen und wandte sich ihm zu. Manchmal erhaschte er eine Ahnung, wie sie als Mädchen gewesen war, süß und ein bisschen linkisch. »Aber du bist nicht so«, sagte sie langsam. »Überhaupt nicht. Das denkst du doch nicht etwa, oder?«

»Nein. Na ja, zumindest nicht in dem Ausmaß. Aber – lieber Gott.« All dieses Reden. Führte es jemals zu etwas? Und war es überhaupt möglich, das, was man empfand, in Worte zu fassen? Er versuchte es. »Ich weiß nicht. Ich weiß einfach nicht. Ich meine, kannst du dir mich als Vater vorstellen? Siehst du mich so?«

Carolyn kaute auf der Lippe. Zu Wylies Entsetzen stiegen ihr Tränen in die Augen und rannen ihr gleich darauf über die Wangen. »Du bist ein toller Mann, Wylie«, sagte sie. »Schade, dass das alle wissen – nur du selbst nicht.«

Wylie war verblüfft. Auf die Idee wäre er nicht im Traum gekommen. Plötzlich war auch ihm zum Weinen zumute. »Findest du?«, sagte er und war entsetzt, wie hoch und dünn seine Stimme klang. Er sehnte sich nach einer Zigarette, obwohl er schon seit über zehn Jahren nicht mehr rauchte. »Ich weiß nicht.« Er schüttelte den Kopf und sah auf seine nutzlos im Schoß liegenden Hände. Er fingerte an dem Pflaster herum, das er auf die Schnittwunde geklebt hatte, die er sich während des Anthrax-Alarms am Nachmittag zugezogen hatte. »Ich weiß nicht. Ich finde, es ist zu spät. Viel zu spät, verdammt noch mal.«

»Es ist nie so spät, wie du glaubst«, widersprach Carolyn. »Du weißt nie, wie viel Zeit noch bleibt.«

»Wir haben nie richtig geredet, weißt du«, stammelte er. Er biss die Zähne zusammen. Verschränkte die Hände, löste sie wieder. Carolyn sah ihn unverwandt an. Er wusste eigentlich kaum, was ihr im Kopf herumging, und bis eben hatte ihn das nicht gestört. »Über uns, weißt du. Über dich und mich.«

»Ja, ich weiß«, antwortete sie. Sie lehnte sich zurück und ließ den Blick über die Dachsparren schweifen, hinter denen sie Holz und Ersatzteile lagerte: Stuhlbeine, Spindeln, Schubladen, Kissen. »Ich denke, wir sind beide Hasenfüße.«

Wylie wand sich. Die zweite Hälfte seines Lebens hatte darin bestanden, über die erste hinwegzukommen. Und nun? Ihm blieben die Worte ihm Hals stecken. Statt die Dinge in den Griff zu bekommen, schien er immer unfähiger zu werden. Er musste sich zusammenreißen. Musste sich in Erinnerung rufen, zu welcher Entscheidung er zu Hause gelangt war. War er immer schon so ein Waschlappen gewesen?

»Ich kann das nicht, Carolyn.«

Sie beugte sich vor und legte ihm den Zeigefinger aufs Knie. »Muss ich dir sagen, dass ich dich liebe, Wylie?«, fragte sie mit der Besorgnis einer Ärztin, die ihren Patienten zu seiner Krankheit befragte. »Weil es nämlich so ist. Falls du das nicht wissen solltest. Ich kann es dir genauso gut sagen.« Er registrierte die Speichen in ihren Augen, gelbe Strahlen auf dem Braun. »Ich liebe dich – so ist das.«

Es war das Unglaublichste, was er je gehört hatte. Noch unglaublicher als die Tatsache, dass sie von ihm schwanger war. Es schien eine Ewigkeit her zu sein, dass sie ihm den Schwangerschaftstest gezeigt hatte.

»Das hast du mir nie gesagt«, meinte er.

Sie schüttelte den Kopf. »So läuft es doch bei uns, stimmt's? Ich denke, ich habe mich nicht getraut, es dir zu sagen. Ich hatte wohl Angst, dass es sonst mit uns vorbei wäre. Dass ich dich damit verjage.«

Vermutlich hatte sie recht, aber er sagte nichts dazu. Seine eigene Unzulänglichkeit gähnte vor ihm wie ein schwarzer Abgrund. Sie hatte gesagt, dass sie ihn liebte. Jetzt war er dran. Das zumindest hatte er begriffen. So sah es das Drehbuch vor: Die erste Person sagt: *ich liebe dich,* und die zweite erwidert: *ich dich auch.* Eigentlich einfach. Aber er brachte es nicht fertig, konnte es einfach nicht. Er war ein hirnloses Stück Fleisch. Willenlos, fühllos, sprachlos.

Ein Windstoß fegte durch die Eukalyptusbäume, und ihr Rascheln klang, als applaudierten sie. Wylie fühlte sich verspottet.

»Du musst nichts sagen«, sagte Carolyn. »Ich hatte nur gerade beschlossen, es dir zu sagen.« Sie schürzte die Lippen und musterte ihn. »Was ist mit deinem Augenlid?«

Er legte die Hand darauf, um das Zucken abzustellen. »Es ist, als wäre da etwas drin, das jeden Moment ausschlüpft. Es macht mich wahnsinnig. Ich bin fix und fertig. Ein nervliches Wrack.«

Sie lachten, und die Situation entspannte sich ein wenig. Jetzt fühlte er sich besser. Gut genug, um zu sagen: »Es ist einfach schwer für mich, wenn alles an mir hängt.«

Ups. Falsche Bemerkung. Carolyn wurde zornig. »Es ist *meine* Entscheidung, Wylie. Das weiß ich. Ich bin kein junges Ding, das darauf wartet, dass du die Entscheidung triffst. Ich habe dir gesagt, dass ich dieses Kind bekommen möchte, aber nicht wenn ich es allein aufziehen muss. Das will ich einfach nicht. Das kann ich nicht. Das ist die Situation, und damit müssen wir beide leben.«

»Ich weiß, ich weiß«, sagte Wylie. Lieber Gott, sie konnte in fünf Sekunden von *ich liebe dich* zu stinksauer wechseln. Er stand auf und schlang die Arme um sie.

Sie schob ihn fort. »Willst du mir also sagen, ich soll es durchziehen? Ich soll losgehen und es wegmachen lassen?«

»Liebe Güte, Carolyn. Musst du es so krass ausdrücken?«

»Wie soll ich es sonst ausdrücken?« Ihre Nase wurde rot, wenn sie wütend war.

»Es klingt einfach so brutal. Ich meine, wenn ich daran denke, dann nicht wie an eine Sache – als würde ich gar nichts dafür empfinden. Ich – ich habe es die ganze Zeit im Sinn.« Wenn du nur wüsstest, dachte er.

»Es?«

»*Sie* dann eben. Oder *ihn.* Wie auch immer.«

»Kannst du mir in etwa sagen, worauf du hinauswillst? Und könntest du bitte aufhören zu sagen *wie auch immer?*«

Das war seine Chance. Klartext. Sei ehrlich. Sie atmete schwer, ihre Brust hob und senkte sich. Sie setzte keine großen Hoffnungen in ihn, das sah er. Der traurige Blick in ihren Augen galt nicht ihrer Zwickmühle, sondern *ihm.* War er so erbärmlich?

»Wir hatten das nicht geplant«, sagte er, und es klang wie eine Frage.

»Nein, das hatten wir nicht«, stimmte sie ihm zu. Sie beobachtete, wie er einen Augenblick tief durchatmete, dann fuhr sie fort: »Hör zu, warte noch mit deiner Entscheidung. Nimm dir ein bisschen mehr Zeit. Eine Woche oder so. So lange können wir warten. Ich möchte, dass du dir sicher bist.«

»Aber das macht es bloß schwerer«, klagte er. Gott, was für ein Jammerlappen. »Schwerer auch für dich«, fuhr er mit festerer Stimme fort. »Je länger wir warten ... Es ist dir gegenüber nicht fair.«

Carolyn verdrehte die Augen. »Lieber Gott, ja, fair müssen wir bleiben.«

Er beugte sich zu ihr herab und barg sein Gesicht in ihren Haaren. Es fühlte sich ein wenig feucht an, warm an ihrer Kopfhaut. War das der Eukalyptus, den er da roch, oder Terpentin? Vielleicht war es auch ihr Haarshampoo.

»Möchtest du, dass ich hierbleibe?«, flüsterte er.

Sie schüttelte den Kopf. »Nein, ich glaube, du gehst besser. Ich bin müde. Reif fürs Bett.« Sie ergriff seine Hand, drückte die Handfläche an ihre Lippen.

Er küsste sie auf die Wange. Dann auf den Mund. Ohne sie noch einmal anzusehen, richtete er sich auf und ging unbeholfen davon, stolperte in der Dunkelheit auf dem glitschigen Eukalyptuslaub den Pfad hinunter.

Das Telefon klingelte, als er nach Hause kam. Fluchend kämpfte er mit dem Türschloss. Er war sicher, dass es Carolyn war, die ihn anrief, um ihm nach nochmaligem Überlegen zu sagen, dass er sich zum Teufel scheren sollte. Wer könnte es ihr verdenken? Die Hunde stürzten sich auf ihn, als er eintrat. Elsa ging ihm zwischen die Füße, Murphy sprang ihn an. »Runter!«, rief Wylie. Der verdammte Hund konnte es sich einfach nicht abgewöhnen. Auf dem Teppich unter dem Tisch hatten sie etwas in Fetzen gerissen. Sah aus wie die Eiscremepackung und die Raviolischachtel. Zu Konfetti geschreddert. Die Krönung des Ganzen war die

Kuhle in seinem Sessel. Dort hatte offenkundig jemand geschlafen, vermutlich Elsa.

»Böse Hunde!«, rief er, bevor er den Telefonhörer aufnahm.

»Hey, hey, hey«, sagte eine männliche Stimme. »Ich wollte gerade schon aufgeben.«

»Hi«, sagte Wylie zögernd. Sein Herz klopfte wie wild, schmerzlich, unregelmäßig. Vermutlich brauchte er einen Bypass. Oder zwei. Oder sogar drei.

»Was ist los, Mann? Wie sieht's aus?«

Wer immer es war, er war offensichtlich der Ansicht, dass er sich nicht vorstellen musste. Die Stimme klang vertraut, aber Wylie konnte sie nicht unterbringen. »Mir geht's gut«, sagte er. Er spielte mit in der Hoffnung, dass er den Typ erkennen würde, wenn er weiterredete. »Und selbst?«

»Super, Mann. Alles bestens. Deshalb rufe ich an. Ich hab in dieser Lotterie gewonnen und werde eine kleine Reise machen. Nach *Mexiko*. Ist das zu fassen? Alles inklusive, Mann. Ich lasse mich da unten nieder, schlage Wurzeln und fange ein ganz neues Leben an ...«

Wer immer es auch war – er hatte hochfliegende Pläne. Wylie warf einen Blick auf die Uhr: zehn vor elf. Der Knabe quasselte, als würde er pro Wort bezahlt. Vielleicht war er falsch verbunden.

»Und diese Jobs hier, die bringen einfach nichts. Immer das gleiche, tagein, tagaus. Für 'nen *Hungerlohn*, Mann. Nicht ein Cent über zum Sparen, und wohnen tue ich in einer *Bruchbude*. Wo soll das hinführen? Das führt nirgendwohin, und zwar schnell. Das ist nichts für mich, weißt du. Ich will was anfangen mit meinem Leben, ihm eine Wendung geben, und wenn ich hierbleibe und immer so weitermache wie bisher, versinke ich nur tiefer und tiefer in einem Loch. Verstehst du? Verstehst du, was ich meine?«

Elsa stand schwanzwedelnd vor Wylie. Er wies auf das Telefon, schüttelte den Kopf und zuckte die Schultern.

»Tommy? Bist du noch da?«

Als er seinen Vornamen hörte, wusste Wylie, dass es Logan war. Die Tatsache, dass es so lange gedauert hatte, bis er seine Stimme erkannte, machte ihm klar, wie fern ihm sein Halbbruder war. Wylies Alarmglocken schrillten. Wenn Logan ins Spiel kam, gab es in der Regel Ärger. Er war schon in Ordnung, er war amüsant, aber eben ein Unruhestifter. Immer schon gewesen. Und Wylie war genügend Drogensüchtigen begegnet, um zu erkennen, wann jemand high war. »Du fährst nach *Mexiko?*«, fragte er.

»Ja, Mann, das *sag* ich doch, Bruder. *Deswegen ruf ich doch an.* Ich dachte, wir könnten uns vielleicht treffen, bevor ich abhaue. Ich weiß nicht, wie lange ich wegbleiben werde, und ich möchte dich wirklich gern sehen. Du warst immer für mich da, Mann. Du bist schließlich mein Bruder, weißt du. Also bevor ich fliege, möchte ich mich gern mit dir treffen.«

Armer Teufel. Was Wylie anging, bestand ihre brüderliche Beziehung darin, dass er Logan aus der Patsche half, wenn niemand sonst da war. Dabei waren sie nicht einmal zusammen aufgewachsen. »Wann fährst du?«, fragte er.

»Freitag in einer Woche. Freitag, den dreizehnten! Glaubst du, das bedeutet Unglück?«

»Quatsch, da würde ich mir keine Gedanken machen.« Wylie zögerte, bevor er fortfuhr. »Hör mal, Logan. Ist alles in Ordnung? Ich meine, ist es okay, diese Reise zu unternehmen? Darfst du überhaupt das Land verlassen?«

»Ich hab in der Lotterie gewonnen, wie gesagt«, antwortete Logan aufgedreht, das ewige Stehaufmännchen. »Alles inklusive. Wie oft passiert einem das? Ich glaube, das ist ein Zeichen dafür, meinen Kram zu packen und die Biege zu machen. Ich hab's echt versucht hier, weißt du? Ich hab versucht, nicht vom Weg abzukommen, aber es hat einfach nicht funktioniert. Ich glaube, das ist jetzt meine große Chance. Jetzt kann ich wirklich einen neuen Weg einschlagen. Verstehst du?«

»Warte mal einen Moment. Redest du jetzt von Urlaub machen oder willst du für immer fort? Ich hab nicht ganz kapiert, was du vorhast.«

Logan hatte aufgehört, wie ein Maschinengewehr zu reden, und an dem zögernden Schweigen erkannte Wylie, wie verloren sein Bruder war. Der dumme Idiot.

»Denn wenn du sagen willst, dass du abhaust nach Mexiko, für immer, dann machst du in meinen Augen womöglich einen Fehler«, sagte Wylie so freundlich er konnte. Gleichzeitig fragte er sich, warum er sich überhaupt einmischte. Wenn Logan fortging, hatte er eine Sorge weniger. Einen Ärger versprechenden Anruf weniger.

»Es ist viel schwerer als du denkst, fortzugehen und ein neues Leben anzufangen«, fuhr er wider besseres Wissen fort. »Zum einen ist es vermutlich nicht legal. Ich bin ziemlich sicher, dass sie dich wieder einbuchten werden, wenn du was in der Art versuchst, Logan.«

»Sie werden mich *nicht* wieder einbuchten, Tommy«, fauchte Logan. Er war eindeutig bekifft, wenn nicht sogar auf harten Drogen. »Ich verstoße *nicht* gegen das Gesetz, sie werden mich *nicht* kriegen, und sie werden mich definitiv *nicht* einbuchten.« Er schniefte ein paar Mal verstimmt. Als er weitersprach, war er ruhiger. »Ich brauche einfach Tapetenwechsel, das ist alles. Ich lass die Dinge auf mich zukommen. Mal sehen, was sich ergibt. So eben.« Er seufzte schwer auf. »Also, willst du dich nun mit mir treffen oder nicht?«

Wylie seufzte ebenfalls. Er sah auf Elsa hinunter, die in Richtung Küche blickte. Murphy lag wieder unter dem Tisch und leckte an den Papierschnitzeln herum.

»Klar, Logan. Klar will ich dich sehen. Wann wollen wir uns treffen?« *Ich erwarte ein Kind,* hätte er beinahe gesagt. *Hast du einen Rat für mich?*

»Super, das ist echt super, denn ich möchte dich wirklich gern sehen. Du bedeutest mir eine Menge, Tommy, weißt du.«

Logan, der Mann mit den vielen Stimmungen. Wylie wollte das Gespräch nur noch beenden.

»Ich dachte, vielleicht vor meinem Abflug«, sagte Logan. »Am Flughafen, weißt du. Ich könnte etwas früher kommen und bei dir an der Bar vorbeischauen.«

»Schön«, sagte Wylie. »Um welche Uhrzeit?«

»Also, mein Flieger geht um acht. Ich denke, so um halb sieben, sieben. Wie wär das?«

»Das geht nicht. Ich arbeite tagsüber, Logan. Von sieben bis drei. Dann müssen wir uns ein andermal treffen.«

»Mist. Schade, Mann. Dann lass uns –«

»Warte mal, nicht diesen Freitag, oder?«, fiel Wylie ihm ins Wort. »Du hast gesagt, Freitag in einer Woche, oder?«

»Richtig, am dreizehnten. Weißt du noch?«

»Ja, wie konnte ich das vergessen? Zufällig hab ich an dem Tag mit meiner Kollegin die Schicht getauscht. Sie muss sich um die Geburtstagsfeier ihrer Tochter kümmern oder so. Also bin ich tatsächlich da, ob du's glaubst oder nicht.« Wylie lachte. »Ich arbeite *nie* abends. Du kriegst immer, was du willst. Du bist vielleicht ein Glückspilz, Logan. Warst du immer schon.«

Logan lachte ebenfalls. »Stimmt. Was meinst du, wie ich dieses Lotterielos gezogen habe? Für mich wendet sich immer alles zum Guten. So oder so, irgendwie haut's letzten Endes immer hin.«

Freitag, 13. Dezember

24

Jewell konnte Elis Auto nicht entdecken, und so parkte sie vor der Adresse, die er ihr gegeben hatte, und wartete. Es war eine hügelige Gegend in Boyle Heights: die Straße vor ihr erhob sich wie eine Kuppe bei der Achterbahn. Fertighäuser in Holzrahmenbauweise, drei Stockwerke, ungewöhnlich für L.A. Das Haus Nummer 2624 musste einst gelb gewesen sein, war aber nun zur Farbe von altem Pergament verblasst, mit rotbraunen Laibungen. Überreife Beeren von einer großen Kirschmyrthe an der Seite des Hauses hatten den Gehweg lila gesprenkelt. Um diese Tageszeit, zwei Uhr nachmittags, war die Postbotin, die bedächtig von Haus zu Haus schritt, der einzige Mensch weit und breit. Sie war groß, mit teefarbener Haut, und trug Shorts, die ihre kräftigen Beine sehen ließen. Jewell saß zusammengesunken auf dem Fahrersitz, musterte den struppigen Rasen und die verzogenen Fassaden der sonnengebleichten Häuser und kam sich vor wie eine Spionin. Sie fragte sich, wie andere Menschen es fertigbrachten, ihre Sachen zu packen und auszuziehen, wie sie es fertigbrachten, einander zu verlassen, ein neues Zuhause zu finden, ein neues Leben zu beginnen. Sie fragte sich, wie sie es schaffen sollte.

Elis Wagen tauchte im Rückspiegel auf, und sie sah zu, wie er den Hügel hinunterglitt und hinter ihr parkte. Nur noch ein paar Wochen bis Weihnachten und er trug Shorts, genau wie die Postbotin. Flip-Flops, Sonnenbrille, Hawaii-Hemd.

Sie stieg aus und lehnte sich an den Wagen.

»Und – was meinst du?« Eli trat zu ihr.

Jewell zuckte die Schultern. »Ganz nett. Scheint ’ne ruhige Straße zu sein.«

»Warte, bis du die Wohnung siehst. Mein Freund, der Typ, der gerade ausgezogen ist, hat drei Jahre hier gewohnt. Es ist abgefahren, aber cool. Hat was.«

»Klingt gut, ich bin nämlich echt am Ende. Du glaubst gar nicht, was einem alles angeboten wird. Gestern hab ich bei einer Frau namens peregrine eine Wohnung angesehen – *peregrine*, mit kleinem p. Die hatte Regeln – das glaubst du nicht. Kein Fleisch, keine Duftstoffe, kein Alk und Drogen schon gar nicht.«

»Kein Thunfisch, kein Zucker, keine Männer mit echten Schwänzen?«

»Genau.« Jewell gelang es zu lachen.

»Schläfst du immer noch in dem Kabuff?«

Jewell schüttelte den Kopf. »Celeste ist mehr oder weniger ausgezogen. Sie ist fast die ganze Zeit bei Dana. Kommt vorbei, um ihre Post zu holen und neue Klamotten, bleibt aber nie über Nacht. Sie hat den Mietvertrag schon gekündigt. Sie wird im Nu wieder mit ihrer glücklichen kleinen Familie vereint sein.«

Jewell sah die Straße hinunter und merkte, wie der Asphalt verschwamm, als ihre Augen sich mit Tränen füllten. Sie presste die Lippen zusammen, damit ihr Kinn nicht zitterte, und wartete, bis sie den Straßenbelag wieder klar sehen konnte. Sie war es leid zu weinen.

»Na denn – sollen wir's uns ansehen?«, sagte Eli viel zu munter. »Ich hab den Schlüssel.«

»Weißt du, dass ich noch nie allein gewohnt habe?« Aus irgendeinem Grund scheute Jewell sich, das Haus zu betreten. Der Himmel war bewölkt, und es wehte ein leichter Wind, aber zwischendurch schob sich die schwache Sonne durch die Wolken. Die Wärme tat gut.

»Echt nicht?«

»Nee. Das ist mir neulich erst bewusst geworden. Ich hab entweder in einer großen WG gewohnt oder bin von einem Menschen zum nächsten gezogen. Als ich Celeste kennenlernte, wohnte ich bei Hasani, und dann bin ich gleich mit Celeste zusammengezogen. Ich denke immer, mit diesem Menschen wird es anders, aber sie sind alle gleich. Und was noch schlimmer ist – mir ist klargeworden, dass ich immer dieselbe bin. Ich mache immer wieder dieselben Fehler.«

»Tja, vielleicht ist es diesmal anders. Sollen wir?« Eli wies mit dem Kinn auf das Haus. »Tut mir leid, aber ich hab nachher Spätschicht. Ich hab nicht allzu viel Zeit.«

Sie gingen die Zufahrt hinauf, die um das Haus herumlief, bis zu einer wackligen Holztreppe, die an der Außenwand nach oben führte.

»Erinnerst du dich an diese Beeren?«, fragte Eli, als sie an der Kirschmyrthe vorbeigingen. »Hast du die als Kind auch immer gegessen?«

»Klar. Und wir haben damit immer auf den Gehweg geschrieben.« Sie bückte sich und schrieb mit der größten Beere, die sie finden konnte, eine Botschaft auf die Einfahrt: *SOS*. »Hey, geht immer noch.«

»Wenn du hier wohnst und nach Hause kommst«, meinte Eli beim Hinaufsteigen, »solltest du nicht allzu fertig sein. Ein falscher Schritt und du brichst dir das Genick.«

»Stimmt. Als alte Frau schaffe ich das nicht mehr.«

Es ging drei Stockwerke hoch. Am oberen Ende der Treppe, direkt unter dem Dach, war eine kleine Eingangsterrasse, kaum mehr als ein paar Latten, die mit vier Nägeln – maximal – an der Hauswand befestigt waren.

»Liebe Güte, ist das hier sicher?«, fragte Jewell.

Von der Eingangsterrasse aus hatte man einen guten Blick über die Dächer ringsum. Im Hof des Nachbarhauses spielte ein dicker Junge einen Ball gegen die Hauswand. Er sah zu ihnen hoch und winkte.

»Du gewöhnst dich dran«, meinte Eli. »Außerdem ist es deshalb bezahlbar. Wenn die Wohnung legal wäre, könnten sie sich vor Interessenten kaum retten.«

Er drückte die Tür auf, und Jewell erhaschte den Duft von sonnenwarmem Heu. Sie lugte in den langen schmalen Raum. Die Decke hing ein wenig durch; die Dachbalken lagen frei. Es gab drei Fenster, einen Holzfußboden. In ihrer Brust regte sich etwas. Am fernen Ende des Raumes, mit Blick auf den Hinterhof, befand sich eine improvisierte Küche mit einem winzigen Kühlschrank, einem Kocher und einer kleinen Spüle.

»Das Bad ist da drüben«, sagte Eli und wies zum anderen Ende des Raumes, in Richtung Straße. »Und hier, Jules – komm mal her. Sieh dir das an. Deine Matratze legst du hierhin«, fuhr er fort, als sie neben ihn unter ein Oberlicht getreten war. »Nachts kannst du hier die Sterne sehen.«

Jewell schaute in den nackten Himmel hinauf. War es wirklich soweit gekommen? »Ich weiß nicht«, sagte sie nach einer Weile.

»Ach, Jules. Nun komm schon! Was gibt's zu bemängeln?«

»Bis wann muss ich der Vermieterin Bescheid geben?«

»Wer zu spät kommt, den bestraft das Leben, Schätzchen. Es ist schon Freitag. Chriselda braucht das Geld pronto, und es gibt 'ne Menge Leute, die die Wohnung nehmen würden. Sie will es noch am Wochenende wissen.«

»Warum setzt du mich so unter Druck?«, fauchte sie.

Eli blickte sie überrascht an und hob beschwichtigend die Hände. Jewell sah die wechselnden Gefühle in seinem Gesicht: Erstaunen, Enttäuschung und schließlich Resignation. »Hey, überhaupt nicht«, sagte er dann. »Mach, was du willst.«

»Ich will doch nur nicht aufgeben, so lange es noch nicht wirklich zu Ende ist. Beziehungen sind nicht einfach, weißt du. Man muss was dafür tun«, erklärte Jewell. Sie merkte selbst, wie wenig überzeugend sie klang, aber sie konnte es nicht lassen. »Und dann gibt's ja auch noch Rachel – die Kleine. Und Celeste. Ich ...« Sie sah Eli an, und seine Umrisse verschwammen. »Ich – ich empfinde immer noch sehr viel für sie.«

»Hör zu, Jewell. Ich sage dir nicht, was du tun sollst«, meinte Eli müde. »Wenn du die Wohnung nicht willst, dann lass es.«

Sie ging zu dem Fenster in der kleinen Küchenecke hinüber und schaute nach unten in den Hof. Eine Wäscheleine, ein Grill, ein verwitterter Liegestuhl. *Jetzt oder nie,* sagte sie sich.

»Ich brauche Zeit zum Nachdenken.«

»Okay, dann lass uns gehen.«

Als Eli abschloss, hatte Jewell das Gefühl, sich an der Regenrinne festhalten zu müssen, für den Fall, dass die Eingangsterrasse unter ihnen zusammenbrach. Der dicke Junge mit dem Ball war fort. Von hier oben aus konnte man eine Menge sehen: Werbetafeln ein paar Straßen weiter, Telefonleitungen, die Freeway-Überführung, Baumkronen.

»Der Fluss ist gleich da drüben«, meinte Eli.

»Wo?«

»Da hinten, auf der anderen Seite des Freeway.«

»Wow«, erwiderte Jewell und stellte ihn sich vor – nicht wie er jetzt war, ein braunes Rinnsal, eingepfercht zwischen Betonwänden, sondern wie er einst gewesen war: ein echter Fluss, üppig von Lampenputzern gesäumt, die sich im Wind wiegten.

»Danke, Eli. Ich sag dir Bescheid.« Sie legte ihm die Hand auf die Schulter, während sie die wacklige Treppe hinunterstiegen.

Celestes Wagen stand in der Einfahrt, als Jewell nach Hause kam. Es war über eine Woche her, seit sie sich von Angesicht zu Angesicht begegnet waren. Eine Welle der Freude überkam sie. Idiotisch und definitiv kein gutes Zeichen, aber dennoch stieg sie eilends aus dem Wagen, so aufgeregt, als wären sie frisch verliebt, als wären sie gegen ihren Willen einige Zeit getrennt gewesen und stünden nun vor ihrem glücklichen Wiedersehen. Als sie auf den Gehweg trat, vernahm sie ein Rattern und Klappern. Sie wandte sich um, und da kam die Avon-Beraterin mit ihrem verrückten Rad den Bordstein hochgefahren.

»Hi. Wir brauchen heute nichts«, rief Jewell ihr so freundlich wie möglich zu. Sie wollte Celeste für sich haben.

Die Avon-Beraterin stieg ab. Es war Jewell ein Rätsel, wie eine Frau, die eben von wer weiß wo mit dem Fahrrad angefahren kam, so perfekt gestylt aussehen konnte. Das schwarze Haar, sorgfältig frisiert und großzügig eingesprüht, saß tadellos; ihre cremefarbene Hose hatte scharfe Bügelfalten und wies nirgends die geringste Spur von Straßenschmutz oder Kettenöl auf. Eine Goldbrosche zierte das Revers ihres karierten Blazers, und sie trug blitzblanke Pumps mit schwarzen Blockabsätzen.

»Aber Ihre Freundin?«

»Ich glaube nicht.«

Die Frau ging neben Jewell her und schob ihr Fahrrad über den holprigen Rasen. »Es ist noch Zeit genug, um für Weihnachten zu bestellen.«

»Weihnachten feiert sie nicht. Sie ist Jüdin.«

»Nichten und Neffen. Sie kauft gern für alle ein.«

Jewell blieb abrupt stehen und wandte sich ihr zu. Die Frau zuckte zusammen. Ein Anflug von Angst glitt über ihr Gesicht. Jewells Blick glitt nach unten, und sie bemerkte den Verlobungsring: ein breiter goldener Ring mit einem winzigen Diamanten. Er sah aus, als sei er zusammen mit dem Ehering und dem goldenen Kreuz, das sie um den Hals trug, im Set gekauft worden. »Ich möchte nicht unhöflich sein, aber Celeste zieht weg«, sagte Jewell. »Wir ziehen beide weg.«

»Ist sie da?«

Die Avon-Beraterin mochte Angst haben, aber sie war hartnäckig. Sehr hartnäckig. Sie war nicht loszuwerden. Celeste erschien mit einem Wäschekorb unter dem Arm und ihrer Handtasche unter dem anderen in der Tür. Jewell stockte der Atem. Es tat dermaßen gut, sie einfach nur zu sehen. Es war wie ganz am Anfang, als Celestes Anblick sie einfach umgehauen hatte.

Die Avon-Beraterin stellte das Fahrrad auf den Ständer und

eilte Celeste entgegen, bevor Jewell sich auch nur rühren konnte. Sie plauderten miteinander auf der Veranda, während Jewell auf dem Weg neben dem Fahrrad stehen blieb. Wann waren die beiden so gute Freundinnen geworden? Celeste warf immer wieder einen Blick zu Jewell hinüber, während sie nickte und die Avon-Beraterin anlächelte, die in ihrer Broschüre blätterte. Jewell verlagerte ruhelos das Gewicht. Meine Güte, Celeste war hinreißend. Sie hatte ihr Haar streng zurückgebunden, so dass sie aussah wie eine Flamencotänzerin: elegant und leidenschaftlich.

»Also dann, Inez, besten Dank für alles«, sagte Celeste schließlich. »Sie werden mir fehlen.«

Endlich. Die Avon-Beraterin wandte sich um und kam den Weg herunter. Sie warf Jewell einen wenig freundlichen Blick zu, als sie an ihr vorüberging.

Jewell musste jedem Muskel, jeder Sehne sagen, was sie zu tun hatten, um den kurzen Weg bis zur Veranda zurückzulegen. Und dennoch kam sie sich geradezu spastisch vor: Ihre Beine beschrieben komische Winkel, ihre Arme zuckten unkontrolliert. Auch ihr Gesicht war außer Kontrolle. Es hing ihr wie eine Gummimaske vor dem Schädel und verzog sich erst zu einem süffisanten Lächeln, dann zu einer grotesken Grimasse. »Hi«, brachte sie über die Lippen, als sie Celeste gegenüberstand.

Sämtliche Härchen richteten sich auf, als Celeste ihr die Hand auf den Arm legte. Celeste blickte ihr in die Augen und schenkte ihr ein warmes Lächeln. Was war los?

»Hi, Jewell. Ich bin gerade am Gehen.«

»Hm-hm«, murmelte Jewell. »Hm.« Ihre Kehle war zugeschnürt. Ihre Augen konnten sich von Celestes Gesicht nicht lösen. Sie hungerte danach. Lieber Gott, was für ein Zustand. Das Wichtigste war, sie so lange wie möglich dazubehalten, damit sie sie weiter ansehen konnte. »Ist es nicht komisch, dass die Avon-Beraterin Fahrrad fährt?«, brachte sie schließlich hervor.

Celeste lachte. *Sie lachte!* Jewell hatte vergessen gehabt, wie wundervoll sich Celestes Zähne in ihrem engen Unterkiefer aneinanderschmiegten. Und ihre Kehle, wenn sie den Kopf in den Nacken warf. Jewell war nicht zu helfen, das war sogar ihr selbst klar. Aber sie lachte ebenfalls, ein ersticktes Gurgeln, das in der Kehle brannte. Nicht zu heftig jedoch, denn das hätte womöglich den Tränenfluss wieder in Gang gebracht.

»Sie ist schon eine komische Frau, das stimmt«, meinte Celeste. »Ich weiß nicht, wo sie herkommt oder wie weit es für sie ist mit dem Fahrrad. Ich glaube, sie kann gar nicht Autofahren. Sie hat irgendwie eine seltsame Ausstrahlung, als ob irgendwas Merkwürdiges vorginge – dabei sieht sie eigentlich ganz normal aus, ziemlich konservativ sogar.« Sie zuckte die Achseln. »Vielleicht ist es bloß das Christliche. Dieses Kreuz, das sie um den Hals trägt.«

Der Smalltalk lockerte Jewell so weit auf, dass sie vorschlug, einen Moment ins Haus zu gehen. Celeste stellte den Wäschekorb im Esszimmer ab und legte ihre Tasche auf den Tisch. Sie trug einen langen, grobmaschigen Pullover, den Jewell noch nie an ihr gesehen hatte. Stand ihr ausgezeichnet. Es war so gut, zusammen im Haus zu sein, an dem Ort, an dem sie sich mit solcher Freude geliebt, an dem sie so viel miteinander gelacht hatten.

»Du liebe Güte, Jewell. Wie viel Pfund hast du abgenommen?«, sagte Celeste, als sie sich umwandte und sie musterte.

Jewell hob ihr Hemd und zog am Bund ihrer viel zu weiten Jeans. »Sind schon ein paar«, antwortete sie. Celestes Blick blieb an ihrem nackten Bauch hängen. Celeste wollte sie noch immer, erkannte Jewell. Die trutschige Dana konnte ihr nicht das Wasser reichen, zumindest nicht, wenn es ums Aussehen ging. Jewell trat einen Schritt näher. Sanft berührte sie Celestes Nacken, dann ihr Gesicht. Sie entdeckte die Angst in Celestes Augen, die Hitze. Dennoch war sie überrascht, als Celeste ihr entgegenkam, sich an sie lehnte.

Als sie sich küssten, hatte Jewell das Gefühl, ihre Ohren wären zu, wie unter Wasser. Es herrschte reine Stille, dann drangen gedämpfte Laute zu ihr durch, vages Rascheln und fernes Gemurmel. Nach einer Ewigkeit, wie ihr schien, begann sie aufzutauchen. Sie hörte in der Küche den Kühlschrank anspringen, draußen auf der Straße schlug eine Autotür zu. Ihr Atem und Celestes waren eins. Sie küssten sich immer noch. Für Jewell hätte es ewig so weitergehen können. Sie spürte die Konzentration, Celestes und ihre eigene; sie waren auf einem trügerischen Weg, jeder Schritt brachte Gefahr. Celestes Küssen wurde leidenschaftlicher. Jewell war überzeugt, im nächsten Augenblick das Klick in Celestes Begehren zu spüren, das bedeutete, dass es kein Zurück gab. Die gewachsene Dringlichkeit, die bedeutete, dass Celeste auf einer Flugbahn war, die nicht enden würde, ehe sie nicht schweißgebadet und erschöpft neben Jewell lag, ein sattes Grinsen im Gesicht. Die freudige Erwartung erregte Jewell dermaßen, dass sie ihre Hände unter Celestes Pullover gleiten ließ, dann unter ihren BH, in die Wärme ihrer Brüste. Celestes Brustknospen wurden sofort hart. Sie keuchte auf, stöhnte und ließ sich gegen Jewell sinken, presste ihren Venushügel an deren Schenkel. Es machte Jewell rasend. Sie zog ihre Hände unter Celestes Pullover hervor, packte stattdessen ihren Hintern und zog sie an sich. Ihre Traurigkeit, der rohe Kummer der letzten Wochen brodelte über und wandelte sich in gieriges Verlangen. Sie meinte sich an Celestes Hintern festhalten zu müssen, um ihre Hände daran zu hindern, ihre Jeans in Fetzen zu reißen.

Dann stieß Celeste sie von sich.

Sie starrten einander an wie zwei Ringkämpferinnen, die im nächsten Moment aufeinander losgingen. Beide atmeten schwer.

»Ich kann nicht, Jewell. Ich kann das einfach nicht.«

Jewells Ohren waren mit einem Schlag wieder offen. Ihr Blick stellte sich wieder scharf. Ihr Mund füllte sich mit Speichel, als müsste sie sich jeden Moment übergeben.

»Tu mir das nicht an, Jules«, keuchte Celeste. »Ich halt das nicht aus. Bitte nicht.«

Jewells Magen hob sich. Sie schluckte, wie um einen Höhenunterschied auszugleichen. Sie konnte nicht sprechen, sie versuchte es erst gar nicht. Alles, was sie tun konnte, war, gegen den Wäschekorb zu treten. Die Kleider flogen durch die Gegend und lagen dann herum wie an Land geworfene tote Körper.

»Geh einfach«, sagte sie.

Sie hörte die Tür ins Schloss fallen, Celestes Wagen anspringen, den Motor beschleunigen, als sie davonfuhr. Dann war da nur noch das Haus. Wasser gurgelte in dem undichten Spülkasten der Toilette, ein Knirschen im Gebälk.

Sie ging ins Schlafzimmer und legte sich auf das Fußende des Bettes. Wie ein Hund, wie Lassie. Eine Zeitlang schob sie jeden Gedanken fort und starrte nur zum Fenster hinaus. Dann drückte sie ihr Gesicht in die Matratze, presste es ins Laken. Sie schluchzte, knetete die Decke und schlug mit der flachen Hand auf die Matratze. Sie ließ sich gehen und heulte laut auf, während sie ihr nasses heißes Gesicht in der Bettdecke barg. Sie verfluchte sich selbst, Celeste, Dana. Aber dann, als sie sich so richtig dem Weinen hingab, versiegten die Tränen plötzlich. So war es immer: Die Stimmung verflog, noch ehe sie bereit war, mit dem Weinen aufzuhören. *Obwohl* sie noch nicht bereit dazu war. Sie setzte sich auf und wischte sich übers Gesicht. Sie fühlte sich klar im Kopf, merkwürdig ruhig. Nicht optimistisch, eher resigniert. Eine Art Zen-Zustand, vermutete sie. Jenseits des Leidens. Sie verzog das Gesicht, presste den Brustkorb zusammen, versuchte einen weiteren Schluchzer zu erzwingen. Mehr, sie wollte mehr. Vergebens. Nichts passierte. Sie war fertig.

Sie erspähte ihren Rucksack auf dem Boden neben dem Bett. Sie zog ihre Brieftasche hervor und ging sie durch. Sie fand vier Ein-Dollar-Scheine, eine Quittung für das Balsaholz, das sie für ihr Projekt gekauft hatte, und einen Gutschein für eine Tasse

Kaffee in einem Laden an der Nordseite des Campus, bis sie auf den kleinen Zettel mit der Nummer stieß, die Onkel Tommy ihr gegeben hatte.

Sie holte ihr Handy heraus und wählte. Kein Wunder, dass sie so fertig war, dachte sie verbittert, während sie auf das Klingeln lauschte. Sie war bei einem Meister in die Schule gegangen. Bei ihren Eltern als Rollenvorbildern war es ein Wunder, dass sie überhaupt *versuchte,* eine Beziehung zu führen. Sie drückte das Gesicht wieder in das Laken und stellte sich vor, die Vermischung ihrer beider Körper zu riechen – die Stunden, die sie Seite an Seite träumend dagelegen hatten, die Wärme ihrer ineinanderverschlungenen Glieder. Sie liebte es aufzuwachen, wenn das allererste Licht durch das Fenster über ihrem Bett hereinfiel, wenn die Falten und Kniffe ihrer Bettdecke gletscherhaft bläulich schimmerten und Celeste noch in tiefem Schlaf versunken war, ihr Haar auf dem Kissen aufgefächert. Es war noch Zeit genug, wieder einzuschlafen, Zeit für sie beide allein, bevor sie aufstehen und ihren jeweiligen Tag beginnen, getrennte Wege beschreiten mussten.

Normalerweise hätte sie nach so langem Klingeln aufgelegt, aber irgendwie erwartete sie genau das von ihrem Vater, und deshalb blieb sie dran. Sie hatte keine Ahnung, wo er stecken mochte, ob er noch in der Stadt war, noch draußen oder wieder im Knast, tot oder lebendig. Señor Lieb-sie-und-verlass-sie. Während sie auf das Klingeln lauschte, starrte sie mit leerem Blick auf die Holzkiste, die Celeste als Nachttisch gedient hatte, auf die Zigarrenkiste, in der Celeste den Lack und die Lotionen für ihre Füße und Hände aufbewahrte. Celeste beherrschte das Multitasking bis zur Vollendung: Sie las eine Zeitschrift, trank Tee, telefonierte und lackierte sich die Zehennägel, alles gleichzeitig, während sie am Kopfteil des Bettes lehnte und Jewell zuzwinkerte und auf den Platz neben sich klopfte.

Jewell machte sich nicht die Mühe, sich zu fragen, warum

sie ihren Vater ausgerechnet jetzt anrief. Sie wusste, dass es eine Schwachsinnsidee war. Was für einen Unterschied machte es schon? Sie hatte nichts zu verlieren. Das Telefon schien eine Ewigkeit zu klingeln. Dann klickte es.

Jewell setzte sich im Bett auf.

»Ja?«, sagte Logan.

Seine Stimme klang vertraut, als hätte Jewell sie noch vor ein, zwei Tagen vernommen.

»Hallo?«, sagte er.

Jewell lauschte einfach. Dem statischen Knistern in der Leitung, seinen Atemzügen, dem leisen Surren des Stromes, der sie verband. *Er* ist es, dachte sie. Logan, ihr Vater.

»*Hallo?*«, wiederholte er, genervt, weil sich niemand meldete.

»Hi, Dad.«

Er lachte, ein flüssiges, überschäumendes Geräusch. »Ich glaub's ja nicht!«, rief er ausgelassen. »Du kannst wohl Gedanken lesen!«

25

Was die Miete anging, war Logan nicht ganz auf dem aktuellen Stand, und deshalb schaffte er seine Sachen heimlich in den Wagen, Stück für Stück. Mit ein bisschen Glück würde niemand die Fensterscheibe einschlagen und sich mit seinem Kram davonmachen, bevor er so weit war. Mit ein bisschen mehr Glück würde er dem Morningstar *adios* sagen, ohne dass Salem, der Hotelmanager, sein Verschwinden bemerkte. Er würde Damon von nebenan den Toyota überlassen, so lange er fort war; dafür musste Damon ihn nur zum Flughafen bringen. Die Dinge waren also weitgehend geklärt. Wenn alles problemlos über die Bühne ging, würde er am nächsten Tag um diese Zeit bereits den Anblick dieses blauen, blauen Wassers genießen.

Er nahm es als ein Zeichen, dass Jewell ihn ausgerechnet an diesem Tag angerufen hatte, kurz vor seiner Abreise. Obwohl er nichts von Favoritenlisten hielt, musste er zugeben, dass er sich ihr von all seinen Kindern am meisten verbunden fühlte. Seine Älteste. An dem Tag, als er sie aus dem Krankenhaus nach Hause geholt hatte, hatte er das Gefühl gehabt, allen ein Schnippchen zu schlagen – als hätte er den Hauptgewinn davongetragen. Als brächte er sie am besten so schnell wie möglich heim und versteckte sie, seinen kostbaren Schatz, bevor jemand merkte, was er da ergattert hatte und womöglich versuchte, es ihm fortzunehmen. Doch das Beste war, dass er sie vor seiner Abreise noch sehen würde. Sie hatte zugestimmt, ihn am Abend auf dem Flughafen zu treffen. Mit ihr und Tommy zusammen würde es eine richtige Abschiedsparty werden.

Er schaute unter das Bett und in die Tischschublade, um sich zu vergewissern, dass er auch nichts vergessen hatte. Ohne seine Sachen sah das Zimmer schäbig und trostlos aus. Er hatte schöne Momente hier erlebt; er würde es vermissen. Auch einige traurige Momente, aber alles in allem viel mehr gute. Sylvia Salvetti hatte er nicht mehr flachgelegt, dachte er und musste grinsen. Das überraschte ihn. Machte aber nichts, denn da, wo er hinfuhr, würden sie ihm die Bude einrennen. Nicht nur die *señoritas*, sondern auch die *gringas*, die dort Urlaub machten und ein bisschen was losmachen wollten, bevor sie wieder nach Hause fuhren. Viele von denen hatten Geld. Und vielleicht würde er nach einer Weile mit einer von ihnen zurückkommen und es sich gutgehen lassen.

Er zuckte zusammen, als das Telefon klingelte. Beethovens Fünfte. Das Schicksal klopfte an seine Tür. Idiotisch, diese Klingelmelodie zu wählen, wo er doch *La Cucaracha* oder *Louie Louie* oder die verdammte *Blaue Donau* hätte nehmen können. Lieber Gott, wenn sie ihn jetzt erwischten, wäre das nicht die absolute Oberkacke? Er hatte schon mit den Salvettis gesprochen, mit Tommy und Jewell, also musste es sein Bewährungshelfer sein, dieser Wichser, der ihm sagte, er sei dran, er müsse antanzen und sich testen lassen. Das war's dann wohl. Logan schwitzte wie ein Schwein. Geh nicht ran, sagte er sich. Es würde aufhören zu klingeln, und bis sie kamen, um ihn zu holen, wäre er längst weg, hätte er das Land verlassen. Er war ein viel zu kleiner Fisch, als dass sie seinetwegen die Flughäfen überwachen würden. Wenn er nicht ranging, war alles cool.

Das Telefon klingelte weiter. Das Problem war, dass seine Nerven bloßlagen. Er hatte sich zwar ab und zu in seinen Kleidern hingelegt und ein bisschen gedöst, hatte aber im Grunde seit zwei Nächten nicht geschlafen. Er war ständig high gewesen und wieder runtergekommen und wieder high gewesen. Hatte an verrückte Dinge gedacht, die ihm seit Jahren nicht in den Sinn gekommen waren. Wie seine Mutter sich Monat für Monat über Rückenschmerzen beklagt hatte, bis sie Krebs festgestellt hatten. Wie sein Sohn Stephen ihm Jahr für Jahr selbstgebastelte Karten geschickt hatte – zu Weihnachten, zum Geburtstag, zum Vatertag –, und Logan hatte sich nicht mal gerührt. Überhaupt nicht, kein Stück, er hatte nicht mal zum Telefon gegriffen, um sich zu bedanken, obwohl der Junge die reinste Grußkartenmanufaktur betrieb – Klebstoff, Pailletten, das volle Programm. Es tat weh, daran zu denken. Er dachte an seinen Onkel Vance, den Bruder seines Vaters, der ihn zu den Kanälen drüben bei El Centro mitgenommen hatte, um Katzenfische zu angeln. Nachdem Logan den ganzen Tag in der sengenden Sonne gehockt und nichts gefangen hatte, hatte Vance – der seinen Daumen bei einem Unfall mit der Kettensäge eingebüßt hatte und böse stotterte – ihm gesagt, er solle zum Auto gehen und ihm ein Bier holen. Als Logan zurückkehrte und sein Onkel ihm seine Angelrute zurückgab, hatte er die Leine eingeholt und einen prächtigen Katzenfisch drangehabt. Machte nichts, dass der verdammte Fisch lappig gewesen war wie – nun, wie ein toter Fisch eben. Logan hatte lange gebraucht, Jahre, um zu begreifen, wie es tatsächlich gewesen war – dass sein Onkel Mitleid mit ihm gehabt und ihm den Fisch an die Angel gesteckt hatte. Er dachte an Mrs. Keezer, die spleenige alte Dame, die neben ihm und seiner Mutter gewohnt hatte, als er in der Junior High gewesen war. Sie arbeitete gern mitten in der Nacht im Garten. In ihrer Kittelschürze schleppte sie eine Stehlampe mit Verlängerungskabel raus, stellte ein Kofferradio daneben und machte sich unter Mond und Sternen auf Händen und Knien ans Werk. Das ganze Zähneknirschen, Stöhnen, Furzen und Schnarchen, das er sich im Knast hatte anhören müssen. Die süßen Momente, die er gehabt hatte, in trauter Zweisamkeit mit der einen oder anderen Frau. Er dachte an seine Mutter und seinen Vater, an Menschen, die er gekannt hatte und die auf diese oder jene Weise die Biege gemacht hatten. Er lag wach, mit zusammengebissenen Zähnen und pelzigem Geschmack im Mund, und sah zu, wie sich sein Leben an der Zimmerdecke abspielte. Alte Gefühle kehrten zurück. Es erschöpfte ihn. Er fühlte sich wie ein Greis.

»Ich bin nicht da, du Arschloch!«, brüllte er in Richtung Telefon. Welcher Mensch, der bei klarem Verstand war, ließ das verdammte Ding so lange klingeln? Dann begriff er, dass es egal war, ob er ranging oder nicht. Er konnte seinem Bewährungshelfer erzählen, dass er kommen würde, und bis sie kapierten, dass er nicht kam, war er längst über alle Berge. Selbst wenn sie auf seiner gottverdammten Türschwelle auftauchten, wäre es zu spät. Bis die in die Hufe kamen, spannte er längst in Mexiko aus.

»Kommt doch und holt mich, ihr Scheißkerle«, sagte er und ging ans Telefon.

Es war Damon, der wissen wollte, wann sie los mussten.

»Das hab ich dir doch gesagt, Mann. Um halb sechs. Ich verlass mich auf dich!«

Er beendete das Gespräch, legte sich wieder hin. Eine Stunde noch, dann hieß es *sayonara*. Er dachte daran zu beten, aber irgendwie kam es ihm dann doch komisch vor. Er hatte noch eine Line aufgehoben, die er ziehen wollte, kurz bevor es losging. Dann würde er eine Zwangspause einlegen, denn er hatte nicht vor, was über die Grenze mitzunehmen. Das war nämlich ein anderes Kaliber, das war eine richtige Straftat, und auch wenn er manches Risiko einging, blöd war er nicht.

Irgendjemand hatte eine flache Schachtel gutes Schreibpapier in der Schublade des Tisches am Fenster vergessen. *Zwiebelschalenpapier* las er. Logan setzte sich hin und nahm einen Bogen Papier heraus. Er war brüchig und an den Rändern vergilbt, aber das machte nichts. Das alte Papier schien genau richtig für das, was er schreiben wollte; besser als der Block mit gelbem linierten Papier, den er sich im Gefängnis gekauft hatte, oder das weiße Kopierpapier, das er in dem Laden hatte mitgehen lassen, in dem er seine Schecks einlöste. Er nahm den Kugelschreiber mit dem Aufdruck *Sunset Savings & Loan* von der Fensterbank, holte tief Luft und fing an zu schreiben.

An alle, die es angeht, schrieb er in formell aussehenden Großbuchstaben. Er strich es durch. Scheiße. Er zerriss den Bogen und nahm einen neuen. Schließlich war es ein Rechtsdokument. Letzter Wille und Testament von Logan Paul Wylie, schrieb er dann schön mittig oben auf die Seite. Er ließ die Knöchel knacken. Viel hatte er nicht zu vererben. Er kaute am Kugelschreiber. Die Zeit verrann. Schlimmstenfalls konnte Damon den Wagen behalten. Viel Glück damit. Er besaß zwei Ringe: den mit dem großen Türkis hatte er von einem Navajo aus Arizona gewonnen, mit dem er zusammen im Knast gewesen war, und den mit dem keltischen Kreuz hatte ihm eine Frau geschenkt, mit der er draußen bei San Bernardino zusammengelebt hatte. Er hinterließ je einen seinen beiden Söhnen Stephen und Tony. Heather, seiner zweiten Tochter, Tonys Schwester, vermachte er die Sammlung von Fünfcentstücken mit Indianerköpfen, die er seit seiner Schulzeit besaß. Sie war bei seinen eingelagerten Sachen, und er schrieb auf, wie man da rankam. Jamie, seiner jüngsten Tochter, hinterließ er die Tonskulptur einer liegenden Frau, die er in seinem letzten Jahr an der Highschool gemacht hatte. Die war ebenfalls bei seinen eingelagerten Sachen.

Seine Eheringe hatte er nicht mehr. Den ersten, den von seiner Heirat mit Jewells Mutter, hatte er einmal nachts am Santa Monica Pier vertickt, ungefähr ein Jahr nach ihrer Scheidung. Er hatte keine Ahnung, was mit den anderen beiden passiert war. Die Armbanduhr seines Vaters, ein schweres silbernes Ding, hinterließ er Tommy. Das Einzige, was er von seiner Mutter besaß, war ein armseliges filigranes Medaillon mit einem Foto ihrer Eltern. Es war mit den Jahren schwarz angelaufen; das Kettchen war verheddert und verknotet. Vielleicht einen Zwanni wert, höchstens. Aber ihm bedeutete es einiges, denn in vieler Hinsicht war seine Mutter die Liebe seines Lebens. Niemand hatte ihn je wieder so geliebt, da hatte kommen können, was wollte. Er hinterließ das Medaillon Jewell.

Über den restlichen Kram machte er sich keine Illusionen: den würde niemand wollen. Ein bisschen altes Werkzeug, seine Highschool-Jahrbücher und ein Stapel LPs aus seiner Jugend. Santana, Springsteen, Eric Clapton. Aber da war noch was. Wieder ließ er die Knöchel knacken, rollte den Kopf, um die Verspannungen in Hals und Schultern zu lösen, umklammerte den Stift fester und schrieb:

Liebe Familie und liebe Freunde!
Das ist alles, was ich hinterlasse. Bitte streitet Euch niemals über Geld oder materielle Dinge. Ich habe immer mein Bestes im Leben gegeben, auch wenn es sich vielleicht nicht so entwickelt hat, wie ich wollte. Der gute Wille zählt. An meine Kinder: Bitte bleibt Euch immer treu. Das ist am Allerwichtigsten. Ich liebe Euch alle, jeden Einzelnen.

Euer Vater/Logan Wylie

Er unterschrieb mit seinem Namen, faltete den Bogen sorgfältig zusammen und schob ihn in den Umschlag, den er von Wally aus dem Spirituosengeschäft bekommen hatte, den Umschlag, in dem die Benachrichtigung über seinen Lotteriegewinn gesteckt hatte. NUR IM FALL MEINES TODES ZU ÖFFNEN, schrieb er in Druckbuchstaben darauf. Er wedelte einen Moment mit dem Umschlag, als wäre die Tinte noch feucht, und schob ihn dann in die Innentasche seiner Bogart-Jacke.

Dann setzte er sich an den Tisch, blickte über die vertrauten Dächer der Innenstadt und nahm die letzte Line. Die Rushhour begann; alle rasten in ihren Autos los, um den Hexenkessel so schnell wie möglich hinter sich zu lassen, um das Wochenende einzuläuten. *Auf Freitag, den dreizehnten,* prostete er der Stadt da draußen mit einem imaginären Sektglas zu. Das Speed schoss durch seine Adern wie dickflüssiges goldenes Feuer. Er spürte, wie er anschwoll, sich aufrichtete, sich sammelte.

Alles war cool.

Er schniefte und putzte sich die Nase; dann stand er auf, schob den Stuhl unter den Tisch und schlüpfte in seine Bogart-Jacke.

Er war zum Aufbruch bereit.

26

Inez schob das Fahrrad hinters Haus und schloss es an das Verandageländer an. Sie holte die Plastikabdeckung aus der Kiste unter der Treppe und zog sie über das Rad. Es würde rosten hier draußen, mit oder ohne Abdeckung, aber das war auch eine von Rudys neuen Regeln. Es stünde ihm in der Garage, wo er Ordnung zu halten versuche, im Wege, hatte er mit hervortretenden Augen erklärt. Klar. Sicher. Für wie dumm hielt Rudy sie eigentlich? Irgendwas ging da drinnen vor, genau wie Vanessa gesagt hatte.

Inez schlich auf Zehenspitzen über das struppige, matschige Süßgras zur Garage hinüber. Rudy hielt sie verschlossen, aber sie versuchte den Knauf dennoch zu drehen und warf sich mit dem Gewicht gegen die Tür. Nichts. Er hatte das Fenster in der oberen Hälfte der Tür mit Zeitungspapier zugeklebt, so dass sie nicht hineinsehen konnte. Sie schlich um die Garage herum. Das Fenster war ebenfalls abgeklebt. Was trieb er da drinnen? Sie hatte nicht die leiseste Ahnung. Aber sie wollte nicht hier draußen beim Herumschnüffeln erwischt werden.

In Wahrheit bekam sie immer mehr Angst vor ihm. So wie er die ganze Zeit redete, ob mit sich selbst oder mit ihr – es schien gar keinen Unterschied zu machen. Und alles konnte ihn in Rage versetzen: die Art, wie sie ihm das Essen auf seinen Teller gab; wenn sie zum Lüften ein Fenster öffnete; eine Bemerkung, die sie beim Fernsehgucken machte. Seine Augen traten hervor, sein Gesicht lief rot an, Speichel flog ihm aus dem Mund. Und seine persönliche Hygiene. Sie wusste, dass er selten die Kleidung wechselte, denn sie machte ja die Wäsche. Und seine Schuppen waren schlimmer denn je: Flocken fielen aus seinem dünnen rötlichen Haar und klebten an seinen fettigen Wimpern. Das Schlimmste jedoch war sein Geruch – gallig und ranzig, wie ein ungewaschenes Baby.

Sie musste nur noch ein paar Wochen durchhalten. Bald würde das Geld der Weihnachtsbestellungen hereinkommen, und dann würde es reichen. Es war schade um Celeste, die Frau, die mit der anderen Frau zusammenlebte, aber selbst ohne deren Bestellung würde Inez ihr Ziel erreichen. Das galt es einfach abzuwarten, dann kamen die Feiertage, und dann, wenn das neue Jahr begann, würde sie fort sein. Sie hatte sich den Ort in Oregon bereits ausgesucht. Sie brauchte nicht viel, bloß ihr Erspartes, einen Koffer für Vanessa und einen für sich. Sie würden bar zahlen, ein Taxi zum Bahnhof nehmen. Bei Avon hatte sie bereits Bescheid gesagt. Sie würden ihr helfen, ihr einen neuen Bezirk geben. Aus dem Haus wollte sie ohnehin nichts mitnehmen. Das war ein Haufen Plunder. Eine Bürde schlechter Erinnerungen. Sie wollte ganz von vorn anfangen.

Sie ging quer über den Hof zum Haus und nahm die Sachen mit, die sie auf der Treppe abgelegt hatte. Vanessa hatte nach der Schule ihren Gymnastikkurs, und anschließend ging sie mit zu einer Freundin, bis deren Mutter heimkam und sie nach Hause brachte. Inez wühlte in ihrer Handtasche, doch bei dem Gedanken an Vanessa hielt sie einen Moment inne. Ihre Augen wurden weich und träumerisch. Ihre Tochter. Vielleicht liebte sie Vanessa so sehr, weil sie ihr einziges Kind war. Vielleicht weil sie sie bekommen hatte, als sie selbst noch ein Kind gewesen war. Manchmal konnte sie ihre Augen kaum von ihr lösen, konnte sie ihre Hände kaum daran hindern, ihr durchs Haar zu fahren, ihre Schultern zu drücken, ihr Gesicht zu streicheln.

Und er – Vanessas Vater. Es war komisch, wie frisch er nach all den Jahren in ihrer Erinnerung war: seine nüchterne Art, seine gepflegten Anzüge, sein Nelkengeruch. Die brutale Weise, wie er sie benutzt hatte. Die Lügen, die er den anderen erzählt hatte. Wer hätte gedacht, dass ein so wunderschönes Kind von ihm sein könnte? Inez hatte ihre Lektion gelernt, eine Lektion, die sie sich in dieser schweren Zeit mit Rudy oft in Erinnerung rief. *Gutes kann aus Schlechtem entstehen.* Gott hatte ihr die Prüfung mit Vanessas Vater auferlegt, aber daraus war Vanessa entstanden. Und durch Vanessa war Inez' Familie lebendig und gegenwärtig: ihre Mutter und ihr Vater, all die Tanten und Onkel und die Großeltern, die sie nicht gekannt hatte. Vanessa hatte deren Augen, deren Hände, deren Stimmen. Der Mann war nur das Mittel gewesen, das ihr Vanessa beschert hatte, das Werkzeug, das es Inez ermöglicht hatte, ihre verlorene Vergangenheit aus ihrem Körper heraus neu zu erschaffen.

Inez fand den Schlüssel in ihrer Tasche. Das Schloss der Hintertür klemmte, und sie hatte Mühe, den Schlüssel hineinzubekommen. Sie konnte nicht umhin, sich vorzustellen, wie Rudy eines Tages heimkommen und das Haus leer vorfinden würde – sie und Vanessa spurlos verschwunden. Es war beängstigend, sich seinen Zorn vorzustellen; sie musste sich vergegenwärtigen, dass sie nicht da sein würde, um das mitzuerleben. Nein, sie und Vanessa säßen im Zug und plauderten miteinander, während sie ihr Mittagsbrot aßen und die Landschaft vorüberzog. Mochte er alles kurz und klein schlagen, mochte er toben und rasen – sie säßen im Speisewagen und bestellten ihr Abendessen. Wenn er endlich begriff, was los war und ins Auto stieg, um sie aufzuspüren – vielleicht sogar mit der Waffe, die er im Flurschrank hinter seinem Schuhputzzeug aufbewahrte –, kletterten sie in ihre Kojen im Schlafwagenabteil, und der Zug ratterte *rattatong-rattatong* ihrer neuen Heimat entgegen.

Auch die Tür klemmte. Sobald sie den Schlüssel im Schloss gedreht hatte, gab sie der Tür einen kräftigen Tritt und stolperte hinein. Plötzlich stockte ihr der Atem. Ihr sträubten sich die Nackenhaare. Noch bevor ihr Gehirn Worte bilden konnte, fing ihr Herz an zu rasen. *Jemand war hiergewesen.* Sie wusste nicht, woher sie es wusste. Sie spürte es einfach. Die Luft, der Klang des Hauses. Irgendetwas war gestört worden. Sie warf ihre Avon-Sachen auf den Küchentresen und eilte ins Wohnzimmer. Wild blickte sie sich um: das blumenbedruckte Zweiersofa, die durchgesessene Couch, das tote Auge des Fernsehers. Durch das Fenster sah sie die Telefonleitungen im Wind schwingen. Alles sah aus wie immer, aber sie ließ sich nicht täuschen. Die Luft war anders. Sie roch es.

Sie fühlte sich wie eine Raubkatze, die sich an ihre Beute anschlich, als sie den Flur entlang zu Vanessas Zimmer ging. Sie öffnete die Tür und wusste sofort Bescheid. *O nein!*, rief sie und rannte zu der Zedertruhe. *O nein! O nein!* Der Deckel der Truhe war geschlossen, aber ein Stück Decke war dazwischen eingeklemmt und quoll hervor wie aufgehender Teig. Ihre Knie wurden weich. Sie musste sich auf die Truhe stützen, um nicht zusammenzubrechen. Doch im Grunde war sie nicht einmal überrascht. Sie hatte es kommen sehen, hatte wieder und wieder davon geträumt. Jedes Mal, wenn sie den Deckel der Truhe anhob, hatte sie sie so vor Augen gehabt: das schwache Schloss aufgebrochen, die Decken verknüllt, statt säuberlich zusammengefaltet; die ordentlichen Schichten zerwühlt wie von einem wilden Tier. Sie griff tief in die Truhe hinein, bis ganz nach unten, und ja, sicher, es war alles weg. Nicht nur das Geld – alles. Ihre Bilder, ihre Papiere, ihre Geburtsurkunde. Alles. *Weg.*

Ja, sie hatte es kommen sehen.

Sie schloss den Deckel. Es war still im Zimmer. Ihre Brust, ihr Hals, ihre Arme schwollen mit jedem wütenden Atemzug an wie aufgepumpt. Ihre Schatztruhe war geplündert worden. Sie rang die Hände, starrte die Ecke an, wo Wand und Decke sich trafen. Seine dreckigen Pfoten hatten ihre Sachen durchwühlt, hatten sie gestohlen, hatten sie weggeschleppt. Das Atmen tat weh. Seine rosigen, pedantischen Finger. Seine verschlagenen Schweinsäuglein. Ihre Sachen. Ihr Plan war vereitelt worden. Alles war zerstört! Sie stöhnte, und dann brüllte sie los. Sie schrie, bis die Sehnen in ihrem Nacken zu bersten drohten, bis ihre Hände, die den Rand der Truhe umklammerten, unerträglich schmerzten. *Und so wird mein Zorn ergrimmen, dass ich euch mit dem Schwert töte.* Ihre Schatztruhe: das Geld, die einzigen Fotos, die sie von ihrer Familie besaß, die Papiere, die sie eines Tages vielleicht zu ihnen geführt hätte.

Hilf mir, lieber Gott, betete sie verzweifelt, die Augen fest geschlossen. *Hilf mir! Hilf mir! Hilf mir!* Sie wiederholte die Worte, bis sie völlig erschöpft war, bis ihr Atem sich so weit beruhigt hatte, dass er mit ihrem Bittgesang im Einklang war, bis sie sich beruhigt hatte. *Es soll aber das Recht offenbart werden wie Wasser,* rezitierte sie, *und die Gerechtigkeit wie ein starker Strom.*

Sie ging zum Telefon und rief Vanessa an. Sie solle bei ihrer

Freundin bleiben. »Es ist alles in Ordnung«, sagte sie zu ihr. »Stell keine Fragen.« *Sein Zorn brennt wie Feuer, und die Felsen zerspringen vor ihm.* Sie ging durch das Wohnzimmer in die Küche. Die Uhr über dem Herd zeigte fünf vor vier. Wieder klemmte die Tür. Sie riss sie auf. Sie stürmte die Stufen hinunter, quer über das Süßgras zum Zaun hinüber, wo jemand einen Haufen zerbrochener Hohlblocksteine abgeladen hatte. Sie fand einen, der noch ganz war, hob ihn auf und schleppte ihn zur Garage. *Herr, mein Fels, meine Burg,* keuchte sie, als sie den Stein durch das Fenster in der Tür schleuderte.

Drinnen roch es nach vertrocknetem Gras und Rasenmäherbenzin. Durch die offene Tür und das kleine Fenster über der Werkbank fiel Licht herein. Sie stieg über die Glasscherben hinweg und blieb in der Mitte des Raumes stehen. Zum zweiten Mal stellten sich ihr die Nackenhaare auf, und plötzlich hatte sie das Gefühl, ernsthaft in Gefahr zu sein, als ob etwas in der Garage lauere. Wie versteinert stand sie da. Rudy hatte die Wände beklebt: Zeitungsartikel, Seiten aus dem Telefonbuch, Seiten von einem Notizblock, die mit seiner Handschrift bedeckt waren – Zeile um Zeile verkrampften Gekritzels, das zum Ende der Seiten immer gedrängter wurde. Und Zeichnungen, unübersichtlich vor lauter Pfeilen und Verweisen mit Bleistift. Inez hatte keine Ahnung, worum es dabei ging. An der Leiste in Höhe des Lichtschalters war ein Grundriss angepinnt. LAX, las Inez. Sie erkannte den Grundriss der Terminals, und in der wachsenden Panik begann sich alles zu drehen. Es gab Aufrisse der Sitzreihen verschiedener Flugzeugtypen, Notfallpläne, Anweisungen zur Evakuierung, Flugpläne mit Ankunfts- und Abflugzeiten; Katalogseiten mit Waffen, Tarnbekleidung, Munition.

O mein Gott, o mein Gott, o mein Gott! Inez schloss die Lider und presste die Fäuste auf die Augäpfel. *Damit* hatte er sich beschäftigt. Die ganze Zeit. Wie lange schon? Mein Gott, geschah das wirklich? Ja, sagte sie sich. Es war Wirklichkeit.

Die Werkbank war mit Drähten und Schrauben übersät, Rollen von Isolierband, Papiertüten, die zugedreht waren. Auf dem Boden stand ein Pappkarton mit langen roten Stangen, bei denen es sich um Dynamit handeln musste. Die obersten Lagen fehlten. Eine Menge weiteres Zeug lag herum, aber sie konnte gar nicht alles aufnehmen. Überall auf dem Boden und auf allen Flächen waren leere Papiertüten und Verpackungen verstreut, Zellophanhüllen und fettiges Einwickelpapier von allem Möglichen, was er gegessen hatte. Chips, Plätzchen, Donuts, Törtchen. Der gleiche Geruch nach Zucker und ungewaschenen Haaren wie in seinem Auto hing auch hier über der Werkbank in der Luft.

Inez sah an die Decke, als ob sie durch die verstaubten Dachbalken gucken könnte, durch die gewölbten taubengrauen Dachpfannen, die abgekoppelten Fernsehantennen, die durchhängenden Telefondrähte, die niedrige Wolkendecke, die die Farbe eines Panzerkreuzers hatte, direkt zu Gott. Die Erde hatte sich verschoben. Inez glaubte jeden Augenblick über die Kante zu gleiten. *Was?*, flehte sie laut und streckte die Arme zum Himmel, atmete die erstickende Luft. *Sag es mir!*

Wieder schloss sie die Augen und wartete auf Antwort. Als sie schon glaubte, Gott habe sie verlassen, vernahm sie die Worte Jesajas, kristallklar: *Denn ich habe einen Tag der Rache mir vorgenommen; das Jahr, die Meinen zu erlösen, ist gekommen.*

27

Um halb fünf bog Rudy in die Arco-Tankstelle ein, die er in der Woche zuvor ausgewählt hatte. Er fuhr ganz nach hinten, dorthin wo die Schläuche für Luft und Wasser waren. Er hatte Inez' Schatz gefunden, ganz unten in der Zederntruhe, wie ein Rattennest mit Decken und Kissen bedeckt, mit Schals, die nach getrockneten Blumen und Mottenkugeln rochen. Jahr um Jahr hatte sie ihre niederträchtigen Geheimnisse in einem pelzbesetzten Beutel gesammelt, hatte ihr verdorbenes Hirn ihn betrogen, ihre Ehe zerfressen wie ein Krebsgeschwür. Das Geld, das sie angespart hatte, die Liste der Namen, Zukunftspläne. Ja, er hatte die Zeichen erkannt, die kaum vernehmbaren Töne, hoch wie Hundepfeifen, denen er gefolgt war, bis sie ihn in Vanessas Zimmer geführt hatten. Ein altes Foto von einem Kind und einem Mann auf einem Fahrrad; Vanessas Geburtsurkunde, Vater unbekannt; Einwanderungsdokumente mit Inez' anderem Namen, Santos. Ihre Fremdartigkeit. Ihre Verschlagenheit. Ihr *Ja, Rudy, alles in Ordnung* und *Was kann ich für dich tun?* – und die ganze Zeit über hatte sie Heimlichkeiten gehabt, Geld gespart, Pläne geschmiedet. Gelogen und betrogen. Nach Strich und Faden. Ohne Skrupel. Hatte neben ihm im Bett gelegen. Sie und der ganze Rest von ihnen – er hätte es wissen müssen, aber wer zuletzt lachte, lachte am besten. Er schob den Hebel auf Parken und stellte den Motor aus. Jetzt hatte er sie. Behutsam, mit angehaltenem Atem hatte er das infizierte Nest ausgeräumt. Den elenden Fund in eine Papiertüte gesteckt. *Beweismaterial.* Und es zur sicheren Aufbewahrung in der Garage versteckt.

Die Arco-Tankstelle lag direkt am Freeway, nicht weit vom Flughafen entfernt. Vom Parkplatz aus schaute Rudy zu dem weißen Betonhäuschen, wo die Leute nach dem Tanken bezahlten: Die Kasse war nur mit einer Person besetzt. Er hatte alles geprobt, denn es musste alles genau klappen. Jedes Detail war geplant, wie bei einer Reise. Das Problem war, dass seine Gedanken ausgerechnet jetzt, wo er seine ganze Konzentration brauchte, immer wieder zu Inez zurückkehrten. *Wo hatte sie gesteckt, als er nach Hause gekommen war?* Es war ein doppelter Betrug: diese Dinge zu horten und dann nicht zu Hause zu sein, um sich zu rechtfertigen. Es machte ihn wütend, und gleichzeitig beunruhigte es ihn, denn es bedeutete, dass der erste Teil seines Plans fehlgeschlagen war. Sie war nicht da, sie war nicht da. *Wo steckte sie?* Immer wieder kehrten seine Gedanken zu dieser Frage zurück. Doch er durfte nicht zulassen, dass der ganze Plan scheiterte. Kommandotrupps wurden auf Disziplin gedrillt, wurden geschult, unter den widrigsten Umständen zu funktionieren. Konzentrier dich, befahl er sich. Behalt dein Ziel im Auge.

Die Toiletten waren hinten im Gebäude: eine für Herren, eine für Damen. Einzelkabinen mit Riegelschlössern. Perfekt. Bald würden es alle wissen. Er stieg aus und schloss den Wagen ab. Es war ein besonderer Tag: Freitag. Der Tag, an dem er geboren war. Das wusste er, weil seine Mutter ihm erzählt hatte, dass es der Tag ihres wöchentlichen Großeinkaufs gewesen war. Die Wehen hatten auf dem Parkplatz eingesetzt, mit einem Kofferraum voller verderblicher Lebensmittel: Eiscreme, Milch, Hackfleisch. Drei Wochen überfällig, hatte sie ihm erzählt, und das war der Grund, warum er ihrer Ansicht nach mit einem dicken rötlichen Haarschopf zur Welt kam und mit so langen Fingernägeln, dass sein kleines Neugeborenengesicht zerkratzt war wie ein alter Teller.

Er ging um den Wagen herum und öffnete den Kofferraum. Alles war auf diesen Tag zugelaufen. Nicht nur die letzten Wochen mit den vielen einsamen Stunden im Auto; die Vormittage und Nachmittage, in denen er in Cafés gesessen und alles ausgearbeitet hatte; die Nächte in der Garage – nein, sein gesamtes Leben. Recherchieren, sammeln, planen. Er nahm die Tasche aus dem Kofferraum. Sie war karamellfarben, mit Griffen wie eine altmodische Arzttasche. Sie hatte seiner Mutter gehört; er hatte sie dabeigehabt, als er zur Navy ging. Er kam sich wichtig vor, als er sie über das kurze Stück Asphalt trug. Inez hatte ihre heimlichen Pläne, dachte er, als er zu einigen Leuten an den Zapfsäulen hinübersah, die ihre Autos betankten, doch er hatte seine. Wenn dieser Tag vorüber war, würde sie wissen, wozu er fähig war. Die ganze Welt würde es wissen. Aber dann war es zu spät.

Er stieß die Tür zur Herrentoilette auf. Sie war leer. So weit, so gut. Er verriegelte sie hinter sich und setzte die Tasche ab. Es roch stark nach Desinfektionsmittel und Urin. Der Raum hatte in etwa die Größe einer Gefängniszelle; es gab sogar ein kleines vergittertes Fenster über dem Waschbecken, das ein Viereck schmutziggrauen Lichts hereinließ. Der Betonboden hatte einen Messingabfluss in der Mitte. Es gab eine Toilette, ein Waschbecken, einen Abfalleimer und einen Automaten mit Kondomen und Kämmen. Neben dem Spiegel hing ein weiterer Automat mit einer großen weißen Rolle zum Händeabtrocknen. Aber der war kaputt, und das Baumwollhandtuch hing bis auf den Boden, nass und verknittert wie ein alter Wundverband. Der Raum bebte, wenn draußen auf dem Freeway die großen Trucks vorbeidonnerten. Der Wasserhahn tropfte. Und doch war es friedlich hier drinnen, kühl und still. So still, dass Rudy sich atmen hörte.

Jemand hatte gepinkelt, ohne zu spülen. Und die Klobrille oben gelassen. Rudy nahm ein Stück Toilettenpapier, damit er mit nichts in Berührung kam, und ließ Brille und Deckel herunter. Er zog seine Jacke aus und öffnete den Reißverschluss der Tasche; dann legte er alles sorgfältig auf dem Toilettendeckel und dem Waschbeckenrand aus. Den Sprengstoff, die Schere, das Isolierband. Er zog sein Hemd aus und klebte sich die Sprengstoffstangen Stück für Stück um die Taille. Das wachsende Gewicht, die Festigkeit gaben ihm Sicherheit. Als alle zehn Stangen um seinen Bauch herum befestigt waren, wickelte er noch ein paar Extrarunden Isolierband um seine Mitte, um sicherzugehen, dass alles gut saß. Er hörte Autos kommen und wieder fahren, Türen schlagen, Motoren anspringen. Niemand kam, um die Toilette zu benutzen. Es war, als hätte er das Schicksal auf seiner Seite, als arbeite alles für ihn. Er verlor das Gefühl für die Zeit. Bleib ruhig, sagte er sich. Mach alles in Ruhe. Als er fertig war, verspürte er die Befriedigung eines Menschen, der seine Sache gut gemacht hatte, der stolz auf seine Arbeit sein konnte.

Der Zünder war der heikle Part. Er hatte ihn an seinen linken Arm geklebt, so dass der Auslöser direkt in seine Hand führte, ohne einen verräterischen Draht zu zeigen. Das mit einer Hand hinzukriegen war nicht ohne, aber er schaffte es. Die Leichtigkeit, die Einfachheit faszinierten ihn. Wenn sein Glück nur anhielt. Er schnitt das letzte Stück Isolierband ab, klebte es an seinen Platz und trat vor den Spiegel. Wow! Es verschlug ihm den Atem. Er war eine Kampfmaschine, ein Kommandosoldat, ein Komet, bereit, eine Spur über den Himmel zu brennen. Jetzt galt es, an sich zu glauben. Er packte alles Übrige zurück in die Tasche. Dann konnte er jedes Hindernis überwinden.

Er schob die Tür auf und trat in das helle Tageslicht hinaus. Er blinzelte. Der Boden unter seinen Füßen schwankte. Das Vordach der Tankstelle, das große blaue Schild, die Autos und Trucks auf dem Freeway – all das schien unwirklich. Inez spielte jetzt keine Rolle mehr. Er hatte Wichtigeres zu tun. Die Telefonzelle war gleich neben den Toiletten. Sein Anruf würde die Sicherheitsbeamten ablenken, sie auf die eine Seite des Terminals locken, während er auf der anderen Seite hereinkam. Gut, dass er einmal Gepäckarbeiter gewesen war und sich auskannte. Jetzt zahlte sich der lausige Job doch noch aus.

Er ging steif, wie in einem Gipskorsett. Er warf die Münzen ein, wählte und starrte auf den Boden, während er dem Klingeln lauschte. Um die Telefonzelle herum war der Asphalt rissig. Ein einzelner Löwenzahn hatte sich durch einen Spalt nach oben gekämpft. Die gelben Blütenblätter hoben sich strahlend gegen den Teer ab, als wäre ein goldener Tropfen Sonne herabgefallen. Rudy sah ein Zeichen darin.

»Hören Sie gut zu«, sagte er ruhig, denn Blick konzentriert wie im Gebet auf die Blume geheftet. »Es ist sehr wichtig, dass Sie tun, was ich sage.«

28

Damon war stinkig, weil er während der Rushhour zum Flughafen fahren musste. Er war seit drei Tagen wieder trocken, und ihm ging alles direkt unter die Haut. Schweiß rann ihm über Gesicht und Nacken, während er durch den Freeway-Verkehr steuerte.

»Was für eine saublöde Zeit, um zum Flughafen zu fahren«, beschwerte er sich zum hundertsten Mal.

»Mann, es ist ein Charterflug«, erwiderte Logan. »Ich konnte mir die verdammte Abflugzeit nicht aussuchen. Entspann dich einfach mal, ja?«

»Charter ist scheiße, Logan. Die Maschinen sind einfach scheiße. Sie haben genau zwei, und die fliegen hin und her, ohne Ende. Schon mal von Materialermüdung gehört? Genau das passiert, wenn die dauernd starten und landen. Verdammte Blechbüchsen. Die werden bloß mit Isolierband zusammengehalten. Warte nur, du wirst schon sehen.«

»Es wird nichts passieren.«

»Ach ja? Woher willst du das wissen?«

»Ich weiß es einfach. Fliegen ist sicher. Sicherer auf jeden Fall als in diesem Wagen hier unterwegs zu sein.«

Wie um ihm recht zu geben, machte Damon ein Ausweichmanöver und hieb auf die Hupe. Er setzte den Blinker und wechselte die Spur, und die Markierungsknöpfe der Leitlinie machten ein alarmierendes Geräusch. Logan hatte die Hosen voll. Er wünschte, Damon hielte die Klappe. Der dämmerige Himmel hatte das gleiche Grau wie der Asphalt und schluckte alle Farben der Autos, der Häuser. Logan betrachtete die schäbigen Schuhschachteln, deren Rückseiten zum Freeway wiesen. Die Berge in der Ferne und die Autos, die wie die Ameisen auf die Interstate strömten. *Bis dann,* sagte er innerlich. *Nett, hiergewesen zu sein.*

»Und noch was, Logan«, fuhr Damon fort. Das arme Schwein biss die verrotteten schmerzenden Zähne zusammen. »Ich seh immer noch nicht, wie du damit davonkommen willst. Du kannst dich nicht einfach ins Ausland absetzen, Mann. Was zum Teufel denkst du dir dabei? Sie werden dich schnappen und wegsperren, ehe du leck mich sagen kannst. Ich meine, wie stellst du dir das vor?«

Logan holte tief Luft. »Das hab ich dir doch schon erklärt.« Er versuchte ruhig zu bleiben. »Ich hab mich schlau gemacht. Man braucht keinen Pass, um nach Mexiko zu fliegen, schon gar nicht bei einem Charterflug. Man muss bloß nachweisen, dass man amerikanischer Staatsbürger ist. Ich hab einen Führerschein. Ich muss hier raus, Mann, hast du das vergessen? Wenn sie mich auf Drogen erwischen, bin ich am Arsch. Ich muss clean sein.«

»Klar, aber wie willst du ...«

»Damon, kannst du das Thema mal lassen, Kumpel?«, fiel Logan ihm ins Wort. »Du raubst mir echt den letzten Nerv. Du kannst meinen Wagen haben. Was willst du mehr? Das ist doch ein verdammt guter Deal, wenn du mich fragst. Im Gegenzug brauchst du mich nur zum Flughafen zu bringen. Herrgott noch mal. Ist das zu viel verlangt?«

»Wo soll ich die Karre in der Innenstadt parken? Einen Parkplatz zu finden ist doch der Hammer, Mann.«

»Dann eben nicht! Ich wünschte bloß, das hättest du mir früher gesagt. Ich hätte den Wagen jemand anders leihen können.«

Damon hielt ein paar Minuten den Mund. Die Lippen geschürzt, die Schultern hochgezogen fuhr er weiter. Unter den Achseln hatten sich große runde Schweißflecken gebildet. Logan wünschte, er hätte sich noch eine Line einpfeifen können, bevor er den Flughafen betrat. Er wurde mit jeder Minute kribbeliger.

»Ich hoffe, der Nächste, der in dein Zimmer zieht, ist so in Ordnung wie du«, sagte Damon nach einer Weile. »Ich werde auch nicht mehr lange da sein. Die besorgen mir diesen Job. Ich geh zur Schule. Die kümmern sich sogar um meine Scheißzähne. Aber ich werde dich trotzdem vermissen, Mann.«

»Vielleicht geben sie dir was zur Betäubung.« Logan lachte. »Ein paar Mandies, damit du dir nicht in die Hosen scheißt, wenn du neue Beißer kriegst.«

»Kommt nicht in Frage. Mit dem Thema bin ich durch.« Damon erwiderte Logans Lächeln. Zwischen ihnen war wieder alles in Ordnung. »Nicht die geringste Chance.«

»Ah, Mann, das wird ein süßes Leben. Ich werde meine kleine *cabaña* am Strand haben und eine böse *mamacita*, die mich nachts warm hält. Du musst mich besuchen kommen. Dir das astreine blaue Wasser angucken, von dem ich dir erzählt habe.«

»Träum weiter, Logan. Träum weiter.«

»Hey, pass bloß auf!« Logan lachte und boxte ihn spielerisch.

»Pass *du* bloß auf!«

Sie erreichten die Ausfahrt zum Flughafen, verließen den Freeway und reihten sich in die Schlange ein, die Stoßstange an Stoßstange in Richtung Terminal kroch. Nur gut, dass sie viel Zeit eingerechnet hatten. Damon fuhr im ersten Gang.

»Wenn er Aussetzer hat, musst du die Zündkerzen saubermachen«, sagte Logan. »Und wenn er andauernd klingelt oder zu viel Öl braucht – ich kenn da diesen Typ drüben in Inglewood, der ihn schon öfter in der Mache hatte.«

»Mach dir keine Sorgen, Kumpel. Mein Schwager ist Automechaniker. Er wird mir helfen.«

»Okay, cool. Das ist gut, Mann. Das ist gut.«

Damon folgte den Schildern zur Abflughalle. Autos scherten ein und aus, schwenkten unvermittelt zum Bordstein, wie von Magneten angezogen. Drei Streifenwagen brausten vorbei, mit Blaulicht und Sirenengeheul. Sie woben sich durch den Verkehr und verschwanden um die nächste Kurve. Menschen schlugen Kofferraumklappen zu, drückten Hupen, riefen. Rannten zwischen den in Dreierreihen parkenden Wagen hindurch, schleppten Koffer, umarmten sich, riefen nach Gepäckträgern.

»Welche Fluglinie ist es?«, rief Damon. »Wie heißt die gottverdammte Fluglinie?«

»Sun Treks«, brüllte Logan über den Lärm hinweg. »Da vorne, hinter den Taxis.«

Damon gab Gas und schnitt einem anderen Wagen den Weg zum Bordstein ab.

Es gab Logan einen Stich, seinen Pick-up zurückzulassen. Es war fast wie der Abschied von einem Haustier.

»Nicht hier!«, schrie er. »Absolutes Halteverbot!«

Damon kümmerte sich nicht darum. Logan hatte extra ihn fahren lassen, damit er nicht würde anhalten müssen, aber Damon stellte den Motor ab, stieg aus und ging nach hinten zur Ladefläche, wo Logans Reisetasche war.

»Ich mach schon!«, rief Logan. Plötzlich herrschte das reine Chaos. »Du musst nicht halten. Danke für alles –«

»Hier dürfen Sie nicht halten!«, schrie ein Flughafenpolizist. »Sir, absolutes Halteverbot!«

Damon beachtete ihn nicht. Er nahm Logans Tasche von der Ladefläche und stellte sie auf den Bürgersteig.

»Ich schätze, das war's«, sagte Logan.

»Sir, Sie müssen weiterfahren!«, rief der Polizist und eilte herbei. »Hier ist absolutes Halteverbot!«

Als Damon die Schultern straffte und sich zu seiner vollen Größe aufrichtete, sah er aus wie ein Linebacker beim Football. Der Polizist hielt die Luft an.

»Mach's gut, Logan«, sagte Damon. Er legte Logan den Arm um den Hals und zog ihn an sich.

Logan umarmte ihn, trotz Schweiß und allem. »Danke für alles«, erwiderte er. »Pass auf dich auf, Kumpel.«

»Sir, tut mir leid. Dies ist eine Sicherheitszone«, sagte der Polizist. Er hatte sein Walkie-Talkie hervorgeholt. »Wenn Sie nicht *sofort* weiterfahren, muss ich Anzeige erstatten.«

»Ja, ja, ja«, fauchte Damon. »*Adios, amigo*«, rief er Logan zu. Dann stieg er in den Wagen und fuhr davon.

Logan sah zu, wie sein Toyota sich in den Verkehr einfädelte, auf die linke Spur wechselte und verschwand. Er warf einen letzten Blick auf den grauen Himmel, den endlosen Strom der Autos, die Familien, die wie Flüchtlinge an der Bordsteinkante kauerten. Dann schnappte er sich seine Reisetasche und machte sich auf den Weg zu den Glastüren. Sie öffneten sich mit einer Beflissenheit, als hätten sie auf ihn gewartet, und schlossen sich dann geräuschlos und effizient hinter ihm, als habe sich ein Teil seines Schicksals erfüllt.

29

Gott hatte Inez ein Werkzeug geschenkt.

Sie schaltete den Fernseher ein, und tatsächlich, da war Beth Fong – die nach ihrem Mutterschaftsurlaub ihre Arbeit als Nachrichtenmoderatorin soeben wieder aufgenommen hatte – live vom Flughafen. Eine Armada von Polizeiwagen und offiziell aussehenden Autos war draußen an der Gepäckverladung versammelt. Beth musste schreien, um sich über dem Tumult verständlich zu machen. Eine telefonische Bombendrohung sei kurz zuvor eingegangen, berichtete sie. Teile des Flughafens seien geschlossen, eine Hundestaffel der Polizei und das Bombenentschärfungskommando unterwegs. SWAT-Teams nähmen ihren Einsatz auf.

Inez holte sich das schnurlose Telefon und folgte beim Wählen weiterhin der Berichterstattung. Jetzt war sie sich sicher, in jeder Hinsicht. Beth übergab an Darrell Jackson im Inneren des Flughafens. Beim Notruf klingelte es sieben Mal, bevor die Leitstelle den Anruf entgegennahm. Inez erzählte die Geschichte so einfach wie möglich: wie Rudy sich in letzter Zeit verhalten hatte, wie er nach Hause gekommen war, als sie nicht dagewesen war, was sie in der Garage gefunden hatte. Die ganze Zeit über hielt sie den Blick auf den Bildschirm geheftet. Darrell Jackson sprach mit einem Sprecher des Flughafenbetreibers, der berichtete, dass es in den vergangenen drei Wochen mehrfach Drohanrufe gegeben habe. Man hielt das Ganze für einen schlechten Scherz, aber Vorsicht sei besser als Nachsicht.

»Ma'am, könnten Sie das Ganze bitte noch einmal von vorn erzählen?«, bat die Frau in der Notrufzentrale Inez. Sie hatte einen Südstaatenakzent.

Inez wiederholte ihre Geschichte. Es war Wirklichkeit, sagte sie sich erneut. Es war kein böser Traum.

Als sie fertig war, seufzte die Frau am Telefon.

»Alles, was ich sage, entspricht der Wahrheit«, sagte Inez. »Es handelt sich wirklich um meinen Mann. Ich habe große Angst.«

»Nun, ich nehme ernst, was Sie sagen«, sagte die Frau, klang aber zweifelnd. »Bitte bleiben Sie dran. Ich verbinde Sie weiter.«

Männer in grünen Uniformen waren mit Maschinenpistolen bewaffnet, Elektroautos surrten hin und her. Darrell Jackson interviewte Fluggäste, die eben aus Florida eingetroffen waren. Hätten sie sich je vorstellen können, dass so etwas passiert, wenn sie in L.A. landeten? Nein, das hätten sie nicht, nicht in tausend Jahren. Unterdessen wurde einigen Flugzeugen die Starterlaubnis verweigert, während andere zu Flughäfen in der Umgebung umgeleitet wurden. Inez wartete eine Ewigkeit darauf, weiterverbunden zu werden. Bei dem, was sie zu sagen hatte, sollte man doch meinen, dass sie sich beeilten. Sie musste aus dem Haus fort, für den Fall, dass sie ihn nicht fassten. Sie würde gehen, sobald sie den Anruf erledigt hatte. Sie wusste, dass er kommen und sie sich vorknöpfen würde, wenn sie ihn nicht schnappten.

Die Frau kam wieder an den Apparat. »Ma'am, sind Sie noch dran?«

»Ja, aber –«

»Gut, einen Moment noch bitte.« Diesmal klang sie besorgter, als hätte ihr jemand die Sachlage erklärt. Trotzdem ließ sie Inez in der Warteschleife.

Jetzt war auch Beth Fong im Flughafengebäude und stand vor einem abgesperrten Bereich. Bislang sei noch kein Hinweis auf eine Sprengladung gefunden worden, erklärte sie, aber gleich darauf kam ein kleiner Trupp bewaffneter Männer in Kampfanzügen angerannt und sprang über die Absperrung. Beth wich erschrocken zurück; jetzt war selbst sie alarmiert.

»In Anbetracht dessen, was wir soeben gesehen haben, können wir wohl davon ausgehen, dass niemand weiß, was los ist«, fuhr sie fort.

Beeilung!, betete Inez. Sie überlegte, ob sie auflegen und noch einmal anrufen sollte, aber schon eilten ihre Gedanken weiter. Sie konnte nicht anders, sie fragte sich, ob sie an ihr gemeinsames kleines Sparguthaben käme, wenn sie Rudy ins Gefängnis steckten. Und ihre Sachen musste er doch irgendwo versteckt haben. Wenn er von der Bildfläche verschwunden war, würde sie sie finden. Vielleicht konnte sie sogar hierbleiben, hier in L.A.

Es klickte, und die Verbindung war wieder da. Ein offiziell klingender Mann war am Apparat, und seine Haltung war vollkommen anders als die der Frau. Er war sehr höflich, und er nahm sie ernst. Er stellte eine Menge Fragen, die sie bereitwillig beantwortete. Als sie ihm erzählte, dass Rudy am Flughafen arbeitete, ihre Tochter jedoch gesagt hatte, er sei nicht mehr zur Arbeit gegangen, hatte sie seine ungeteilte Aufmerksamkeit. Und als sie ihm von den ausgeschnittenen Zeitungsartikeln berichtete, den Notizen, die an der Wand hingen, den Drahtrollen und der Kiste mit dem, was aussah wie Sprengstoff, sog er hörbar die Luft ein.

»Haben Sie ein Foto von ihm?«, unterbrach der Mann sie.

Hatte sie.

»Bleiben Sie am Apparat. Ich werde Sie zu einer Frau durchstellen, und ich möchte, dass Sie mit ihr Verbindung halten, bis wir da sind. In wenigen Minuten wird jemand bei Ihnen sein.«

Während sie auf die Weiterverbindung wartete, schwankte Inez zwischen Panik und Schuldgefühlen Sie hatte Rudy hintergangen, ihren Mann. *Ein Weib ist gebunden, so lange Zeit ihr Mann lebt.* Aber der Herr hatte aus Rudy ein Werkzeug gemacht, rief Inez sich in Erinnerung. Er hatte das Böse benutzt, um das Gute hervorzubringen. Wie zu ihrem Trost vernahm sie wieder die Worte Jesajas: *Du wirst die Schande deiner Jugend vergessen ... Denn dein Gemahl ist dein Schöpfer, Herr der Heerscharen ist sein Name ...* Ihr Gemahl war der *Schöpfer,* nicht Rudy.

»Bleiben Sie dran, Ma'am«, sagte eine neue Frauenstimme am anderen Ende der Leitung. »Unsere Leute sind auf dem Weg.«

»Mein Gott!«, keuchte Inez. »Da ist er!«

»Ma'am? Was ist los? Ma'am, sind Sie noch dran?«, rief die Frau am Telefon alarmiert. »Geh ran! Geh ran!«, hörte Inez sie zu jemand anderem sagen.

In den Fotos aus Kindertagen – in der Schule oder im Kreis der Familie – war Rudy immer derjenige, der am Rand halb abgeschnitten war oder von jemandem vor ihm verdeckt wurde. »Sieh mal, das da ist mein Fuß, und das da ist mein Gesicht«, hatte er zu ihr gesagt. Ein vager Schemen, abgeschnitten oder unscharf. Und so war es auch jetzt. Sie allein wusste, dass er es war. Da stand er, am Rande der Menschenansammlung, wie ein Zuschauer, das Gesicht im Profil. Sie stand auf, nahm das Telefon mit und trat näher an den Fernseher, um besser sehen zu können.

»Achtung!«, rief die Frau am Telefon. »Sie antwortet nicht.«

Es heißt, eine Kamera füge zehn Pfund hinzu, aber das war es nicht. Rudy trug seine Jacke, aber er sah aufgedunsen aus, steif. Inez blieb einen halben Meter vor dem Bildschirm stehen und starrte ihn an. Sie sah ihn jetzt ganz objektiv, voller Erstaunen. Er war ihr Mann, und gleichzeitig war er ein Fremder. Er sah zu, wie der Suchtrupp durch die Gepäckausgabe ging und die Spürhunde an den Leinen zerrten. Er schaute zu wie ein Brandstifter, der aus der Menge sein Feuer betrachtet.

Inez ließ das Telefon fallen, obwohl sie die Frau am anderen Ende der Leitung rufen hörte. Rudy wandte den Kopf. Selbst aus der Entfernung konnte Inez seine spitze Nase erkennen, seine kleinen gedrungenen Gesichtszüge. Er blickte direkt in die Kamera. Inez' Herz klopfte wie wild, hämmerte ihr gegen die Brust. Er lächelte. Rudy schaute in die Kamera und lächelte, *als sähe er sie direkt an.* Als könnte er sie hier in ihrem Wohnzimmer sehen, wie sie sich zusammenkauerte vor Angst.

30

Freitagabend war wie der Gezeitenwechsel in einem Fluss, der ins Meer mündet. Die Flut von Menschen, die ins Wochenende aufbrachen – die voller Eifer zu den Stränden flüchteten, den Golfplätzen, Skipisten, Casinos –, vermischte sich mit den Menschen, die heimkehrten zu ihren eigenen Betten und ihrer vertrauten Routine. Wylie sah zu, wie die beiden Fluten im Pavillon vor der Bar aufeinandertrafen und sich vermengten. Von dort aus wurden die abreisenden Passagiere durch die Sicherheitskontrolle geschleust, während die ankommenden von den Menschen, die auf den schwarzen Plastiksitzen auf sie gewartet hatten, mit Küssen und Umarmungen, Folienballons, Nelkensträußen und weinenden Babys begrüßt wurden. Zu dieser Stunde, um kurz nach sechs, spiegelten die Fenster, was sich drinnen abspielte. Die Lichter von draußen – vom Rollfeld, von den lautlos hin- und hersurrenden Servicefahrzeugen und den Lichtsignalen der Bodencrews, die die Maschinen zu den Gates leiteten – legten sich über die herumwuselnden Menschen, die Sitzreihen, die Flaschenreihen in der Bar und den pinkfarbenen Neonschriftzug der La

Paz Cantina. Nur wenn man dicht vor den Fenstern stand, konnte man die Umrisse der Flugzeuge ausmachen, Wale, die durch schwarzes Wasser glitten.

An der Bar herrschte Hochbetrieb. Nachdem er schon so lange tagsüber arbeitete, hatte Wylie vergessen, wie anders die Stimmung abends war. Eine Gruppe bierbäuchiger Männer in T-Shirts und Windjacken guckte die Sport-Highlights, während sie drüben in der Ecke lachten und scherzten. Männer und Frauen in Geschäftsanzügen und -kostümen saßen an den hohen Einzeltischen und tranken nebenbei ihre Drinks, während sie an ihren Laptops arbeiteten. *Tahoe* hörte er Menschen in Trainingsanzügen und Shorts einander erzählen. *Vegas*. Direkt von der Arbeit, bereit zum Feiern. Es war ein ständiges Kommen und Gehen. Ein schneller Wechsel auf den Barhockern. Bis auf einen. Dort in der Nähe der Registrierkasse saß ein Chicano mit einem Angels-Basecap schon an die zwei Stunden und ließ sich vollaufen. Jedes Mal, wenn Wylie kam und eine Bestellung eintippte, hatte der Typ was zu sagen.

»Dieser Flieger, in dem ich war – von dem ich Ihnen erzählt habe«, fuhr er dort fort, wo er aufgehört hatte, »der seine Landeklappen nicht ausgefahren kriegte?«

Wylie nickte. Die Verbindung zur Kreditkartenabrechnungsstelle dauerte. Jedes Mal, wenn jemand mit Karte bezahlte, stand er da und wartete.

»Wissen Sie, was sie dann beschlossen haben?«

»Nein, keine Ahnung.«

»Sie haben beschlossen zu steigen, dann wieder steil abzutauchen. Rauf und runter. Sie dachten, damit könnten sie die Sperre vielleicht lösen, wissen Sie, sie losrütteln.«

Der Knabe begann zu nuscheln.

»Ach, tatsächlich?«

»So wahr mir Gott helfe. Das Witzige ist, es hat tatsächlich funktioniert. Die Landeklappen sind runtergeklappt, und wir konnten landen. Als sie die Kabinentüren geöffnet haben, war der Gestank von Kotze und Kacke so überwältigend, dass die Bodencrew fast daran erstickt ist. Wissen Sie, was ich gemacht habe? Das erste, was ich getan habe, als ich aus dem Flieger kam?«

Eine Party-Gang – sonnengebräunte Typen um die Zwanzig in Muscle-Shirts und schlabbrigen Bermudas – fiel wie eine Schar bunter Papageien mit einem Höllenlärm in der Bar ein.

»Was haben Sie gemacht?«, fragte Wylie. Er schenkte drei Buds ein, während er auf die Antwort wartete.

»Bin raus dem Gate und hab mich von meiner Frau getrennt. Sie war gekommen, um mich abzuholen. Hab's ihr gleich am Gate gesagt. *Bam,* einfach so. *Ich will mich scheiden lassen.* Und wissen Sie warum?«

»Warum?«

»Mir ist da oben klar geworden, dass ich sie nicht liebe. Als der Flieger abtauchte und ich dachte, ich müsste sterben. Ein Jammer, dachte ich, dass ich die ganze Zeit mit einer Frau verheiratet war, die ich nicht liebe. Als wir gelandet waren, hab ich also keine Zeit verloren.« Der Typ stürzte seinen Drink hinunter. »Hab's nicht eine Sekunde bereut. Hab nicht zurückgeschaut.«

»Das ist ja vielleicht eine Geschichte«, sagte Wylie. »Entschuldigen Sie mich.«

Die Party-Gang flog nach Cancún. Alle bestellten Margaritas. Vermutlich Logans Flug, dachte Wylie, während er den Tequila abmaß und die Getränke mixte. Mochte Gott den Einheimischen beistehen, wenn die Gang landete.

Eine große, kräftige junge Frau mit langem kastanienfarbenenen Haar und schlotternden Jeans schob sich durch die Menge an die Bar durch und grinste Wylie an. Er wischte vor ihr über die Theke, legte ihr eine Cocktailserviette hin und nahm ihre Bestellung entgegen. Bier. Als er ihren Ausweis sehen wollte, wurde ihr Grinsen noch breiter.

»Ich fasse es nicht – du erkennst mich nicht, Onkel Tommy?«

»O mein Gott«, sagte er. Er erwiderte ihr Grinsen. Ihm fehlten die Worte. Als er Jewell das letzte Mal gesehen hatte, war sie ein mürrischer Teenager gewesen. Jetzt war sie eine prächtige erwachsene Frau. Doch er konnte noch viel von dem Kind erkennen, das sie gewesen war. Ein zähes kleines Gör voller Energie, das unentwegt Fragen stellte.

»Liebe Güte, du siehst aus wie dein alter Herr«, sagte Wylie. »Komm, ich besorg dir einen Barhocker.« Er wandte sich an einen älteren Mann, dessen Gepäck auf dem Barhocker neben ihm aufgetürmt war. »Entschuldigung, können Sie Ihre Sachen bitte fortnehmen?«, fragte er. »Die Dame hier würde sich gern setzen.«

Jewell entschuldigte sich bei dem Mann und nahm Platz. »Deswegen bin ich hier«, erzählte sie Wylie. »Ich soll meinen Dad hier treffen.«

»Ja, er hat mir gesagt, dass er vorbeikommen will. Schätze, er hat mal wieder Glück gehabt, wie? Dein alter Herr ist darauf spezialisiert, zur rechten Zeit am rechten Ort aufzutauchen.«

Wylie hielt inne. Er war nicht sicher, wie viel er über Logan erzählen sollte. Er war sich seiner Wampe und seiner schlechten Haut bewusst. Das arme Mädchen war ihr Leben lang von einem Ort zum anderen geschleift worden. Es tat gut zu sehen, dass sie es gut überstanden hatte. Es hatte Zeiten gegeben, da hatte er sich Sorgen um sie gemacht.

»Ich hab ihn etliche Jahre nicht gesehen«, erzählte Jewell. »Seit der Highschool, glaube ich.« Sie beugte sich vor und sagte leise: »Ich bin ein bisschen nervös. Ich weiß nicht, was mich erwartet.«

Wylie legte seine Hand auf ihre. »Mach dir keine Sorgen. Es ist gut, dass du ihn sehen wirst. Komm, ich hol dir dein Bier. Was für eines möchtest du?«

Sie erhob sich von ihrem Barhocker, um die Zapfhähne besser sehen zu können. »Foster's ist gut.«

Er beobachtete sie aus den Augenwinkeln, während er das Bier zapfte. Sie schaute sich nervös um und ließ den Blick über den Terminal schweifen. Eine große, starke junge Frau mit der selbstsicheren, unbeschwerten Art ihres Vaters. Sie grinste ihn an, als er mit dem Bier zu ihr zurückkehrte.

»Er kommt zu spät«, sagte sie und trank einen Schluck. »Was sonst? Na, ich wette, er lässt sich überhaupt nicht blicken.«

Die Bar war rappelvoll. Wylie spürte, wie die Gäste ihn aus allen Richtungen ungeduldig anstarrten. Dachten vermutlich, er vergnüge sich hier mit diesem Youngster, statt sie zu bedienen.

»Ach, wart's mal ab«, erwiderte er. »Er wird schon noch kommen.«

»Wäre nicht das erste Mal, dass er nicht auftaucht.«

»Da hast du recht.« Wylie lachte. Er brachte es nicht über sich, sie allein dort sitzen zu lassen.

»Da draußen im Terminal war irgendwas los«, erzählte Jewell.

Sie strich sich das Haar aus dem Gesicht und runzelte die Stirn, so dass ihre Augenbrauen sich beinahe trafen. Wenn er eine Tochter hätte, würde sie dann zu einer solchen Frau heranwachsen? Ach, du lieber Gott, dachte Wylie. Das Thema wieder. Es war ihm doch tatsächlich gelungen, das Baby fünf Minuten aus seinen Gedanken zu verbannen, und nun war es wieder aufgetaucht.

»Irgendwas ist da im Gange«, fuhr Jewell fort. »In der Nähe der Ticketschalter war jede Menge Polizei und Typen in Kampfanzügen. Und draußen, wo man die Leute abholt, hatte ein Fernsehsender einen Ü-Wagen mit einer großen Antenne stehen. Reporter und Kameras. Vielleicht ist er da aufgehalten worden.«

Wylie wünschte, er könnte ihr erzählen, was für ein wunderbares Kind sie gewesen war. Sie hatte sich an sein Bein gedrückt, wenn er mit ihr sprach, so warm und anschmiegsam wie ein Welpe, und ihm direkt ins Gesicht geschaut.

»Können wir hier auch was zu trinken bekommen?«, rief ein Mann mit Ziegenbart von der anderen Seite der Bar. Wylie drehte sich um und erblickte eine Reihe säuerlicher Gesichter.

»Die Eingeborenen werden unruhig. Ich muss diese Witzbolde bedienen.« Er tätschelte ihr noch einmal die Hand. »Willst du eine Brezel oder ein Stück Pizza? Irgendwas anderes?«

Sie schüttelte den Kopf. Wer konnte es ihr verdenken, dass sie Zweifel hatte, ob Logan aufkreuzen würde? Wylie hatte selbst seine Zweifel. »Okay, bleib einfach hier sitzen. Ich bin sicher, dass dein Dad jeden Moment auftaucht. Ich bin gleich wieder bei dir.«

Wylie machte sich ans Werk. Die Leute waren ungeduldig, versuchten sich durch die Menge zur Bar durchzuzwängen. Es war noch lauter als zuvor, falls das überhaupt möglich war. Gäste, die bereits bestellt hatten, saßen vor ihren leeren Gläsern; eine ganze Armee wartete auf ihren ersten Drink. Das verdammte Unternehmen, für das er arbeitete, sollte freitags abends zwei Barkeeper beschäftigen, diese Geizkragen. Aber Wylie war gut. Er krempelte die Ärmel hoch und arbeitete die Bestellungen ab, eine nach der anderen. Zumindest lenkte ihn das von seiner Zwickmühle mit Carol ab. Hin und wieder warf er einen Blick zu Jewell hinüber, die nervös an ihrem Bier nippte und nach ihrem Dad Ausschau hielt. Wylie füllte Gläser, schnitt Limonen in Scheiben, spießte Oliven auf. Er heftete den Blick auf seine Hände, jede Bewegung saß. Der Rhythmus beruhigte ihn. Er kassierte, gab Geld heraus. Gläser stapelten sich in der Spüle. Das Amber Ale spuckte, zischte und spie Schaum. Wylie warf einen Plastikbecher über den Hahn.

»Alles okay?«, rief er Jewell am anderen Ende der Bar zu.

Sie nickte.

Die Party-Gang zog ab, und der Lärm ließ ein wenig nach. Wylie erhaschte einen Blick auf den Fernsehbildschirm. Anscheinend waren tatsächlich Berichterstatter auf dem Flughafen.

Musste drüben auf der anderen Seite sein, in einem der anderen Terminals. Er hatte keine Zeit herauszufinden, was genau da los war. Whiskey sour, Bloody Mary, Cosmopolitan. Er sammelte Trinkgeld ein, wischte die Theke ab, legte Servietten aus. Als er das nächste Mal zu Jewell hinübersah, war Logan da und sprach mit ihr, die Hände in den Hosentaschen.

31

Die Stangen um Rudys Taille zwangen ihn, sich aufrecht und gerade zu halten und auf eine langsame, würdevolle Art zu gehen, die er der Situation angemessen fand. Als er auf den Pavillon vor der Sicherheitskontrolle zuschritt, erfüllte ihn die Bedeutung seines Vorhabens mit dem Gefühl, Geschichte zu machen. Das steife Korsett gürtete ihn für die Schlacht, wie ein Ritter seine Rüstung. Nur er wusste, was unmittelbar bevorstand, ein Geheimnis, das in seinem Herzen sang, und ein Lächeln umspielte seine Lippen. Er genoss es, die Gesichter der Menschen zu betrachten, die mit ihren eigenen banalen Dingen beschäftigt waren; er genoss das Wissen, dass in wenigen Augenblicken alles anders sein würde.

Im Pavillon befanden sich sogar noch mehr Menschen, als er gedacht hatte. Es war ein einziges Gewusel: eine lange Schlange wartete darauf, am Kiosk für Kaugummi und Zeitschriften bezahlen zu können; Menschen mit Tabletts voller Nachos und Enchiladas versuchten vor dem mexikanischen Restaurant einen freien Tisch zu ergattern; auf den schwarzen Plastiksitzen warteten Menschen auf ankommende Passagiere; die Durstigen standen in Dreierreihen an der überfüllten Bar. Lärm von allen Seiten: die überdimensionalen Fernsehbildschirme in der Lounge, die Rollen der Koffer, die über den weißen Boden gezogen wurden, das Geschrei hunderter Stimmen, das in Rudys Ohren dröhnte wie ein Wasserfall.

Es war heiß. Rudy wischte sich mit dem Jackenärmel den Schweiß von Stirn und Oberlippe. Auch unter dem Klebeband schwitzte er. Seine Achselhöhlen juckten und prickelten. Schlimmer noch – die Enden der Stangen hatten die Haut rings um den Bauch, wo das Fleisch über den Bund der Hose quoll, wundgescheuert. Es brannte wie Blasen an den Fersen. Das nächste Mal würde er sie *über* dem T-Shirt befestigen, dachte er und kicherte.

»Guck mal, Mommy!« Ein kleines Mädchen, die ein pinkfarbenes Hello-Kitty-Köfferchen hinter sich her zog, zeigte auf ihn. »Der Mann da.«

Rudy war sofort alarmiert, aber die Mutter des Mädchens riss sie ungeduldig am Arm und zog sie mit sich. Die Kleine wandte sich noch einmal um und starrte Rudy an, bis sie in der Menge verschwand. Doch sie war die Einzige. Alle anderen gingen an ihm vorbei, als existiere er gar nicht, ohne im Geringsten zu ahnen, dass in wenigen Momenten aller Augen auf ihn gerichtet sein würden. *Na wartet,* dachte Rudy vergnügt. *Na wartet.* Er machte sich bloß Sorgen, dass die Fernseh-Crews drüben von der Gepäckausgabe nicht rechtzeitig zur Stelle sein würden, dass sie es nicht schafften, alles aufzuzeichnen. Er dachte an die Menschen, die ihn in den Nachrichten sehen würden. Sein Boss, Glenn Waller. Sein Bummelanten-Putztrupp. Vielleicht ein paar der Versager aus seiner Highschool. Er stellte sich vor, wie sie nebenbei die Nachrichten guckten, ihn erkannten, ein zweites Mal hinsahen. War das möglich?, fragten sie sich. Dann waren sie sicher. Ja, er war es. Er kicherte in sich hinein. Das würde sie ganz schön überraschen. Es würde sie echt vom Hocker reißen.

Am Zeitungsstand blieb er stehen, um sich einen Überblick zu verschaffen. Es war ein großer Augenblick. Größer als damals, als er in der Highschool zum Podium gegangen war, um sein Abschlusszeugnis entgegenzunehmen; größer als damals, als er in dem ehemaligen Lichtspieltheater auf die Bühne gestiegen war, um Inez zu seiner rechtmäßig angetrauten Frau zu machen. Er hatte geglaubt, in Ohnmacht zu fallen, als er auf die Gemeinde hinunterblickte, die zu ihm aufschaute, in seinem schießpulverblauen Smoking aus dem Leihhaus. Er fürchtete, jeden Moment kopfüber in die erste Reihe der roten gepolsterten Sessel zu stürzen. Ein Behindertenfahrzeug surrte vorbei. Das alles schien jetzt so lange zurückzuliegen, schien jetzt so unwichtig zu sein.

Rudy stand beim Ausgang des Andenkenladens und wählte für seinen Akt der Rebellion eine Stelle ungefähr in der Mitte des Pavillons. Es war eine Art natürlicher Lichtung, ein strategischer Ort, weit genug von den Läden und der Sicherheitskontrolle entfernt, um von allen gesehen zu werden. Das war's. Er schaute sich ein letztes Mal um und bemerkte den Barkeeper mit der schlechten Haut, der schnell wie der Blitz leere Gläser von der Theke schnappte, neue hinstellte. Lange Schlangen krochen auf die Metalldetektoren zu. Im Wartebereich krabbelten Kinder unter den schwarzen Plastiksitzen auf dem Boden herum. Plötzlich spürte er eine tiefe Wehmut in sich aufsteigen – all die Zeit, die er hier auf dem Flughafen verbracht hatte. All die Tage, an denen er morgens pünktlich erschienen war, frisch und munter, um die Flugzeuge zu reinigen. All die Passagiere, die die Kabine betreten und die sauberen Gänge und Sitzplätze vorgefunden hatten, die Sicherheitsgurte ordentlich arrangiert. Nicht dass es letztlich eine Rolle gespielt hätte. Am Ende hatten sie ihn ohne zu zögern gefeuert. All die Zeit und Mühe, die er in seine Arbeit gesteckt hatte, all die Jahre, die er sich abgerackert hatte, in gutem Glauben geschuftet, darauf vertraut hatte, dass sie ihren Teil beitrugen, und dann hatten sie ihm den Laufpass gegeben. Einen Tritt in den Arsch! Zwei Wochen Kündigungsfrist – nach allem, was er getan hatte!

Keine Abfindung, keine Abschiedsparty, kein gar nichts.

Einfach so.

Ein Klumpen bildete sich in Rudys Kehle. Schweiß rann ihm über die wunden Stellen, brannte, wo die Stangen die Haut aufgeschürft hatten. All seine Träume und Hoffnungen, alles, was er im Leben noch vorgehabt hatte, hatte ihn hierhergeführt. Zu diesem Augenblick. Er fasste nach dem Reißverschluss seiner Jacke, öffnete ihn versuchshalber ein paar Zentimeter und schloss ihn wieder. Sein Atem ging schnell und flach. Schweiß rann ihm über die Schläfen, den Nacken, in den Hemdkragen. Es gab nichts mehr zu sagen. Das war vorbei. Jetzt würde er sich ohne Worte Gehör verschaffen, er würde sie zwingen zu begreifen. Ihnen die Augen öffnen. Es ihnen allen zeigen.

Er ging los, ging schnell, so schnell die an seinem Körper befestigten Stangen es zuließen. Es war unerträglich heiß. Als er sich dem Zentrum des Pavillons näherte, stieg der Lärmpegel an – er hallte von den großen Fenstern wider, die auf das Rollfeld hinausgingen, von der hohen Decke und dem nackten Fußboden. Menschen in Eile rempelten ihn an, stießen ihn beiseite, wirbelten ihn praktisch herum. Rudy blinzelte. Schweiß rann ihm in die Augen, machte ihn beinahe blind. Er wischte ihn hektisch fort und versuchte seine Position einzuschätzen. Der Strudel der hastenden Menschen schien sich um ihn zu drehen. Endlich erreichte er die Stelle, die er für den Mittelpunkt des Pavillons hielt, gleich weit entfernt von allen Außenwänden. Ground Zero. Er schloss die Augen und sammelte sich.

»Jetzt«, keuchte er. *»Jetzt!«*

32

Jewell entdeckte Logan in der Menge. Er hatte ein abgetragenes Leinenjackett an und ein Paar Schuhe, die aussahen wie aus dem Sozialladen. Er trug eine Reisetasche über der Schulter, die Hände waren tief in den Hosentaschen vergraben, und auf dem Gesicht lag ein breites Grinsen.

»Sieh sich dich einer an«, sagte er, nahm sie in die Arme und gab ihr einen flüchtigen Kuss auf die Wange. Er roch nach Secondhand-Laden, obwohl sie auch einen Hauch Seife erschnupperte – Sandelholz oder so was in der Art. Als er einen Schritt zurücktrat, um sie zu betrachten, sah sie, dass er an den Schläfen schon leicht grau wurde, aber sonst war sein Haar honigbraun, mit blonden Strähnchen, als sei er viel in der Sonne gewesen. Ein paar hatten sich aus dem Pferdeschwanz gelöst, der ihm über den Rücken hing, und kringelten sich im Nacken und um die Ohren. Er sah ein wenig mitgenommen aus, als sei er ziemlich geschubst und gebeutelt worden, mit Falten unter den Augen und einem Bartflecken unter der Unterlippe, aber insgesamt nicht schlecht. Wenn man ihn ein bisschen aufpeppte und ihm ein paar nette Klamotten gab, würde er grandios aussehen, wie ein Filmstar.

»Du willst also nach Mexiko?«, sagte Jewell. Lahm, aber sie war schüchtern und brachte weiter nichts heraus.

»Ja, ich dachte, ich flieg mal runter, die Lage checken. Warst du mal dort?«

»Nur kurz hinter der Grenze. In Tijuana, Ensenada. Du weißt schon, das Übliche.«

»Nun, vielleicht kann ich dich irgendwann ja mal mitnehmen. Oder vielleicht kommst du mich besuchen, wenn ich mich eingelebt habe.«

Jewell war irritiert. »Du willst da bleiben?«

Logan zuckte lässig die Achseln. »Man kann nie wissen. Könnte schon sein. Hängt ganz davon ab.«

Sie lächelten sich an. Sie checkte er auch, merkte sie. Sie musste sich immer wieder in Erinnerung rufen, dass dies ihr *Vater* war, dass sie tatsächlich ihren Vater vor sich stehen hatte. Er hatte etwas sehr Sympathisches an sich, kaum zu glauben; er schien wie jemand, mit dem man gern ein wenig Zeit verbrachte. Nicht dass er kein Versager gewesen wäre, jemand, der nie Kinder hätte haben sollen, aber trotz allem war er irgendwie okay. Das Problem war, dass ihr nichts einfiel, das sie hätte sagen können. Der

Smalltalk nervte sie, aber sie kannte ihn nicht gut genug, um ein ernsthaftes Thema anzuschneiden. Ihr blieb nichts anderes übrig, als weiterhin zu grinsen.

»Und – hast du von deiner Mom gehört?«

»Nein, wir haben gerade Sendepause. Sie ist mir im Moment echt zu durchgeknallt. Ich hab gerade genug mit mir selbst zu tun.«

Wylie kam herüber, beugte sich über die Theke und schlug Logan auf die Schulter.

»Hey, guck sie dir an!«, rief Logan und schüttelte Wylie vehement die Hand. »Hab ich das nicht astrein hingekriegt, Tommy? Ist sie nicht umwerfend?«

»Sie ist ziemlich beeindruckend, Logan«, erwiderte Wylie und zwinkerte Jewell zu. »Bist du sicher, dass sie deine Tochter ist?«

»Da kannst du deinen Arsch drauf wetten«, sagte Logan stolz.

Er legte den Arm um sie. Jewell war peinlich berührt, aber sie freute sich auch. Sie war ebenfalls merkwürdig stolz auf Logan und hätte ihn gern jemandem vorgeführt, Celeste oder vielleicht Eli. Nicht dass er irgendetwas Tolles getan hatte – sie wollte ihn einfach jemandem zeigen.

»Und sie war auf dem College, Tommy. *Auf dem College*«, prahlte Logan. »Wie findest du das?«

»Ich finde, du hast echt Glück gehabt, alles in allem«, erwiderte Wylie. »Willst du was trinken, Logan? Jewell, noch ein Bier?«

»Ja, gern«, antwortete Jewell schnell. Die ganze Sache setzte ihr ziemlich zu.

»Was trinkst du?«, fragte Logan sie.

»Foster's.«

»Ja, das nehm ich auch«, sagte er lässig.

Soweit zu clean und trocken, dachte Jewell und begegnete dem Blick ihres Onkels. Wylie zögerte kurz, beschloss dann aber offensichtlich, den Mund zu halten, und zapfte das Bier. Das Paar neben Jewell ging, und Logan schnappte sich einen Barhocker.

»Du siehst meiner Mutter dermaßen ähnlich«, sagte Logan. »Ich kann es gar nicht glauben.«

Er legte seine Hand auf ihre. Ein kleines x war zwischen seinem Daumen und seinem Zeigefinger eintätowiert, wie das Kreuzchen, das die entscheidende Stelle auf einer Schatzkarte markiert. Es sah stümperhaft aus, als hätte er es selbst gemacht. Jewell überlegte, wo der Pfad für die Schatzsuche herkam und wo er hinführte. Sie stellte sich eine gepunktete Linie vor, die seinen Arm hinaufging und über seine Brust bis zu seinem Herzen führte.

Wylie servierte ihnen das Bier.

»Hey, Tommy. Bist du je meiner Mutter begegnet?«, fragte Logan. »Weißt du noch, wie sie aussah?«

»So ungefähr«, antwortete Wylie. »Glaube ich jedenfalls.«

»Findest du nicht, dass Jewell ihr wie aus dem Gesicht geschnitten ist? Ich meine, als sie noch jung war.«

»Das müsste gewesen sein, als Dad noch mit *meiner* Mom verheiratet war, von daher war deine vermutlich eher im Hintergrund«, meinte Wylie. »Außerdem war ich noch klein. Ich glaube nicht, dass ich sie damals schon kannte.«

»Ja, ich schätze, da hast du recht«, gab Logan zu.

»Hört mal, ihr beiden«, fuhr Wylie fort. »Ich finde es wirklich schade, dass ich nicht mit euch plaudern kann, aber ihr seht, wie es hier zugeht. Außerdem weiß ich, dass ihr beide euch eine Menge zu erzählen habt. Ich werde euch also alleinlassen. Aber gib mir auf jeden Fall Bescheid und verabschiede dich, Logan, bevor du fliegst.«

»Mach ich, Bruder. Geh du nur. Ich weiß, dass du zu tun hast. Jewell und ich müssen uns ganz neu kennenlernen. Wir kommen schon klar.«

Jewell wünschte, sie könnte etwas anderes tun, als nur stumm dazusitzen, aber es schien keine Rolle zu spielen, da ihr Vater das Reden übernahm. Er wandte sich ihr zu und fing wieder von seiner Mutter an.

»Tja, ich wünschte wirklich, du hättest deine Großmutter gekannt. Oder *sie* hätte *dich* gekannt. Wenn sie dich jetzt sehen könnte. Mannomann. Sie hätte dich abgöttisch geliebt. Für sie wärst du wirklich was ganz Besonderes gewesen.«

Jewell nickte und senkte den Blick auf ihren Schoß. Logan hatte sein Bier schon fast ausgetrunken.

»Ich habe an dich gedacht«, sagte sie ruhig. »Ich habe mich oft gefragt, wie es dir wohl geht.«

Logan hielt endlich den Mund. Ihre Worte schienen ihn überrascht zu haben. Er lehnte sich auf seinem Barhocker zurück und sah sie an.

»Also – wie geht es dir?«, fragte er zögernd, als er sich wieder gefangen hatte. »Bist du mit jemandem zusammen? Bist du glücklich?«

Jewell schluckte. »Ich … ähm … Eigentlich bin ich gerade im Begriff, mich zu trennen«, sagte sie. Ihr schnürte sich die Kehle zu. »Ich glaube, im Augenblick geht es mir ziemlich mies.«

»Wer ist der Typ?«

Sie konnte genauso gut damit rausrücken, dachte Jewell. Wer wusste schon, wann sie ihn wiedersehen würde.

»Es ist kein Typ, es ist eine Frau.«

»Ups! Damit hatte ich nun nicht gerade gerechnet!«, rief Logan. Er stützte sich an der Theke ab. »Warte mal 'ne Sekunde. Gib mir einen Moment Zeit. Das muss ich erstmal verdauen.« Er starrte auf den Schaum, der innen an seinem Bierglas hinunterglitt, und nickte, als führe er ein Selbstgespräch. »Okay, okay.« Er nickte und trank sein Bier aus. »Ich schätze, bei dem, was hier los ist, haben wir keine Chance, noch eines zu kriegen«, meinte er dann und inspizierte sein leeres Glas. Er schnaufte ein paar Mal, als müsse er sich von einem Dauerlauf erholen, ließ den Kopf kreisen und lockerte die Schultern. »Okay, ich denke, ich hab's kapiert. In Ordnung. Okay, also dann erzähl mal«, sagte er dann und wandte sich ihr wieder zu.

Sie musste lachen. Er auch. Es war gut, zusammen zu lachen.

»Ich glaube, ich liebe sie«, sagte sie achselzuckend. »Das Komische ist, dass sie mich nicht liebt. Zumindest nicht genug.«

»Tja, da kannst du nichts machen.«

»Meinst du?«

»Ja. Wenn dich jemand verlassen will, kannst du nichts machen.«

»Glaubst du nicht, dass man die Dinge ändern kann, dass man eine Lösung finden kann?«

»Nein.«

Wieder musste Jewell lachen. Sie konnte nicht glauben, dass sie dieses Gespräch mit ihrem *Vater* führte. Doch auf seltsame Weise fühlte sie sich langsam wohl mit ihm.

»Aber in diesen Ratgeberkolumnen heißt es doch immer, dass man an seiner Beziehung arbeiten muss, um zusammenzubleiben. Es ergibt sich einfach nicht von selbst.«

»Es sollte nicht in Arbeit ausarten. Wenn dich jemand verlassen will, ist es zu spät. Du kannst es vielleicht hinausschieben, aber was hast du davon?« Er beugte sich näher zu ihr. »Ich muss dir was erzählen, Schätzchen. Ich behaupte nicht, dass ich es nicht verbockt hätte, denn das habe ich. Ich hab eine Menge Dinge getan, die ich nicht hätte tun sollen, und eine Menge Dinge nicht getan, die ich hätte tun sollen. Aber ich weiß, dass du niemanden *zwingen* kannst, dich zu lieben. Egal, was du auch tust. Egal, wie sehr du es dir auch wünschst. Ich hab das auf die harte Tour lernen müssen.«

Interessant. Jewell war es nicht gewohnt, elterliche Ratschläge zu bekommen. Sie blinzelte ihren Vater irritiert an. Sie fragte sich, was ihm passiert war, was er erlebt hatte, dass er so dachte. Sprach er von ihrer Mutter? Oder von einer der fünfzig Millionen anderen Frauen, die seinen Weg gekreuzt hatten?

»Ebenso wenig kannst du dich zwingen, jemanden zu lieben, wenn du es nicht in deinem Herzen spürst«, fuhr er fort. »Egal, was du dir auch einredest, egal, wie sehr du dich auch bemühst. Du verschwendest bloß deine Zeit. Mann, ich wünschte wirklich, wir könnten noch ein Bier kriegen.«

»Also, was soll ich tun?«

»Es akzeptieren. Es hinter dir lassen. Es bedeutet ja nicht, dass du sie nicht mehr liebst. Das wirst du immer. Du behältst sie in deinem Herzen. Und in unserer Familie gibt's eine Menge sturer Herzen, das kannst du mir glauben. Sie hören nicht auf den gesunden Menschenverstand. Aber das heißt nicht, dass du kriegst, was du willst. *Wen* du willst.«

Jewell wollte gerade etwas erwidern, als sie die aufgeregten Stimmen vor der Sicherheitskontrolle vernahm. Sie drehte sich um, als drei Männer in Geschäftsanzügen an dem Fenster vorbeirannten, das auf das Rollfeld hinausging. Die Leute, die in der Schlange vor den Metalldetektoren anstanden, stoben auseinander wie aufgescheuchte Vögel. Eine Frau stolperte über ihren Koffer und löste eine Kettenreaktion von aufeinanderprallenden Menschen und Gepäckstücken aus. Plötzlich rannten alle, die sich im Wartebereich in der Nähe des Gates aufgehalten hatten. Es klang wie eine Stampede. Irgendjemand rief etwas. Jemand anderes schrie.

»Lieber Himmel, was ist da los?« Logan wandte den Kopf.

An der Bar drehten sich alle wie auf Kommando um. Ein kollektives Aufstöhnen.

Das letzte Bild, das Jewell klar vor Augen hatte, war ihr Onkel Wylie, der wie angewurzelt dastand, in jeder Hand ein Glas Eis.

33

Wylie stellte die Gläser auf die Theke, blickte auf und sah Menschen rennen, erst hierhin, dann dorthin. Wie wenn beim Football niemand wusste, wer den Ball hatte. Zuerst dachte er, es gäbe

Ärger an der Sicherheitskontrolle, aber dann entdeckte er, dass der Tumult mehr vom Zentrum des Pavillons ausging, auf der einen Seite der schwarzen Plastiksitze. Er erhob sich auf die Zehenspitzen, um über die Köpfe an der Bar hinwegsehen zu können. Menschen waren in Panik. Sie schnappten sich Kinder, stießen Gepäck um, schubsten sich gegenseitig aus dem Weg. Lieber Gott, dachte er. Das war kein Scherz. Irgendwas Ernstes war da los. Sein Herz pochte wild. Wylie kam hinter der Bar hervor und trat zu Logan und Jewell.

Irgendjemand rief, irgendjemand schrie. Die Gäste der La Paz Cantina verrenkten die Hälse und starrten herüber. Aus dem Hundesouvernirladen kamen Menschen mit Kaffeebechern und Hundesweatern in den Händen gerannt, um zu sehen, was los war. Die Kassiererin aus dem Andenkenladen kam hinter ihrer Kasse hervor. All die Geräusche – Lautsprecherdurchsagen, Stimmen, Karren, Schritte – vermischten sich zu einem dumpfen Brausen. Dann, einen Moment später, hörte Wylie, wie sich eine Stimme über die anderen erhob. Sie rief immer wieder dasselbe. Allmählich erstarben die anderen Geräusche, und die Menschen hörten auf herumzurennen. Schließlich konnte Wylie die Worte verstehen.

»Stop! Stehenbleiben! Nicht bewegen!«

Alle wichen vor einem Punkt in der Mitte des Pavillons zurück. Eine einzelne Person stand im Zentrum des Menschenrings, wie bei einem Kinderspiel, dachte Wylie. Er hatte plötzlich das verstörende Gefühl, dass das, was da geschah, bereits geschehen war. *Das hier* hatte ihn beunruhigt, begriff er, und die Härchen an seinen Unterarmen richteten sich auf. *Das hier* war das, was ihn schon seit Wochen nervös gemacht hatte. Doch am seltsamsten war, dass er jetzt, wo es endlich geschah, völlig ruhig war.

»Stop! Stehenbleiben! Nicht bewegen!«

Wylie erkannte ihn auf Anhieb. Der komische Kauz vom Reinigungstrupp, der noch vor kurzem seinen Müll auf der Theke hinterlassen hatte. Natürlich! So war es doch immer, oder etwa nicht? Der Versager. Der Außenseiter. Jemand, der einen Groll hegte. Wie in einem billigen Thriller. Der Unauffällige. Birnenförmig, unbeholfen, still. Jemand, den niemand verdächtigte. Erstaunlicherweise erinnerte Wylie sich an seinen Namen, obwohl er ihn nur ein, zwei Mal auf seinem Mitarbeiterausweis gelesen hatte. *Rudy.*

»Zurückbleiben! Niemand rührt sich!«, rief Rudy wie ein drittklassiger Schauspieler, der seinen Satz viele Male geprobt hatte, ihn aber dennoch hölzern und ausdruckslos vortrug.

Die Menschen um ihn herum erstarrten. Einige hatten sich hingekauert, andere standen schützend vor ihren Kindern oder pressten deren Hände an ihre Brust. Als er den Reißverschluss seiner Jacke öffnete, grinste er in die Runde. Dann hob er langsam die Arme. Seine Bewegungen hatten etwas Anmutiges, dachte Wylie, wie ein Kormoran in der Sonne. Er hatte einen verschlafenen, zufriedenen Gesichtsausdruck, als bade er in der Aufmerksamkeit seines Publikums.

Ein elektrischer Schock schoss Wylies Rückgrat hoch, vom Kreuzbein bis zum Kopf. Wie eine gerippte Rettungsweste klebte eine Reihe von roten Sprengstoffstangen um Rudys Oberkörper. Ein Draht führte zu seinem Arm. In der Hand hielt er den Auslöser. Er grinste hämisch und drehte den Oberkörper langsam hin und her, damit es alle sahen.

Niemand konnte irgendetwas tun, dachte Wylie. Nicht das geringste. Er überschlug die Sache rasch, überlegte, wie groß die Sprengkraft der Ladung sein mochte, wie weit die Explosion reichen würde. Bis zu ihm? Er umklammerte die Theke, wartete auf den Knall, die Druckwelle.

»Bitte!«, kreischte eine Frau. *»Bitte tun Sie es nicht!«*

Menschen ließen sich zu Boden fallen und legten schützend die Arme über den Kopf. Ein Baby begann zu weinen, dann ein zweites. Rudy sah wild um sich; die Arme noch immer erhoben, drohte er mit dem Zünder in der Hand. Jede Sekunde würde die Explosion die Menge wegblasen, würde sie Menschen, Gepäckstücke, Glas und Sitze gegen die Wände schleudern. Wylie wappnete sich, wartete darauf.

Die Menschenmenge wartete ebenfalls. Sprachlos, atemlos, reglos, während sie die Sekunden vor der Auslöschung zählte. Wartete, wartete, wartete. Wartete zu lange. Als Rudy die Mienen der Menschen musterte, die ihn umringten, verschwand sein höhnisch-herausforderndes Grinsen allmählich. Er öffnete den Mund, wie um etwas zu sagen, aber dann schüttelte er den Kopf. In Wylie keimte etwas auf. Ein Hoffnungsschimmer. War das möglich? Ja. Langsam, aber unmissverständlich verschob sich das Gleichgewicht.

Die Menschenmenge regte sich.

Eine Stimme rief von den schwarzen Plastiksitzen. *»Schnappt ihn euch!«*

Der Ring um Rudy herum wich zurück, dann schob er sich vor wie eine gigantische Flutwelle.

»Schnappt ihn euch!«, rief eine Frau in der Nähe der Bar.

Ein großer Schwarzer mit dicht am Kopf entlanggeflochtenem Haar drängte sich durch die Menge auf Rudy zu; andere folgten ihm. Er durchbrach den innersten Ring, machte einen Satz nach vorn und traf Rudys Brust mit seiner Schulter. Das letzte, was Wylie sah, war der erstaunte Ausdruck auf Rudys Gesicht, das kleine, überraschte O seines Mundes. Dann ging er zu Boden. Die Menge stürzte sich auf ihn.

»Die Polizei kommt! Sie ist auf dem Weg!«, rief jemand.

Die Menge kochte, brodelte um Rudy wie hungrige Piranhas. Am Rande standen sie auf den Zehenspitzen und schrien. Plötzlich erhob sich der Mann mit der Cornrow-Frisur aus dem Knäuel und riss Rudy am Kragen seiner Jacke hoch. Er stemmte ihn hoch wie eine Trophäe, die alle sehen sollten.

»Das sind bloß Warnfackeln!«, rief er. »Warnfackeln zur

Gefahrstellensicherung!« Er schüttelte Rudy so heftig, dass sein Kopf vor und zurück flog. Dann fuhr er fort: »Damit kann man nichts in die Luft jagen! Ich hab selbst so welche im Kofferraum meines Wagens. Nichts als ein paar gottverdammte *Warnfackeln!*«

Wylie wollte gerade einen Seufzer der Erleichterung ausstoßen, als es den nächsten Aufruhr gab: das Dröhnen schwerer Stiefel, Rufe, Schreie. Plötzlich war überall Polizei. Soldaten mit Sturmgewehren. Sie stürmten an der Bar vorbei mitten in die Menge. Ein weiterer Trupp Soldaten in grünen Uniformen, die Waffen im Anschlag, stürmte aus der anderen Richtung den Pavillon. Die Leute schrien, suchten Deckung.

Eisiger Schrecken durchfuhr Wylie. Situationen wie diese kannte er. Jemand würde schießen. Er wusste es. Die Luft vibrierte vor Spannung; es roch nach Zerstörung. Jede Bewegung konnte es auslösen, jedes unvermittelte Geräusch, jeder falsche Schritt. Die Soldaten ließen die Mündungen ihrer Gewehre über die Menge schweifen, auf der Suche nach einem Ziel. Einige von ihnen zielten auf Rudy, andere hielten ihre Waffe auf Hüfthöhe, den Finger am Abzug leicht gekrümmt, zuckende Muskeln.

Wylie biss die Zähne zusammen, hielt die Luft an. Wie aufs Stichwort erklang ein schabendes Geräusch an der Seite der Bar, gleich zu seiner Rechten, keine drei Meter entfernt. Er vernahm ein Murmeln, ein Kratzen, dann kippte einer der metallenen Barhocker um und landete mit lautem Krachen auf dem Boden. Der Soldat, der am nächsten stand, jung und hager, reagierte. Er fuhr herum, das Gewehr an der Schulter. Die abrupte Bewegung verriet Wylie, wie erschrocken er war.

Ein weiterer Barhocker krachte zu Boden.

Der Soldat nahm einen festen Stand ein, hob das Gewehr und zielte.

Obwohl er gut fünfzehn Meter entfernt war, sah Wylie sich selbst durch das Ende des Zielfernrohrs. Er sah ihn unmittelbar vor sich, den kleinen schwarzen Kreis, der mitten auf seine Brust zielte. Zwei Punkte ergeben eine Linie, fiel ihm ein. Dies waren die beiden Punkte, Anfang und Ende: die Mündung des Gewehrs, die Mitte seiner Brust. Das war's, dachte er. Sein letzter Augenblick. So also würde es enden. Er brauchte nur auf die Geometrie der Kugel zu warten, darauf, dass sie den kürzesten Weg zwischen diesen beiden Punkten zurücklegte.

Vollgepumpt mit Adrenalin wartete der junge Soldat nicht ab, was als Nächstes passieren würde. Sein Finger drückte den Abzug.

Der Schuss erklang, der Knall war ohrenbetäubend.

Es dauerte einen Moment, bis Wylie begriff, dass er noch stand. Er hatte die Flugbahn falsch eingeschätzt. Die Kugel zielte auf Jewell. Doch in der silbernen Stille nach dem Schuss merkte er, dass nicht er getroffen war und auch nicht Jewell.

Logan lag auf dem Boden.

34

Jewell sah, wie Logan von seinem Barhocker glitt, die Schultern straffte und der Kugel in den Weg trat. Ruhig, heiter, als träte er durch eine Tür. Was bewog ihn, in eben dem Augenblick aufzustehen? Sie sah seinen Hinterkopf, sah, wie sich der Stoff seines abgetragenen Leinenjacketts zwischen den Schulterblättern straffte. Dann war er weg, lag zu ihren Füßen am Boden.

Es herrschte ein solcher Aufruhr im Wartebereich, dass kaum jemand Logan beachtete. Nur einige erstaunte Gesichter an der Bar wandten sich ihm zu. Jewell blickte an ihnen vorbei in den Terminal, wo der junge, dünne Soldat, der den Schuss abgefeuert hatte, mit einem Ausdruck blanken Unglaubens im Gesicht dastand.

»Nein!«, schrie Jewell. »Nein! Nein! Nein! Nein! Nein!«

Schreien war die einzige Möglichkeit, diesen ersten Moment zu überstehen. Sie fiel neben ihrem Vater auf die Knie. Gäste der Bar eilten herbei und umringten sie, aber Jewell beugte sich über Logan und schloss sie mit ihrem Haar aus, das um sie beide herabfiel wie ein Vorhang.

Er krümmte sich, wand sich von einer Seite zur anderen.

»Holt Hilfe!«, flehte sie. Sie hob den Kopf nur so lange, wie es dauerte, die zwei Worte zu sagen.

Er hörte auf sich zu winden und öffnete die Augen. Zum ersten Mal erkannte sie, wer ihr Vater war. Nicht sein Gesicht, seinen Körper oder eine Ansammlung von Erinnerungen. Nicht was er gesagt oder getan hatte. Nur diesen Moment, als sie ihm in die Augen blickte. Es war so vertraut. Reines Wiedererkennen. Sie spürte seine volle Aufmerksamkeit. Jede ihrer Zellen, jedes Haarfollikel war bereit, war auf Empfang, sog es auf. Sie konnte sich nicht an eine Zeit erinnern, in der Worte nicht nötig gewesen waren, aber jetzt sagten sie sich ohne eine einzige Silbe alles, was sie zu sagen hatten. Jewell hatte noch nie einen so vollkommenen Austausch erlebt. Die Luft zwischen ihnen war erfüllt von Worten, von Verstehen. Seine Augen ruhten auf ihr, unverwandt. Sie badete in seinem Blick, fühlte sich genährt und liebkost.

Seine Hand schloss sich um ihren Finger.

Der Augenblick dauerte an. Er spaltete sich, teilte sich in Nanosekunden. Er enthielt jeden Augenblick, der jemals gewesen war: das erste Klassenzimmer, das Jewell betreten hatte, all die Häuser, in denen sie gelebt hatte, jede Träne, die sie vergossen hatte, den Moment, in dem sie Celeste zum ersten Mal begegnet war.

Ihr Leben zog an ihr vorbei, als läge sie im Sterben, aber es war ihr *künftiges* Leben, nicht ihr vergangenes. Sie begriff, dass es vorbei war mit ihr und Celeste, dass sie nie aufhören würde, sie zu lieben, aber dass sie nie mehr zusammensein würden und dass ihre Liebe ohnehin nicht allzu viel mit Celeste zu tun hatte. Es ging um sie selbst. Und dennoch sah sie Möglichkeiten. Vielleicht würde sie in der Wohnung unter dem Dach leben, in der es nach warmem Heu duftete. Vielleicht würde sie die Uni beenden. Irgendwann würde sie diesen Kessel aus Smog und bebender Erde, ihr Zuhause, vielleicht verlassen. Vielleicht würde sie jemand anderen lieben, und vielleicht würde ihre Liebe erwidert werden. Das Leben ginge weiter.

»Hey!«, rief jemand in der Menge. »Hier drüben liegt jemand am Boden!«

Als sich die Aufmerksamkeit der Menge von Rudy zur Bar verlagerte, drückte Logan ein letztes Mal Jewells Finger, ganz fest, bevor er losließ. Der Augenblick war fast vorüber. Doch bevor er endete, begriff Jewell, was für ein Wunder das Leben war und wie schnell es vorbei sein konnte. Während sie sah, wie das Leben sanft, fast unmerklich aus dem Gesicht ihres Vaters wich, begriff sie, dass es nur ein schmaler Grat war, der Leben und Tod voneinander trennte.

35

Es gab kleine Inseln der Erleichterung, Sekunden, in denen der brennende Schmerz in seiner Brust verebbte und Wohlbehagen ihn überschwemmte. Dann gönnte er sich eine Pause, ließ sich treiben, bis es Zeit war, den nächsten Schritt auf dem Weg zu tun und die Qual wieder einsetzte. Als der Schmerz unerträglich wurde, als er im Begriff war, die Schwelle zu überschreiten, umfing ihn Linderung. Allerdings nicht für lange. Dennoch war er dankbar für jeden Moment der Gnade.

Er erfasste das Geschrei um ihn, die Aufregung. Er hatte Angst, entsetzliche Angst, er atmete kurz und heftig, versuchte sich an seinem Atmen festzuhalten, das Leben in den Schranken seines Körpers zu halten, es nicht entweichen zu lassen. Er kniff die Augen zusammen und konzentrierte sich auf den Schmerz, ging hinein und tatsächlich, er begann zu verklingen, ihn zu verlassen. Sein Körper wurde leichter, seine Angst schwand. So schlimm würde es nicht werden, erkannte er. Das Blut, das aus ihm rann, war fast eine Erleichterung, denn es nahm all sein Begehren mit. Was für ein Wunder: Es passierte wirklich, endlich. Es war ein Versehen, aber es sollte so sein. Es war vorherbestimmt, immer schon, seit dem Moment seiner Geburt. Und hier kam es nun. Hier war es.

Als Schmerz und Angst nachließen, öffnete er die Augen und blickte Jewell an. Diese Ähnlichkeit mit seiner Mutter. Er roch ihr Haar, das ihn umhüllte, weich auf sein Gesicht fiel, wie das zarteste Gras, wenn man auf einer Wiese lag. Endlich konnte er sie betrachten, sich an ihr sattsehen. Schauen und schauen. Sie sprachen in der Sprache, die ihnen vertraut war, bevor es Worte gegeben hatte.

Ein Schauder überlief ihn. Seine Hände und Füße waren kalt, seine Nase und seine Lippen prickelten. Er dachte an das Wasser, das klare blaue Wasser. In der Ferne konnte er es sehen, wie es über dem Sand funkelte, wie flüssiges Glas. Er war leicht, so leicht. Was für ein großartiges Gefühl, einfach dazuliegen und nichts zu tun. Wunschlos glücklich zu sein. Sich um nichts mehr zu sorgen: wo die nächste Kohle herkommen sollte, was der Typ in der Nachbarzelle anstellen mochte oder ob ein Cop kam, um seinen Arsch wieder einzubuchten. Nichts. Alles fiel von ihm ab. Liebe, Demütigung, Begehren. Alles fort. Die Jahre der Arbeit. Die Kinder, die er bekommen hatte. Lust und Widerwillen. Berührte ihn alles nicht. Die Verletzungen, die er erlitten, die Beleidigungen, die man ihm nachgerufen hatte. Das Lachen. Die Augenblicke des Friedens. Die Enttäuschungen. Nichts von all dem spielte eine Rolle. Er hatte sich noch nie so gut gefühlt. So ausgeruht.

Er hörte das Wasser heranrollen, das nasse Schwappen auf dem cremigen Sand. Er empfand Mitleid für die Menschen, die ringsum schrien und rannten, sich wegen nichts und wieder nichts aufregten. Er dachte an seine Mutter, an ihre Liebe, die sein Gesicht gewärmt hatte wie Sonnenschein. Das Wasser – das blaue, blaue Wasser – leckte sachte an seinen Füßen. Es war ein herrliches Gefühl, wie es über seine Zehen glitt, die Knöchel hinauf, die Beine hoch bis zu den Knien. Es hatte genau Körpertemperatur, war weder warm noch kalt. Als es seine Schenkel erreichte, schwemmte es auch den letzten Gedanken hinweg. Selbst Jewell spielte keine Rolle mehr, weder seine Mutter noch eine der Frauen, mit denen er verheiratet gewesen war, kein Mensch, den er je geliebt oder zu lieben gehofft hatte, denn sie alle hatten ihr eigenes Leben, und er hatte nun seines vor sich. Dieses Allerletzte war seines und nur seines, das Wasser, die Flut, die stieg, bis er schwebte, sein Körper schwerelos, jedes Gramm schwamm davon in grandioser Sorglosigkeit.

»Ich gehe«, sagte Logan, ob laut oder still für sich wusste er nicht.

Die Zeit stand still, und dann spulte sie sich rasch ab. Einen kurzen Moment fühlte er sich genau wie damals als Kind. Ein vergessenes Gefühl, als er den Kopf hob und sagte: Hier bin ich. Dann flogen seine Beine hoch, hoch über seinen Kopf, und er überschlug sich. Wieder und wieder und wieder. Unter ihm und über ihm war das Blau, so klar, dass man den Sand darunter erkennen konnte, den Himmel darüber. Endlich erreichte er tiefes Wasser, wo nur noch Blau war – strahlendes, strahlendes Blau.

36

Der Verdächtige sei im Terminal festgenommen worden, berichtete Beth Fong. Ihr Haar war auf der einen Seite zerzaust, als hätte sie höchstpersönlich bei der Festnahme geholfen. Schüsse seien gefallen. Es sei noch unklar, um wen es sich bei dem Attentäter handele, wer verwundet worden sei, welches Motiv hinter der Angelegenheit stecke. Die Zuschauerinnen und Zuschauer sollten dranbleiben, um weitere Einzelheiten zu erfahren, riet Beth. Sobald es neue Informationen gebe, werde sie die Berichterstattung fortsetzen.

Inez stellte den Fernseher aus und eilte zum Telefon hinüber. Plötzlich waren die Dinge sehr einfach geworden.

Sie musste hier weg.

Sie wählte die Nummer von Vanessas Freundin und wartete, bis die Mutter Vanessa ans Telefon geholt hatte. Inez hörte Wasser in die Spüle laufen, während sie wartete. Das Pling eines Computerspiels und das Lachen eines kleineren Kindes. Ganz normale Geräusche einer ganz normalen Familie.

»Komm heim!«, sagte sie, als Vanessa am Apparat war. *»Sofort!«*

Zwei Polizisten waren draußen in der Garage, ein dritter saß in einem Zivilwagen auf der anderen Straßenseite. Was mit Rudy geschah, ging sie nichts an. Nicht mehr.

Sie machte einen weiteren Telefonanruf. An die Nummer erinnerte sie sich von dem Werbesong, den sie immer im Fernsehen spielten. *Wähle 234-6161 und das nächste Gelbe ist deins.* Komisch, wie einem manche Dinge im Gedächtnis blieben. Eine Frau nahm ab, hörte sie an und sagte, sie schicke einen Wagen. Komisch, wie einfach alles war, wenn man eines nach dem anderen erledigte. Sie musste nur noch ein paar Sachen zusammensuchen, auf Vanessa warten, das Haus verlassen, zum Bahnhof fahren.

Stehe auf und gehe in die Stadt, hatte der Herr zu Saul gesagt, als dieser auf der Straße nach Damaskus erblindet war. *Da wird man dir sagen, was du tun sollst.*

Sie brauchte nicht viel. Wo auch immer sie in diesem Land hinkam, die Menschen brauchten Avon. Das Geld würde sich ansammeln, genau wie zuvor. Und bis dahin? Es gab Unterkünfte für Menschen wie sie, oder nicht? Kirchen? Jeden Tag verließen Frauen ihre Männer mit nichts als den Kleidern, die sie am Leib trugen. Hatte ihr eigener Vater nicht sein Land verlassen und alles, was ihm vertraut war, und sich einzig auf seinen Kopf und seine Hände verlassen? Sie eilte ins Schlafzimmer und holte den Koffer aus dem obersten Fach ihres Schrankes.

Sie war zuversichtlich, während sie das Nötigste einpackte. Unterwäsche, Jeans, Pullover. Als sie eine Tube Zahnpasta dazulegte, vernahm sie seine Stimme, so klar, als stünde er direkt neben ihr. *Seine* Stimme, die Stimme von Vanessas Vater. *Gott hat mir dieses Gefühl gegeben,* sagte er zu ihr, genau so wie er es vor vielen Jahren gesagt hatte. *Er hat dieses Gefühl, das ich dir entgegenbringe, in mein Herz gepflanzt. Er hätte das nicht getan, wenn es nicht recht wäre. Er will, dass wir das hier tun, dass wir auf diese Weise zusammen sind, dass wir tun, was wir tun. Es ist Gottes Wille. Wir müssen ihm gehorchen.*

Das war eine Lüge gewesen. Das wurde Inez klar, als sie den Koffer zuschnappen ließ. Die Erkenntnis war so einfach und schlicht, dass sich trotz der Gefahr des Augenblicks ein Lächeln auf ihrem Gesicht ausbreitete. Und das war nicht etwa die einzige Lüge gewesen. Die Lügen, die man ihr erzählt hatte, und die Lügen, die sie anderen erzählt hatte. Lügen über alles Mögliche, sogar über Gott. Sie ergriff den Koffer und ging zur Tür. Nun, da sie sie als Lügen erkannt hatte, erstreckten sie sich vor ihr bis zum Horizont.

Ein jegliches hat seine Zeit, und alles Vornehmen unter dem Himmel hat seine Stunde. Jetzt war es Zeit fortzugehen, zu verschwinden. Das war alles, was zählte. Später würde Zeit genug für alles andere sein. Sie hatte den Rest ihres Lebens, um alles andere zu klären.

In der Küche schlug die Hintertür zu. Inez blickte wild zum Vordereingang, schätzte die Entfernung ab. Das Herz schlug ihr bis zum Hals. Wo um alles in der Welt blieb Vanessa? Sie musste weg! Sie konnte keinen Augenblick länger hierbleiben!

Es war einer der Polizisten. Ein Filipino, ausgerechnet, ein junger Mann mit sanfter Stimme, karamellfarbener Haut und dichtem schwarzen Haar, das dicht an seinem Kopf anlag. Er trug einen modischen olivgrünen Pullover. Anders, als man es von einem Hüter des Gesetzes erwartete. Er hielt eine braune Lebensmitteltüte von Albertson's in der Hand.

»Mrs. Cullen, das hier haben wir gefunden. Könnten Sie sich das mal ansehen?«

Inez durchquerte das Wohnzimmer. Als sie zu dem Beamten trat, roch sie sein Rasierwasser. Etwas Frisches, Belebendes, auf Zitrusbasis. Er hielt die Papiertüte auf. Sie sah hinein und da, auf dem Boden der Tüte, erblickte sie ihre Sachen: die Avon-Belege, die Fotos, den Umschlag mit dem Geld.

»Mrs. Cullen, gehört das Ihnen?«, fragte der Beamte und hielt ihr ein Dokument hin.

»Geburtsurkunde«, las Inez.

Geschlecht: weiblich.

Name: Santos.

»Santos«, sagte sie und sah ihn fragend an.

»Sind Sie das, Ma'am?«, fragte der junge Mann. Er hatte wunderschöne Augen.

Sie gab ihm das Dokument zurück. »Ja. Das bin ich. Santos«, verkündete sie und schüttelte verwundert den Kopf, erstaunt, dass sich alles gefunden hatte, dass sie alles wiederbekommen hatte.

37

Das Rettungsteam kam im Laufschritt herbei, drängte sich mit seinen Schläuchen und Pumpen und Gerätschaften durch die Menschenmenge, aber Wylie konnte Jewell am Gesicht ablesen, dass es zu spät war.

»Machen Sie Platz! Gehen Sie bitte zur Seite!«, rief der leitende Rettungssanitäter und drängte sich durch. Als er zu Wylie kam, der neben Jewell kniete, ergriff er ihn beim Arm und zog ihn hoch. »Gehen Sie! Bitte machen Sie uns Platz!«, befahl er. »Lassen Sie uns unsere Arbeit machen!«

Wylie stand auf. Er nahm die Menschenmenge hinter sich wahr, die drängende Neugier. Jewell hatte sich wieder über Logan gebeugt, ihr Haar verbarg sein Gesicht und seine Brust. Wylie sah nur Logans Hand, zu einer lockeren Faust geschlossen wie im Schlaf, die ausgestreckten Beine, die Füße nach außen gedreht. Seine abgetragenen Schuhe mit den schiefen Absätzen. Der offene Schnürsenkel.

Logan hatte es nie begriffen, dachte Wylie. Er hatte nie wirklich kapiert, wie es auf der Welt zuging.

»Los! Weg da!«, rief ein kleiner schmächtiger Rettungssanitäter direkt neben ihm. Eine Frau, erkannte er dann, mit welligem schwarzem Haar, das ihr über den Rücken hing. Knallhart, die Dame.

Wylie trat beiseite. Hinter dem Tresen klingelte das Telefon.

Er setzte seine Ellenbogen ein und schob sich durch die Menge zur Bar, hob die Klappe im Tresen und trat ein. Er sah zu dem Platz hinüber, wo Logan wenige Minuten zuvor noch gesessen hatte. Sein leeres Glas stand noch auf der Theke. Wylie starrte es abwesend an. Logan hatte es in der Hand gehalten, an die Lippen gehoben. Und nun würden diese Lippen nie wieder etwas trinken oder ein Wort sprechen oder andere Lippen küssen. Nein, das hatte Logan hinter sich. Das war seine Sache nicht mehr. Wo Logan gewesen war, war nun eine Lücke. Ein leerer Platz.

Es kam Wylie in den Sinn, selbst etwas zu trinken. Sich drei oder vier Fingerbreit Scotch einzuschenken und in einem Zug runterzukippen. Stattdessen ging er zum Telefon hinüber und nahm den Hörer auf.

Er wusste, dass sie es sein würde.

»Lieber Gott, Wylie!«, platzte Carolyn heraus. »Ich hab die Nachrichten verfolgt! Ich hab die ganze Sache gesehen! Ist mit dir alles in Ordnung?«

Erst als er zu sprechen versuchte, merkte er, dass es nicht ging. Er bemühte sich, und seine Kehle gab ein trockenes Krächzen von sich – halb Grunzen, halb Stöhnen, als ob er versuchte, etwas sehr Schweres zu heben. Er biss die Zähne zusammen, und Tränen erschienen in seinen Augenwinkeln. Sie brannten, als sie ihm übers Gesicht rannen. Er spürte ihre Wärme, als sie ihren Weg über seine Lippen und in seinen Mund nahmen. Er schmeckte ihr Salz. Es war Jahre her, dass er geweint hatte. Viele, viele Jahre.

»Wylie!«, keuchte Carolyn. *»Bist du noch da? Alles in Ordnung mit dir?«*

Er konnte bloß nicken.

»Wenn du noch dran bist, dann sag etwas, um Gottes willen!«

Es gelang ihm zu kieksen, zu gurgeln, zu würgen. Er war wie der Mann aus Blech, der hier und da Rost angesetzt hatte. *Öl mich.* Seine Brust hob sich. Schließlich gelang es ihm, tief Luft zu holen. Es erforderte seine ganze Willenskraft, die Worte auszustoßen: »Ja, ich bin noch dran. Mir geht's gut.«

»Gott sei Dank, Wylie! Himmel hatte ich eine Angst! Als ich sah, wo es war, hab ich meinen Augen nicht getraut. Ich hatte einfach den Fernseher angestellt und –«

»Man hat auf meinen Bruder geschossen«, fiel Wylie ihr ins Wort. »Logan.«

»*Was?* Was erzählst du da? Soll das ein Witz sein? Wylie, wovon zum Teufel redest du?«

Der Schmerz in Wylies Kehle reichte tief in seine Brust und hoch bis in seine Ohren. Er schluckte, fuhr sich über die Lippen, die Zunge gehorchte ihm nicht. »Das erzähle ich dir später«, brachte er hervor. »Hör mal, Carolyn. Ich muss dir was sagen.«

»Was?«, fragte sie besorgt.

»Ich liebe dich.«

Es schien nicht seine Stimme zu sein. Sie klang jedoch vertraut, als gehöre sie einem Menschen, der er einst gewesen war – oder werden mochte.

»Und ich möchte –«

Schweigen am anderen Ende der Leitung. Ein aufmerksames Schweigen. Wylie fragte sich, ob die Verbindung abgebrochen war, ob Carolyn überhaupt noch dran war.

»Ich möchte –«

Sie sagte immer noch nichts. Niemand half ihm.

»Lass uns ...«, stammelte er schließlich. »Lass uns ...«

Danksagung

Meine tiefe Dankbarkeit gilt Rebecca Lowen für die vielen Jahre, in denen sie mich ermutigt, mir mit fachkundigem Rat zur Seite gestanden und beharrlich an meinen Manuskripten gearbeitet hat. Deine Großzügigkeit erstaunt mich noch immer. Mein herzlicher Dank gilt Nina Friedman, die mich jahrzehntelang ohne zu zögern bei praktisch jedem Wort unterstützt hat, das ich je geschrieben habe, und die mich von ihrer Gabe, Unstimmigkeiten aufzuspüren, großzügig hat profitieren lassen. Ich bin Michelle Echenique dankbar, weil sie mir das ist, was ich allen Schreibenden nur wünschen kann: eine Verbündete, ein wohlwollendes Ohr und eine freudige, intelligente Leserin. Von Sandra Cisneros habe ich in vielerlei Hinsicht gelernt, im Großen wie auch im Kleinen. Sie hat mir geholfen, die Stimmen in unseren Herzen zu hören, die uns das Schreiben ermöglichen, und sich meinem Werk mit solcher Sorgfalt angenommen, dass ich ihr immer dankbar sein werde.

Ich danke meinen Freundinnen und Freunden, meinen Kolleginnen und Kollegen von der University of California Press, die diesen Roman nicht nur gelesen und kommentiert, sondern mich auch ermutigt und es mir auf die eine oder andere Art ermöglicht haben, ihn neben meiner Vollzeitbeschäftigung zu schreiben – insbesondere Hillary Hansen, Joan Parsons, Jim Clark, Mari Coates, Julie Christiansen und Shira Weisbach.

Dank gebührt auch meinen Mit-Macondistas – meinen liebevollen, engagierten und leidenschaftlich begabten SchreibgefährtInnen – danke, dass ihr einen Ort geschaffen habt, an den wir unsere geheimsten und kostbarsten Schätze mitbringen können. Ich danke Marcia Donahue für ihre treffenden Beobachtungen und für das Erkennen all der Ungereimtheiten und Steve Johnson, der mir eines Morgens einfach in den Weg trat, mich bat, mein Manuskript lesen zu dürfen und mir eine Reihe brillanter Vorschläge machte, die das Endergebnis bedeutend verbessert haben. Mein Dank gilt Erasmo Guerra, der so großzügig Zeit von seinem eigenen Schreiben abzwackte, um mir mit meinem zu helfen. Ich danke Alex Espinoza für seine liebevolle Art und dafür, dass er der Erste war, der Teile dieses Romans gedruckt hat. Und mein Dank gilt meiner Familie, in der viele dieser Geschichten ihren Anfang haben.

Es fehlt der Raum, die vielen guten Eigenschaften meines Agenten Stuart Bernsteins zu beschreiben, für den ich enorme Zuneigung und Dankbarkeit empfinde. Sally Kim hat dieses Buch mit ihrer überschäumenden Energie, ihrer Intelligenz, ihrer Ausdauer und ihrer Weitsicht genährt. Vielen Dank ihr und allen bei Shaye Areheart Books, die den Charakteren und dieser Geschichte ein so schönes Zuhause geboten haben.

Ich bin Hedgebrook dankbar, wo ich diesen Roman während eines Schreibaufenthaltes vollendet habe, und den Power of Purpose Awards der John Templeton Stiftung für ihre großzügige finanzielle Unterstützung.

Schließlich danke ich Carla Trujillo – für all die großen und die vielen kleinen Dinge und für all das dazwischen, und für all den Spaß, den wir dabei haben.

Die amerikanische Originalausgabe erschien unter dem Titel *Slipstream*
bei Shaye Areheart Books, an Imprint of the Crown Publishing Group,
a Division of Random House, Inc., New York.

Larson, Leslie: *Turbulenzen* / Roman
Aus dem Englischen von Andrea Krug
ISBN 978-3-930041-65-7

1. Auflage 2009
Lektorat: Gitta Büchner, Bochum
Gestaltung und Satz: Grafikbüro Schadenberg, Berlin
Coverfoto: © plainpicture/Deepol/Erik Chmil
Bildrecherche: Kate Hehberger, Berlin
Druck: CPI – Clausen & Bosse, Leck

Zum Weiterlesen ...

Nach fünfundzwanzig Jahren Ehe begegnet Mrs. Medina, eine kultivierte Dame von neunundfünfzig Jahren, einer Frau, die ihr nicht mehr aus dem Sinn geht: der jungen Blumenverkäuferin Lennie. Und diesmal lässt sie geschehen, was sie sich viele Jahre zuvor versagt hat. Sie sucht die Begegnung mit Lennie, und eine zarte Romanze entspinnt sich zwischen den beiden Frauen ...

»Grandios!« L-MAG

Ann Wadsworth
Mrs. Medina
432 Seiten, gebunden
ISBN 978-3-930041-55-8

Luce steht vor ihrem künstlerischen Durchbruch als Malerin, doch ihr beruflicher Erfolg wird vom Verlust ihrer Lebensgefährtin überschattet. Ihre Schwester Mead, eine renommierte Ärztin, geht zu Forschungszwecken nach Afrika und begegnet dort einer alten Liebe wieder. Elizabeth, die Mutter der beiden, sitzt die meiste Zeit allein zu Hause vor ihrem Computer und hat sich ihren Lebensabend anders vorgestellt. Eines Tages nimmt das Leben der drei Frauen eine entscheidende Wende ...

Cynthia Kear
In Deinen Armen tanzt mein Herz
360 Seiten, gebunden
ISBN 978-3-930041-43-5

www.krugschadenberg.de

Starke Frauen

England im Jahre 1215. Ausgerechnet am Tag ihrer Verlobung mit Lord Brian verliebt sich die bezaubernde Lady Isabelle in dessen Erzfeind Sir Ross, der sich schon bald als Lady Rose entpuppt und die schöne Isabelle auf der Suche nach einem geheimnisvollen Amulett in aufregende Abenteuer verstrickt …

»Spannend, mit Herz und wohlplatziertem Humor: ein herrlicher Schmöker!«
HAJO

Hanna Friedrich
Das Erbe der Lady Eleanor
288 Seiten, broschiert
ISBN 978-3-930041-64-0

»Dein Herz sei mein« heißt die Partneragentur, die Marissa Chabot betreibt. Mit großem Erfolg. Doch ihr eigenes Liebesleben lässt zu wünschen übrig. Bis Marissa eine Herausforderung annimmt, die ihr Leben von Grund auf verändert …

»Ein wundervoller Schmöker zum Träumen, Genießen, den Alltag vergessen.«
LESBENRING-INFO

Karin Kallmaker
Dein Herz sei mein
320 Seiten, broschiert
ISBN 978 - 3 - 930041 - 63 - 3

www.krugschadenberg.de